À la merci du vicomte

Collection : VICTORIA

Titre original :
THE DANGEROUS LORD

HARPERCOLLINS FRANCE
83-85, boulevard Vincent-Auriol, 75646 PARIS CEDEX 13
Service Lectrices — Tél. : 01 45 82 47 47

www.harlequin.fr

ISBN 978-2-2803-8547-3 — ISSN 2493-013X

SABRINA JEFFRIES

À la merci du vicomte

Traduit de l'anglais (États-Unis) par
Léa Tozzi

Victoria

HARLEQUIN

À Rexanne,
sans qui ce livre n'aurait pas été possible.

Chapitre 1

Décembre 1820
Londres, Angleterre

La liberté de la presse est le deuxième des privilèges les plus chers aux Anglais. Elle doit être préservée même quand ses manifestations nous inquiètent, car l'inquiétude induit des réformes, et la possibilité de réformer la société est le premier des privilèges les plus chers aux Anglais.

LORD X, *The Evening Gazette*, 5 décembre 1820.

Un imbécile était en train de colporter des rumeurs sur son compte — une fois de plus ! Voilà la conclusion que tira Ian Lennard, vicomte Saint Clair, presque aussitôt après être entré dans son club. Le majordome le salua d'un clin d'œil entendu au moment de le débarrasser de son manteau.

Quelque chose n'allait pas. Le majordome sinistre du Brooks's Club lui avait fait un clin d'œil. *Un clin d'œil.* Pourquoi tant de familiarité ? Peut-être que le gaillard avait encore forcé sur la bouteille pendant ses heures de service… Et s'il l'avait pris pour quelqu'un d'autre, tout simplement ?

Ian secoua la tête et remonta le couloir recouvert d'un épais tapis qui menait à la Salle des Souscriptions, où il était censé voir son ami Jordan, le comte de Blackmore. Sur son passage, plusieurs hommes qu'il connaissait à peine interrompirent leur conversation pour le féliciter. Leurs commentaires — « Qui est l'heureuse élue ? » et « Alors comme ça vous avez recommencé, sacré farceur ? » — étaient accompagnés par de nouveaux clins d'œil. Encore ? Mais quelle mouche les piquait tous aujourd'hui ? Et puis pourquoi lui adressait-on des compliments ? Sans parler de cette histoire d'« heureuse élue »? qui ne lui disait rien qui vaille…

Et c'est là qu'il songea à la possibilité d'une nouvelle rumeur.

Non sans mal, Ian étouffa un grognement. Dieu seul savait en quoi consistait la fable du moment ! Il en avait entendu plusieurs. Il avait un faible pour celle où il sauvait la fille illégitime du roi d'Espagne d'une bande de pirates barbaresques qu'il avait étrillés en un tournemain. Après quoi, il avait reçu un manoir à Madrid en guise de récompense. Le roi d'Espagne n'avait évidemment aucune fille, illégitime ou non, et pour sa part Ian n'avait jamais croisé de pirates barbaresques. Le seul élément véridique de ce récit, c'était qu'il avait été présenté au monarque espagnol et que la famille de sa mère possédait un manoir à Madrid.

L'ennui, c'était que les rumeurs, par définition, n'avaient pas besoin d'un fond de vérité. Nier ne servait à rien. Pourquoi aurait-on dû le croire, *lui*, alors que les on-dit étaient bien plus intéressants ? Il répondit donc comme à son habitude — par une phrase neutre et un regard ironique qui lui permit de se débarrasser de ces imbéciles.

Il était tout près de la Salle des Souscriptions quand le duc de Pelham vint à sa rencontre.

— Bonsoir, vieille branche, lança l'aristocrate bedonnant d'un ton jovial qui ne lui ressemblait guère. Je donne un dîner demain soir, en toute simplicité, et je voulais vous inviter, vous, quelques autres amis et vos amoureuses respectives. Veillez bien à amener votre nouvelle dulcinée. J'aimerais faire sa connaissance.

Ian toisa ce butor si antipathique, qu'il dépassait d'une bonne tête.

— Ma nouvelle dulcinée ?

Pelham lui tapota le bras.

— N'essayez pas de nous cacher cette merveilleuse créature, Saint Clair. Vous avez peut-être déniché l'oiseau rare — l'*oiselle* rare, plutôt —, mais tout le monde veut savoir si son ramage se rapporte à son plumage, et jusqu'à quel point elle vous tient dans ses serres.

Ian n'en revenait pas. On lui prêtait une nouvelle conquête ? C'était donc *ça*, la rumeur ? Quelle déception. Ils auraient au moins pu lui inventer un passé de bandit de grand chemin.

— Vous savez quoi, Pelham ? Dès que je mettrai la main sur cette fameuse dulcinée, soyez assuré que je l'amènerai à l'un de vos dîners. En attendant, je me vois contraint de décliner cette invitation. Maintenant, si vous voulez bien m'excuser, j'ai rendez-vous.

Il passa devant le duc qui resta là à le fixer, bouche bée, et entra dans la Salle des Souscriptions. Une dulcinée… Il ne se rappelait même pas la dernière fois où il en avait eu une. C'était bien avant son retour en Angleterre, à n'en pas douter. Avant qu'on le force à se trouver une épouse.

Oh ! il aurait pu prendre une maîtresse s'il l'avait voulu, mais il tenait à concentrer toute son énergie sur ses manœuvres de séduction. Pas question qu'une autre femme l'accable de questions, par jalousie. Pelham était incapable de comprendre une chose pareille. Le seul but qu'il poursuivait, de jour en jour, c'était de débaucher toutes les jeunes innocentes sur lesquelles il pouvait poser ses sales pattes. Cet homme était un porc.

Dans la pièce, Ian repéra immédiatement la chevelure auburn de Jordan, qui se détachait du tissu damassé d'un fauteuil à oreilles noir, pareille à une flamme sur du charbon. Il était assis à côté d'une console en acajou, en train de lire un journal.

Ian se laissa tomber dans le fauteuil en face et attrapa un cigare dans une boîte. Quoi de mieux que de passer une soirée agréable à fumer, à lire la presse et à s'entretenir avec son meilleur ami ?

Tandis qu'il coupait le bout de son cigare, Jordan leva les yeux vers lui.

— Vous voilà. Je me demandais ce qui vous retenait. Alors, que s'est-il passé ? Dites-moi tout, j'ai hâte. Elle a accepté ? A-t-on le droit de vous féliciter ?

Ah non, pas encore ! Jordan faisait-il allusion à cette fameuse dulcinée dont il aurait été l'amant ? *Une minute.* Peut-être pas.

— Ah, vous voulez parler de Katherine.

— La fille de Sir Richard Hastings, bien sûr, qui d'autre ? Avez-vous demandé une autre femme en mariage, récemment ?

— Non, seulement Katherine, répondit-il en souriant. Une seule suffit, vous ne croyez pas ?

— À quand le mariage, donc ?

— Rien n'est décidé pour le moment.

Jordan plissa les yeux.

— Elle n'a quand même pas refusé votre demande ?

— Pas exactement.

Après avoir allumé son cigare à la flamme d'une bougie juste à côté, Ian tira une grande bouffée.

— Elle m'a supplié de lui laisser du temps « pour étudier ma demande ». Une vieille technique du beau sexe. C'est très certainement une idée de Lady Hastings. Cette femme est un requin en jupons. Elle pousse sa fille à jouer les fines mouches pour qu'elle décroche le meilleur parti possible. L'ennui, c'est que cette pauvre Katherine ne brille pas par ses talents d'actrice. Ça m'a fait de la peine de la voir bafouiller pendant qu'elle me demandait un délai de réflexion.

— Pardonnez-moi de vous dire ça, l'interrompit Jordan, mais je ne comprends pas ce que vous lui trouvez. Elle est quelconque et atrocement timide. Elle est incapable d'aligner deux mots quand nous nous croisons. Et, de toute évidence, vous ne l'épousez pas pour son immense fortune ou pour ses relations. Après tout, son père n'est qu'un baronnet.

— Votre femme n'est pas riche, et son père n'est que pasteur. Cela ne vous a pas empêché de l'épouser et de faire d'elle une comtesse.

Le visage de son ami s'illumina à l'évocation d'Emily.

— Non, mais elle a un tas d'autres qualités qui compensent tout ce que vous décrivez.

— Toujours amoureux, à ce que je vois, ricana Ian.

En fait, je ne cherche pas l'amour, Jordan. Je cherche une épouse. Or avoir l'un *et* l'autre reste rare, même si vous êtes la preuve du contraire. Tout ce que je demande à une femme, c'est d'être respectable et d'avoir bon caractère.

En réalité, s'il y avait bien une chose dont il n'avait pas besoin, c'était d'une jeune femme aussi belle qu'intelligente, et capable de charmer le premier venu ! Il s'en voulait déjà beaucoup d'avoir à entraîner quelqu'un dans la situation délicate où il se trouvait. Au moins, il était sûr d'une chose : celle dont il serait le mari y gagnerait quelque chose qu'elle n'aurait jamais pu obtenir auparavant.

— Eh bien, vous savez que Miss Hastings ne vous dira pas non au bout du compte, conclut son ami en retournant à la lecture de son journal. Ce serait idiot de sa part.

— En effet, admit-il.

Pourtant, il souhaitait presque qu'elle le fasse. Il n'était guère enthousiaste à l'idée de se marier.

Tant pis pour l'enthousiasme. Cette jeune femme pouvait lui être utile.

Si seulement elle ne se dérobait pas dès qu'il la regardait... Ou ne sursautait pas dès qu'il lui adressait la parole. Oh ! il savait pourquoi elle agissait de la sorte : les rumeurs qui couraient sur lui la rendaient réticente, et c'était bien compréhensible. Mais en même temps cette timidité l'irritait. Certes, lorsqu'ils seraient mariés et qu'elle le connaîtrait mieux, elle changerait d'attitude. Et, de son côté, il apprendrait à composer avec ce caractère réservé.

Tout à coup, Jordan agita son journal et le leva pour l'examiner de plus près.

— J'espère que Miss Hastings n'est pas jalouse, ou vous risquez d'essuyer un refus.

Ian laissa échapper une volute de fumée dans l'air.

— Ah bon, pourquoi ?

— Cet article rapporte que vous avez une maîtresse depuis plus d'un an.

— Un article ? Dans le journal ? Vous plaisantez.

— Pas du tout, répondit son ami en lui tendant le quotidien. C'est juste là, dans l'*Evening Gazette.*

— Seigneur, où vont-ils dénicher ces histoires ? soupira-t-il en plissant les yeux. Cela dit, voilà qui explique pourquoi tous ceux que j'ai croisés en venant ici m'ont félicité. Donnez-moi ça.

— C'est dans la rubrique « Secrets de la bonne société ». Vous savez, c'est la chronique du fameux Lord X.

— Je ne lis pas les chroniques de Lord X.

Ian avait à peine le temps de s'intéresser aux nouvelles, et certainement pas aux bêtises écrites par des colporteurs de ragots pour des torchons de troisième zone. Il attrapa le journal.

— Je suis étonné que vous lisiez ça.

— Le sens de l'humour du gaillard me plaît, répondit son ami en haussant les épaules. Par ailleurs, certains de ceux qu'il attaque ont besoin qu'on leur rabatte un peu leur caquet.

— À commencer par moi, j'imagine, lâcha-t-il sèchement en parcourant la page du regard.

— Pas du tout. Il loue la qualité de vos goûts en matière de femmes.

— Il faut que je voie ça.

Évoquer des affaires privées dans la presse n'était pas une nouveauté, mais Lord X avait la réputation d'être particulièrement friand de ce genre de choses. Aucun faux pas ne lui échappait. Rien n'était trop privé. Révéler les petits travers de la haute société n'était pas uniquement son métier : c'était aussi un loisir à temps plein. Cela étant, il était aisé de parler sans détour en se cachant derrière un pseudonyme.

Avec une fébrilité grandissante, Ian survola les tirades enflammées du personnage pour défendre la presse, sa description de « comportements scandaleux » chez Lady Minnot et ses critiques à l'endroit du comte de Bentley, dont la nouvelle demeure était « une abomination à une époque où les veuves des soldats crèvent la faim ». Puis il aperçut son nom.

Même si les rumeurs abondent sur les six années que le vicomte Saint Clair a passées loin de Londres, il garde le secret sur ses histoires de cœur. La rumeur a même fini par entourer de mystère ses conquêtes. Quelle n'a donc pas été la surprise de votre serviteur lorsqu'il a vu ledit vicomte entrer dans une maison de Waltham Street avec une belle et énigmatique jeune femme. Renseignements pris, il apparaît que cette maison appartient au même vicomte et que cette dame réside ici depuis plus d'un an. D'autres hommes montreraient partout une telle créature, mais Lord Saint Clair la cache, ce qui prouve bien une chose : la discrétion est le meilleur visage de la vertu.

Ian relut l'article. Les mots se mirent à tourner dans sa tête. Bon sang de bois. Waltham Street. Cette « maîtresse » dont les gens s'étaient mis à lui parler, c'était Miss Greenaway ! Il aurait dû s'en rendre compte tout seul.

Comment Lord X avait-il découvert l'existence de celle-ci et que savait-il exactement ? L'avait-il interrogée ? Elle ne risquait guère de révéler le pot aux roses, certes, mais ces scribouillards amateurs de ragots pouvaient se montrer très persuasifs. Il devait s'entretenir avec elle au plus vite, et s'assurer qu'elle prenne garde à ce qu'elle pouvait dire aux inconnus qui toqueraient à sa porte.

Il releva la tête et tomba sur Jordan qui le fixait sans cacher sa curiosité.

— Alors ? Qui est-ce ?

Froidement, Ian déchira la page du journal, la plia en deux et la glissa dans la poche de son manteau.

— Je vais vous dire qui elle n'est pas. Ce n'est pas ma maîtresse. Lord X s'est trompé.

Et ce dernier allait rapidement constater que sa langue bien pendue n'était pas du goût de tout le monde. Si ce scélérat était au courant pour Waltham Street, il savait peut-être d'autres choses. Il fallait l'arrêter avant qu'il ne fasse de nouvelles révélations dans sa chronique de malheur.

— Mais vous avez vraiment une maison sur Waltham Street ?

Ian eut envie de répondre à son ami que ce n'était pas ses affaires. Malheureusement, cela n'aurait fait que piquer un peu plus la curiosité de Jordan.

— J'ai bien une maison sur Waltham Street, en effet, mais ce que j'y fais n'a rien à voir avec ce que suggère Lord X. Je l'ai prêtée à une amie de la famille qui traversait une mauvaise passe. Rien de plus.

— Vraiment ?

— Vraiment, répondit-il fermement. Et qu'importe ce que prétendent ces stupides rumeurs.

Jordan se pencha en arrière et croisa les mains sur son gilet.

— Cette amie de la famille est-elle aussi belle que le prétend Lord X ?

— Pourquoi cette question ?

Il y eut une étincelle espiègle dans les yeux de Jordan.

— Voilà qui expliquerait votre peu d'intérêt pour les charmes de Miss Hastings. Si vous avez une jolie maîtresse à côté…

— Bon sang, Jordan, vous n'avez pas écouté un mot de ce que je viens de dire !

— Désolé, mon cher, mais on n'aide pas une belle jeune femme qui traverse une mauvaise passe en mettant à sa disposition une maison dans un quartier hors de prix.

— Je doute que vous puissiez comprendre, grogna Ian. Vous n'avez pas une once de noblesse.

— Ma femme ne serait pas d'accord avec cette affirmation, répondit son ami en souriant.

— Ah non ? Vous avez failli détruire sa réputation alors que vous veniez de faire connaissance quelques semaines plus tôt à peine. Et ce malgré mes protestations, si je me souviens bien. Finalement, vous vous êtes aperçu que vous étiez un imbécile et vous avez décidé de l'épouser, pas avant.

Des éclairs dans le regard, Jordan ouvrit la bouche pour répliquer. Mais il se ravisa et observa Ian un moment.

— J'ai deviné votre petit manège. Vous essayez de me détourner du sujet de votre maîtresse.

— Pas du tout.

C'était pourtant bien ce qu'il était en train de faire. La plupart du temps, cela fonctionnait à merveille. Avec son tempérament volcanique, Jordan réagissait à la moindre provocation. Son ami n'avait jamais été contraint d'apprendre les dangers que réserve un caractère emporté auquel on laisse libre cours. Contrairement à lui.

— Et puis ce n'est *pas* ma maîtresse.

— Lord X pense le contraire.

— Lord X est un crétin. Il va falloir que je parle à cette canaille, pour qu'il cesse de dénigrer publiquement mon amie.

D'une voix encore plus dure, il ajouta :

— Je sais exactement comment m'occuper de son cas.

— Si vous arrivez à le trouver, fit remarquer Jordan en fouillant dans la boîte à cigares. Personne ne connaît sa véritable identité.

— Quelqu'un la connaît forcément. Il y a toujours un confident, un domestique ou un proche pour vous mettre sur la piste. Sans parler des rumeurs…

— Il y a *toujours* des rumeurs.

Jordan écarta un cigare puis en attrapa un autre.

— On a évoqué Pollock, même si nous savons tous les deux qu'il n'a pas le courage nécessaire pour faire ce genre de choses. D'aucuns ont pensé à Walter Scott. Mais tout le monde nage dans le brouillard. Le secret de Lord X est bien gardé.

— Comme vous dites, reprit Ian d'un ton glacial. Sans quoi, l'un de ses ennemis risquerait de couper sa langue si bien pendue au détour d'une ruelle sombre, au moment où il s'y attend le moins.

Le regard de Jordan croisa le sien.

— C'est ce que vous avez l'intention de faire ?

— Lui couper la langue ? s'esclaffa-t-il. Et que voudriez-vous que j'en fasse, après ça ? Je doute que les gens fassent la queue chez le boucher pour s'acheter de la langue de jaseur.

Pour toute réponse, son ami esquissa un sourire, l'air absorbé par son cigare.

— Seigneur, ne soyez pas si terre à terre !

Depuis qu'il était rentré en Angleterre, Ian avait constaté que le fossé entre lui et son ami d'enfance n'avait fait que s'élargir et se creuser jour après jour. Brusquement, cela eut le don de l'énerver.

— Vous pensez vraiment que je vais lui couper la langue parce qu'il a publié des rumeurs à mon sujet ?

— Bien sûr que non, répondit Jordan en haussant les épaules. Ce sont toutes ces rumeurs idiotes qui courent sur vous et sur votre passé sanglant… J'oublie toujours que ce sont des bêtises.

— Oui, ce sont bel et bien des bêtises.

Enfin, en partie. Il ne souhaitait pas discuter de son « passé sanglant » avec son meilleur ami. Cela n'aurait fait qu'élargir un peu plus ce fameux fossé.

— Vous ne devriez pas écouter les colporteurs de ragots.

— Et vous ne devriez pas faire des choses susceptibles de les alimenter encore davantage. Ou pousser cet individu à écrire de nouveaux articles sur vous.

— Ne vous inquiétez pas pour ça, répliqua-t-il. Quand j'en aurai terminé avec lui, il n'aura plus envie de cancaner sur mon compte ou sur le compte de mes amis.

Voyant que Jordan haussait un sourcil, Ian grommela :

— J'ai simplement l'intention de *parler* à cet homme. La corruption, la manipulation et les menaces devraient marcher, surtout avec un lâche qui se cache derrière un pseudonyme.

Cette réponse sembla détendre Jordan.

— Comment ferez-vous pour le trouver ?

— On peut trouver n'importe qui à condition de savoir chercher, déclara Ian en se levant. Je vais d'abord m'entretenir avec son supérieur, le directeur de l'*Evening Gazette*.

— John Pilkington ? Il ne vous aidera pas. Il adore cacher l'identité de ses collaborateurs les plus populaires.

Peut-être, mais même John Pilkington avait des failles. Et Ian excellait dans l'art d'exploiter les failles d'un homme afin d'obtenir ce qu'il voulait.

— Alors je ferais mieux de ne pas perdre une seconde, non ?

— Au fait, nous nous voyons la semaine prochaine dans la nouvelle maison de campagne de Sara, n'est-ce pas ? Emily a hâte d'y être. Nous ne nous attarderons pas trop car ma tendre épouse déteste quitter la maison trop longtemps, à cause du bébé, vous comprenez. Mais nous ferons une apparition au bal. En tout cas, il faut que vous veniez voir le petit.

— Je serai là. J'ai promis que Katherine et ses parents seraient du voyage.

Katherine. Dieu seul savait comment elle allait réagir. Elle risquait de le prendre pour un homme abject : ne s'affichait-il pas avec une maîtresse alors qu'il lui faisait la cour ? Cela le mettait hors de lui.

Mais qu'importe. Lord X cesserait bientôt de faire allusion à Waltham Street dans ses articles. Ian comptait bien s'en assurer. Pour commencer, il allait dire à Miss Greenaway ce qu'elle devait faire si on lui posait des questions. Puis il pourchasserait ce Lord X. Après ça, cette canaille regretterait de ne pas s'être contentée de railler la folie des grandeurs de Lord Bentley.

Chapitre 2

La comtesse de Blackmore a récemment offert un héritier à son mari. La mère et l'enfant se portent à merveille. Nous ne devrions pas tarder à voir Lady Blackmore quitter le lit et reprendre ses actions en faveur des déshérités. Un tel dévouement chez une personne aussi engagée mérite d'être salué, notamment parce qu'il est rare.

LORD X, *The Evening Gazette*, 8 décembre 1820.

Le boulet rouge qui passa devant la fenêtre du bureau de Miss Felicity Taylor avait tout l'air d'un fruit. On entendit alors un fiacre freiner dans un bruit strident et un cocher proférer des insanités. Il n'en fallut pas plus pour qu'elle bondisse de sa chaise et se précipite dans le couloir.

— William, George, Ansel, sortez de là tout de suite ! cria-t-elle en direction de l'escalier qui menait à l'étage supérieur.

Un silence inquiet s'installa. Puis, un par un, trois enfants de six ans apparurent, les cheveux en bataille. Trois petits sosies qui la regardaient par-dessus la balustrade. Leurs mines sombres trahissaient la même culpabilité.

— Pour la dernière fois, les garçons, vous ne devez *pas* bombarder des fiacres avec des fruits, gronda-t-elle. Vous m'entendez ? Bien, lequel de vous trois a jeté cette pomme ?

Lorsque les enfants murmurèrent leurs protestations habituelles, elle ajouta :

— Tout le monde sera privé de pudding au dîner tant que quelqu'un n'aura pas avoué.

Aussitôt, deux têtes se tournèrent pour jeter un œil accusateur à la troisième. *George.* Évidemment que c'était lui. Il était aussi imprévisible que deux de ses célèbres homonymes — le précédent roi, qui était fou, et son écervelé de fils, qui avait accédé au trône quelques mois plus tôt.

Se voir lâcher par ses frères le fit blêmir.

— Je ne l'ai pas jeté, ce fruit, Lissy, je te jure. Je le mangeais, et il était très juteux, alors quand je me suis penché par la fenêtre…

— Ce que tu n'es pas censé faire non plus, le coupa-t-elle. Je te l'ai déjà dit plusieurs fois : seuls les voyous mal éduqués se penchent par les fenêtres et jettent des choses sur les passants qui ne se doutent de rien.

— Je n'ai rien jeté ! protesta-t-il. Ça a glissé !

— Tiens donc. Comme hier soir, quand ta grammaire latine a « glissé » et qu'elle a failli faire un trou dans le toit d'un fiacre, ou comme ce matin : la boule de neige qui a atterri sur le pasteur avait « glissé », elle aussi.

Georgie agita sa petite tête de haut en bas.

— Oui. C'est ça.

Elle lui jeta un regard noir. Hélas, les regards noirs n'avaient strictement aucun effet sur cet incorrigible chenapan.

Il n'y avait rien à faire. Cela dit, c'était compréhensible. Les triplés ne s'étaient toujours pas remis de la mort de leur père, l'année précédente. Elle non plus, d'ailleurs. Les pauvres petits n'avaient jamais connu leur mère, qui était morte quelques heures après leur naissance.

Tant bien que mal, Felicity avait tâché de la remplacer. Mais, avec les dettes que leur architecte de père avait laissées derrière lui, elle devait se démener pour qu'ils aient de quoi se nourrir. Elle n'avait guère de temps pour les éduquer.

Les mains plantées sur les hanches, elle fixa Ansel, celui qui cafardait le plus souvent.

— Où est James ?

— Je suis là.

Au-dessus des trois petites têtes baissées, elle vit apparaître la silhouette malingre de son quatrième frère.

— Moi qui pensais que tu les surveillais à ma place, dit-elle sans cacher son agacement.

Elle regretta ce ton cassant en le voyant rougir.

— Je… Je suis désolé, Lissy. J'étais en train de lire. Je révise mes cours en attendant de pouvoir retourner à la Islington Academy.

James adorait cette école. Hélas, ils n'avaient plus les moyens de payer. C'était un doux rêve, comme avoir de la vaisselle en or ou des chemises en soie !

— C'est bien, James. Il faut que tu continues tes études.

Pourtant, Dieu seul savait quand il pourrait reprendre les cours — s'il y parvenait un jour…

Felicity laissa échapper un soupir inquiet. Elle n'aurait pas dû confier cette responsabilité à un enfant de onze ans. Si studieux soit-il, son frère avait bien du mal à jouer les gardes-chiourmes face à ces trois garnements. Autant confier trois louveteaux à un chiot. Seulement, elle ne pouvait pas se permettre d'avoir une vraie nounou.

Mais qu'importe. Il fallait faire une peur bleue à Georgie avant que les deux autres ne commencent à imiter ses bêtises.

— Eh bien, j'imagine que nous allons devoir appeler le docteur.

Georgie ouvrit la bouche à s'en décrocher la mâchoire.

— Comment ça ?

— Tu sembles avoir du mal à tenir les objets, c'est que tes mains doivent avoir un problème. Peut-être que tu as la tremblote. Je vais faire venir le docteur pour qu'il t'examine.

— Je n'ai pas besoin d'un docteur, Lissy ! Je te jure, je n'en ai pas besoin ! s'écria-t-il en tendant les mains par-dessus la rambarde. Tu vois ? Elles n'ont rien.

Felicity tapota sa joue d'un doigt, en faisant mine de réfléchir intensément.

— Je ne sais pas. Un docteur pourrait soigner cette maladie qui t'est tombée dessus. Il va peut-être te prescrire un traitement. Des lamelles d'œil de grenouille, ou quelque chose dans ce goût-là.

Georgie vira au vert.

— De… de l'œil de grenouille ?

— Ou de l'huile de foie de morue. Trois ou quatre fois par jour.

Lui qui détestait ça…

— Promis, Lissy, bafouilla-t-il aussitôt, ça n'arrivera plus. Je serai très prudent la prochaine fois que je me pencherai… Enfin, la prochaine fois que je serai près d'une fenêtre.

— À la bonne heure.

Elle surprit l'air amusé des deux autres.

— Et si vous avez les mains qui tremblent, vous aussi, ajouta-t-elle à leur intention, je me ferai une joie d'appeler le docteur pour qu'il vous examine à votre tour.

Ce qui eut le mérite de les calmer.

— Maintenant, filez. Et jouez sagement, par pitié.

Ils ne bougèrent pas d'un cheveu. Accroché à la rambarde, Ansel lui lança un regard suppliant.

— Et si tu nous racontais une histoire ?

— Celle du paon qui mange le dragon, renchérit William d'un ton plein d'espoir.

William ne jurait que par les paons et les créatures fantastiques, depuis quelque temps.

— Pas celle-là, lâcha George. Raconte-nous celle où le méchant chevalier tombe de son cheval et se retrouve dans de la bave de crapaud.

Le voir si enthousiaste lui serra le cœur. Elle aurait tant aimé leur faire ce plaisir…

— Pas maintenant, chaton. Désolée, je dois finir cet article. Mr Pilkington envoie Mr Winston le chercher, et je ne peux pas le faire attendre.

— Moi, je n'aime pas Mr Winston, se plaignit Ansel. C'est *lui* qui devrait tomber dans de la bave de crapaud.

Felicity se retint d'avouer qu'elle s'était bel et bien inspirée de lui pour l'histoire du chevalier.

— Il sent mauvais et il n'est pas beau, Mr Winston, ajouta George. Quand il te regarde, j'ai envie de lui casser la figure. Ce n'est rien qu'un gros tas !

— George !

Elle essaya d'avoir l'air choquée, mais elle eut bien du mal car l'expression était particulièrement bien choisie.

— Surveille ton vocabulaire ou je vais te nettoyer la bouche à l'huile de foie de morue !

En voyant son frère cadet grimacer, elle poursuivit :

— Et puis, même si nous n'aimons pas Mr Winston, nous devons être polis avec lui pour que je puisse continuer d'écrire pour le journal.

— Mais je le déteste ! s'exclama George. On le déteste tous, pas vrai ?

— Oui. Et, s'il était là, je lui collerais mon poing dans son gros nez, dit Ansel d'un ton véhément.

— Et moi, je… je…

James hésita. Il n'avait pas l'instinct bagarreur de ses frères.

— Eh bien, je ferais quelque chose.

— Non, tu ne ferais rien du tout. Car je ne te le permettrais pas.

Elle imagina ses soldats en culotte courte fondre sur le mielleux Mr Winston. Comment ne pas avoir envie de sourire ?

— Écoutez un peu. Si vous restez sagement dans la nurserie pendant l'heure qui vient, je vous raconterai *deux* histoires. Celle sur le paon qui mange le dragon *et* celle sur le méchant chevalier. Promis.

— Hourra ! Le paon qui mange le dragon et le méchant chevalier ! crièrent en chœur les triplés avant de se précipiter vers la nurserie.

Décidément, ces enfants ne savaient pas se contenter de marcher.

D'en haut de l'escalier, James la regarda :

— Je les surveillerai mieux la prochaine fois, c'est juré.

— Je sais que tu y arriveras, mon cœur, répondit-elle

avec une tendresse toute maternelle. Tu es un brave garçon et tu m'aides énormément. Allez, file.

Felicity le vit rosir avant de courir après ses frères. Inutile de le gronder quand ce n'était pas nécessaire. Ce pauvre petit était aussi sensible qu'un poète.

Mais pas autant que leur père, oh non.

La colère l'envahit et elle regarda le ciel d'un œil mauvais.

— Vous voyez ce que vous avez fait, Seigneur ? Pourquoi avez-vous laissé mon père tomber dans la Tamise alors qu'il était ivre ? J'espère qu'il vous mène une vie d'enfer, là-haut. Qu'il joue aux cartes avec saint Pierre et qu'il boit avec les anges.

Les larmes grossirent au coin de ses yeux.

— J'espère qu'il vous construit des palais tout de travers.

En baissant la tête, elle tomba sur une servante qui la fixait. La fille détourna le regard et recommença à balayer énergiquement le tapis.

Felicity se sentit toute honteuse. *Oh ! qu'ils aillent au diable !* À la longue, toute la maisonnée avait dû s'habituer à l'entendre réprimander le Très-Haut. Comme si une maison remplie de petits garnements ne donnait pas envie à une personne normalement constituée de s'en prendre à Dieu ! Comment pourrait-elle s'en sortir avec tous ces enfants sur les bras ? Grâce au ciel, Mrs Box les garderait quelques jours pendant qu'elle partirait en voyage. Elle avait besoin d'échapper à ses obligations familiales, et surtout aux trois tornades.

Mais, d'abord, au travail. Elle rejoignit vivement le bureau plein de courants d'air qui avait été celui de son père et s'assit à la table de travail près de la fenêtre. Devant elle, une pile de feuillets couverts d'encre.

Bien, où en était-elle, déjà ? Ah oui.

Enfin, pour des conseils en matière de mode, méditez l'avis profond du duc de Pelham : « Ce dont les jeunes filles ont besoin pour dompter leurs passions, c'est cet antique accessoire, la ceinture de chasteté. Grâce à lui, tous ces mariages sans le consentement des familles n'existeraient plus. »

Elle plongea sa plume dans l'encrier et rajouta un *si* avant le mot *profond*. Pour être tout à fait honnête, il aurait fallu dire cette phrase d'une voix empâtée par l'alcool. Mais c'était assez dur à imiter à l'écrit.

Quant aux *passions* en question, c'était celles du duc que les jeunes filles avaient intérêt à éviter. Elle-même ne le savait que trop bien. Et si on le forçait *lui* à porter une ceinture de chasteté ? Voilà qui réjouirait toutes les femmes ! Encore que. Pour bien faire, il aurait fallu attacher ses mains baladeuses et bâillonner sa bouche dégoûtante.

Cette idée était si tentante qu'elle s'adossa à sa chaise et savoura le tableau : Pelham ligoté et hors d'état de nuire, pour une fois. On aurait aussi pu attacher ce satyre à un fiacre lancé à pleine vitesse…

Felicity entendit alors le bruit sourd des roues d'un véhicule — sauf que ce n'était pas le fruit de son imagination, cette fois ! Elle bondit de son siège. À travers la fenêtre, elle aperçut une voiture qui remontait lentement la rue cernée par la neige. Les roues faisaient jaillir de l'eau glacée à chaque nid-de-poule. Quand le véhicule fit halte devant la maison, elle laissa échapper un juron fort déplacé pour une dame. L'odieux Mr Winston était arrivé.

Elle reporta son attention sur son article. Sapristi ! Elle n'avait pas encore fini de repérer les fautes et il y avait cette satanée phrase du deuxième paragraphe qu'elle comptait rectifier. Vite…

***

Au bout de la rue, Ian se tenait tapi dans l'ombre et observait Mr Winston qui fouillait dans sa poche pour payer sa course. En deux enjambées, il approcha et héla le cocher avant de lui tendre quelques pièces.

— Attendez une minute, voulez-vous ? Ce gentleman doit encore aller quelque part.

Sur ces mots, il adressa un grand sourire à l'employé du journal.

— Une chance que je vous aie rattrapé, Pilkington en avait des sueurs froides.

— Mais qui êtes-vous ? demanda Winston en lui jetant un regard surpris.

— Pilkington m'a embauché ce matin même.

En réalité, le patron de l'*Evening Gazette* était encore en train de s'entretenir avec plusieurs candidats, à la suite d'une annonce qu'il avait passée. Mais, ça, Winston ne pouvait pas le savoir.

— Il a besoin de vous à Haymarket. Il m'a dit de vous retrouver et de vous envoyer là-bas. Comme je suis nouveau, je peux m'occuper de l'article de Lord X.

Devant l'air soupçonneux de son interlocuteur, il s'empressa d'ajouter :

— Il y a une émeute, et il veut que vous vous rendiez sur place sans perdre une minute.

— Une émeute ?

L'étincelle qui brilla subitement dans les yeux de ce gros bonhomme ne voulait dire qu'une chose : Ian avait bien cerné sa cible. C'était comme si Winston se pourléchait les babines à l'idée de voir des scènes de violence en pleine rue.

— Je vois. Bien…

Après l'avoir brièvement jaugé, l'homme sembla manifestement convaincu par le manteau en laine bon marché et la toque qu'il avait enfilés pour ressembler à un employé, et non à un vicomte.

— C'est entendu. Frappez à la porte et dites-leur qui vous êtes.

Tandis que Mr Winston grimpait dans la cabine et ordonnait au cocher de lancer les chevaux, Ian eut un sourire. Ces trois jours passés à soudoyer des employés et à suivre ce nain ventripotent avaient porté leurs fruits, finalement. Toutes ces techniques qu'il avait perfectionnées pendant la guerre lui étaient décidément bien utiles. Avait-il besoin du véritable nom de Lord X maintenant ? Non. Il avait localisé la maison de cette canaille, et c'était bien suffisant.

Tout en gravissant prudemment les marches verglacées de la demeure, il remarqua l'allure gothique de la porte et le heurtoir en forme de griffon. Pas banal. Mais il lui semblait familier. Il avait vu le même quelque part, mais où ? La réponse tardant à venir, il mit l'information dans un coin de sa tête. Il fouillerait dans ses souvenirs plus tard. Il examina ensuite la façade du bâtiment à travers cette neige qui tombait en abondance. Cette maison était une illustration superbe du style gothique, avec des fenêtres en ogive et un magnifique travail de tracerie. C'était la demeure d'un gentleman. Mais il s'y attendait.

La plume vénéneuse de Lord X était celle d'un aristocrate, à n'en pas douter. Il avait étudié consciencieusement les articles de cet individu et, même s'il les considérait comme de vrais torchons, il comprenait pourquoi les duchesses décalaient des dîners pour les lire, et pourquoi toutes les femmes de chambre et tous les valets londoniens dépensaient leurs sous si durement gagnés pour acheter l'*Evening Gazette*. Et il comprenait aussi pourquoi Pilkington protégeait aussi étroitement sa poule aux œufs d'or.

Lord X était le rêve de n'importe quel patron de presse — incisif et brillant, avec un style plaisant et une capacité hors du commun à découvrir les secrets les mieux cachés. Il maniait l'éloge et le blâme avec beaucoup de brio. Ian se souvenait d'un de ses professeurs d'Eton, qui préférait les subtilités du sarcasme aux traditionnels coups de bâton. Comme lui, Lord X critiquait avec finesse. Ses cibles étaient principalement ces membres de la haute société qui illustraient ce qu'elle avait de pire — ce mépris hautain pour les besoins ou les sentiments des autres, une arrogance mal placée et le goût des comportements licencieux.

Voilà sans doute pourquoi il était apparu dans cette chronique. Vu les innombrables méfaits qu'on lui prêtait en tant que vicomte Saint Clair, Lord X le considérait certainement comme le fils du diable en personne. Ian haussa les épaules. C'était peut-être à moitié vrai, mais qu'importe la vérité : ce scribouillard avait besoin d'apprendre à choisir ses cibles avec plus de discernement. Et c'était bien ce qu'il comptait lui faire entrer dans le crâne.

On répondit immédiatement à son bref coup de heurtoir, même si, en ouvrant, la femme aux cheveux blancs comme la neige qui apparut devant lui sembla surprise de le voir.

— Oui, sir ? Je peux vous aider ?

Il retira sa toque, ce qui fit voler quelques flocons.

— Je suis Mr Lennard, de la *Gazette*.

Autant qu'il utilise son vrai nom. Lord X ne connaissait certainement que son titre.

— Je suis venu récupérer l'article.

La femme essuya ses mains mouillées et rougies sur son tablier puis s'écarta.

— Entrez, je vous prie.

Le temps qu'il s'exécute, elle lança joyeusement :

— Je suis Mrs Box, la gouvernante. Mr Winston n'est pas là, aujourd'hui ?

— Il a été appelé ailleurs. Je le remplace.

— Oh. Bien, attendez ici, mon mignon, je vais chercher l'article.

— En fait, dit-il au moment où elle prenait le chemin de l'imposant escalier en chêne, Mr Pilkington souhaiterait que je m'entretienne personnellement avec votre maître.

— Mon maître ?

L'air étonné de la vieille dame creusa les rides de son front. Et tout à coup elle partit dans un grand éclat de rire.

— Ce Mr Pilkington, quel plaisantin. Il ne vous a rien dit, c'est ça ?

— Qu'aurait-il dû me dire ?

— Peu importe. Inutile de lui gâcher sa petite farce. Je vais prévenir mon « maître » que vous êtes là.

Elle leva ses jupons et prit son temps pour gravir l'escalier, sans cesser de murmurer « mon maître, hein ? », entre deux ricanements.

Ian la suivit des yeux. Drôle de domestique. Elle ne l'avait même pas débarrassé de son manteau et de son chapeau. Et il n'y avait ni majordome ni valet de pied ? En voilà une maisonnée excentrique.

Après avoir pendu ses affaires à un portemanteau en fer forgé, il observa le hall en marbre. Ces six années passées à jouer les espions lui avaient appris comment se servir de ses yeux pour mettre au jour les secrets d'une cible. Reste que ce décor était aussi énigmatique que le propriétaire des lieux.

La pièce était sobre, dépourvue de cette bimbeloterie que d'aucuns affectionnaient. Un meuble en acajou sur lequel était posé un simple plateau en argent pour le courrier. Au-dessus, un grand miroir rappelait, en miniature, le motif du griffon, délicatement sculpté sur le cadre. Comment pouvait-on décrire aussi crânement les pires travers de la haute société et avoir des goûts si raffinés ? Voilà qui était étrange.

Peut-être que l'épouse du maître des lieux s'était chargée de la décoration. Cela expliquerait les touches féminines — ici, un napperon en dentelle, là, un joli tapis. Mais, s'il y avait une femme dans les parages, pourquoi cette maison était-elle aussi mal tenue ? Les montants en cuivre de la rampe d'escalier avaient grandement besoin d'être lustrés et un coup de balai n'aurait pas été inutile. Où étaient les domestiques qui s'activaient toujours beaucoup à ce moment de la matinée ? Il y avait aussi cette forte odeur de suif, mais cela voulait juste dire que Lord X ne pouvait pas se payer de cire d'abeille. Ce qui n'était pas si inhabituel.

Le temps passait et Ian se mit à faire les cent pas. Il voulait régler cette affaire. Après quoi, il pourrait se rendre chez Katherine et conclure cette histoire de mariage une bonne fois pour toutes. Il avait repoussé sa visite depuis la publication de l'article, en se disant qu'elle aurait besoin de temps pour surmonter la douleur que lui avait causée ce ramassis de bêtises. Les gens murmuraient déjà dans le dos de celle-ci, au sujet de son allure quelconque, de son air timide, de ses faibles chances de se trouver un mari. Découvrir qu'un journal faisait l'éloge de la maîtresse de toute évidence somptueuse de son fiancé potentiel l'avait certainement mise au supplice. Et il aurait à coup sûr aggravé les choses en se montrant.

Il n'empêche : il n'était qu'un fieffé menteur. Lorsqu'il était avec elle, il avait envie d'être ailleurs. La voilà, la vérité. Il s'agaçait de la voir acquiescer à chacun de ses mots ou rester muette comme une carpe. Et, quand elle essayait de faire la conversation, c'était avec une naïveté qui l'ennuyait.

La plupart des hommes auraient été heureux d'avoir une épouse naïve et docile. De fait, s'il avait jeté son dévolu sur elle, c'était précisément parce qu'elle ne lui poserait aucun problème, notamment par rapport au combat qui l'opposait à son oncle. Alors pourquoi l'idée de se marier avec elle le glaçait-elle ?

Non, il devait penser à autre chose. Il allait l'épouser, point, et tant pis pour ses envies égoïstes. Elle correspondait à ce qu'il recherchait. Par ailleurs, donner libre cours à des élans trop forts menait inévitablement à la catastrophe. Il était impératif de réfléchir avant d'agir et d'ignorer le chant des sirènes qui avaient pour nom le désir, voire la colère. Lui-même l'avait appris à ses dépens dix ans plus tôt. C'était parce qu'il s'était efforcé de bannir de telles tentations qu'il était parvenu à survivre. Voilà comment il remporterait ce bras de fer. Celui avec Lord X, certes, mais aussi celui avec la canaille qui lui servait d'oncle.

Ian marcha vers l'escalier puis fit demi-tour. Au même moment, le plafond craqua. Dans son dos, un bruit léger le fit se retourner — à temps, car un morceau de plâtre s'écrasa sur le sol tout près de l'endroit où il se trouvait.

Il plissa les yeux. Non, ce n'était pas du plâtre. Il donna un coup de pied dedans. La forme se désagrégea puis rendit un bruit sourd en collant à sa botte. Tiens, ce drôle de tas était en fait une boule de neige sale qui commençait à fondre sur le sol en marbre.

Soudain, des voix d'enfants résonnèrent dans l'escalier.

— Flûte, ce n'est pas lui ! dit l'une d'elles. C'est un autre bonhomme.

En levant les yeux, Ian s'aperçut qu'il était observé avec stupeur par trois paires d'yeux. Des yeux identiques au milieu de trois têtes identiques qui pointaient au-dessus de la balustrade à l'étage supérieur comme une rangée de marionnettes. Il crut avoir la berlue, mais non, il n'y avait pas d'erreur possible. Les trois jeunes galopins en haut de l'escalier se ressemblaient parfaitement. Et l'un d'entre eux tenait un seau vide.

— Bonjour ! lança Ian. Vous saluez tous vos hôtes de façon aussi accueillante ?

Un nouveau visage apparut derrière la balustrade, celui d'un garçon plus âgé dont l'air horrifié contrastait nettement avec les mines curieuses des trois autres.

— Oh ! Georgie, qu'est-ce que tu as encore fait ? Lissy va nous le faire payer très cher !

Lissy ? Leur nourrice, peut-être ? Cela devait être les enfants de Lord X. Hum. De vrais triplés, c'était rare. Une information qu'il ajouta à celles dont il disposait. Mais il avait beau chercher, aucun gentleman de sa connaissance ne s'était jamais vanté d'avoir enfanté trois enfants en même temps.

Le garçon plus âgé descendit l'escalier en trombe, avec les autres qui couraient ventre à terre derrière lui. En le regardant de plus près, on ne pouvait que repérer un air de famille avec les triplés.

— S'il vous plaît, sir, supplia l'aîné en s'immobilisant après avoir dérapé. Ils ne voulaient pas vous faire mal.

— Vraiment ?

En se penchant, Ian écarta la neige sale.

— De la poussière de charbon. Trois ou quatre petites pierres. Un morceau de glace.

Il ramassa une forme vaguement cylindrique et la fit tourner entre son pouce et son index.

— Un trognon de pomme ? À mon avis, voilà qui ferait des dégâts en tombant sur la tête de quelqu'un. Ou sur ses vêtements, surtout.

— Ce n'est pas vous qu'on visait, sir, dit gentiment l'un des triplés. On pensait que vous étiez Mr Winston.

Non sans peine, Ian se retint de sourire.

— Vous ne le portez pas dans votre cœur, je comprends.

— Il louche sur Lissy, murmura l'aîné.

Ian se redressa et sortit son mouchoir pour s'essuyer la main.

— Qui est Lissy ?

— Notre sœur, expliqua l'un des triplés.

— Je vois.

Quatre fils et une fille. Lord X avait une sacrée famille à entretenir.

— Eh bien, Dieu merci, je ne suis pas Mr Winston. Et vous visez très mal.

— Nous sommes vraiment désolés, sir, dit l'aîné d'un ton coupable. D'habitude, on ne fait pas ce genre de choses. Si on n'avait pas attendu le monsieur du journal…

— Je viens de sa part, le coupa Ian.

— Alors vous êtes écrivain, comme Lissy ? demanda un des triplés.

— Pas exactement.

Inexplicablement, il venait de rechigner à mentir à cet enfant.

— Votre sœur est écrivain ?

— Oh oui, elle écrit plein de choses, s'empressa de continuer l'enfant, mais…

— Tais-toi un peu, répliqua le plus grand d'un ton ferme.

Puis Ian le vit tourner la tête dans sa direction.

— Je parie que vous n'êtes pas écrivain. Les vrais écrivains ont des taches d'encre sur les doigts. Pas vous.

Ian examina ses mains d'un air faussement solennel.

— Effectivement, tu as vu juste.

— Lissy, elle a des taches d'encre sur les doigts, expliqua l'un des petits. Parce qu'elle écrit…

— Je t'ai dit de te taire, Georgie, gronda l'aîné. On n'est pas censés en parler. Lissy dit que ce n'est pas convenable pour une femme d'écrire des histoires.

Ian se retint de sourire. Il n'avait aucun mal à imaginer leur sœur, une aspirante romancière d'environ quinze ans qui essayait d'imiter son père tout en s'efforçant d'avoir un comportement de femme « respectable ».

La gouvernante apparut brusquement à l'étage supérieur.

— Arrêtez d'embêter le gentleman, les enfants ! lança-t-elle en les voyant en bas.

Le temps de descendre, elle aperçut le tas de neige qui fondait à vue d'œil. Désormais, ils ressemblaient tous à des chirurgiens entourant un patient compliqué. Les sourcils froncés, la vieille femme poussa les quatre garçons d'un coup d'épaule.

— J'imagine que vous avez pris ça sur le balcon, hein ? Vous allez voir, à Noël, vous n'aurez que des morceaux de charbon dans votre chaussette, cette année.

Devant les regards paniqués que se lançaient les triplés, Ian sentit son vieil instinct protecteur se réveiller.

— En fait, l'un des valets est entré et a fait tomber un joli paquet de neige de son manteau.

Pourvu qu'il y ait des valets quelque part dans le coin. Sans quoi, son histoire tombait à l'eau.

— J'aurais pu glisser dessus s'ils ne s'étaient pas précipités pour… nettoyer.

En voyant leurs visages sales s'éclairer de gratitude, Ian tempéra ce soudain accès de gentillesse en leur jetant un œil perçant.

— Oui, c'est ce qu'on va faire, pas vrai, les gars ? ordonna l'aîné à ses frères.

— Oh oui, on veut aider…

— Laissez-nous faire…

— On s'en charge tout de suite…

— Très bien, les enfants, dit Mrs Box.

Le coin de ses lèvres se relevait. On sentait son envie de sourire.

— Nettoyez-moi ça. James, va vite chercher une serpillière. Georgie, tu peux utiliser le seau que tu portes.

Elle se tourna ensuite vers Ian, le visage fendu en deux par un grand sourire.

— Merci d'avoir été si compréhensif, sir. Ce sont de sacrés garnements, parfois, mais ils peuvent être de vrais petits anges quand ils le veulent.

Vraiment ? Difficile à croire…

— J'ai l'impression qu'ils n'aiment pas Mr Winston.

— Pour être honnête, sir, aucun de nous ne l'apprécie.

Et à ce propos l'article n'est pas encore prêt, mais vous pouvez monter et l'attendre.

Elle jeta un coup d'œil derrière elle. Les garçons étalaient la neige au lieu de la ramasser.

— Ça ne vous dérange pas de monter seul ? Si je ne les surveille pas, toute l'entrée sera aussi sale qu'une étable quand ils en auront terminé.

— Il n'y a pas de mal.

Cela lui donnerait peut-être une chance d'espionner Lord X sans se faire remarquer.

— Première porte à droite en haut de l'escalier, dit-elle en désignant l'étage supérieur. Allez-y. C'est ouvert.

— Merci, murmura-t-il avant de monter précipitamment les marches.

Une fois la bonne porte trouvée, Ian s'apprêta à entrer avant de se raviser. Il avait dû mal comprendre les indications de la gouvernante. Car la pièce était occupée par une silhouette menue qui se tenait devant un bureau. Il étudia son profil avec intérêt. Elle avait une mâchoire volontaire et les joues fardées d'un rouge profond. Rien à voir avec le rose pâle si populaire chez les jeunes filles, ces derniers temps.

C'était sûrement la sœur des quatre garçons, Lissy. À en juger par sa taille, elle avait la moitié de son âge, mais il n'arrivait pas pour autant à détourner les yeux. Ce qui le fascinait, c'était cette chevelure, une masse de boucles qui avaient la couleur du chocolat, relevée à la hâte sur le sommet de sa tête et retenue par deux aiguilles à tricoter. C'était la première fois qu'il voyait une femme aussi peu préoccupée par son apparence. De fait, l'ourlet de sa robe bleue était sale, et ses chaussures auraient eu besoin des services d'un cordonnier.

Là, elle se pencha pour ouvrir un tiroir, et il sentit sa bouche devenir sèche comme de la paille. Bon sang, quelle chute de reins, avec ces courbes douces qui se dessinaient sous la fine mousseline de cette robe ! Il s'en voulait de regarder, mais pourquoi s'en priver ? Elle était peut-être jeune, mais elle avait déjà la silhouette parfaitement proportionnée d'une courtisane. Il n'y avait rien d'étonnant si Mr Winston lui jetait des regards appuyés.

Il lui fallut toute sa détermination pour détourner les yeux et chercher une autre porte dans le couloir. Mais il n'y en avait pas. Et s'il demandait à cette jeune femme de l'orienter ?

Ian s'éclaircit la gorge. Juste au moment où il s'apercevait qu'elle écrivait quelque chose, les doigts pleins d'encre, exactement comme dans la description de ses jeunes frères, elle lui lança sans se retourner :

— Entrez, sir. J'ai simplement besoin de corriger une toute petite chose.

Deux détails le saisirent. D'abord, cette voix calme et assurée : elle n'était pas aussi jeune qu'il le pensait. Ensuite, elle attendait un visiteur, c'était évident.

Mr Winston.

Comment avait-il pu être aussi long à la détente ? *Bon sang, Lord X est une femme.*

Chapitre 3

L'épouse d'un certain chevalier devrait se méfier du penchant de son mari pour une cantatrice connue pour ses mains toujours ouvertes et son cœur toujours fermé. Il se murmure que ce rossignol rêve d'un château, et qu'il ne rechignera pas à noyer dans les douves la paonne qui règne sur les lieux afin de s'en emparer.

LORD X, *The Evening Gazette*, 8 décembre 1820.

Felicity biffa un mot et en griffonna un autre dans la marge.

— Excusez mon retard, dit-elle en survolant la page pour y repérer d'autres erreurs. La matinée n'a pas été de tout repos.

Une voix d'homme, aussi douce qu'un bon cognac français, lui répondit :

— Prenez votre temps, madame. Je profite du spectacle.

À l'instant où elle saisit l'allusion insolente de cet inconnu, elle se retourna. Le nouvel employé de Mr Pilkington allait être remis à sa place sans ménagement, exactement comme Mr Winston, la toute première fois. Elle resta pétrifiée. L'homme au regard froid et perçant qui se tenait sur le pas de la porte de son bureau n'était pas de la *Gazette*, ça non.

C'était le vicomte Saint Clair. Elle l'aurait reconnu entre mille.

Flûte, flûte, et re-flûte. Que faisait-il ici ? Manifestement, Mrs Box l'avait pris pour un employé de Mr Pilkington et l'avait fait monter. Mais cela n'expliquait pas pourquoi un lord tenait à la voir.

Il sourit. Enfin, sa bouche sourit. Le reste de son visage inexpressif n'expliquait pas pourquoi il était venu. Il s'avança dans la pièce.

— Vous savez qui je suis, j'imagine.

Oh oui. Même si elle ne l'avait jamais vu de près, elle l'avait remarqué lors d'innombrables événements mondains. Comment passer à côté d'un homme pareil, qui faisait presque trois fois la taille des triplés ? Par ailleurs, rares étaient ceux qui portaient aussi bien leurs tenues, à leur âge. Et qui ne se prenaient visiblement pas pour des dandys. Ce visage, avec des traits anguleux et comme taillés à la serpe, suscitait des commentaires partout où il passait. Sans compter qu'il était rehaussé par ce teint mat que le vicomte avait hérité de sa mère, une Espagnole.

Et puis ces yeux… Ils avaient la couleur exotique du henné des Indiens, avec des pupilles qui semblaient plonger dans les tréfonds d'une âme noire. On ne les appelait pas « les yeux du diable » pour rien. Les femmes s'en détournaient… quand elles ne se perdaient pas dans ces deux abîmes.

Allons, elle devait se ressaisir ! Pas question qu'elle y succombe, elle aussi. Où avait-elle donc la tête ? Elle le connaissait bien, trop bien même, depuis qu'elle l'avait suivi dans Waltham Street, la semaine précédente. Était-ce la raison de sa visite ? Parce qu'elle avait parlé de lui dans son dernier article ?

Non, il ne pouvait pas savoir qu'elle était Lord X. Mr Pilkington gardait le secret de son identité. Et puis Lord Saint Clair n'avait aucun motif d'être outré par son article. Les hommes de sa trempe aimaient qu'on encense leurs maîtresses. Il n'empêche : hors de question qu'il découvre la vérité.

Vivement, elle cacha l'article sous des papiers derrière elle, puis se plaqua un sourire sur le visage.

— Bonjour, Lord Saint Clair. Veuillez excuser ma surprise. Je ne crois pas que nous ayons été présentés.

— Non, effectivement.

Il tendit la main pour fermer la porte, ce qui la mit particulièrement mal à l'aise. Puis il l'observa attentivement.

— Mais je sais qui vous êtes, dit-il.

On aurait dit que cette découverte le surprenait.

— Je vous ai vue à certains bals. Vous êtes Miss Felicity Taylor. Votre père était Algernon Taylor, l'architecte.

— En effet.

Étrange. Il voulait la voir mais il venait tout juste de comprendre qui elle était ?

— J'ai été navré d'entendre que votre père est mort l'an dernier.

On sentait une vraie compassion dans sa voix, mais son visage restait impénétrable.

— J'ai vu son travail à Worthing Manor et Somerset House. Il avait beaucoup de talent.

Felicity sentit sa gorge se nouer.

— Oui, c'est vrai.

Beaucoup de talent et beaucoup de naïveté, aussi. Son

talent l'avait amené à fréquenter des hommes haut placés, mais sa gentillesse et son tempérament ouvert l'avaient empêché de comprendre qu'il était dangereux de vivre au-dessus de ses moyens. Il était mort comme il avait vécu — en prenant des risques. Elle ne s'était jamais fait d'illusions sur ce père qu'elle adorait et qui la désespérait. Ni sur les hommes de haut rang qu'il avait côtoyés.

— Merci pour vos condoléances, Lord Saint Clair, répondit-elle d'une voix dure. Maintenant, si vous voulez bien m'excuser, j'ai à faire et…

— Je vois qu'il n'est pas le seul à avoir du talent, dans cette famille, poursuivit le vicomte comme s'il parlait au mur.

Puis il désigna le bureau encombré de papiers.

— De toute évidence, vous avez tout autant de talent la plume à la main…, Lord X.

Elle sentit son sang se glacer. Il savait !

Ou alors il *pensait* savoir. Donc prudence.

— Cet homme ignoble qui écrit des articles dans les journaux, vous voulez dire ? Vous ne croyez tout de même pas que j'ai quelque chose à voir avec lui ?

Il s'approcha d'elle comme une armée prête à sonner la charge.

— Miss Taylor, ne me prenez pas pour un imbécile parce que vous connaissez mes secrets.

L'agitation qui animait Felicity grandit. Elle recula et se trouva bloquée par son immense bureau.

— Seul un imbécile peut me prendre pour Lord X. La personne qui vous a informé était fort mal renseignée.

Il s'arrêta tout près d'elle, bien trop près au goût des convenances, et elle lui jeta un regard outré. Pourvu qu'elle puisse le remettre à sa place et effacer ce sourire satisfait de cette bouche insolente. Hélas, il la dépassait d'une bonne tête. Impossible de le regarder sans avoir l'air d'une parfaite idiote.

— Personne ne m'a renseigné, dit-il. J'ai mené mes propres recherches. J'ai trouvé Winston, le bras droit de Pilkington, et je l'ai suivi jusqu'ici.

Le vicomte n'eut qu'à pencher son corps immense pour contourner la frêle silhouette de Felicity et fouiller dans les papiers posés sur le bureau. Il flottait autour de lui une odeur d'eau de Cologne.

— Très aimablement, votre gouvernante m'a envoyé chercher votre article.

Il s'arrêta brusquement de fouiller, un sourire diabolique sur les lèvres.

— C'est ça ? demanda-t-il en levant une pile de feuillets.

Felicity leva la tête — très haut — pour le fixer au fond des yeux. À quoi bon nier plus longtemps ?

— Très bien. Vous avez découvert mon secret.

— En effet.

Leurs yeux se croisèrent. Ceux du vicomte étaient encore plus indéchiffrables à cette faible distance. Ils étaient aussi mystérieux que la nuit… et tout aussi fascinants.

Elle détourna le regard pour observer un point quelque part derrière ces épaules si larges.

— Pourquoi vous êtes-vous donné toute cette peine pour me retrouver ? Éclairez-moi.

Il jeta les papiers sur le bureau, sans bouger.

— Parce que vous avez écrit des mensonges à mon sujet dans votre article de la semaine dernière et je déteste être la cible de fausses rumeurs.

Elle reposa subitement les yeux sur lui. Aurait-elle évoqué autre chose que ces considérations sur sa maîtresse ?

— Ce sont là des mots d'une extrême gravité, Lord Saint Clair, dit-elle d'une voix mal assurée. Vous bafouez mon honneur et je ne vous le permets pas.

Il haussa un sourcil d'un noir de jais.

— Je vous préviens, Miss Taylor, vous perdriez n'importe quel duel contre moi.

Le regard du vicomte glissa sur son nez et ses joues pour se concentrer sur sa bouche.

— Mais ce serait certainement un spectacle très divertissant.

Seigneur, cet homme était un vrai séducteur, son intuition ne l'avait pas trompée. Elle comprenait mieux pourquoi certaines femmes le trouvaient fascinant. Et pourquoi son amie, la timide Katherine Hastings, avait une peur bleue de lui.

— Vous êtes venu ici pour parler d'un de mes articles, si je ne m'abuse, fit-elle remarquer, pour oublier que son cœur battait la chamade. Éclairez-moi : lequel vous a blessé ?

— Ne jouez pas à ce petit jeu avec moi, vous savez très bien auquel je pense. Celui sur ma prétendue maîtresse de Waltham Street.

— C'est sur *ça* que vous avez à redire ? Alors souffrez ma bêtise encore quelques instants et expliquez-moi précisément ce qui vous a offensé dans ce texte.

— Le fait qu'il soit faux et archi-faux ! répondit-il en énonçant chaque mot avec une impatience grandissante, comme s'il parlait à un enfant. Je viens de vous l'expliquer.

Il était tellement penché qu'elle pouvait presque voir chacun de ses cheveux impeccablement coupés, aussi brillants que du velours. Elle commençait à être alarmée par le fait qu'il soit si près, sans parler de cette détermination presque agaçante qu'on lisait dans ses yeux. Voilà bien une situation où elle aurait payé une fortune pour être plus grande. Et pour savoir se servir de ses poings.

Quelque chose chez cet homme la dérangeait... Une âme diabolique masquée derrière une apparence civilisée, comme ces faucons dont on cache la tête sous des capuchons. Elle éprouva soudain une envie de s'échapper de la pièce avant que l'oiseau de proie ne soit libéré et ne fonde sur sa proie. C'est-à-dire *elle*. Le temps de se glisser entre lui et le bureau, elle se dirigea vers la porte.

Il se tourna pour l'accompagner du regard.

— Ne vous imaginez pas que vous allez sortir avant que nous ayons terminé, ordonna-t-il d'un ton sans réplique.

— Ce... Ce n'était pas mon intention.

Et pourtant si. Elle avait déjà eu affaire à des hommes bornés. Elle avait même maîtrisé des hommes en colère, car au fond ils n'étaient que la version adulte de ses frères si turbulents. Mais, avec son intelligence et son calme absolu, le vicomte l'entraînait vers un territoire inconnu. Il forçait le respect par sa seule prestance. Et elle n'avait pas envie de découvrir ce qui se passerait si elle tardait à obéir.

— Ce que j'ai écrit à votre sujet n'était pas faux, répondit-elle en essayant d'avoir l'air aussi calme que lui. Ce n'était qu'une supposition de ma part, mais elle était étayée par plusieurs faits tangibles.

— Comme ?

Les yeux toujours posés sur elle, il se cala contre le bureau. Lorsqu'il croisa ses bras musclés sur son torse, elle sentit un frisson la parcourir des pieds à la tête. Être seule avec lui permettait de voir cet homme d'une tout autre manière. Les fois où elle l'avait aperçu en public, entouré de ses pairs, elle n'avait eu aucun mal à échapper à ce parfum de danger qui l'entourait. Mais, maintenant qu'elle était coincée avec lui dans cette pièce, ce n'était plus aussi simple.

— Eh bien, Miss Taylor ? demanda-t-il d'un ton pressant qui la tira aussitôt de ses pensées. Quels sont ces faits ?

— Ah oui.

Elle les énuméra en comptant sur ses doigts.

— Vous avez récupéré la maison de Waltham Street il y a environ un an pour la femme qui réside là-bas. Elle est belle, relativement jeune, et amoureuse de vous, c'est une évidence. Et elle s'appelle Miss Greenaway.

Elle avait une dernière carte qu'elle préféra garder dans sa manche. Peut-être lui serait-elle utile plus tard, si les choses venaient à tourner au vinaigre. Inutile de provoquer le vicomte plus que nécessaire. Il était assez redoutable comme ça.

Un silence pesant s'installa. Puis il s'écarta du bureau et redressa complètement son intimidante carrure.

— Ce sont bien des faits, pour l'essentiel.

Il marqua une pause et la sonda avec une attention troublante, comme pour débusquer ses failles.

— Mais vous en avez tiré votre propre conclusion. Pour vous, cette jeune femme ne peut qu'être amoureuse de moi. D'où vous vient cette certitude ?

— Je me suis entretenue avec elle personnellement.

Ce qui n'était pas la stricte vérité…

— Personnellement ?

Un bref instant, on sentit percer de la colère dans sa voix, mais il se maîtrisa aussitôt.

— Et Miss Greenaway vous a dit qu'elle était amoureuse de moi ?

Les joues de Felicity s'empourprèrent violemment.

— Eh bien, pas exactement… Je…

L'espace d'un instant, une folle envie de mentir s'empara d'elle. Pourtant, elle eut le sentiment qu'il s'en apercevrait. Bizarre.

— Pour être honnête, elle n'a pas du tout parlé de vous. Elle m'a confirmé qu'elle s'appelait bien Miss Greenaway et que cette demeure vous appartenait.

Si la jeune femme lui avait donné toutes ces informations, c'était parce qu'elle l'avait coincée en la prenant par surprise, en pleine rue, devant la maison. Et, au moment où le vicomte avait été mentionné, Miss Greenaway avait rougi et regagné son refuge à toutes jambes. Voilà qui était pour le moins éloquent, non ?

— Qu'est-ce qui vous a permis d'en conclure qu'elle était « amoureuse » de moi ?

Le fait qu'elle ait rougi. Mais, pour lui, ce détail ne serait sûrement pas une preuve.

— Elle était très secrète. Elle voulait clairement vous protéger de…

— Des fouineurs ? gronda-t-il d'un ton sarcastique. Pourquoi aurait-elle voulu faire une chose pareille, franchement ?

— Si vous vous fréquentez en tout bien tout honneur, alors pourquoi tant de mystères ?

— Parce qu'elle tient au respect de sa vie privée, peut-être ?

— Ou parce qu'elle avait peur que vous lui fassiez des reproches. Admettez que vous êtes connu pour votre discrétion. Vous ne parlez de vos activités à personne, pas même à vos amis les plus proches.

Tout en se frottant le menton, le vicomte se mit à tourner autour d'elle.

— Vous faites allusion aux rumeurs qui courent sur ce que j'ai fait à l'étranger.

— Eh bien… oui.

À vrai dire, elle n'avait presque rien appris sur son compte, en dehors de ces rumeurs. Logique, il avait un tel goût du secret ! Il avait mystérieusement quitté l'Angleterre à l'âge de dix-neuf ans et était revenu après la mort de son père, quelques années plus tôt. Voilà le peu dont elle était certaine. Personne ne savait où il était allé ou ce qu'il avait fait. Toutes sortes d'histoires circulaient, plus différentes les unes que les autres. Pour d'aucuns, il avait été un espion à la solde des Français et l'amant de l'épouse d'un grand d'Espagne. Quelqu'un avait même affirmé qu'il avait vu Lord Saint Clair mendier dans les rues de Paris !

Bref, le vicomte gardait aussi bien ses secrets qu'un prêtre gardait les confessions de ses ouailles. Et, pour sa part, elle n'avait aucun goût pour les mystères.

Felicity devina de l'amusement dans les yeux qu'il plongea au fond des siens.

— Quelles rumeurs avez-vous entendues ? Celle qui me présente comme un tueur à gages ? Celle qui me soupçonne d'avoir séduit Joséphine après son divorce, ce qui m'aurait valu d'être agoni d'injures par Napoléon en personne ?

Elle eut du mal à en croire ses oreilles.

— Non, pas celle-ci.

Seigneur, ça aurait été un sacré sujet pour sa chronique. Si seulement elle avait pu habilement l'amener à confirmer que c'était la stricte vérité… Ce qui n'était sûrement pas le cas.

— Et j'imagine que vous avez cru à chacune de ces fables.

— Bien au contraire. Mais je n'avais pas d'autres informations, alors que vouliez-vous que je fasse ?

— Vous auriez pu vous occuper de vos affaires au lieu de colporter des rumeurs et des commérages dans votre torchon.

— Je n'ai rien fait de tel !

— Ah oui, j'oubliais, vous tirez des conclusions fondées sur des éléments tangibles.

— J'exerce mon travail de journaliste avec le sérieux qu'il mérite, dit-elle d'un ton hautain.

— Les *vrais* journalistes sont des gens responsables. Ils s'intéressent à des sujets de la plus haute importance. Je doute que Miss Greenaway en fasse partie.

Felicity voulut répliquer, mais il leva la main.

— Vous avez donc vu cette jeune femme, découvert que je lui offrais un toit et déduit qu'elle était ma maîtresse, c'est bien ça ?

— C'était une conclusion logique.

— Mais fausse.

Bien. Ils étaient de retour à leur point de départ…

— Si je me suis méprise sur la situation, je me ferai une joie de rétablir les faits. Jusqu'ici, rien ne prouve que je me suis trompée.

— Vous avez été incapable de m'expliquer pourquoi mes affaires personnelles vous intéressent à ce point.

Elle le laissa regagner le bureau. Tout un tas de papiers étaient éparpillés sur le plateau en chêne couvert d'éraflures. Il eut l'audace de les survoler du regard !

— Et si vous me disiez la raison qui vous a poussée à écrire sur moi ? Vous ai-je blessée sans m'en rendre compte ?

Pensait-il que c'était une soif de vengeance qui animait ses articles ? Elle préféra ignorer ce sous-entendu désagréable.

— J'écris sur tout le monde, Lord Saint Clair. Votre vie n'est qu'une histoire parmi tant d'autres.

— Une histoire tout à fait ordinaire, fit-il remarquer en attrapant une enveloppe qu'il observa avant de la reposer. Un homme met un toit à la disposition d'une femme qui n'est pas son épouse. Vos lecteurs doivent trouver ça assommant au possible. C'est le genre de choses que les hommes font tout le temps.

L'indifférence qu'il affichait la fit sortir de ses gonds.

— C'est justement pour cette raison que c'est honteux ! Les hommes veulent épouser de jeunes vierges et demandent à leurs femmes de leur être fidèles, mais ils se sentent parfaitement libres de s'amuser avec toutes les femmes qui tombent entre leurs sales pattes !

Il cessa de fouiller son bureau pour lui jeter un regard matois.

— Vous oubliez que je ne suis pas marié.

— Vous le serez bientôt.

Felicity regretta cette réponse en le voyant se figer. Pas de doute : il avait patiemment attendu qu'elle se trahisse en évoquant ce genre de questions et elle avait mordu à l'hameçon, comme une idiote. Il marcha vers elle d'un pas faussement nonchalant, pareil au faucon prenant son envol après avoir été libéré de son capuchon.

— Que voulez-vous dire ?

— Euh… rien. Simplement que vous êtes célibataire… et que vous allez vous marier un jour, et que…

Sans crier gare, le faucon fondit sur elle.

— Vous êtes au courant de la demande en mariage que j'ai faite à Miss Hastings, n'est-ce pas ?

Elle déglutit avec peine, puis acquiesça.

— Vous avez découvert ce détail comme vous avez découvert tout le reste, j'imagine. En fourrant votre nez dans les affaires des gens.

— Non !

Cette façon qu'il avait de la présenter comme une fouineuse la mettait hors d'elle.

— C'est Lady Hastings qui me l'a dit. Katherine est une de mes amies.

Une amie très chère, douce et loyale, même si elle était aussi timide qu'une souris. Et tout le problème était là. Elle ne savait pas du tout comment se comporter avec quelqu'un comme Lord Saint Clair.

— Je vois, répondit celui-ci en serrant les dents. Vous avez donc décidé de révéler mon « attitude inconvenante » dans la presse pour que votre amie doute de moi et refuse ma demande.

Pour l'essentiel… c'était le cas. Même si c'était Lord et Lady Hastings qu'elle avait surtout voulu faire douter. La pauvre Katherine avait refusé de rompre avec le vicomte pour ne pas subir les foudres de ses parents, et notamment celles de sa mère. Cette dernière devait prendre conscience que Lord Saint Clair n'était pas un bon parti. C'était le seul motif valable pour refuser cette demande en mariage. Voilà en tout cas ce que lui avait confié son amie d'un ton plein d'espoir.

Felicity lui avait conseillé de s'opposer à sa mère, mais Katherine ne s'en sentait pas le courage. Il n'empêche : elle ne serait peut-être pas intervenue si elle n'avait pas appris que cet homme avait à la fois un passé mystérieux et inquiétant, ainsi qu'une maîtresse. L'idée que son amie épouse une pareille canaille l'avait glacée. Elle avait croisé assez d'hommes du monde dans l'entourage de son père pour savoir quels piètres époux ils étaient.

Tout cela ne fit que la conforter dans sa certitude.

— Je me suis dit que Katherine *et* ses parents devaient savoir dans quoi elle s'engageait, expliqua-t-elle en soutenant fièrement le regard du vicomte.

Deux yeux aussi froids que du marbre noir la fixèrent.

— Seulement, vous n'avez pas pu le leur dire en privé. Sans quoi, vous auriez révélé votre sale petit passe-temps qui consiste à vous mêler des affaires des autres.

Elle croisa les bras sur sa poitrine. Elle en avait assez de ce prétentieux et de ses insultes !

— Une minute, Lord Saint Clair, ce n'est pas *moi* qui entretiens une maîtresse tout en faisant la cour à une jeune fille de bonne…

— Pour la dernière fois : Miss Greenaway n'est *pas* ma maîtresse.

— Et j'imagine que son bébé, cet enfant qui ne doit même pas avoir un an, n'est pas le vôtre non plus.

Cette phrase l'arrêta net. Il parut déstabilisé, puis pensif.

— Bien, bien. Donc vous êtes également au courant pour le bébé. Et je vois ce que vous en avez déduit.

— Niez-vous ?

— Cela arrangerait-il mon cas ? Vous avez décidé de croire que je débauche de jeunes innocentes et que je prends plaisir à engendrer des bâtards. Je m'en voudrais de ruiner la fausse idée que vous vous faites de moi en vous présentant des faits. Pourquoi se préoccuper de choses aussi inutiles ?

Felicity frissonna en l'entendant mettre en doute son honnêteté.

— Si vous êtes en mesure de me prouver que je me suis trompée, je suis tout ouïe.

— Très bien.

Brusquement, Lord Saint Clair se mit à arpenter le bureau en long et en large, en examinant tout ce qui s'y trouvait, comme pour dresser un inventaire. Il ouvrit la tabatière en argent posée au bord d'une ravissante petite table.

— Vous prisez, Miss Taylor ? demanda-t-il comme si c'était la chose la plus naturelle du monde.

— Bien sûr que non ! C'était celle de mon père.

— Alors ce bureau lui appartenait.

— Oui.

— C'est bien ce que je me disais. Et l'épée accrochée au mur ? Elle était également à lui ?

Où voulait-il en venir ?

— Non, c'était celle de mon grand-père.

Il l'observa attentivement.

— Ah oui, le colonel Ansel Taylor. Les hommes de mon régiment parlaient souvent d'Ansel l'Enclume, parce qu'il avait des nerfs d'acier.

— Votre régiment ? Que faisiez-vous dans l'armée ?

L'ombre d'un sourire passa sur les lèvres du vicomte.

— J'ai fait la guerre d'indépendance espagnole.

Felicity le regarda d'un air abasourdi. Mais quelle idée, enfin ! Les hommes qui possédaient un titre et une fortune servaient rarement dans l'armée. La plupart du temps, leurs pères n'avaient pas d'autres héritiers. S'ils étaient tués, cela condamnait à mort toute une lignée, et le titre qui allait avec. Aucun père ne pouvait accepter une chose pareille. Aucun héritier ne pouvait concevoir une chose pareille. Tout le monde savait que la vie militaire était bonne pour les cadets et pour les familles de moindre importance.

— C'est donc pour ça que vous étiez sur le continent pendant toutes ces années ? demanda-t-elle sans prendre la peine de cacher son scepticisme.

— Pourquoi ? Vous souhaitez également raconter mes faits d'armes dans votre journal ?

L'air inquiet qu'il affichait ne fit qu'accentuer les doutes de Felicity.

— Pouvez-vous me donner une raison de ne *pas* en parler ?

— J'ai peur que vous m'accusiez d'avoir combattu dans l'autre camp, dit-il d'un ton moqueur et condescendant.

— Je n'invente pas mes informations, milord. Je me contente de les rapporter.

— Ou de vous en servir pour « tirer vos conclusions ».

— Quand je suis relativement sûre qu'elles me permettent de le faire, oui.

— Il n'est pas inutile d'avoir *toutes* les informations, et pas uniquement celles qui vous arrangent, déclara-t-il en se dirigeant vers la cheminée.

Là, il attrapa une petite sculpture réalisée par James, un mouton taillé dans un morceau de bois. Il l'examina avant de la reposer.

— Votre grand-père..., reprit-il en se plaçant face à elle. Avait-il des amis dans l'armée, des hommes pour qui il aurait fait n'importe quoi ?

Felicity fouilla dans ses souvenirs.

— Oui. Chaque semaine, il dînait avec un ancien soldat.

— Alors vous devriez comprendre ma situation. Miss Greenaway est la sœur d'un homme qui s'est battu à mes côtés à la bataille de Vitoria. Il est mort dans mes bras, ce jour-là. Juste avant d'expirer, il m'a demandé de prendre soin de sa sœur. J'ai promis de le faire. Alors, quand elle a été séduite par un aventurier qui lui a fait un enfant et qui l'a abandonnée, elle est venue me voir. Il va sans dire que j'ai accepté de l'aider. Voilà pourquoi je l'ai installée dans cette maison de Waltham Street.

À ces mots, elle sentit la culpabilité l'envahir. Comment avait-elle pu nourrir de tels soupçons ? Comment avait-elle pu se tromper à ce point, sans réfléchir ? Cette pauvre femme se retrouvait sans le sou, avec un enfant, et…

Elle surprit subitement le regard que Lord Saint Clair posait sur elle. Un regard calculateur et tout à fait sournois. Elle leva les yeux vers l'épée de son grand-père. Juste en dessous, on pouvait voir la médaille qu'il avait reçue pendant la guerre d'indépendance espagnole. Avec son nom et son rang gravés dessus.

Le scélérat ! Il avait fait semblant de connaître son grand-père dans le seul but de l'amadouer, pour qu'elle ait honte d'avoir jeté l'opprobre sur lui. Ce gredin avait-il seulement entendu parler de son grand-père, ou combattu avec des hommes qui le connaissaient ? Sans doute pas. Le vicomte n'avait jamais dû tenir une épée. À part peut-être pour affronter les maris qu'il avait cocufiés.

Oh ! elle comptait bien lui montrer qu'elle n'était pas une idiote, loin de là.

— Comme c'est noble de votre part d'aider votre ami ! se gaussa-t-elle avec un sourire moqueur. Navrée de vous avoir mal jugé. Je vais rectifier mon article de ce pas.

Felicity se précipita vers le bureau, s'empara de sa plume et commença à noircir une feuille.

— Que pensez-vous de ça ? « La raison qui a poussé Lord Saint Clair à prendre cette maison de Waltham Street n'est manifestement pas celle qu'on pense. M. le vicomte aurait en effet juré à un ami soldat, mortellement blessé sur le champ de bataille, de prendre soin de sa sœur. Il a ensuite eu la bonté d'offrir un toit à la malheureuse, qu'un aventurier venait de mettre enceinte avant de l'abandonner… »

— Vous ne pouvez pas écrire ça ! tonna-t-il derrière elle.

Elle fit mine de relire ces quelques phrases.

— Vous avez raison, répondit-elle en le regardant d'un air dur. Je m'imagine mal en train d'écrire un mensonge aussi éhonté. Je serais la risée de la ville.

Felicity crut alors deviner de l'admiration dans le regard de son interlocuteur.

— Qu'est-ce qui vous fait croire que c'est un mensonge ?

— Si le frère de Miss Greenaway avait été votre ami et si vous aviez honoré cette promesse, cette jeune femme m'aurait immédiatement parlé de votre geste généreux.

Elle survola les mots qu'elle venait de coucher sur le papier puis jeta l'article sur son bureau.

— Par ailleurs, les héritiers d'un titre de noblesse partent rarement faire la guerre. Pourquoi feraient-ils une chose pareille, alors que les cadets d'une fratrie sont là pour s'acheter des grades au sein de l'armée ? Non, si vous étiez sur le continent, c'était uniquement pour séduire des écervelées… Comme ici.

Pour la première fois cet après-midi-là, elle sembla réussir à mettre Lord Saint Clair en colère. Un muscle de sa mâchoire tressaillit convulsivement.

— Je me fiche éperdument de ce que vous pensez de moi, mais je ne vous laisserai pas publier vos élucubrations au sujet de Miss Greenaway.

— Pourquoi pas ? Vous devriez me remercier d'aider

vos pairs à vous voir d'un meilleur œil. Je parie qu'ils vous félicitent d'avoir une maîtresse aussi jolie, tous autant qu'ils sont.

— C'est le cas, effectivement, reconnut-il sans la moindre honte. Mais ce n'est pas ma réputation qui me préoccupe. C'est celle de Miss Greenaway et celle de son enfant. Elle ne mérite pas que vous la traîniez dans la boue.

— Ne dites pas de bêtises, je n'ai rien fait de tel. Ai-je révélé son nom ou son adresse ? Non. Je n'ai même pas évoqué l'enfant. Je ne serais jamais aussi cruelle avec quelqu'un de mon sexe. D'ailleurs, c'est vous qui auriez dû vous inquiéter de sa réputation *avant* de lui faire un enfant.

— Je n'ai pas...

Il coupa court à sa phrase par un juron qui n'était vraiment pas digne d'un gentleman.

— Très bien, croyez ce que vous voulez. Mais pensez aux autres personnes qui souffrent par votre faute, comme Katherine, cette jeune femme qui est censée être votre amie. Votre article l'a humiliée publiquement.

— Ce n'était pas mon intention.

Felicity n'avait pas cessé de s'interroger. Devait-elle en venir à une telle extrémité ? Si la timidité de son amie avait été le seul obstacle pouvant l'empêcher d'être heureuse, elle n'aurait sûrement rien fait, car un mari prévenant aurait su s'en accommoder. Reste que cet homme n'avait rien pour être un mari prévenant. À commencer par le fait qu'il avait une maîtresse.

Il y avait aussi cet autre homme que Katherine prétendait aimer. Lady Hastings avait forcé sa fille à lui refuser sa main parce que le malheureux était d'un rang inférieur. Il devait s'agir du fils cadet d'un chevalier ou d'un marchand, très certainement. Katherine n'avait pas révélé son nom, mais elle était folle de lui, on le sentait. Pourtant, elle n'avait pas le courage d'affronter la harpie qui lui servait de mère et de lui forcer la main.

Elle avait donc eu besoin d'un coup de pouce. Et d'un gros, même, quitte à prendre toute la ville à témoin. C'était la seule façon de mettre Lady Hastings au pied du mur.

Résultat : Felicity avait pris les devants.

— Je ne regrette pas mon geste, ajouta-t-elle d'une voix mal assurée. Elle et sa famille avaient besoin de savoir quel genre d'homme vous êtes.

Lord Saint Clair lui jeta un regard incrédule.

— Quel genre d'homme je suis ? Un homme qui possède une fortune, une position, un rang — bref, un homme qui possède tout ce qu'une femme peut souhaiter pour faire un beau mariage. Bon sang, vous avez de drôles de lubies. Pensez-vous que Katherine va apprécier votre petit manège ? Voulez-vous qu'elle reste célibataire toute sa vie ? La priver de l'opportunité d'avoir un foyer, des enfants ?

Cette question la mit mal à l'aise. Elle ne lui rappelait que trop sa propre situation.

— Je vous remercie infiniment de me rappeler le destin tragique qui nous attend, moi et mes semblables.

— Vous n'êtes pas assez âgée pour comprendre tout ce que vivent les vieilles filles.

— Et vous, vous n'êtes pas du bon sexe pour comprendre tout ce que vivent les femmes, rétorqua-t-elle. Et puis ne vous laissez pas abuser par ma taille, milord. J'ai déjà vingt-trois ans.

— Effectivement, vous n'êtes plus toute jeune ! dit-il d'un ton sarcastique en haussant un sourcil.

Voir ce sourcil se dresser suffit à lui donner l'impression d'être encore une enfant. Elle se cambra pour avoir l'air plus grande, ce qui lui fit un mal de chien.

— Je n'ai peut-être pas votre âge avancé, mais côtoyer tous ces hommes de haut rang qui étaient les amis de mon père m'a appris beaucoup de choses. Le mariage peut être aussi déplaisant qu'un célibat prolongé quand le mari est un libertin qui papillonne en louchant sur tout ce qui bouge. Si Katherine ne me remercie pas de l'avoir mise en garde en prenant tout Londres à témoin, elle le fera un jour !

À ces mots, Lord Saint Clair marcha droit sur elle et l'attrapa par les épaules. Le faucon venait de fondre sur sa proie. *Oh non, mais qu'est-ce que j'ai fait ?*

— Vous n'avez pas idée de ce que vous êtes en train de faire, petite sotte !

Felicity ouvrit alors la porte avec un geste théâtral.

— Bonne journée, milord. Notre conversation est terminée.

— Bien au contraire, répliqua-t-il en plissant les yeux. Il gagna le bureau et posa le doigt sur son article, comme un poignard.

— Je ne partirai pas tant que vous n'aurez pas écrit que vous vous êtes trompée. Que je n'ai pas donné cette maison de Waltham Street à une femme.

— Vous voulez que je rédige un démenti ?

L'idée même de le faire la laissa pantoise. Elle marcha jusqu'à son bureau et lui arracha la page des mains, avant de la plier et la glisser dans la poche de son tablier.

— Ça, jamais ! Pour commencer, je maintiens mes conclusions. Ensuite, dire que vous n'avez jamais acheté cette maison serait un mensonge. Je ne mens pas dans ma chronique, quoi que vous puissiez penser.

Un sourire inquiétant s'esquissa sur les lèvres du vicomte.

— Et si je révélais l'identité de Lord X ? Que se passerait-il ? Votre popularité serait-elle aussi grande si vos lecteurs apprenaient que c'est un bas-bleu qui se cache derrière cette façade du noble plein d'esprit ?

La menace qu'il venait de proférer était vraiment la goutte d'eau. Sans prêter attention au frisson d'effroi qui la parcourait, elle pointa le doigt vers lui.

— Essayez un peu, espèce de brute, dénoncez-moi. Et je vous pourchasserai comme un juge pourchasse un voleur. Le temps que vous persuadiez les gens que je suis Lord X — et ça risque de ne pas être facile, je vous préviens —, c'est vous et toutes les rumeurs sur votre compte qui serez les seules et uniques cibles de ma chronique.

Devant le regard furieux du vicomte, elle poursuivit dans un murmure :

— D'abord, je bivouaquerai devant la porte de votre maîtresse jusqu'à ce qu'elle me raconte les moindres secrets de votre misérable existence. Ensuite, j'arpenterai la ville pour trouver des informations sur vous. Peu importe comment. Je ne m'arrêterai pas tant que je n'aurai pas trouvé pourquoi tant de rumeurs sordides sont liées à votre nom. Je m'arrangerai pour que *personne* ne veuille se marier avec vous dans cette ville.

Lord Saint Clair la laissa proférer ces avertissements sans sourciller. Ce qui n'était pas rien. Elle avait tout de même fait passer le message, de toute évidence, car si les yeux du vicomte avaient été des pistolets elle aurait été abattue sur place.

— Alors nous sommes dans une impasse, dit-il d'un ton glacial.

Felicity prit une grande inspiration, non sans trembler. Était-ce une bonne idée de répondre à des menaces par d'autres menaces ? Peut-être pas, d'autant que celui qu'elle menaçait avait un pouvoir et une fortune bien supérieurs à ses maigres ressources. « On ne peut pas s'attaquer à un canon avec un bout de bois, ma chérie, pas si on tient à garder sa tête. » Voilà ce que lui avait répété son père toutes les fois où elle avait voulu se moquer de ceux qui l'employaient.

Délibérément, elle s'adoucit :

— Pour moi, ce n'est pas une impasse. Les choses vont suivre leur cours habituel, c'est tout. Vous allez oublier mon article et je vais oublier que nous avons eu cette conversation. Rien que de très normal.

— Vous trouvez « normal » d'avoir fait de moi le héros d'une fable scandaleuse dans le seul but d'influencer votre amie qui doit se choisir un mari ? Peut-être trouvez-vous ça « normal » parce que vous pouvez être en paix avec votre conscience, mais nous savons tous les deux que c'est un moyen odieux de la manipuler.

— Je ne doute pas un instant qu'en la matière vous vous y connaissez mieux que moi, vu votre réputation. Moi, j'y vois un service rendu à la gent féminine. Et maintenant j'ai du travail. Bonne journée, Lord Saint Clair.

— Très bien, Miss Taylor, répondit-il d'un ton pincé. Je me retire.

En passant devant elle, il s'arrêta tout près de l'endroit où elle se tenait. Il se pencha et baissa la voix, qui évoqua à Felicity le grognement d'un loup :

— Mais je vous préviens. Il est dangereux de m'avoir

pour ennemi. Si je vous revois en train de rôder près de ma demeure de Waltham Street, vous regretterez le jour où vous avez pris la plume pour écrire sur moi.

Sur ces mots, il tourna les talons et sortit de la pièce.

Felicity resta muette. Pas question de faire un commentaire moqueur ou de répliquer vertement. Maintenant qu'il était parti, elle dut fournir un gros effort pour calmer la peur qui l'avait envahie. Car elle avait beau avoir parlé avec aplomb, elle avait beau avoir tenté de se persuader qu'il bluffait, rien de plus, elle était certaine qu'il ne plaisantait pas.

Et, la dernière chose dont elle avait besoin dans sa vie en ce moment, c'était de ce vicomte si dangereux.

Chapitre 4

Il suffit d'observer le mariage de Miss Hinton avec Mr Bartley et celui de Lady Anne Bowes avec Mr Jessup pour comprendre pourquoi tant de jeunes amoureux ont pris la route de Gretna Green, ces derniers temps. Lorsque des pères arrivistes offrent leurs filles en mariage à des vieux lords et que de jeunes hommes comme il faut n'ont pas assez d'argent pour plaire à des mères cupides, les couples n'ont pas d'autre choix que de suivre leurs cœurs et se rendre dans ce petit coin d'Écosse où l'on peut se marier librement.

Lord X, *The Evening Gazette*, 8 décembre 1820.

Perdu dans ses pensées, Ian descendit l'escalier de Taylor Hall avec un projet diabolique. Il était temps de changer de stratégie. Miss Taylor pensait qu'il comptait abandonner ? Alors elle n'était pas qu'une célibataire à la langue de vipère et bouffie d'orgueil, mais aussi une idiote.

Il ne laissait jamais rien au hasard et Miss Taylor, avec sa pudibonderie, ne devait pas être prise à la légère. À en juger par les bêtises qu'elle avait proférées sur les hommes de son rang, elle ne risquait guère de rester en dehors de cette histoire, surtout si Katherine ignorait les conseils qu'elle lui avait prodigués et si elle se mariait avec lui quand même. Dans ce cas, que ferait cette folle ? Harceler Miss Greenaway jusqu'à ce que celle-ci lui raconte tout ? Ou s'intéresser à lui, et aux années passées à Chesterley ?

Non, il devait empêcher cette jeune femme de nuire, une bonne fois pour toutes. Seulement, comment faire changer d'avis à quelqu'un qui était parti en croisade contre les libertins et leurs regards torves ? Elle était trop intelligente pour être influençable, et c'était bien dommage pour lui. Elle l'avait prouvé quand il avait inventé cette fable à dormir debout et prétendu que Miss Greenaway était la sœur d'un ami soldat mort au combat. Et les menaces ne prenaient pas non plus. Cette petite vipère avait même tenté de le menacer, *lui*, alors qu'il avait taillé en pièces des soudards trois fois plus grands qu'elle.

Bon sang, il n'avait pas besoin de cela maintenant ! Il n'avait pas le temps de lutter contre quelqu'un de la trempe de Miss Taylor. Il ne lui restait que deux petites années pour se marier et avoir un héritier. Sans quoi, Chesterley reviendrait au gredin qui lui servait d'oncle. Pas question qu'une chose pareille se produise, peu importe ce qu'écrivait Lord X.

Ian regagna l'entrée. Les frères si turbulents de Miss Taylor s'étaient volatilisés. Dommage. Une autre discussion avec ces garçons à la langue bien pendue n'aurait sûrement pas été inutile. Bon, une autre fois. Ce n'était pas un problème insurmontable. Le temps de récupérer son manteau et son chapeau, il se retourna juste au moment où Mrs Box pénétrait dans le hall. Encore quelqu'un dont il pouvait se servir. D'autant qu'elle ne savait pas encore qui il était vraiment.

En le voyant, la vieille domestique eut du mal à cacher son amusement. Mais comment lui en vouloir ? Par la faute de son arrogance typiquement masculine, il avait mis un temps fou à comprendre que Lord X était une femme. Il aurait pourtant dû remarquer le style typiquement féminin de ces textes et leur intérêt pour les questions ayant trait au beau sexe. Il avait été aveugle et il était en train de le payer.

— Avez-vous parlé au « maître des lieux », sir ? demanda la gouvernante avec des yeux rieurs.

— Vous connaissez la réponse, Mrs Box, répondit-il d'un ton à la fois moqueur et réprobateur. Vous avez su m'envoyer sur une fausse piste.

Les joues parcheminées de l'employée rosirent.

— C'est très mal, je sais. À force de courir après les trois terreurs de Taylor Hall, je suis devenue aussi taquine qu'eux, malgré mon grand âge.

— Votre grand âge ? dit-il d'un ton doucereux. Vous n'avez même pas quarante ans !

— Allons, Mr Lennard, n'exagérez pas, répondit-elle en agitant un doigt devant lui. Quel flatteur vous faites.

— Je ne flatte que les jolies femmes. Et comment résister alors qu'il y en a tant dans cette maison ?

Le sourire de la gouvernante disparut aussitôt.

— Vous n'avez pas essayé de flatter Miss Taylor, quand même ? Elle n'aime pas ça. Elle passait un sacré savon à Mr Winston quand il disait certaines choses.

— Je n'en doute pas, rétorqua-t-il froidement. Rabrouer les hommes fait partie de ses spécialités, c'est une évidence.

— Elle a de bonnes raisons pour cela. Les hommes

ont toujours tendance à lui faire des propositions très déplacées. Vous n'avez pas osé faire ça, j'espère ?

— Dieu m'en garde, Mrs Box ! Je suis un gentleman, je ne maltraiterais jamais une dame.

Pourvu que mon air outragé soit convaincant.

Une chose était sûre : même s'il avait parfois eu envie de s'emporter, il avait également ressenti une forte attirance pour Miss Taylor. Cette femme avait beau être agaçante, elle savait comment pousser un homme à la désirer, sans même le vouloir. C'était à cause de ces cheveux qui donnaient l'impression qu'elle venait de sortir du lit. Et ces lèvres pulpeuses qui appelaient les baisers…

Bon sang. De telles pensées n'allaient pas l'aider. Ian se força à revenir à l'affaire qui l'occupait.

— Mr Winston lui a fait des avances ? demanda-t-il en enfilant son manteau.

— Cette canaille a fait pire : il l'a coincée contre un mur et a essayé de poser ses sales pattes sur elle.

Une envie soudaine et impérieuse d'étrangler le journaliste l'envahit. Mais pourquoi, au fait ? Sans doute l'idée qu'une jeune femme puisse être agressée chez elle le répugnait-elle. Cela n'avait rien à voir avec Miss Taylor en particulier.

— Et comment a-t-elle réagi ?

— Oh ! Miss Taylor sait se débrouiller, la plupart du temps. Elle lui a donné un bon coup de genou dans les…, puis lui a dit que, s'il recommençait, elle le pousserait dans l'escalier. Depuis, il a changé d'attitude.

Ian eut un sourire. Il aurait dû savoir que Miss Taylor ne se comportait pas comme les autres femmes. Dès l'instant où elle avait posé sur lui ses yeux verts au charme ravageur et montré toute l'étendue de son sens de la repartie, il avait compris qu'elle n'avait rien d'ordinaire.

— Mr Winston n'est donc pas à son goût, fit-il remarquer tout haut. Elle a des soupirants ? Ou un fiancé ?

Ça aurait été l'idéal. Il aurait pu ruiner ses projets de mariage tout comme elle essayait de ruiner les siens.

Mrs Box lui lança un regard entendu.

— Elle n'a ni fiancé ni soupirants non plus. À mon avis, elle n'a pas encore croisé la bonne personne, si vous voyez ce que je veux dire.

Quand elle lui donna un petit coup de coude en lui décochant un clin d'œil, Ian faillit éclater de rire. Elle se méprenait totalement sur ses intentions ! Et voilà qui pouvait jouer en sa faveur. Il se pencha vers la gouvernante pour lui souffler sur le ton de la confidence :

— Je vais vous révéler un secret, Mrs Box. Votre maîtresse m'intrigue, même si elle me déteste.

La bouche de la vieille femme se tordit dans une grimace incrédule.

— Elle ne peut pas détester quelqu'un d'aussi gentil que vous. Ne lâchez pas, vous entendez ? Je sais qu'elle donne l'impression d'avoir un cœur de pierre, mais c'est la faute de…

Le bruit d'une porte qui claquait en haut de l'escalier la coupa dans son élan. En levant les yeux, ils aperçurent Miss Taylor, devant l'entrée de son bureau, tremblante de colère.

— Venez, Mrs Box, j'ai besoin de vous tout de suite. Et quant à vous, Lord Saint Clair, si vous ne quittez pas cette maison immédiatement, au lieu de harceler mes domestiques, je vais demander à mon valet de vous jeter dehors.

Le regard qu'elle lui lança aurait fait fondre toute la neige qui recouvrait la ville.

— Qu'est-ce que je vous disais ? Elle me déteste, dit-il à Mrs Box qui était restée bouche bée.

Il adressa ensuite à Miss Taylor un sourire satisfait.

— Où est le mal si je parle à votre personnel alors que vous avez questionné mes amis ?

— Joseph ! s'exclama-t-elle.

Bien, elle avait décidé de mettre sa stupide menace à exécution.

Oh ! il aurait pu battre n'importe quel adversaire les mains attachées dans le dos. Mais il avait fait passer le message — et l'interrogatoire de Mrs Box attendrait.

Il se coiffa de son chapeau.

— Ne dérangez pas vos valets, je me retire, répondit-il avec un mouvement de tête en direction de Mrs Box. Nous terminerons notre discussion plus tard.

Sur ces mots, Ian se dirigea vers la porte d'entrée, accompagné par un nouvel avertissement de Miss Taylor : elle promettait... de lui tirer dessus s'il osait encore parler à quelqu'un de sa maisonnée, rien de moins ! Il ne put s'empêcher de sourire. Cette petite péronnelle n'était pas insensible aux menaces, malgré ce qu'elle prétendait. Bien, elle ne tarderait pas à découvrir ce que se mettre en travers de son chemin voulait dire. Toute femme avait un point faible, et il comptait bien découvrir quel était celui de Miss Taylor, même si cela l'obligeait à pourchasser tous ses domestiques.

Il descendit les marches du perron de bien meilleure humeur. Après avoir fait signe à son cocher, qui l'avait attendu un peu plus loin dans la rue, il s'arrêta en bas de l'escalier pour prendre une bonne goulée d'air frais.

Après l'atmosphère confinée de Taylor Hall, c'était on ne peut plus nécessaire. La neige continuait de recouvrir la chaussée boueuse. Pour le moment, on ne voyait qu'un grand manteau blanc, mais dans peu de temps les routes deviendraient de véritables patinoires absolument impraticables.

Là encore, cela lui rappela Miss Taylor — pure et innocente au premier abord. Pourtant, même la glace la plus solide pouvait fondre et se transformer en une simple flaque d'eau. Il suffisait de l'approcher d'une flamme. Et c'était bien ce qu'il souhaitait faire avec cette demoiselle. Dans peu de temps, il la pousserait à écrire un démenti.

Mais, d'abord, il avait des affaires bien plus importantes à régler. La lumière diminuait et la neige tombait encore plus dru. Lord Hastings, sa femme, Katherine et lui-même avaient été invités à passer quelques jours à la campagne, dans la propriété de la sœur de Jordan, Lady Worthing. Ils prendraient son fiacre pour s'y rendre tous ensemble dans l'après-midi. Alors, s'ils voulaient y arriver avant que les routes ne soient bloquées, ils avaient intérêt à partir au plus vite. Ce qui lui laissait très peu de temps pour rentrer, récupérer ses bagages et changer de tenue avant de se rendre chez les Hastings.

L'idée de passer deux heures avec cette famille lui fit perdre d'un coup sa bonne humeur. Aurait-il la possibilité de parler en tête à tête avec Katherine ? Sans doute pas, non. Et, même si c'était le cas, que lui dirait-il ? Il devait pourtant trouver quelque chose, ne serait-ce que pour la forcer à se décider. Il en avait par-dessus la tête de se chercher une femme. Et ces deux ans lui laissaient peu de temps pour avoir un héritier. Leur premier enfant serait peut-être une fille, et si jamais Katherine mettait des mois à tomber enceinte…

Ian laissa le véhicule s'arrêter devant lui. Une fois à l'intérieur, il ordonna au cocher de repartir. Alors qu'ils s'éloignaient, il jeta un coup d'œil en direction du bureau de Miss Taylor. Vide, manifestement. Sans doute était-elle allée astiquer son balai et jeter quelques crapauds dans son chaudron, cette petite sorcière.

Il l'imagina en train de se pencher au-dessus d'une marmite fumante — ce qui au passage lui aurait permis d'admirer cette incroyable chute de reins. Il y avait de quoi se damner. Comment ne pas avoir envie de poser les mains sur ces jolies…

Sapristi ! Il était encore en train de rêver aux charmes de cette femme comme le libertin sans scrupule qu'il représentait pour elle. Il avait intérêt à contrôler ce genre de pensées. Miss Taylor était tout simplement dangereuse, et d'autant plus qu'elle était séduisante. Il ferait mieux de se concentrer sur une créature qui lui donnait bien moins de fil à retordre : sa fiancée, celle que Miss Taylor voulait effrayer par tous les moyens. Comment expliquer cet article pour que Katherine ne doute pas de sa fidélité ?

Il poussa un soupir. Lui qui voulait justement être irréprochable, quelle ironie ! Il n'avait jamais approuvé l'infidélité. Son père n'était pas sans défauts, loin de là, mais il avait témoigné à celle qui partageait sa vie une fidélité admirable. Ces gens de la haute société qui avaient une vision « sophistiquée » du mariage étaient pitoyables. C'était des êtres sans cervelle qui ne pensaient qu'à leurs plaisirs. Il n'empêche : convaincre Katherine ne serait pas évident. Comment pouvait-elle lui faire confiance alors qu'elle se montrait si timide face à lui ?

Une heure plus tard, à son arrivée chez les Hastings, Ian n'était pas plus avancé. Que dire à Katherine ? Il n'en savait rien et cela l'énervait. Lorsque le majordome le fit entrer dans le salon et l'annonça, Ian était déjà de mauvaise humeur. Une humeur qui s'assombrit encore davantage devant le spectacle qui s'offrait à lui.

Au milieu de la pièce décorée avec élégance, on pouvait voir Lady Hastings, aussi hautaine qu'à l'accoutumée, en équilibre au bord d'un divan couleur lavande, pareille à un écureuil sur une branche, la tête bien droite et les yeux toujours en mouvement, comme pour flairer l'arrivée du danger. S'appuyant sur sa canne, Sir Richard marchait avec peine vers le buffet qui contenait un large choix de brandys. Les pieds du vieil homme se traînaient sur un tapis de la manufacture d'Aubusson.

Aucune trace de Katherine. Pourquoi n'était-elle pas dans ce drôle de tableau de famille ?

— Lord Saint Clair ! s'écria Lady Hastings. Approchez, j'allais sonner pour qu'on nous apporte du thé.

Elle leva une petite clochette en argent qu'elle agita de toutes ses forces. Le bruit métallique résonna comme si une chanteuse d'opéra s'égosillait dans le salon.

— Agnes, ça suffit ! ordonna son mari. Posez cette satanée clochette, pour l'amour du ciel, nous n'allons pas prendre le thé à cette heure-ci.

L'inquiétude se peignit sur les traits de Lady Hastings tandis qu'elle tapotait le siège à côté d'elle avec une énergie qui ne lui ressemblait guère.

— Bien sûr que si ! Ne l'écoutez pas, Lord Saint Clair, venez vous asseoir près de moi.

Quelque chose ne tournait pas rond. Même un imbécile

aurait pu s'en rendre compte. Ian se tourna vers Sir Richard sans prêter attention à la mère de Katherine.

— Que se passe-t-il ?

— *Rien*, répliqua-t-elle avant de foudroyer son époux du regard. Ne parlez pas de ça maintenant, Richard.

— Inutile de faire semblant, répondit ce dernier en atteignant le buffet. Ils sont introuvables. Sans ces maudites jambes, je me serais chargé des recherches moi-même, mais…

Il se versa une bonne rasade de brandy dans un verre.

— Vous ne devriez pas boire, dit-elle en s'approchant de lui.

Ian commençait à perdre patience. À quoi rimait cette comédie ?

— Qui cherchez-vous comme ça ?

— Ma fille, répondit Sir Richard.

Lady Hastings poussa un petit cri étranglé, mais il coupa court à ses protestations :

— Il a le droit de savoir, Agnes, lâcha-t-il avant de le regarder les yeux dans les yeux. Vous avez demandé ma fille en mariage, mais elle ne vous a pas donné sa réponse. C'est bien ça ?

Ian sentit son estomac se nouer douloureusement.

— Oui.

S'était-elle enfuie pour ne plus le voir ? Avait-elle été blessée par cet article de malheur ?

Sir Richard porta son verre de brandy à ses lèvres, mais sa femme s'empressa de le subtiliser. Il lui lança un regard agacé puis poursuivit :

— Lord Saint Clair, j'ai bien peur que notre fille se soit enfuie… avec un autre homme.

Quoi ? La timide Katherine qui avait du jus de navet

dans les veines s'était enfuie ? Il se sentit bouillir. Oh non, pas encore. Il lui était arrivé exactement la même chose l'année précédente, quand Sophie, la fille de Lord Nesfield, avait pris la poudre d'escampette avec un avoué. Qu'avaient donc ces jeunes femmes pour partir épouser des hommes sans le consentement de leurs parents ?

Il était l'homme le plus malchanceux du monde ! Malgré tous ses efforts pour choisir des femmes raisonnables et *quelconques*, il tombait toujours sur celles qui cachaient des passions brûlantes sous leurs airs tranquilles. S'il ne s'était jamais montré trop passionné, c'était parce qu'une jeune lady sensible risquait d'être effrayée par des sentiments trop enflammés. Manifestement, il s'était trompé. Quel crétin !

— Avec qui s'est-elle enfuie ? s'enquit-il.

Sir Richard récupéra son verre de brandy et l'avala d'un trait.

— Notre intendant, Mr Gerard, répondit-il en s'essuyant la bouche avec le dos de la main.

Leur intendant. Katherine était partie avec un homme qu'elle connaissait sûrement depuis un certain temps. Ian eut soudain une impression désagréable. Ne s'était-on pas moqué de lui ?

— Katherine et votre intendant avaient-ils déjà des sentiments l'un pour l'autre, sir ?

— Oui, avoua Sir Richard.

— Non, dit sa femme au même moment.

— Mettez-vous d'accord, je vous prie.

Lord Hastings lança un regard noir en direction de son épouse.

— Et si vous lui expliquiez tout, ma chère ? Ce que je pense de cette histoire risque de vous déplaire.

Lady Hastings considéra son époux puis se tourna vers Ian dans un bruissement de mousseline.

— Voyez-vous, Lord Saint Clair, ma fille a commencé à s'enticher de Mr Gerard… il y a des années.

Elle observa son mari d'un air dur avant de poursuivre :

— J'ai conseillé à Richard de renvoyer cet individu, mais il pensait que ces sentiments feraient long feu. « C'est une amourette de jeune fille » : voilà ce qu'il me répétait à longueur de temps. « Elle n'ira pas plus loin. Et je n'ai pas l'intention de perdre un excellent intendant à cause d'une pareille bêtise. »

Dans d'autres circonstances, Ian aurait peut-être été amusé par le talent singulier avec lequel Lady Hastings imitait son époux. Mais, pour l'heure, ce n'était pas le cas.

— Continuez.

— Richard pensait qu'elle passerait à autre chose. Bien au contraire. Et puis, l'année dernière, cet homme a eu l'audace de demander sa main. Qui lui a été refusée, cela va sans dire. Il n'avait ni le rang ni la fortune qu'on est en droit d'exiger.

— Que *vous* exigez, rectifia son mari.

— Ne soyez pas vexant, Richard. J'avais raison d'insister sur ce point, et vous le savez. Vous auriez dû renvoyer cet individu dès qu'il a dévoilé ses sentiments.

Lord Hastings s'appuya contre le buffet.

— J'ai cru que c'était un homme d'honneur. Et puis j'avais peur que le renvoyer lui donne aussitôt envie de s'enfuir avec cette petite écervelée. En le gardant, je m'assurais qu'il veuille conserver son poste. Ils donnaient l'impression d'avoir accepté cette situation.

Il prit alors un air contrit pour s'adresser à Ian :

— Lorsque Katherine a accepté les témoignages de

vos sentiments, j'ai pensé qu'elle avait oublié cette toquade d'adolescente. J'ignorais que ces marques d'intérêt n'étaient pas à son goût.

Ian n'eut pas à demander ce que signifiait cette phrase. Manifestement, il avait sous-estimé la peur qu'il inspirait à la jeune femme.

D'un geste, Lady Hastings sembla effacer ce que son mari venait de dire.

— Mon mari parle sans savoir. Katherine vous appréciait vraiment jusqu'à ce que…

Elle marqua une pause et Ian se sentit brusquement mal à l'aise. Il voyait où toute cette conversation les menait…

— Jusqu'à ce que cet horrible article paraisse dans le journal, continua-t-elle.

Deux taches colorées assombrirent ses joues poudrées.

— Les jeunes hommes ont le droit de s'amuser, j'en conviens, mais vraiment, Lord Saint Clair, ne pouviez-pas être plus discret ? Dès l'instant où Mr Gerard a lu cette chronique, il est immédiatement venu nous voir et s'est plaint que nous étions en train de marier « son ange » avec un aventurier peu recommandable et absolument incapable de l'aimer.

Ian poussa un grognement. Il avait toujours su que l'article de Miss Taylor ne lui causerait que des ennuis. Maudite soit cette satanée scribouillarde !

— Je lui ai évidemment dit de modérer ses propos, soupira Lady Hastings, et Richard lui a donné ses huit jours. Ce qu'il aurait dû faire depuis bien longtemps, à mon avis. Au reste, ça n'a servi à rien. Ma chère fille a été impressionnée par tant de galanterie. Elle s'est enfuie avec lui dès le lendemain.

Ian eut du mal à en croire ses oreilles.

— Et vous ne m'avez rien dit depuis tout ce temps ? Vous n'avez même pas eu la politesse de me mettre au courant ? Deux lignes auraient suffi ! *Cher Lord Saint Clair, notre fille vient de quitter la maison avec notre intendant. Navrés pour ce désagrément.*

Lady Hastings frémit et ouvrit la bouche, sans doute pour lui adresser un rappel à l'ordre en bonne et due forme. Mais son mari s'empressa d'intervenir :

— Vous avez parfaitement le droit d'être en colère, Lord Saint Clair. J'ai immédiatement voulu vous prévenir, mais Agnes espérait qu'un de mes hommes de confiance retrouverait Katherine avant qu'elle ne gagne l'Écosse avec son soupirant. Cependant il n'y a plus rien à espérer. Mon employé vient de m'écrire qu'il a perdu leur trace. La prochaine fois que nous reverrons ma fille et Mr Gerard, ils seront mari et femme, je le crains.

Un silence glacial tomba sur la pièce, ponctué de loin en loin par le crépitement du feu et le bruit sourd des sabots des chevaux dans la rue, dehors. Ian fut le premier à reprendre la parole.

— Autant se faire une raison, j'imagine.

— Oui. Merci d'être aussi compréhensif.

Il hocha la tête. Et voilà, l'insipide Katherine n'était plus dans ses pattes. Une partie de lui déplorait que son plan tombe à l'eau, mais une autre partie se réjouissait de cette fuite.

— Notre voyage chez les Worthing me semble compromis, ajouta Sir Richard. Pourrez-vous leur présenter nos excuses de notre part ?

— Bien sûr.

Le temps d'une courte pause, Ian poursuivit le plus sincèrement du monde :

— Je vous souhaite le meilleur avec votre nouveau gendre, j'abandonne mes démarches à l'endroit de votre fille.

Il y avait une autre bonne nouvelle au milieu de ce naufrage : il n'aurait plus besoin de supporter les minauderies de Lady Hastings. Sur ces mots, il tourna les talons, mais cette dernière lui lança :

— Attendez ! Imaginez que Richard se trompe et qu'elle soit retrouvée saine et sauve. Si on n'a pas porté atteinte à son innocence, peut-être que…

— Lady Hastings, la coupa-t-il en la fixant, je ne veux pas d'une femme amoureuse d'un autre homme. Peu importe si elle est toujours « innocente » ou pas.

Les deux taches de couleur refirent leur apparition sur les joues de la mère de Katherine.

— Cela ne vous a pas empêché de la demander en mariage alors que l'odeur de votre ribaude vous collait encore à la peau.

— Agnes ! s'exclama son mari d'un ton outré.

En voilà une qui ne manquait pas de culot !

— Si j'étais vous, Lady Hastings, répondit Ian en plantant les yeux au fond des siens, je me garderais de croire tout ce qu'écrit Lord X, surtout dans les circonstances présentes. « Qui médit avec vous finira par médire de vous », dit un proverbe espagnol. Et Lord X n'a aucun respect pour personne.

Et sans un mot de plus il s'en alla.

Chapitre 5

Le duc de Worthing et sa femme attendent une foule d'invités pour leur premier bal de Noël dans le Kent. Un événement qui promet d'être le clou de la saison mondaine, si le temps évite de rendre les routes impraticables, et qui permettra aux curieux d'admirer Worthing Manor, le dernier bâtiment conçu par Mr Algernon Taylor au crépuscule de sa vie.

LORD X, *The Evening Gazette*, 9 décembre 1820.

Felicity leva les yeux quand Mrs Box entra dans la chambre à coucher. Ses cheveux blancs formaient comme un nuage au-dessus de son visage rose. La gouvernante tenait un cadre sous un bras et un jupon fraîchement lavé à califourchon sur l'autre.

— Dieu merci, c'est sec ! s'exclama Felicity en attrapant le vêtement.

— Vous n'avez toujours pas fini de faire vos bagages !

Le tableau posé par terre, Mrs Bow jeta un coup d'œil inquiet à la malle à moitié vide au pied du lit.

— Vous devriez déjà être partie ! Pourquoi n'avez-vous

pas quitté Londres hier soir ? Arriver chez les Worthing avec un jour de retard, ce n'est pas très malin.

— Et rouler dans la neige en pleine nuit, à la vitesse d'un escargot ? Ça n'aurait pas été très malin non plus.

Felicity fourra le vêtement dans la malle. Arriverait-elle à se débrouiller avec deux jupons à peine ? Le fait était qu'elle n'avait pas d'autre choix. Tout comme elle n'avait pas d'autre choix que de dépenser un argent si durement gagné pour s'acheter de jolies robes et de faux bijoux. Les dames de la haute société ne l'auraient jamais invitée à leurs événements mondains si elle n'avait pas été « la charmante enfant d'Algernon ». Elle n'avait pas le droit de devenir « cette pauvre Miss Taylor qui n'a plus un sou ». Sinon comment trouverait-elle la matière pour ses articles ?

Hélas, être en retard à une invitation à la campagne ne risquait pas d'arranger ses affaires. Il suffit à Felicity de se rappeler *qui* l'avait mise en retard pour que la colère l'envahisse.

— Si vous souhaitez faire des reproches à quelqu'un, adressez-vous à cet ignoble Lord Saint Clair. Grâce à lui, j'ai fait passer mon article à la *Gazette* la nuit dernière. Le temps que je rentre à la maison, la neige tombait si fort que je n'ai pas osé prendre la route, surtout seule dans le noir. Je vous jure que si je revois cet homme…

— Attention, ma belle. M. le vicomte est peut-être invité chez les Worthing, lui aussi.

Felicity leva les yeux au ciel.

— Pitié, Seigneur, empêchez ce prétentieux d'aller chez le comte et la comtesse, sous aucun prétexte. Ou je ne répondrai plus de mes actes.

Mrs Box ignora cette supplique au Très-Haut.

— Je n'en reviens toujours pas. Le vicomte Saint Clair

qui fait mine d'être de la *Gazette*... Et vous qui lui passez un savon ! Ce n'était pas très prudent, vous savez.

— Au diable la prudence ! Il aurait pu être un duc, ça n'aurait rien changé. Cet homme *méritait* que je lui dise ses quatre vérités. Parce que ce n'est qu'un matamore, un menteur, un enfant de...

— Tâchez aussi de surveiller votre langage, ma belle. Vous avez pris trop de mauvaises habitudes de votre père, si vous voulez mon avis. Les femmes qui seront présentes là-bas ne vous adresseront pas la parole si vous jurez comme un charretier.

La vieille domestique lui jeta alors un regard pensif.

— Par ailleurs, il m'a plu, ce vicomte. Il ne passe pas inaperçu, avec sa grande taille. Et puis ces muscles... Que Dieu me pardonne, ça m'a donné envie d'avoir quelques dizaines d'années de moins. Il n'est pas du tout comme ces messieurs que votre père avait l'habitude de convier ici. Il n'y avait pas un seul beau minois dans le lot. Et ce teint basané le rend très séduisant.

— Séduisant !

Felicity s'efforça d'oublier que, oui, elle aussi avait trouvé cette allure sauvage et cet air ténébreux séduisants et troublants à la fois.

— Si vous aimez les butors arrogants, vous avez dû le trouver séduisant, oui. Il était certain de l'emporter parce que je suis une femme. Eh bien, je lui ai remis les pendules à l'heure. Il ne m'importunera plus.

— Dommage. Ça ne serait pas un mal si vous épousiez un vicomte.

— Arrêtez tout de suite ! Vous savez pertinemment qu'il n'épouserait jamais quelqu'un de ma condition. Et, même s'il en avait envie, je ne vais pas tomber dans les bras du premier gentleman venu, si séduisant soit-il. Il a une maîtresse, bon sang ! Je n'accepterais jamais ce genre de choses sans réagir.

— Oh non : vous êtes la droiture incarnée ! Malgré tout… est-ce qu'il est riche ?

— Certainement, oui, sans quoi il ne pourrait jamais s'offrir une maîtresse.

Devant le regard pensif de sa servante, elle ajouta fermement :

— Je me fiche bien qu'il soit riche. Il a tellement de défauts !

Mrs Box plia une robe de chambre couverte de frous-frous en dentelle et la déposa dans la malle. Felicity la retira aussitôt. Comme si elle allait recevoir des gens dans sa chambre pendant son séjour !

Les lèvres plissées, Mrs Box attrapa le vêtement et le rangea de nouveau, sous d'autres affaires. Soit. À quoi bon lutter ?

— La fortune peut compenser bien des défauts chez un homme, surtout s'il a un visage et une allure aussi parfaits. Si vous voulez mon avis…

— Je n'en veux pas, la coupa-t-elle.

— Je me contente de signaler que nous allons bientôt devoir vendre l'argenterie, ne serait-ce que pour payer des pantalons aux petits. Et, à ce propos, il est temps de vendre ceci.

La gouvernante souleva le tableau qu'elle avait apporté. Felicity devina immédiatement de quoi il s'agissait.

— Non. Pas celui-là.

— Il nous rapporterait une coquette somme.

Sûrement, oui, même si son auteur n'était pas un grand maître. Il n'empêche : elle ne supporterait pas de s'en séparer. Cette peinture était le tableau favori de son père. Elle représentait un sultan et son harem, dans des tons rouges et or, riches et sombres. Il l'aimait à cause de ses couleurs et de sa composition, mais elle le soupçonnait d'apprécier surtout toutes ces femmes fort peu vêtues.

Cela dit, elle aimait secrètement ce tableau, elle aussi. Elle se détestait d'être attirée par ce genre de choses, mais elle adorait ce sultan, tout aussi peu vêtu que ces Orientales. Il était si différent des Anglais, avec cette peau mate, ces traits virils et cet air fier…

Seigneur. C'est le portrait craché de Lord Saint Clair. Ce n'était donc pas si étonnant qu'elle ait trouvé le vicomte fascinant. Peut-être avait-elle intérêt à vendre ce tableau, finalement.

— Laissez-moi réfléchir, dit-elle.

— Ne vous contentez pas de réfléchir. Vous avez tout juste assez d'argent sur vous pour donner un pourboire au personnel des Worthing.

— Je ne leur donnerai pas de pourboire.

Devant l'air horrifié et désapprobateur de Mrs Box, Felicity ajouta :

— Je ne retournerai jamais là-bas, alors qu'importe si je m'en vais sans rien laisser aux domestiques. Ils n'auront qu'à dire du mal de moi.

La vieille femme poussa un soupir agacé.

— Mon enfant, vous ne pouvez pas continuer comme ça. Si vous tâchiez de vous trouver un beau parti chez les Worthing…

— Trouver un beau parti ! Vous n'avez que cette idée-là en tête. J'ai essayé, vous savez. Sauf qu'aucun homme convenable n'épousera jamais une femme sans le sou, avec quatre frères à sa charge. Quant aux autres… Ce ne sont pas des hommes convenables, précisément.

— Vous ne les trouvez pas convenables parce que vous êtes trop exigeante, rétorqua Mrs Box.

— Et où est le mal ? C'est moi qui devrais vivre avec cette canaille et partager son lit. Pas vous, ni les garçons.

Bien sûr, si elle croisait la bonne personne, peut-être que… Non, les hommes n'épousaient pas les femmes comme elle par amour. Ils épousaient des beautés somptueuses, des fleurs délicates ou des poupées graciles. Pas des vieilles filles qui n'avaient pas leur langue dans leur poche.

Cela dit, l'envie de se marier ne lui manquait pas. Loin de là.

— Je suis prête à sacrifier bien des choses pour ma famille, mais mon bonheur n'en fait pas partie. Tant que Mr Pilkington me paye régulièrement et qu'il ne critique pas mes articles, je continuerai à tenir ma chronique et à gagner ce que je peux grâce à elle.

— Autant dire trois sous. À peine de quoi satisfaire les créanciers de votre père. J'ai beau leur assurer que ce dernier vous a laissé un héritage, ils commencent à se demander si je ne les mène pas en bateau. Pendant encore combien de temps vont-ils croire qu'on tarde à vous laisser toucher cette somme ?

Mrs Box avait inventé cet ingénieux mensonge quand ils s'étaient aperçus que les garçons et elle avaient hérité en tout et pour tout d'une rente de cent livres par an, d'un vieux fiacre et d'une montagne de dettes. Certes, James avait hérité de la maison, mais elle avait été hypothéquée un nombre incalculable de fois. Jusqu'ici, grâce aux histoires de Mrs Box, leurs créanciers s'étaient tenus tranquilles. Mais cela allait-il durer ? Malgré tout, si elle n'avait pas d'autre choix que de se marier…

— Dès que ces sales types auront vent du fait que vous n'avez pas un sou vaillant, poursuivit la gouvernante, ils fondront sur cette demeure comme des mouches, et ils vous mettront sur la paille. Votre frère perdra la maison que votre pauvre père avait dessinée lui-même.

Felicity referma violemment le couvercle de sa malle. Elle en avait assez d'entendre toujours la même rengaine.

— Si c'est le cas, on se fera engager dans un cirque, les garçons et moi.

— Soyez sérieuse, ma belle. Il faut que vous songiez à l'avenir.

Quel avenir ? Elle n'en avait *aucun*. Elles le savaient toutes les deux, même si pour sa part elle n'était pas encore prête à l'accepter.

— Attendez ! dit-elle d'un ton enjoué. À en croire la rumeur, Lord Worthing est un ancien pirate. Quand je serai chez lui, je lui demanderai de nous recommander auprès de ses anciens amis. Les garçons feraient d'excellents flibustiers, pas vrai ? Ils se promèneraient avec un sabre glissé dans leur ceinture, ils grimperaient en haut des voiles…

— Dieu merci, la Marine royale se dépêcherait certainement d'y mettre bon ordre, dit Mrs Box en croisant les bras sur sa poitrine. Ce que vous devez demander à Lord Worthing, c'est si l'un de ses amis se cherche une femme.

— L'un de ses amis *pirates*, vous voulez dire !

Devant le regard courroucé de sa vieille servante, Felicity reprit d'un ton provocateur :

— Je ne verrais aucun inconvénient à épouser un

pirate, vous savez. Tant qu'il se lave régulièrement et qu'il astique convenablement sa jambe de bois. Mais je pourrais peut-être en trouver un qui porte un bandeau…

— Épargnez-moi vos bêtises ! Si Lord Worthing et sa femme vous apprécient suffisamment pour vous inviter chez eux…

— S'ils m'ont invitée, c'est uniquement parce que mon père a dessiné leur demeure, et ils souhaitent que je la voie maintenant qu'elle est terminée.

Cette invitation l'avait prise au dépourvu, car elle connaissait à peine Lady Worthing et elle ne savait rien de son mari, en dehors de ces rumeurs.

— Il n'empêche : vous auriez intérêt à faire des efforts.

— Oh ! j'y compte bien, ne vous inquiétez pas. Surtout pendant le bal de ce soir. Je risque d'entendre des commérages à ne plus savoir quoi en faire. Attendez que j'écrive ma prochaine chronique…

— Vous et vos ramassis de bêtises ! Comme si cela pouvait assurer vos vieux jours !

Avec un bruyant soupir, Mrs Box ramassa le tableau et se dirigea vers la porte.

— Très bien, n'écoutez pas celle qui s'est occupée de vous depuis votre naissance. Mais ne venez pas pleurer dans mes jupons si nous n'avons plus un sou. Je vais demander à Joseph de prendre la malle. Le fiacre — le fiacre *de location* — vous attend devant la maison.

La gouvernante sortit de la pièce le nez en l'air, tout en bougonnant :

— Doux Jésus, je n'aurais jamais pensé qu'un jour les Taylor n'auraient même plus leur propre fiacre.

Felicity resta face à la porte grande ouverte. Mrs Box savait comment remuer le couteau dans la plaie. Au moins, cette brave femme était encore là, malgré son salaire misérable. Il ne restait plus que quatre domestiques — Mrs Box, Joseph, une servante et la cuisinière. Tous les tableaux que son père aimait avaient été vendus, tout comme ses livres d'architecture et ses instruments de dessin. Même les bijoux de sa mère étaient partis, à l'exception des colifichets dont Felicity se servait lors des événements mondains.

Et ils manquaient toujours d'argent. Les garçons avaient un appétit solide, comme s'ils travaillaient aux champs, et il fallait qu'elle sauve les apparences. Elle avait fait tous les sacrifices possibles et imaginables. Ils fabriquaient leurs bougies en suif et leurs savons eux-mêmes, mangeaient du poulet plutôt que du bœuf, faisaient du feu uniquement quand c'était nécessaire et ils rationnaient le thé. Ils n'avaient aucun parent susceptible de les aider et elle ne pouvait pas se faire embaucher comme gouvernante avec ces quatre garçons à élever. Elle avait songé à enseigner, mais cela lui aurait rapporté encore moins que l'écriture. Par ailleurs, beaucoup d'écoles lui auraient demandé de vivre sur place. Qu'aurait-elle fait des garçons ?

Elle passait donc ses journées à écrire des articles, en débusquant de nouvelles choses à vendre dans chaque pièce. En attendant que ses frères soient assez grands pour aider la famille, elle priait pour trouver de nouveaux moyens d'échapper à leurs créanciers. De temps en temps, Mr Pilkington lui proposait d'écrire un livre et de le publier, à condition qu'elle choisisse un sujet croustillant. Mais, jusque-là, il avait rejeté toutes les propositions qu'elle avait faites.

Joseph vint chercher la malle et elle le suivit dans l'escalier. La dernière fois qu'elle avait fait un tel voyage, c'était en compagnie de son père. Il avait été invité par le duc de Dorchester, qui hésitait à restaurer l'aile ouest de son manoir. Elle avait passé son temps à prendre des notes, ce qu'elle faisait depuis ses onze ans.

Pendant ce séjour chez le duc, elle s'était découvert un certain talent pour donner son avis d'une manière qui poussait les gens à l'écouter. On lui reprochait parfois les propos osés qu'elle tenait, mais on l'écoutait. Certains la trouvaient même spirituelle. À l'époque, ce n'était qu'un jeu, rien de plus. Désormais, c'était son seul moyen de gagner sa vie. Seigneur, pourvu qu'elle ne perde jamais le feu sacré !

Elle répéta cette prière une heure plus tard, après avoir fait mille recommandations à Mrs Box au sujet des garçons, qui la couvrirent de baisers en pleurant comme des madeleines.

Elle la répéta trois heures après, quand le fiacre s'engagea dans l'allée enneigée de la propriété des Worthing. Que devait-elle attendre de cette visite ? Lady Worthing semblait être gentille, mais avec ces comtesses on ne pouvait jurer de rien ! Elles lui donnaient souvent l'impression d'être un pigeon au milieu d'une cohorte de paons. Et qu'importe si elle était plus intelligente et plus spirituelle que la plupart d'entre elles.

Ce n'était pourtant pas son hôtesse qui l'inquiétait le plus, mais son hôte. Pourvu que les rumeurs ne soient pas vraies ! Un ancien pirate devait avoir les mains baladeuses, comme les relations de son père. Peu de temps avant de mourir, celui-ci lui avait dit que les Worthing passaient le plus clair de leur temps sur une île ou en mer. Logique, pour un pirate. Son père voyait ces longues absences comme un don du ciel. Au moins, ils ne le dérangeaient pas pendant qu'il travaillait. C'était pendant un de leurs voyages qu'il avait fait sa chute fatale dans la Tamise.

Brusquement, le fiacre atteignit le sommet d'une pente et la maison apparut dans son champ de vision. Elle en oublia ceux qui la recevaient.

— Oh ! papa…, murmura-t-elle en sentant sa gorge se nouer.

Ce n'était pas étonnant si le jeune couple était si content. C'était le chef-d'œuvre de son père, à n'en pas douter. Il avait toujours excellé dans le style gothique — les lignes courbes des arches en ogive, les murs crénelés, les encadrements parfaitement adaptés aux fenêtres pointues. Le bâtiment était imposant, avec quelque chose de peu orthodoxe. À l'image de celui qui l'avait conçu.

Des larmes grossirent sous ses yeux. Pourquoi avait-il fallu qu'il laisse ses démons le mener à sa perte ! Sans ce penchant pour les plaisirs de la vie que seuls ses riches amis de la noblesse pouvaient se permettre, il aurait pu laisser une œuvre aussi impressionnante que celle de Sir Christopher Wren, l'immense architecte. Au lieu de ça, il n'avait laissé qu'une famille au bord de la faillite et quelques jolis bâtiments. Cinquante ans, c'était trop tôt pour mourir. Bien trop tôt.

Le fiacre arriva devant l'entrée et Felicity tâcha de se ressaisir. Elle essuya les larmes qui lui avaient coulé sur les joues. Il était temps d'être l'intelligente, l'amusante Miss Taylor. La fille du brillant architecte.

Celle qui n'avait plus un sou. Avec un soupir, elle se prépara à subir les regards moqueurs du personnel. Ils allaient voir qu'elle avait fait le voyage dans un fiacre de location… À sa grande surprise, elle s'aperçut que le majordome qui s'occupait de faire décharger sa malle était réellement gentil.

— Ces messieurs sont partis chasser le faisan, mais les dames viennent de les rejoindre pour le déjeuner.

— Malgré ce froid ?

— Ils ont organisé le repas dans un cottage qui se trouve sur la propriété. Madame a dit que, si vous n'êtes pas fatiguée, vous êtes la bienvenue.

Felicity n'était pas fatiguée, non, mais elle rêvait de se promener un moment dans la maison. Cela dit, Lady Worthing risquait de vouloir lui faire visiter la demeure personnellement. Par ailleurs, elle n'était pas là pour se distraire, mais pour travailler. Et pour recueillir des commérages, rien de tel que ces moments où tout le monde était détendu.

— Je vais me joindre à eux, dit-elle au majordome.

— Très bien, miss. Le valet va vous indiquer le chemin.

Malgré l'air glacial, la promenade fut agréable et lui permit d'observer le paysage. Même si l'hiver avait dépouillé les branches de leurs feuilles et caché l'herbe sous la neige, le nombre d'arbres et la forme des collines lui donnèrent le sentiment que l'endroit devait être fort agréable en été. Tantôt un bosquet attirait son regard, tantôt c'était une petite mare gelée qui scintillait comme un saphir, et il y avait une profusion de chênes immenses que sa mère aurait adorés. Son père avait toujours aimé être proche des hommes ; sa mère avait préféré être proche de la nature.

Peu après, Felicity aperçut le pavillon de chasse que le domestique lui avait décrit. Encore une construction de son père ? Non, sans doute pas. Il détestait tout ce qui était rustique. Un cottage en bois avec un toit en chaume et une porte encadrée par de simples troncs d'arbres lui aurait certainement paru bien peu raffiné.

Le valet la fit entrer dans une atmosphère pleine de chaleur et d'énergie. Trois hommes, plantés devant une grande cheminée, discutaient des qualités de leurs armes, tandis que Lady Worthing et d'autres femmes conversaient dans un coin. Les domestiques s'affairaient dans la pièce, les bras chargés de soupes, de tourtes, de ragoûts et de miches de pain croustillantes.

En l'apercevant, Lady Worthing vint à sa rencontre, la main tendue.

— Vous voilà enfin ! Nous vous attendions hier soir, j'ai eu peur que vous ne soyez bloquée par la neige.

Déstabilisée par tant de gentillesse, Felicity attrapa la main de son hôtesse avec une pointe d'hésitation.

— Des affaires m'ont retenue en ville jusqu'à tard. Ensuite, j'ai eu peur de prendre la route en pleine nuit, avec toute cette neige. Mais, comme tout a presque entièrement fondu ce matin, j'ai tâché de faire vite.

Au même moment, l'un des gentlemen fit volte-face. *Le vicomte Saint Clair.* Felicity resta pétrifiée et sentit son cœur s'emballer dangereusement tandis que leurs regards se croisaient. Pourquoi fallait-il qu'elle tombe sur *lui* ? Et pourquoi cette soudaine apparition la rendait-elle à la fois inquiète et curieuse ?

Dans l'espace exigu du cottage, il semblait encore plus grand et menaçant que dans son souvenir. Même si ses cheveux en bataille renforçaient son charme viril, le fusil qu'il tenait nonchalamment en main ne la rassurait pas, loin de là. Avec son pantalon en velours et sa redingote de chasse verte, il était l'image même du chasseur prêt à tirer sur la première créature qui oserait se dresser sur son chemin. Et, à en juger par la gibecière qui débordait littéralement à ses pieds, il n'avait pas l'air de manquer souvent sa cible.

Elle sentit tous ses muscles se crisper, mais se força à se détendre. Pourquoi s'inquiéter bêtement ? Lord Saint Clair avait beau être arrogant, il n'oserait jamais lui tirer dessus, enfin ! Quoi qu'il en soit, elle se sentirait beaucoup moins mal à l'aise s'il tenait une canne et non un fusil.

Il était également au courant de sa double identité. Encore une arme qu'il pourrait retourner contre elle. Révélerait-il son secret ? Ou avait-il pris ses menaces au sérieux ?

— Je suis ravie que vous ayez surmonté tous ces obstacles pour venir jusqu'ici ! déclara chaleureusement Lady Worthing.

Le regard de la comtesse passa de Felicity à Lord Saint Clair.

— Maintenant, notre petite troupe est au complet.

Felicity détourna les yeux du redoutable vicomte. Ils n'étaient que six ? Trois hommes, trois femmes. Décidément, le hasard faisait bien les choses. Ou pas. Seigneur, elle courait au désastre.

— Mais, Lady Worthing…

— Ah non, ma chère, pas de manières entre nous. Nous sommes presque du même âge et, si vous êtes aussi gentille que votre père, je suis sûre que nous serons amies. Appelez-moi Sara, je vous en prie.

Difficile de ne pas être étonnée par cette nouvelle preuve de la bonté de son hôtesse !

— Je… J'en serais très honorée, bafouilla-t-elle. Vous pouvez m'appeler Felicity.

Elle marqua une pause.

— Tous vos invités sont arrivés, si je vous comprends bien.

— C'est ça, oui. Nous attendons cent personnes au bal de ce soir mais, à part nous, personne ne restera au manoir. Un impondérable empêche Mr et Mrs Kinsley d'être là ce soir. Les Hastings devaient faire la route avec Ian, mais au dernier moment ils ont renoncé.

Elle lança à Lord Saint Clair un regard hésitant avant d'ajouter :

— Oh ! mais où avais-je la tête ? Vous n'avez pas encore rencontré tout le monde, n'est-ce pas ?

Felicity secoua la tête et Sara se tourna vers un homme aussi grand que le vicomte. C'était le mari de la comtesse, Gideon, qu'elle salua respectueusement. Cet homme avait été pirate ? Difficile à croire. Il avait les cheveux courts et une allure de gentleman. Peut-être que les rumeurs étaient infondées, après tout. Elle comptait bien profiter de son séjour pour en avoir le cœur net. Ne serait-ce que pour assouvir sa curiosité.

Sara lui présenta ensuite un couple de gens plus âgés, qui se trouvaient être le marquis et la marquise de Dryden, les parents de Gideon. Grâce au talent de son père, elle se retrouvait mêlée à cette illustre assemblée — plutôt hétéroclite, d'ailleurs. Fréquenter ces gens quelques jours promettait d'être très intéressant. Malheureusement, ils ne lui fourniraient guère d'informations. Impossible d'utiliser ce qui se dirait, ils devineraient que les rumeurs venaient d'elle, la seule étrangère du groupe ! Par ailleurs, elle ne pourrait jamais dire du mal de personnes aussi ouvertes et pas hautaines pour un sou.

Mais il y avait pire : en plus d'être peu productif, ce séjour la forçait à côtoyer le prétentieux Lord Saint Clair.

Peu importe, le bal prévu le soir même lui apprendrait malgré tout un tas d'histoires croustillantes. Une chance !

— Le père de Felicity a conçu Worthing Manor, expliquait Sara à sa belle-mère. Je me suis dit qu'elle aimerait peut-être voir le résultat final.

Les autres avaient déjà manifesté leur enthousiasme quand Sara s'écria :

— Oh ! attendez, j'ai oublié de présenter Ian.

— C'est inutile, répondit l'intéressé, Miss Taylor et moi nous sommes déjà rencontrés.

Felicity le regarda d'un air inquiet. Le moment tant redouté était arrivé. Il allait tout révéler à ses amis. Très bien. S'il osait, elle le lui ferait payer très cher. Il n'avait qu'à essayer.

Cet aveu sembla étonner Sara.

— Vraiment ? Je l'ignorais. Où vous êtes-vous rencontrés, Ian ?

— Je devrais peut-être laisser votre invitée l'expliquer.

Le sourire qu'il lui adressa était si provocateur qu'elle serra les dents.

Que souhaitait-il ? Qu'elle révèle sa double identité ? Ou qu'elle mente, pour qu'il puisse à nouveau l'accuser d'« inventer des choses » ? Il n'en était pas question…

— En fait, nous avons fait connaissance à Taylor Hall.

Devant l'air choqué du reste de l'assemblée, elle précisa :

— Lord Saint Clair est venu présenter ses condoléances à la mort de mon père.

Ce qui n'était pas faux. Il avait bel et bien présenté ses condoléances… à sa manière. Quoi qu'il en soit, rendre visite à une femme célibataire sans lui avoir été présenté n'en restait pas moins scandaleux. Les circonstances n'y changeaient rien.

En un sens, elle venait de jeter le gant. S'il voulait la dénoncer, il devait saisir sa chance. Au moins, la question serait réglée.

Le sourire du vicomte disparut aussitôt.

— Miss Taylor, vous allez écorner ma réputation de gentleman. Vous oubliez de mentionner mes camarades, ceux qui nous ont présentés, quand nous étions chez vous.

Felicity crut que son cœur s'était arrêté de battre. Manifestement, il ne tenait pas à évoquer les articles de presse devant ses amis. Elle n'avait qu'à surenchérir.

— Oh oui, vos camarades. Vous et moi avions eu une conversation si animée, ce jour-là, que je les ai presque oubliés. De qui s'agissait-il, déjà ?

Il haussa un sourcil et ouvrit la bouche pour répliquer. Ce qui la rendit encore plus impatiente de savoir ce qu'il comptait dire.

— Navré de vous interrompre, intervint alors Gideon, mais pouvons-nous poursuivre cette discussion à table ? Chasser par ce temps m'a donné une faim de loup.

— Oui, bien sûr, mon chéri.

Trop heureuse d'avoir eu le dernier mot dans cette petite passe d'armes, Felicity prit le siège le plus proche et adressa à Lord Saint Clair un sourire insolent. Même si elle était entourée par Gideon et le marquis de Dryden, le vicomte s'assit de l'autre côté de la table, juste en face d'elle. Vu l'air déterminé qu'il affichait, il n'avait pas l'intention de battre en retraite tout de suite.

Qu'à cela ne tienne. Elle était prête, cette fois.

Une fois tout le monde installé, les domestiques commencèrent le service. Sara se pencha vers Felicity.

— Excusez la brusquerie de mon mari, ma chère. Nous avons passé une grande partie de l'année sur une île loin de tout. Les gens du cru ont l'habitude de parler sans détour, bien plus qu'en Angleterre.

— Parler sans détour ne me pose aucun problème, répondit-elle en lançant un regard perçant en direction de Lord Saint Clair. Je préfère ça à l'hypocrisie.

— Ah, dans ce cas, je suppose que vous ne vous êtes jamais adonnée à ce divertissement si féminin qu'on appelle les commérages..., dit-il en levant son verre de vin.

Un demi-sourire flottait sur ses lèvres.

Elle aurait voulu répondre, mais Sara la devança :

— Comme tous les hommes, vous trouvez suspecte la moindre conversation entre femmes, et j'admets que cette pratique est parfois malsaine. Pourtant, même les commérages peuvent avoir leur utilité. Le Comité des Dames recourt parfois aux rumeurs ou brandit cette menace pour convaincre les membres récalcitrants du Parlement. Et ils finissent tôt ou tard par soutenir notre cause.

La comtesse se servit du ragoût de gibier dans le plat que lui tendait le domestique à côté d'elle.

— Les commérages peuvent aussi avoir un rôle social. Ils forcent certains hommes et certaines femmes à pratiquer leurs vices avec plus de discrétion, ce qui leur évite d'être vertement critiqués en public. Voilà qui les empêche d'avoir une influence délétère sur la jeunesse, vous ne croyez pas ?

Felicity n'en revenait pas. Personne n'avait défendu sa profession avec tant d'éloquence. Elle ajouta aussitôt la sagesse et l'intelligence aux qualités qui lui plaisaient chez la comtesse. Et la liste était loin d'être terminée.

Là, Lord Saint Clair reporta son regard noir sur elle.

— Et si les rumeurs sont fausses ?

— Les rumeurs sont bien souvent fondées, répondit-elle avec un sourire satisfait. « Il n'y a pas de fumée sans feu » : vous connaissez le proverbe, n'est-ce pas ?

— Oui, mais le feu en question, qui l'a allumé ? lança-t-il en avalant une grande gorgée de son verre de bourgogne. Si vous mettez le feu à ma demeure juste pour le plaisir de parler de la fumée qui s'en dégage, cela prouve que vous savez déclencher un incendie, rien d'autre. Rien ne vous permet d'affirmer que je suis un pyromane dans l'âme.

— Je n'ai jamais…

Felicity s'interrompit brusquement. Elle était la cible de tous les regards.

— Les femmes ne font pas ce genre de choses, Lord Saint Clair. Les hommes déclenchent suffisamment d'incendies eux-mêmes. Tout ce que nous pouvons faire, c'est empêcher la fumée de nous étouffer.

Tout en coupant une part de tourte au pigeonneau, Gideon en profita pour demander d'un ton sec :

— Nous parlons toujours de rumeurs et rien d'autre, n'est-ce pas ? Je suis perdu, avec vos histoires d'incendie.

Sara gratifia son mari d'un regard peu amène.

— C'est seulement parce que vous prenez tout au pied de la lettre, vous les hommes. Avec vous, le monde entier est tout blanc ou tout noir. Les rumeurs, c'est mal ; la vérité, c'est bien. Mais parfois les rumeurs ont leur utilité, et la vérité est un antidote imparable contre la vanité de certains.

Lord Saint Clair faillit répliquer, mais elle ajouta :

— Par ailleurs, si Ian se plaint des on-dit, c'est uniquement parce qu'on a parlé de lui dans la *Gazette* de cette semaine.

— Vraiment ? s'écria Felicity.

Comment résister à la tentation de lui jouer un mauvais tour ?

— Je ne me souviens pas d'avoir lu quoi que ce soit au sujet de M. le vicomte dans le journal. Éclairez ma lanterne, par pitié.

— C'est au sujet de sa dernière maîtresse, expliqua Sara sans cacher son amusement. Combien de femmes avez-vous séduites depuis que vous êtes revenu du continent, Ian ? Quinze ? Vingt ? Je ne compte même pas Joséphine et toutes ces Espagnoles. Si l'on en croit les rumeurs, vous passez vos journées au lit.

— Assez ! Je suis fatigué d'entendre parler de ces fables cousues de fil blanc, grogna l'intéressé. Nous étions en train de discuter du travail de Mr Taylor à Worthing Manor. Juste une chose, Sara : cet escalier en colimaçon dans le petit salon, c'était votre idée ou la sienne ?

Quel filou. Il lui avait suffi de quelques mots pour changer de sujet en un tournemain. Bien malgré elle, Felicity ne put que s'incliner. Lord Saint Clair avait mis le doigt sur le seul sujet qui ne pouvait que la passionner.

Le laisser gagner lui déplaisait, c'est vrai, mais comment résister à l'envie d'écouter Sara ? La jeune femme venait de se lancer dans le récit de la construction de leur demeure. Très vite, Felicity se mit à poser mille questions, pour grappiller la moindre information sur les dernières semaines de la vie de son père. À une ou deux reprises, elle surprit Lord Saint Clair en train de la regarder si intensément qu'elle se demanda si elle n'avait pas de la moutarde sur le menton ou quelque chose dans ce goût-là. Mais comptait-elle lui montrer sa réaction ? Non, pas question de lui faire ce plaisir. Alors elle l'ignora.

Une fois dégustée la charlotte aux pommes qui clôturait

le repas, les gentlemen retournèrent à leur chasse. Voir ce prétentieux de Lord Saint Clair sortir du cottage en compagnie de ses amis la soulagea. Si seulement elle pouvait éviter de le recroiser pendant les jours qui s'annonçaient…

Lady Dryden décida de rentrer à pied jusqu'au manoir pour s'assoupir, mais Sara invita Felicity à rester au cottage pour prendre le thé avec elle. Quelques instants après le départ de ces messieurs, le personnel avait entreposé tous les plats sur un chariot et nettoyé la pièce. Elle était désormais seule avec son hôtesse. Formidable !

La jeune femme lui tendit une tasse de thé puis désigna un sofa près de la cheminée. Vieux, mais confortable.

— J'ai été estomaquée d'apprendre que vous connaissiez Ian, commença-t-elle en s'asseyant. Mais au fond ce n'est pas si étonnant. Voilà quelque temps qu'il se cherche une épouse. Je suis sûr qu'il se rend aux mêmes événements mondains que vous.

Sara se pencha pour ajouter :

— Vous semblez bien vous entendre. Je ne me doutais pas que vous vous connaissiez si bien.

Felicity faillit contredire la comtesse avant de se raviser. C'était peut-être l'occasion d'en savoir plus sur les manœuvres de ce gredin. Avec un peu de chance, la parution de l'article de Lord X avait perturbé ses projets de mariage avec Katherine. Elle et ses parents n'avaient rendu visite à personne, ces derniers temps.

Les yeux baissés, elle prit un air gêné.

— J'ai cru comprendre que Lord Saint Clair avait déjà jeté son dévolu sur quelqu'un. Il courtise assidûment Miss Hastings, n'est-ce pas ?

Sara hésita, comme si elle cherchait une réponse.

— Oui, tout à fait, finit-elle par dire en reposant sa tasse. Mais je sais de source sûre que ce n'est plus le cas.

Cet aveu combla Felicity de joie. Son article avait fonctionné, Katherine était libérée de ce vaurien !

— Miss Hastings a rompu avec lui, alors ? Je ne peux pas le lui reprocher, vous savez. Les sentiments qui les unissaient ne semblaient guère profonds…

— Sans doute, oui. S'il souhaite tant se marier, c'est pour avoir un héritier et éventuellement quelqu'un pour partager son quotidien. Ce qui n'exige pas d'éprouver de tendres sentiments. Il pensait certainement que Miss Hastings n'aurait aucun mal à remplir ce rôle.

— Pas s'il a une maîtresse…, murmura-t-elle sans réfléchir.

Ce qui éveilla instantanément la curiosité de la comtesse.

— Ah, vous avez donc lu l'article de la *Gazette*. Vous prétendiez le contraire pendant le repas.

Cette fois, Felicity n'eut pas à faire semblant d'être gênée. Comment expliquer pourquoi elle avait provoqué Lord Saint Clair ?

Par bonheur, Sara enchaîna sans attendre qu'elle s'explique :

— Je comprends votre sentiment. Entretenir une maîtresse tout en courtisant quelqu'un était très critiquable. Mais Ian nous a révélé le fin mot de l'histoire aujourd'hui même.

Lady Worthing eut un sourire gêné.

— Comme nous n'arrêtions pas de le taquiner au sujet de sa célébrité soudaine, il a fini par nous raconter toute l'histoire. Je ne devrais sûrement pas vous en parler, mais je n'aime pas qu'on accuse Ian à tort.

Felicity eut du mal à en croire ses oreilles.

— À tort ?

— Oui. Voyez-vous, la situation est bien différente de ce que ce journaliste a pu raconter. Ian n'a fait qu'aider une amie de sa famille, avoua-t-elle en se tapotant le menton d'un air songeur. Cette femme serait l'épouse d'un de nos compatriotes qui a fait la guerre en même temps que lui. À moins que ce ne soit sa sœur… Bref, à la mort de cet homme, cette pauvre femme a traversé une mauvaise passe et Ian s'est proposé de l'aider. Il est comme ça. C'est la générosité incarnée.

Felicity réprima un grognement. La naïveté des amis de Lord Saint Clair n'avait d'égale que leur loyauté. Car, manifestement, ils avaient cru à l'histoire qu'il avait essayé de lui faire gober à elle aussi.

— Lord Saint Clair a pris part à la guerre en Espagne ? Tiens donc. On ne dirait pas, en le voyant.

— Cette nouvelle nous a quelque peu surpris, s'empressa de préciser Sara. Oh ! il a tout à fait l'étoffe d'un soldat, ce n'est pas un lâche, loin de là. Ce qui nous a étonnés, c'est qu'il ne nous ait rien dit plus tôt.

— Si je puis me permettre, il est très discret sur ses faits d'armes.

Il est même d'autant plus facile d'être prudent quand les faits d'armes en question n'existent pas.

— Ian est la modestie même. Et je suis triste que la presse le dépeigne de façon aussi peu flatteuse, soupira-t-elle. Mais je doute que cet article l'ait affecté. Au pire, cette histoire l'a empêché de faire une terrible erreur. Visiblement, sa fiancée potentielle nourrissait d'autres sentiments en parallèle…

— Comment ça ?

— Vous n'êtes pas au courant ? Tout le monde à

Londres ne parle que de ça depuis ce matin. Enfin, c'est ce que m'a dit ma belle-sœur, Emily. Elle et mon frère Jordan vivent tout près d'ici. En arrivant de la capitale, ils sont passés nous saluer. Je me suis entretenue seule à seule avec l'épouse de mon frère, et elle m'a appris une nouvelle incroyable.

Sur ces mots, Sara se pencha vers elle d'un air de conspiratrice.

— D'après elle…

Chapitre 6

Mes amis, méfiez-vous des pièges de l'engouement romantique : la vanité, les désirs à sens unique, l'arrogance de croire que l'objet de vos sentiments souhaite les payer de retour. Rien n'est plus tragique qu'une femme — ou qu'un homme — qui prend un sourire amical pour la marque d'un tendre sentiment.

LORD X, *The Evening Gazette*, 9 décembre 1820.

Ian scruta la salle de bal noire de monde en connaisseur. Ce qu'il pouvait être fatigué de ces efforts absolument inutiles pour se trouver une épouse ! Une seule chose le poussait à continuer ce petit jeu. S'il renonçait, il céderait l'héritage de son père à un homme aussi répugnant qu'un serpent.

Il avisa une femme particulièrement quelconque, attifée d'une robe en dentelle d'un blanc virginal, et ne put s'empêcher de frémir. Il en était réduit à repérer des épouses potentielles pendant un bal de Noël… Comment pouvait-on tomber aussi bas ? Il n'aurait jamais dû repousser aussi longtemps ses recherches. Après la mort de son père, lorsqu'il avait pris connaissance des dispositions du testament, il avait perdu de précieux mois à trouver comment les contourner légalement. La loi aurait dû le protéger. Hélas, de son vivant, son père n'en avait fait qu'à sa tête. Et il n'avait eu aucun scrupule à le placer dans une situation intenable.

Prendre conscience qu'il n'avait aucune marge de manœuvre l'avait littéralement accablé. Non sans mal, non sans amertume, il avait cherché une femme susceptible de lui donner l'héritier dont il avait besoin pour répondre aux exigences du testament. À sa grande surprise, il s'était rendu compte qu'il était un très mauvais parti. La faute à toutes ces rumeurs stupides. Trop de gens avaient mal interprété le fait qu'il ait brusquement quitté l'Angleterre. Et trop de gens avaient murmuré qu'il était un espion à la solde des Français.

Impossible de nier en bloc des rumeurs qui couraient depuis si longtemps, d'autant qu'il n'avait aucune envie de parler de ce qu'il avait fait pendant toutes ces années. Sans compter qu'évoquer cette période passée sur le continent aurait pu amener les gens à se demander pourquoi il avait fui le pays. Et il n'en était pas question.

Heureusement, les efforts qu'il faisait jour après jour depuis un an pour se comporter en parfait gentleman avaient porté leurs fruits : il n'était plus aussi mal vu. Malgré tout, des gens rechignaient toujours à ce qu'il s'approche de leurs filles. Ils partageaient l'avis de Miss Taylor. Pas de fumée sans feu. Certains devaient percevoir une noirceur insondable derrière sa façade policée…

Désormais, deux de ses cibles potentielles s'étaient enfuies avec d'autres hommes. Et deux autres avaient refusé sa demande en mariage car son oncle avait rendu visite aux parents de ces jeunes filles. Le gredin ! Pensait-il que ses lâches manigances pour lui mettre des bâtons dans les roues étaient passées inaperçues ? Il ne savait pas à quel point son neveu avait changé, en l'espace de quelques années.

Ian n'était plus ce jeune casse-cou de dix-neuf ans qui avait préféré s'en aller, par fierté et par entêtement. Cette fois, il resterait et il se battrait. Cette canaille n'avait pas le droit de laisser dépérir Chesterley. Et, si par malheur il ne se mariait pas à temps, alors il révélerait au grand jour la vérité sur cet homme, dût-il en souffrir. Il était prêt à aller en enfer si c'était nécessaire pour qu'Edgar Lennard le rejoigne.

Malheureusement, quelqu'un d'autre essayait de lui mettre des bâtons dans les roues. Il posa les yeux sur une jeune femme en train de rire, à l'autre bout de la salle de bal. *Miss Taylor.* Vêtue d'une robe très sobre, qui convenait davantage à une vierge sans cervelle qu'à une célibataire impétueuse, elle se tenait aux côtés de quelques personnes qui excellaient dans l'art de colporter les rumeurs. Lady Brumley. Lord Jameson. Les sœurs March.

Miss Taylor était la seule qui possédait un tant soit peu de brio ou de style. Il y avait de quoi être surpris, vu la tenue négligée qu'elle portait lors de leur première rencontre… Pas de doute, elle avait particulièrement soigné son apparence ce soir. Ses pantoufles incrustées de perles devaient coûter une certaine somme. Elle portait également des bijoux élégants. Quant à son abondante chevelure, elle était retenue par une épingle surmontée d'une perle. Et non plus par les deux aiguilles à tricoter de la veille. La lumière des chandelles rehaussait l'éclat de ses joues tout en faisant briller le tissu satiné de sa robe, qui moulait un corps absolument divin. De quoi rendre jalouse n'importe quelle courtisane...

Bon sang, il venait encore de laisser son esprit vagabonder dangereusement ! Quel crétin. Dire qu'il avait manqué la moitié de ses cibles après le déjeuner, tout ça parce qu'il n'avait fait que penser à des bêtises, comme la façon dont le visage de Miss Taylor s'était brusquement éclairé quand Sara avait fait l'éloge du travail de son père. Ou la lueur provocatrice qu'il avait surprise dans son regard lorsqu'elle avait fait mine de ne pas avoir lu les rumeurs qui couraient sur lui. Ces rumeurs qu'elle-même avait écrites !

Maudite soit cette femme qui hantait son esprit à la moindre occasion. Pourquoi fallait-il qu'il se sente attiré par elle ? Cela n'avait aucun sens. Ce qu'elle faisait était une insulte à la société et au bon sens. Cette mégère profitait de la réputation de son père pour détruire la vie de ceux qui étaient assez bêtes pour lui parler. Et la voilà qui était en grande conversation avec Lady Brumley, qu'on surnommait partout la Malle à Médisances, à cause de son physique trapu et du nombre de ragots qu'elle pouvait raconter. Il imaginait d'ici les horreurs qui devaient ponctuer cette discussion.

— Alors, comme ça, vous avez rencontré Miss Taylor chez elle ?

Une voix féminine venait de retentir à côté de lui. Sans tourner la tête, il reconnut le parfum de lavande de l'épouse de Jordan, Emily.

Cette question montrait bien le danger qu'il y avait à être attiré par une femme. S'il avait eu les idées claires au cours de l'après-midi, il n'aurait pas sous-estimé l'audace de Miss Taylor. En essayant de la forcer à mentir, il lui avait donné envie de dire la vérité. Ce qui l'avait placé dans une bien mauvaise posture. Et pour cause : il avait failli être démasqué.

Détourner le regard d'elle s'avéra plus compliqué que prévu.

— Je vois que vous avez parlé avec Sara. Oui, j'ai rencontré Miss Taylor chez elle. Je respectais énormément son père.

— Vraiment ? Allons, Ian, je suis sûre que vous n'avez jamais croisé Algernon Taylor.

— On peut admirer le travail de quelqu'un sans le connaître personnellement, éluda-t-il en haussant les épaules.

— Vous deviez être un fervent admirateur pour présenter vos condoléances à sa fille. Vous ne rendez jamais visite à quelqu'un sans raison.

Il n'y avait pas à dire, Emily ne le connaissait que trop bien.

— Attention, chère amie, lança-t-il d'un ton enjoué. Vous vous mêlez de problèmes qui vous dépassent.

Emily haussa un sourcil puis observa Miss Taylor à l'autre bout de la pièce.

— Elle est très jolie, n'est-ce pas ?

Jolie n'était pas le mot juste, loin de là. Les filles à qui il contait fleurette étaient jolies. Mais cette femme était pleine d'énergie et d'esprit, comme une rose d'un rouge éclatant au milieu de lys aux tons pastel.

Reste que les roses avaient des épines — des épines gorgées de poison, dans le cas de Miss Taylor.

— Elle ne m'intéresse pas, croyez-moi.

Comment pouvait-il dire un mensonge aussi éhonté

sans broncher ? Mais le plus incroyable, c'était bel et bien cela : il *mentait*.

— Dommage. Car vous avez l'air de l'intéresser.

Quoi ? Pas possible, il avait mal entendu…

— Que voulez-vous dire ?

— D'après Sara, elle a posé de nombreuses questions sur vous, surtout quand elle a appris que vous étiez de nouveau un cœur à prendre.

— J'aurais dû me douter que Jordan serait incapable de vous cacher quelque chose…

— Inutile de lui en vouloir. La nouvelle circulait bien avant que je quitte Londres ce matin. Pensiez-vous vraiment qu'une famille puisse cacher éternellement la fuite de son enfant ?

— Sans doute pas, non.

Miss Taylor était donc au courant de toute l'affaire. Cette satanée sorcière devait se féliciter d'avoir gagné la partie. Dans ce cas, pourquoi cela n'avait-il pas apaisé son envie de le détruire ? Si elle avait posé des questions sur lui, c'était qu'elle avait une idée en tête.

Bon sang. Il avait intérêt à changer de stratégie, et vite.

— Miss Taylor a lu cet article où vous êtes si mal traité, poursuivit Emily. Mais Sara s'est chargée de lui ouvrir les yeux.

— De lui ouvrir les yeux ? répéta-t-il en fronçant les sourcils.

— Sara s'est dit qu'une jeune femme célibataire comme Miss Taylor méritait d'être au courant de cette histoire. Quand vous nous avez parlé de votre ami soldat et de sa sœur, ce matin, nous avons eu envie de faire éclater la vérité. Cette situation est tout à votre honneur et vous êtes trop modeste. Vous savoir injustement traîné dans la boue nous fait beaucoup de peine.

Au prix d'un effort surhumain, Ian s'efforça de ne pas s'emporter. Désormais, Miss Taylor n'aurait aucun scrupule à le traiter de menteur. Car il en était un, quelque part.

— Si je me souviens bien, je vous avais demandé de garder cette histoire pour vous afin de protéger la vie privée de mon amie.

Emily lui jeta un regard en coin.

— Et c'est ce que nous allons faire. Sara souhaitait simplement vous aider. Vous cherchez à vous marier, après tout. Les femmes qui pourraient vous convenir méritent de connaître votre vraie nature, c'est important.

— Des femmes comme Miss Taylor, je suppose ?

— Bien sûr.

L'épouse de Jordan agita son éventail à plusieurs reprises.

— Je doute que vous refusiez d'épouser une femme respectable au seul motif qu'elle n'est ni riche ni issue d'une famille prestigieuse. Si vous souhaitez convoler en justes noces, Miss Taylor ne serait pas un mauvais choix.

Il y avait vraiment de quoi rire. Épouser cette sorcière ? Ce serait un désastre ! Avec sa langue de vipère, sa volonté de déterrer des secrets bien enfouis, et la joie avec laquelle elle mettait au supplice les hommes de haut rang, il suffirait d'une semaine — non, d'une journée — pour qu'elle se mette à fouiner dans ses affaires.

Sans compter qu'elle n'accepterait *jamais* de l'épouser. D'après les rares informations qu'il avait glanées, le père de Miss Taylor lui avait laissé un héritage considérable. L'argent ne lui posait donc aucun problème. Telle qu'elle le verrait, comme un jouisseur et un libertin, comme un homme qui vivait pour débaucher des femmes et humilier ses fiancées, les charmes du mariage ne la tenteraient pas.

Il n'empêche : épouser Miss Taylor serait aussi amusant qu'insensé.

Non. Cette possibilité ne méritait même pas qu'il l'envisage.

— Vous semblez voir cette femme d'un très bon œil. Vous la connaissez à peine, pourtant.

— Effectivement. Mais je l'ai appréciée dès que Sara nous a présentées. Elle est adorable. Drôle, intelligente et directe. Admettez que vous avez été d'une humeur bien trop sombre, ces derniers jours, et bien trop renfermé sur vous-même. Vous avez besoin d'une femme comme elle pour sortir de votre coquille. Et, si, comme beaucoup d'hommes, vous souhaitez une femme avec une réputation sans tache, elle est celle qu'il vous faut.

— Une réputation sans tache ? ricana-t-il. J'en doute.

— Oh ? répondit Emily en le regardant avec intérêt. Vous savez quelque chose au sujet de Miss Taylor que nous ignorons ?

Dommage qu'il ne puisse pas révéler à Emily que Miss Taylor était Lord X. Cette créature diabolique méritait pourtant qu'on dévoile son secret. Mais il n'était pas prêt à déclencher les hostilités. Pour le moment.

— Elle n'est pas ce qu'elle prétend être, c'est tout.

— Alors vous êtes bien le seul à penser une chose pareille, rétorqua son amie, qui semblait déçue de ne pas en savoir plus. Personne ne dit du mal d'elle.

C'était précisément pourquoi Miss Taylor agissait en toute impunité. Elle n'avait pas besoin d'appartenir au grand monde. Grâce au soutien de Lady Brumley et consorts, elle pouvait se contenter d'être la fille d'Algernon

Taylor, le brillant architecte. Cela lui permettait d'être invitée à des soirées prestigieuses où elle recueillait les commérages qui figuraient dans ses articles. Protégée par son pseudonyme, elle déterrait de vieilles rumeurs et rendait son jugement sans même s'attirer les foudres de la société. Si elle-même avait été la cible de telles médisances, aurait-elle toujours été aussi arrogante ? Sans doute pas.

Ian s'immobilisa. En voilà une idée intéressante. Miss Taylor, cible des rumeurs. Les échos d'une valse parvinrent jusqu'à ses oreilles et un sourire se dessina sur son visage. Peut-être était-il temps que cette petite prétentieuse apprenne la facilité avec laquelle une situation pouvait se retourner.

Sans se poser plus de questions sur le but de cette démarche, il s'excusa auprès d'Emily et traversa la salle de bal d'un pas décidé. Oui, il savait exactement comment donner à Miss Taylor cette petite leçon d'humilité dont elle avait grand besoin. Surtout si elle jouissait d'une réputation « sans tache », comme le prétendait Emily.

Dès qu'elle aperçut Lord Saint Clair qui marchait droit sur elle, Felicity se prépara au pire. Que le diable emporte Katherine ! Elle avait pris le risque d'être démasquée pour empêcher son amie d'épouser ce dégénéré, tout ça pour que cette idiote s'enfuie avec l'intendant !

Si elle avait su que Mr Gerard inspirait de tendres sentiments à Katherine, elle aurait tout fait pour ne pas l'encourager dans cette voie. Elle s'était imaginé son amie tombant amoureuse du fils d'un propriétaire terrien, pas assez riche au goût de Lady Hastings, mais pas d'un serviteur qui n'en voulait certainement qu'à sa fortune. Quelle guigne !

Katherine aurait dû repousser Lord Saint Clair, puis épouser un homme plus ou moins susceptible d'être accepté par sa caste. L'idiote.

Et pour ne rien arranger, songea Felicity, elle avait désormais un oiseau de proie lancé à ses trousses. Pas étonnant que ce maudit vicomte ait passé le déjeuner à la faire sortir de ses gonds. Il devait être furieux ! Elle le regarda approcher, de plus en plus mal à l'aise. Cet homme avait un talent peu commun pour cacher ses émotions, ce qui le rendait encore plus difficile à manœuvrer. Si elle avait eu deux sous de jugeote, elle aurait pris ses jambes à son cou.

Dommage qu'elle n'ait nulle part où aller.

— Lord Saint Clair vient vers nous, ma chère, dit Lady Brumley, qui se trouvait à ses côtés. Dois-je faire les présentations ?

— C'est inutile, nous nous connaissons.

Nul doute que la marquise ferait son miel de cette information. Du haut de ses soixante ans, Lady Brumley avait appris comment faire de la moindre phrase la première étincelle d'une rumeur. La Malle aux Médisances lui fournissait la moitié de sa chronique. Avec un peu de chance, elle avait deviné qui se cachait derrière Lord X…

Seigneur, à cet instant, Felicity aurait préféré que ce soit n'importe qui d'autre, mais pas elle !

La seconde d'après, le vicomte était à côté d'elles. Il affichait un sourire si inquiétant qu'elle eut du mal à en esquisser un. Il adressa un petit signe de tête à la marquise puis s'inclina.

— Miss Taylor, me feriez-vous l'honneur de danser avec moi ?

Le scélérat. Il voulait l'entraîner sur la piste de danse

pour l'accabler de reproches. Il savait qu'elle n'oserait jamais refuser parce que Lady Brumley était là, pendue à leurs lèvres.

Bien, il lui faudrait donc affronter cette canaille une fois de plus.

— J'en serais très heureuse, mentit-elle en tendant la main.

Mais je serais encore plus heureuse si je ne vous avais jamais rencontré.

Lord Saint Clair la conduisit au centre de la salle avec l'assurance tranquille d'un vrai gentleman, puis posa une main dans le creux de ses reins tandis que l'autre se refermait fermement autour de ses doigts gantés.

Elle poussa un grognement. Elle avait accepté de danser la valse, mais ce n'était pas son fort. Ses talents de danseuse laissaient à désirer. Elle n'aimait guère que les quadrilles, parce qu'elle se contentait de suivre les autres danseurs tout en dissimulant les erreurs qu'elle pouvait faire. Ce qui n'était pas possible quand on dansait la valse.

— Lord Saint Clair…

Elle aurait voulu le prévenir, mais il la faisait déjà tourner sur elle-même. *Un-deux-trois, un-deux-trois.* Elle tentait de battre la mesure dans sa tête, mais cela ne l'empêcherait pas de trébucher ou de faire un faux pas.

— Miss Taylor…

— Chut ! murmura-t-elle en jetant un regard envieux aux autres danseuses qui maîtrisaient si bien les subtilités de la valse.

Elle planta les doigts dans l'épaule de Lord Saint Clair.

— Je compte.

— Quoi donc ?

— Les pas. Je danse très mal la valse.

Il lui jeta un coup d'œil soupçonneux.

— Vous plaisantez !

Au même moment, elle lui marcha sur le pied. Tout à fait involontairement.

— Dé... désolée, bredouilla-t-elle.

Elle faillit s'arrêter pour retrouver le fil, mais le vicomte se chargea de la remettre en selle. Il attendit qu'elle suive à nouveau le rythme, sans un mot.

— Comment se fait-il que vous ne maîtrisiez pas la valse ? Vous assistez à un événement mondain tous les soirs.

— Oui, mais je ne danse jamais.

Toujours désespérément accrochée à son épaule, elle espéra qu'il la porterait à travers la pièce. Il était sûrement assez grand pour y arriver. En tout cas, ce n'était pas en s'accrochant à lui comme une noyée en train de couler qu'elle risquait d'avoir l'air distingué.

Voyant qu'il ne réagissait pas, elle se hasarda à le regarder. Il avait un visage fermé, les yeux aussi froids que des pierres.

— J'oubliais, vous êtes là pour écouter des ragots.

— Pour recueillir de la matière, nuance.

La condescendance qu'il affichait et ses talents de danseur achevèrent de l'agacer.

— Et vous, alors ? Vous venez chasser au milieu d'un troupeau de jeunes filles à marier. En quoi est-ce plus respectable ?

— Un troupeau de jeunes filles à marier ? gloussa-t-il. C'est tout ce que vous avez appris après avoir passé l'après-midi à interroger Sara ?

Une fois de plus, Felicity trébucha, mais il la rattrapa in extremis. Encore un peu et elle heurtait une autre danseuse. Il lui fallut une seconde pour se remettre d'aplomb.

— Je n'ai pas *interrogé* Sara. Elle m'a donné des informations.

— Et vous avez tiré vos « conclusions » habituelles à partir de ces indices et de ces insinuations ?

— Osez dire que vous n'êtes pas en train de chercher celle qui vous donnera un héritier.

Un long silence s'installa, pendant lequel elle pensa à tout autre chose que cette valse… Comme ce torse large et viril qui se trouvait juste sous ses yeux… Ce parfum d'eau de Cologne, de lin amidonné et d'homme à l'état brut… et ces bras musclés qui la tenaient un peu trop près pour les convenances. Au bout d'un moment, la main du vicomte glissa de sa hanche jusque dans le creux de son dos. Elle comprenait pourquoi il éprouvait le besoin de la tenir aussi fermement par la taille, vu ses piètres qualités de danseuse. Mais c'était tout de même indécent.

En tentant de s'écarter, Felicity faillit perdre le rythme, ce qui obligea le vicomte à la serrer encore plus près. Lorsque leurs regards se croisèrent, elle constata qu'il l'observait avec amusement.

— Vous ne savez vraiment pas danser la valse, hein ?

— Pourquoi aurais-je inventé une chose pareille ?

— Et pourquoi pas ? Vous inventez bien tout le reste.

— Tout sauf les raisons qui vous obligent à vous marier, j'imagine, répondit-elle.

Peut-être aurait-elle le fin mot de l'histoire, qui sait ?

— Évidemment que je cherche une femme pour qu'elle me donne un héritier, soupira-t-il sans cacher son agacement. C'est ce qui pousse la plupart des hommes de haut rang et des hommes fortunés à se marier.

Il marqua une pause.

— Dois-je m'attendre à retrouver cette information dans la prochaine édition de la *Gazette* ?

Felicity se sentait suffisamment à l'aise pour que cette remarque acide ne la perturbe pas.

— Lord Saint Clair, vous avez une très haute opinion de vous-même, vraiment. J'ai des choses autrement plus intéressantes à écrire sur votre compte que ces histoires de mariage.

— Oui, comme la fuite de Katherine.

Tiens, il s'était enfin décidé à évoquer le sujet ! La tête baissée, elle se concentra sur sa cravate impeccablement nouée.

— Pourquoi devrais-je écrire là-dessus ? Tout le monde est déjà au courant. Pensez ce que vous voulez, mais je n'essaye pas de détruire la vie des gens. Katherine est mon amie, après tout.

— Vous l'avez déjà humiliée en parlant de ma supposée maîtresse dans votre article. Pourquoi hésiter à évoquer sa fuite ?

Cette accusation injuste lui fit l'effet d'une gifle.

— J'admets que ma chronique lui a peut-être fait de la peine, mais visiblement elle s'en est remise. Au bout du compte, elle est heureuse, maintenant.

— En êtes-vous sûre ? Cet intendant correspondait à vos innombrables critères ?

L'intérêt qu'elle éprouvait pour cette cravate ne fit que s'accentuer.

— Je ne le connais pas, mais je suis sûre qu'il est très gentil et qu'il la rendra très heureuse.

— Je vois. Ce qui signifie que vous êtes aussi peinée que moi par cette nouvelle.

Le gredin. Il était si retors ! Et bien trop capable de la percer à jour.

— Pas du tout. Au moins, il prétend être amoureux d'elle. Et on ne pouvait guère en dire autant de vous.

— Vous avez réponse à tout, hein ? Mais je vous connais, Miss Taylor, vous ne croyez pas plus en l'amour que moi.

Il resserra son étreinte pour qu'elle se retrouve collée contre lui, du mollet jusqu'à la poitrine. Le tout avec une brusquerie incroyable. Elle essaya de le repousser, sans succès.

— Je ne danse peut-être pas très bien, siffla-t-elle, mais est-ce une raison pour me serrer aussi fort ? Ce n'est pas très convenable, vous savez.

— Oh non.

Voyant qu'il ne bougeait pas d'un iota malgré la remarque acerbe qu'elle venait de faire, elle insista :

— Auriez-vous la bonté de me lâcher ?

— Non.

Elle prit brusquement conscience que cela n'avait rien à voir avec ses talents de danseuse.

— Pourquoi ?

— Parce que vous tenir à bout de bras ne serait pas si agréable.

Il agrémenta sa réponse d'un sourire si charmeur qu'elle faillit cesser de respirer.

En désespoir de cause, elle lui marcha sur le pied — volontairement, cette fois. Hélas, les pantoufles qu'elle portait ne faisaient pas le poids à côté de ses chaussures en cuir.

— Lord Saint Clair…

— Appelez-moi Ian, la coupa-t-il d'une voix caverneuse. Avec tout ce que vous savez sur mon compte, je ne vois pas pourquoi nous devrions faire tant de manières.

— Écoutez, je sais que vous m'en voulez à cause de la fuite de Katherine…

— Vous avez écrit sur des choses qui ne vous concernaient pas. Vous avez interrogé mes amis sur mes affaires.

Felicity loupa un pas, mais il la redressa assez brutalement et continua de la faire tourner sur elle-même.

— Et vous n'avez même pas la décence de regretter votre geste, dit-il.

— Parce que je n'ai rien fait de mal !

— Vraiment ?

La lumière des chandelles soulignait le sourire provocateur qu'il affichait.

— Alors vous ne verrez aucun inconvénient à ce que nous échangions les rôles ?

Un sombre pressentiment la saisit.

— Comment ça ?

Il pencha la tête de manière à ce que ses lèvres la frôlent.

— A-t-on déjà colporté des rumeurs sur votre compte, Felicity ?

Elle se raidit. Seigneur. Voilà pourquoi il l'avait invitée à danser. Elle avait fourni tellement d'efforts pour ne pas trébucher qu'elle était passée à côté d'un détail : il la tenait beaucoup trop près de lui ! Hélas, c'était trop tard.

En regardant alentour, elle s'aperçut des murmures et des regards intéressés que leur jetaient les danseurs tout près d'eux. Un cavalier et sa cavalière ne dansaient jamais la valse aussi près l'un de l'autre. Sauf s'ils se faisaient la cour. Ou pire…

— Espèce de sale butor arrogant, je vous…

— Attention, ma chère, souffla-t-il d'un ton moqueur,

quelqu'un pourrait vous entendre. Et que penseraient les gens ?

— Que vous êtes une brute sans la moindre éducation !

— Ou que vous avez abusé du bon vin. Ce qui expliquerait pourquoi vous me laissez prendre tant de libertés. Ou que vous avez hâte de remplacer ma supposée maîtresse. Ou n'importe quelle autre explication absurde fondée sur le simple fait que je vous tiens trop près de moi.

Maudit soit-il, avec son intelligence et sa sournoiserie !

— Très bien, grommela-t-elle après un nouveau tour de piste. J'ai compris la leçon. Maintenant, lâchez-moi.

— Oh ! détrompez-vous, la leçon ne fait que commencer, murmura-t-il d'une voix aussi douce que menaçante.

Felicity avait l'impression que les battements de son cœur résonnaient plus fort que la musique. Il la retenait prisonnière dans ses bras, plus efficacement que les fers les plus solides. Pour lui échapper, elle aurait dû faire un esclandre que la moitié des invités auraient remarqué. Et, cette fois, il aurait gagné pour de bon. Ne serait-il pas ravi de la voir se couvrir de honte devant tant de gens importants ? Si, sûrement.

La leçon ne fait que commencer. Où voulait-il en venir ? Au tour suivant, ils passèrent tout près de la foule. Soudain, elle comprit. La panique la gagna. Il l'entraînait vers les portes qui donnaient sur le balcon.

— Non, murmura-t-elle en tentant vainement de l'arrêter.

Hélas, autant essayer de retenir un moulin à eau. Pareil à la rivière dont la force actionnait le mécanisme, Lord Saint Clair avançait inexorablement, en l'entraînant avec lui, de gré ou de force.

Encore deux petits tours et ils étaient devant les portes. Il lui lâcha la main, juste le temps d'ouvrir un battant.

— Je ne sortirai pas seule avec vous, siffla-t-elle.

Malheureusement, il la fit passer par la porte ouverte comme si elle n'était qu'une poupée de chiffon. Elle parvint à libérer son autre main, tourna les talons et voulut se ruer vers la salle de bal. En deux grandes enjambées, il se posta devant elle et referma la porte vitrée avec un bruit métallique.

Des volutes de buée s'échappaient de sa bouche et elle frissonnait.

— Vous ne pouvez pas me retenir ici. Il gèle à pierre fendre.

— Prenez mon manteau…, dit-il en commençant à se déboutonner.

— Pas question !

La dernière chose dont elle avait envie, c'était bien de voir le vicomte Saint Clair se déshabiller dans cet endroit à l'abri des regards.

Le sourire suffisant qu'il affichait lui rappelait ses frères les fois où ils préparaient un mauvais tour.

— J'essaye simplement d'être un gentleman.

— Ce n'est pas une réussite.

Felicity tenta de regarder par-dessus l'épaule du vicomte pour voir si quelqu'un dans la salle de bal avait remarqué leur absence. Mais il lui bouchait la vue. Elle jeta un coup d'œil alentour. Fort heureusement, il n'y avait personne d'autre sur le balcon.

— Très bien, nous voilà seuls. Que voulez-vous de moi ?

— C'est très simple : je veux que vous compreniez ce qu'on ressent quand une réputation sans faille est souillée par les « conclusions » injustes d'une bande de commères.

Il cessa brusquement de sourire.

— Nous échangeons les rôles, ce n'est que justice, Felicity.

En voilà un qui ne manquait vraiment pas de culot !

— Pourquoi parlez-vous de justice, vous ne connaissez même pas le sens de ce mot ! Ma réputation *sans faille* vient du fait que je mène une vie *sans faille*. Et tout le monde ne peut pas en dire autant. Si votre réputation vous déplaît, ne rejetez pas la responsabilité sur moi ! Ce n'est pas ma faute, espèce de… de goujat libidineux !

Il s'approcha d'elle, la mâchoire dangereusement serrée.

— Non, c'est entièrement la mienne. Je ne suis qu'un bon à rien qui ne mérite pas d'épouser une femme respectable. Un homme auquel aucune femme sensée ne devrait faire confiance.

Il l'attrapa par la taille pour la tenir tout contre lui.

— Alors pourquoi faudrait-il que je vous traite autrement que les centaines d'autres femmes que j'ai séduites ? lança-t-il d'un ton atrocement sarcastique.

— Espèce de sale…

Felicity n'eut pas le loisir d'aller au bout de son insulte. Car la bouche du vicomte avait fondu sur la sienne.

Ce geste la surprit tellement qu'elle resta un moment sans réagir. Cela faisait une éternité qu'un homme ne l'avait pas embrassée de force. La dernière fois, c'était un des employeurs de son père.

Ce baiser avait été horrible. Mais celui-ci… Non.

Il l'enivrait alors que l'autre l'avait humiliée, il l'exaltait alors que l'autre l'avait révoltée. Même si le vicomte prenait possession d'elle, sans le moindre égard pour les convenances, elle n'était pas dégoûtée. Au contraire, ce baiser déclenchait d'étranges réactions en elle, au plus profond de son être... Tout son corps était comme une énorme boule de feu. C'était bien la première fois qu'un homme lui faisait éprouver une chose pareille. Elle constata avec horreur qu'au moment où il la lâcha pour reculer elle éprouva comme de la déception.

Le rouge lui monta aux joues, ce qui la rendit furieuse. Elle ne rougissait jamais, car elle n'avait honte de rien. Et dire que ce satané vicomte avait ce pouvoir sur elle !

— Je vous ai laissée sans voix, me semble-t-il.

Les yeux de Ian la firent littéralement fondre tandis qu'ils glissaient sur son visage pour se focaliser sur ses lèvres encore palpitantes.

— C'est très étonnant.

— C'est toujours de cette façon que vous impressionnez vos ennemies ? répliqua-t-elle sans relever sa pique.

— Uniquement les plus jolies, répondit-il en haussant un sourcil. Et vous n'avez pas l'air particulièrement impressionnée. J'ai dû mal m'y prendre.

— Il faut bien plus qu'un baiser brutal pour m'impressionner.

C'était sa seule façon de cacher la réaction foudroyante qu'il avait provoquée chez elle.

— Vraiment ?

Un sourire diabolique apparut sur les lèvres du vicomte tandis qu'il l'attrapait une nouvelle fois par la taille. Lorsqu'elle se pencha en arrière, il la saisit par le menton pour l'empêcher de bouger.

— Alors permettez-moi de réessayer.

Felicity se raidit, prête à résister cette fois. Mais il la prit par surprise. Sa bouche la frôla à peine. Ce léger contact la fit frémir des pieds à la tête. Il voulait d'abord jouer avec elle. Et elle voulait qu'il l'embrasse.

Jusqu'à présent, elle n'avait pas compris à quel point elle en avait envie. Mais sentir cette bouche tout près de la sienne lui nouait l'estomac. Comme si elle mourait de faim. Puis il posa les lèvres sur les siennes avec force, et tout chavira autour d'elle. Les doigts de Lord Saint Clair suivaient les contours de sa mâchoire avec tant de légèreté qu'elle sentait sa peau s'embraser.

En appuyant sur son menton, il lui fit ouvrir la bouche et plongea la langue à l'intérieur. Ce geste inattendu la déstabilisa, mais il s'efforça de la calmer en lui caressant la nuque… La base de sa gorge où son pouls battait à toute vitesse… Son épaule nue. Quand elle se détendit enfin sous ces caresses, il approfondit leur baiser, en explorant sa bouche comme s'il s'agissait d'une pêche qu'il souhaitait savourer. C'était si extraordinaire qu'elle était à deux doigts de devenir folle.

Elle n'avait jamais cru qu'il ferait preuve d'une tendresse aussi désarmante. Les hommes de son espèce ne traitaient jamais les femmes avec tant d'égards, si ?

Résister à cette étreinte lui semblait impossible. Elle n'aurait jamais osé croire que le désir pouvait être aussi intense… Que ces caresses lui feraient perdre la tête. Elle s'accrocha aux revers du manteau du vicomte comme si sa vie en dépendait et les serra dans le creux de ses poings. À quel moment ferma-t-elle les yeux et se laissa-t-elle emporter par la sensation divine de cette bouche qui explorait la sienne ? Aucune idée. Aucune importance. C'était comme si un véritable incendie lui avait embrasé tout le corps avec une sensualité irrésistible.

D'instinct, elle glissa la langue dans la bouche de Lord Saint Clair. Avec un grognement, il l'attira encore plus près de lui, leurs bouches collées l'une contre l'autre.

La nature de leur baiser changea aussitôt et exprima une énergie à l'état brut. Il n'exerçait plus cette emprise impérieuse sur elle, elle le sentait, car le sang qui coulait dans ses veines était chauffé à blanc par la sauvagerie passionnée de ce baiser.

Des vagues exquises de plaisir déferlèrent sur son corps, du sommet de son crâne jusqu'au bout de ses orteils gelés. Elle se sentait enveloppée par cette chaleur, par l'urgence de ce besoin, par la taille de cette imposante silhouette. Bizarrement, elle n'avait ni peur ni envie de l'arrêter. Elle n'aurait jamais permis au vicomte froid et calculateur de la toucher de cette façon. En revanche, cet homme au tempérament de feu, avec ces grandes mains qui couraient sur ses hanches, sa taille, ses reins... Il plongeait la langue comme si elle lui appartenait. Et elle se donna à lui, sans opposer de résistance.

Soudain, des bruits de voix envahirent son esprit et l'arrachèrent à ce moment merveilleux. Elle se rappela pourquoi elle ne devait pas faire ça. Pas ici, pas maintenant. Elle détacha les lèvres des siennes.

— Lord Saint Clair...

— Ian, ordonna-t-il avec un regard brûlant.

— Ian, quelqu'un vient.

— Qu'à cela ne tienne.

Elle essaya de s'échapper, mais il lui attrapa le visage pour l'embrasser à nouveau, et si fort qu'elle faillit presque oublier ce qu'elle venait de lui dire. Mais, lorsqu'elle entendit un cri étouffé, elle se ressaisit et se débattit.

Il relâcha son étreinte. Pendant un long moment, ils se regardèrent les yeux dans les yeux. On les voyait presque briller de désir dans l'obscurité. Puis le visage de Ian sembla se fermer et il se remit à respirer normalement. Il tourna la tête pour voir qui les avait surpris.

Et un sourire légèrement satisfait lui éclaira le visage.

Felicity se sentit frémir. L'ardeur du désir l'abandonna aussitôt. Seigneur. Elle venait de commettre une erreur, une terrible erreur. Ce n'était qu'un stratagème. En bon séducteur, il l'avait laissée croire que ce n'était pas qu'un simple baiser, qu'il était envoûté, exactement comme elle. Dès le premier instant, il s'était servi de son pouvoir de séduction pour l'amener traîtreusement à s'humilier en public !

La honte l'envahit, et très vite la colère. Le scélérat ! Il méritait une bonne gifle. Le bruit de sa main sur la joue de Ian résonna bruyamment. Mais cela n'effaça pas la satisfaction qu'on lisait sur son visage.

Dire qu'elle était tombée dans son piège — et qu'elle avait aimé ça ! Elle rassembla ses forces et se retourna. Il y avait là leur hôtesse, Sara. Accompagnée de la Malle aux Médisances, Lady Brumley en personne. Maudit soit cet homme !

Pas question d'avoir l'air d'une femme qui venait de laisser un tel libertin l'embrasser pour son plus grand plaisir. Felicity se força à paraître surprise, comme si elle n'avait pas pris conscience que ces dames étaient là.

— Oh ! je vous demande pardon. J'étais en pleine discussion avec Lord Saint Clair.

— Je vois ça.

La marquise souriait comme un chat qui aurait découvert un pot de crème.

— D'ailleurs, si vous voulez bien nous excuser, nous aimerions poursuivre, dit Ian derrière elle. Seul à seul.

Le ton neutre qu'il employa remua le couteau dans la

plaie. Dire qu'elle l'avait imaginé emporté par la passion, tout ça parce qu'il avait déclenché quelque chose en elle ! Comment avait-elle pu être aussi bête ?

— Tant s'en faut, répondit-elle avec véhémence. Apparemment, M. le vicomte ne comprend pas le sens du mot *non*.

Elle s'obligea à se planter devant lui et ajouta :

— Bonne nuit, Lord Saint Clair. Je vous conseille de surveiller vos mains, à l'avenir.

Cette simple phrase allait-elle suffire à réparer les dégâts ? Non, hélas, et elle le savait.

— Je me tiendrai tranquille si vous vous tenez tranquille.

Pour toute réponse, Felicity rassembla les miettes de son amour-propre et regagna la salle de bal à toutes jambes.

Il y avait des gens partout, et on aurait dit qu'ils l'observaient. Oh ! si seulement le sol en marbre s'était ouvert pour l'engloutir ! Les yeux grands ouverts, elle traversa la pièce en courant. Son corps tremblait et des larmes grossissaient sous ses yeux.

Imbécile ! Idiote ! Crétine ! Comment avait-elle pu accepter qu'il l'embrasse de cette manière ? Alors même qu'elle *savait* qui il était. Elle aurait aimé dire qu'il l'avait forcée, mais à quoi bon ? Il n'avait eu besoin que de la caresser pour qu'elle se blottisse dans ses bras comme une adolescente écervelée.

Des années plus tôt, elle s'était résignée à ne jamais connaître la passion. Ses chances de se marier étaient minces, après tout. Mais cela ne l'avait jamais empêchée d'éprouver ces sensations presque douloureuses, au plus profond d'elle-même, surtout quand elle regardait le tableau du sultan ou quand elle croisait des couples amoureux. Elle s'était préparée aux gestes de Ian bien avant de le rencontrer.

Et il avait su deviner ses failles avec une facilité déconcertante, le gredin !

L'humiliation l'accabla tandis qu'elle se frayait un chemin au milieu des couples qui dansaient. Elle s'était laissé manipuler. Il avait entendu Lady Brumley et Sara approcher, mais il avait délibérément continué de l'embrasser pour prendre sa revanche et souiller la « réputation sans faille » qui était la sienne. Il avait dû se réjouir de la voir bêtement tomber dans le piège. Il était certainement fier qu'elle accepte ses caresses. Non, qu'elle les accueille à bras ouverts, plutôt !

De nouvelles larmes lui perlèrent aux yeux, mais elle s'obligea à les ravaler. Seule la colère pouvait l'empêcher de fondre en sanglots. Elle quitta la salle de bal avec les yeux brillants. Le traître. Il voulait ruiner sa réputation ? Eh bien, il était allé trop loin. S'il voulait jouer à ce petit jeu, ce prétentieux sans cœur risquait d'être servi. Elle lui ferait payer son arrogance et ses stratagèmes odieux. Elle lui ferait regretter d'avoir franchi la porte de Taylor Hall.

Oh ! vivement qu'elle publie son prochain article !

Chapitre 7

La semaine dernière, le célèbre héritier d'un duché a été vu en compagnie d'une jeune femme respectable mais désargentée dans le verger de Lady Bellingham. Le père de celui-ci tient à répéter qu'elle et son fils sont simplement amis. Réalité ou simple vœu pieux ? À en juger par le comportement de l'intéressé, la balance semble plutôt pencher en faveur de la deuxième solution…

LORD X, *The Evening Gazette*, 10 décembre 1820.

Tandis que des nuages sombres couvraient le ciel matinal de sinistres cicatrices grises, Ian se dirigea vers la salle à manger des Worthing, le lendemain du bal. Il avait renoncé à l'idée de dormir quelques heures plus tôt déjà. Tout ce qu'il espérait, désormais, c'était prendre le petit déjeuner seul. Il ne croiserait sûrement personne à cette heure-ci, même si on attendait peut-être les maîtres des lieux à la messe dominicale.

Hélas, la chance n'était pas de son côté. Il s'arrêta à l'entrée de la pièce et étouffa un grognement en surprenant le regard que lui lançait Sara, à l'autre bout de la grande table somptueusement dressée. Bon sang, il aurait dû s'en douter. Une seule personne était déjà debout et il fallait que ce soit *elle*. Elle allait lancer la discussion à propos de la petite scène de la veille, sur le balcon.

Cette scène troublante et inexplicable.

— Bonjour, dit-elle assez sèchement. Vous êtes bien matinal.

Il choisit un siège suffisamment éloigné pour garder ses distances, mais suffisamment proche pour ne pas paraître malpoli.

— Je vous retourne le compliment.

Un domestique s'empressa de déposer un œuf à la coque devant lui et il prit des toasts dans une assiette qui se trouvait sur la table.

— Je ne dors jamais tard quand il y a des invités à la maison, répondit-elle avec un geste nonchalant. Je me préoccupe toujours de leur confort.

Pour toute réponse il poussa un grognement.

Ce qui ne la déstabilisa pas le moins du monde.

— Vous seriez surpris de savoir combien de gens sont déjà réveillés à cette heure, poursuivit-elle en faisant tourner une cuillère dans sa tasse de thé. Miss Taylor, par exemple. Elle s'est levée très tôt.

— Y a-t-il du café ? se contenta-t-il de demander.

Pas question de parler de Felicity avec Sara.

— Bien sûr.

Elle fit un geste en direction du domestique qui faisait déjà le tour de la table pour le servir. Ian sentait les yeux de son amie posés sur lui.

— Elle est partie il y a une heure, ajouta-t-elle.

— Qui donc ? demanda-t-il d'un ton faussement distrait.

— Miss Taylor, bien sûr.

— Bien sûr, répéta-t-il froidement.

Était-il enfin parvenu à faire fuir cette femme ? Il avait du mal à y croire.

— J'imagine qu'elle a voulu prendre la route au plus vite et rentrer chez elle avant que le temps se dégrade. Il promet d'être atroce, aujourd'hui.

— Chez elle ? Non, elle n'est pas rentrée chez elle. Elle est allée faire un tour au village, rien de plus.

Ian ne prêta pas attention au fait que son rythme cardiaque venait de s'accélérer. Évidemment que Felicity ne s'était pas enfuie ! Elle ne faisait jamais rien comme les autres femmes.

La veille, par exemple. Il l'avait embrassée pour lui prouver quelque chose. Il s'attendait à ce qu'elle soit outrée, horrifiée, voire dégoûtée, vu ce qu'elle pensait de lui et de son goût pour le beau sexe. Au lieu de ça, elle s'était jetée sur lui. On aurait dit que personne ne l'avait jamais vraiment embrassée avant.

Comment aurait-il dû réagir face à cette femme somptueuse et pleine d'énergie, qui semblait attendre ses baisers et frémir de désir ? L'ignorer ? Dieu lui-même n'aurait pas pu l'empêcher de l'embrasser. En tout cas, le baiser suivant ne voulait rien prouver du tout. À part peut-être le désir qu'elle lui inspirait. Un désir fort. Intense.

Et elle avait eu envie de lui, malgré ce qu'elle avait pu dire ensuite, il en était certain. Elle lui avait rendu son baiser en s'offrant tout entière. Ah, ce corps souple lové entre ses bras, cette bouche pulpeuse et implorante, ces seins fermes collés contre son torse…

Voilà les souvenirs qui l'avaient tenu éveillé pendant la moitié de la nuit. Il avait peut-être remporté cette passe d'armes et écorné la réputation de Miss Taylor, mais à cause de ce baiser le reste de la soirée n'avait été qu'un interminable défilé de réminiscences et de sensations, comme celle de ces yeux verts assombris par la nuit, ces lèvres charnues contre les siennes, cette taille autour de laquelle il pouvait enrouler les bras, le satin de cette robe qu'il froissait tandis qu'il la tenait tout contre lui.

Quant à la phrase virulente qu'elle avait lancée après coup, elle continuait de le hanter. « Apparemment, M. le vicomte ne comprend pas le sens du mot *non.* » L'impudente ! Elle s'était montrée tout aussi provocatrice dans les rêves qu'il avait faits quand il avait fini par s'endormir. Provocatrice et passionnée, même. Elle était allongée sur son lit, avec cette masse de cheveux noirs qui s'étalait sur les draps, et dans le plus simple appareil. Elle avait commencé par le rendre fou de désir. Puis elle avait posé cette bouche brûlante sur ses lèvres, son torse… sur tout son corps tendu.

Ian étouffa un grognement. Cela lui avait paru si réel qu'il s'était réveillé en étant animé par un désir irrépressible. Cette femme était une invitation au plaisir, et désormais, tout ce qu'il voulait, c'était déshabiller ce corps merveilleux pour laisser ses yeux, ses lèvres et ses mains courir dessus.

Il serra les poings. Il la désirait tellement ! Il voulait qu'elle réclame ses baisers. Il voulait qu'elle soit allongée sous lui, en train de gémir de plaisir. Quand avait-il désiré une femme à ce point pour la dernière fois ? Impossible à dire. C'était une sensation grisante, plus encore que sa joie d'avoir rendu à cette femme la monnaie de sa pièce.

— Je suis inquiète pour Miss Taylor, continua nonchalamment Sara en savourant son thé. Elle devrait déjà être revenue. Elle a dit qu'elle comptait simplement poster une lettre, mais cela fait un moment qu'elle est partie. Si elle tarde à rentrer, elle risque d'être surprise par l'orage.

L'image de Felicity trempée jusqu'aux os, ses courbes moulées par le tissu mouillé de sa robe, surgit dans l'esprit de Ian avant même qu'il puisse réagir. Et puis pourquoi avait-elle une lettre à poster ? À qui avait-elle écrit ? L'air pensif, il cassa puis retira le haut de la coquille de son œuf. Soudain, il eut une illumination. Mais oui, ses frères ! Elle avait dû les prévenir qu'elle était arrivée la veille sans encombre.

Voyant qu'il ne disait rien, Sara ajouta :

— J'espère qu'elle ne s'est pas assoupie sur la selle de son cheval. Manifestement, elle a mal dormi la nuit dernière.

Ian se rembrunit. Sara l'accusait d'être responsable de la mauvaise nuit que Felicity avait passée. Elle avait cet air réprobateur qui avait conduit son pirate de mari à revenir dans le droit chemin.

En ce qui le concernait, il n'avait pas besoin qu'on lui fasse la morale. Il fit alors mine de ne pas saisir l'allusion et plongea sa cuillère dans son œuf.

— On a parfois du mal à dormir loin de chez soi. Peu importe si la maison est confortable.

— Je ne crois pas que ce soit la maison qui l'ait empêchée de dormir.

— Ah ? fit-il en avalant une bouchée. Alors peut-être qu'avec l'agitation du bal Miss Taylor a eu du mal à s'endormir. C'est une réaction courante chez les jeunes femmes.

— Surtout quand on les a insultées.

— Pourquoi dites-vous ça ? s'étonna-t-il en feignant l'innocence. Qui oserait avoir l'idée saugrenue d'insulter Miss Taylor ?

— Vous le savez très bien.

Sara planta son couteau dans une motte de beurre de façon si brutale qu'il eut du mal à ne pas se sentir mal à l'aise.

— Elle a été particulièrement affectée par la manière dont vous l'avez traitée.

Ian sentit la culpabilité s'immiscer en lui. C'était à n'y rien comprendre, enfin ! Miss Taylor avait mérité ce qui lui était arrivé, voilà tout.

— Elle n'a pas été maltraitée, je peux vous l'assurer.

Lorsque son amie ouvrit la bouche pour répliquer, Ian leva une main.

— C'est personnel, et vous n'avez pas à vous en mêler, alors restez en dehors de tout ça.

— Si vous aviez vu la façon dont…

— Sara ! gronda-t-il.

— Vous l'avez fait pleurer ! s'écria-t-elle sans ménagement. Une pauvre petite chose comme Miss Taylor. Quand nous l'avons retrouvée, elle était en larmes, même si elle s'efforçait de ne pas le montrer.

Pour sa part, il avait du mal à imaginer Felicity en train de pleurer. Était-ce à cause des baisers qu'il lui avait donnés ? Mais non, quelle idée !

Après avoir reposé sa cuillère, il se pencha en arrière, les mains croisées sur le ventre.

— Continuez. Manifestement, vous tenez à évoquer ce sujet. Alors qu'on en finisse. Au fait, quand vous dites « nous », de qui parlez-vous ?

— De Lady Brumley et moi. Nous sommes parties à la recherche de Miss Taylor parce qu'elle s'était volatilisée. Ce qui nous a inquiétées.

— Ce qui *vous* a inquiétée, Sara, à la rigueur. Je doute

que Lady Brumley ressente quoi que ce soit à part une envie pressante de dénicher de nouveaux ragots.

Les joues de Sara parurent légèrement blêmir.

— C'est possible. Quoi qu'il en soit, nous avons trouvé Miss Taylor assise devant le secrétaire de sa chambre, les joues ruisselantes de larmes et les yeux rougis à force d'avoir pleuré.

Ian fit taire sa culpabilité qui revenait à la charge. La jeune femme avait certainement fait semblant de pleurer. En entendant Sara et Lady Brumley remonter le couloir, elle avait dû laisser couler ces larmes de crocodile pour les influencer.

— Effectivement, cette femme est très fragile si elle fond en larmes dès qu'un homme l'embrasse.

Cette réponse sembla révulser Sara, qui soutint son regard avant de découper la saucisse dans son assiette d'un geste sec. Il serra les poings comme pour se défendre.

— Il y avait autre chose et vous le savez très bien, le coupa-t-elle. Vous avez laissé entendre qu'elle avait volontairement accepté vos avances. C'est honteux.

Ian refusa de se justifier sur ce point. Sara ne connaissait pas le fin mot de l'histoire. Et elle n'avait pas à le connaître.

— Et je crois que vous ne vous êtes pas contenté de l'embrasser.

Quoi ? Si tel était le cas, il s'en serait souvenu !

— Que voulez-vous dire ?

— Vous le savez très bien, répondit-elle en posant sa fourchette et son couteau. Vous avez profité de la situation, vous avez laissé vos mains courir sur elle. C'est pour ça qu'elle vous a giflé.

— Elle vous a vraiment dit ça ? gronda-t-il.

— Elle a dit que vous étiez allé trop loin. Et rappelez-vous que j'ai vu la façon dont vous la teniez. Je n'ai aucun mal à croire que vous avez eu des gestes déplacés.

Sur ces mots, Sara se leva en tordant nerveusement sa serviette.

Autant l'avouer sans détour : il était à la fois furieux et impressionné. Felicity savait retourner une situation à son avantage, cela ne faisait aucun doute. Sauf qu'il avait la réalité de son côté.

— A-t-elle dit que j'avais profité d'elle, que j'avais eu ces gestes déplacés dont vous parlez ?

Pour se donner une contenance, son amie marcha jusqu'au buffet et s'assura que les assiettes étaient parfaitement empilées.

— Pas exactement. Comme elle était étonnée de nous voir, elle a commencé par refuser de nous parler. Mais je ne pouvais pas la laisser seule dans cet état. Et puis elle est mon invitée, il était de mon devoir de savoir ce que vous lui aviez fait. Alors je lui ai demandé si… si vous vous étiez comporté de façon inconvenante. Je ne parlais pas de ce baiser, bien sûr.

Devant le juron qu'il poussa tout bas, elle s'empressa d'ajouter :

— J'attendais qu'elle réponde *non*, vous comprenez. Mais elle s'est contentée de répondre qu'elle aurait dû être prudente et ne pas se retrouver seule avec un homme de votre réputation. Qu'elle aurait dû vous arrêter avant que les choses n'aillent trop loin.

Sara se plaça face à lui, les mains posées sur les hanches.

— *Trop loin.* Ce sont ses mots. Elle était triste d'avoir à me faire cet aveu, parce que vous êtes mon ami. Mais elle estime que vous êtes un voyou. Elle a été très claire sur ce point.

Le petit ricanement qu'il poussa lui valut un regard indigné de la part de Sara.

— Je n'en doute pas, même si j'ai peine à croire qu'elle était gênée de vous dresser ce portrait peu flatteur de ma personne. Votre effarement a dû la réjouir.

— Je ne suis pas aussi déloyale envers mes amis, protesta-t-elle vertement. Ce n'est pas comme si elle avait inventé une histoire que j'aurais gobée sans poser de questions. Il se trame quelque chose entre vous deux depuis qu'elle est arrivée. Avouez que la relation que vous entretenez est étrange. À vous croire, vous vous êtes rendu chez elle, or nous savons tous les deux que cela n'avait rien à voir avec la mort de son père. Comme Emily me l'a expliqué, vous connaissiez à peine Mr Taylor.

Il poussa un grognement. Il n'avait vraiment pas besoin qu'Emily et Sara se liguent contre lui.

— Laissons de côté ma relation avec Miss Taylor pour le moment. Vous êtes parfaitement consciente que je ne m'en prendrais jamais à une femme, et surtout pas sous votre toit. J'ose croire que vous me faites confiance, nous sommes amis depuis assez longtemps, tout de même !

Ian vit la lèvre de Sara frémir. Mais était-ce sous le coup de l'agitation ou de la colère ? Aucune idée.

— Celui que j'ai connu pendant mon enfance n'aurait jamais fait une chose pareille, c'est vrai.

On sentait une pointe de tristesse dans sa voix.

— Mais vous n'êtes plus le même. Depuis que vous êtes revenu du continent, vous êtes différent. Vous êtes plus dur, plus cynique, plus…

— Immoral ? lança-t-il.

— J'allais dire *plus mystérieux*.

Sara paraissait calme, pensive.

— Vous avez quitté l'Angleterre sans même écrire à Jordan, vous avez coupé les ponts avec votre famille, même si votre oncle venait de perdre tragiquement son épouse. Vous n'êtes revenu qu'à la mort de votre père. À partir de là, vous avez tout fait pour vous marier, sans relâche.

Elle marqua une pause comme pour qu'il s'explique, mais il n'avait pas à se justifier. Il y avait des choses qu'il ne pouvait pas évoquer, même avec ses amis les plus proches.

— Et, maintenant, il semblerait que vous n'éprouviez aucun remords à détruire la réputation d'une jeune femme respectable comme Miss Taylor, lâcha-t-elle durement.

— Assez ! tonna-t-il en bondissant de son siège. Cette femme sait se débrouiller seule, croyez-moi. Malgré ce qu'elle a pu laisser entendre, elle n'a pas refusé que je l'embrasse, et je n'ai pas eu l'intention de la compromettre !

La prochaine fois qu'ils se croiseraient, Felicity aurait tout de même intérêt à ne pas l'énerver. Car il était absolument fou de rage.

— Êtes-vous en train de dire qu'elle *réclamait* ces baisers ?

Ian referma les poings autour du dossier de sa chaise.

— Je dis simplement qu'elle ne les a pas refusés.

— Elle vous a quand même giflé.

Au prix d'un gros effort, il étouffa un juron.

— Sara, croyez-moi sur parole, ma relation avec Miss Taylor est très différente de ce que vous pensez.

— Alors qu'est-ce que…

— Cette conversation a assez duré. Cette histoire ne vous concerne pas. Alors restez en dehors de ça.

Sur ces mots, il marcha vers l'entrée de la salle à manger. Mais son amie l'arrêta :

— Impossible. Vous êtes chez moi, et je ne vous

permettrai pas de jouer avec une jeune femme sans défense sous mon nez.

Il n'en croyait pas ses oreilles. C'était bien la première fois que Sara lui parlait avec tant de dureté. Décidément, Felicity avait joué la comédie à la perfection.

— Précisez votre pensée, Sara.

— Il vaudrait peut-être mieux que vous dormiez chez Jordan pour le reste de votre séjour.

Il plissa les yeux.

— Emily est déjà au courant, poursuivit-elle en recommençant à faire les cent pas. Et elle est d'accord. Le bébé est très calme et ils seraient ravis de vous avoir. Vous pouvez évidemment vous joindre à nous pendant la journée, mais la nuit…

— La nuit, vous ne tenez pas à ce que le renard rôde autour du poulailler, conclut-il.

— C'est une façon de présenter les choses, oui, répondit-elle en rougissant légèrement.

Dans d'autres circonstances, il se serait sûrement senti insulté. Mais Sara réagissait exactement comme le voulait Felicity. Et en un sens c'était compréhensible. Cette dernière était capable de feindre l'indignation avec beaucoup de conviction, et Sara aimait voler au secours des femmes bafouées.

Qu'à cela ne tienne. Felicity ne l'emporterait pas au paradis. Pour sa part, il ne voyait aucun inconvénient à dormir chez Jordan. Mais il ne comptait pas la laisser croire qu'elle avait remporté la partie. Ne serait-ce qu'un instant.

Soudain, une idée lui traversa l'esprit. Une idée qui fonctionnerait à merveille avec une femme à l'imagination aussi vivace.

— Très bien, je vais déménager mes affaires chez Jordan.

Juste avant de sortir, il s'arrêta pour lancer à Sara :

— Au fait, transmettez un message de ma part à Miss Taylor, je vous prie.

— Quoi ? demanda-t-elle en lui jetant un coup d'œil inquiet.

— Dites-lui que même John Pilkington a un prix.

— John Pilkington ? Mais qui est-ce ? Qu'est-ce que…

— Contentez-vous de lui passer le message. Elle comprendra.

Là-dessus, tout en sifflotant, Ian quitta la pièce.

Chapitre 8

Les romans sont loin d'avoir une influence néfaste sur les jeunes esprits, contrairement à ce que d'aucuns voudraient nous faire croire. Qui oserait nier que Robinson Crusoé *de Defoe est un chef-d'œuvre ou que toute l'intrigue d'*Orgueil et préjugés *invite à se méfier de la vanité ?*

LORD X, *The Evening Gazette*, 13 décembre 1820.

Même John Pilkington a un prix.

Les sourcils froncés, Felicity referma d'un coup sec *Les Mystères d'Udolphe*, le roman d'Ann Radcliffe qu'elle tenait sur ses cuisses. Sapristi, pourquoi fallait-il que les menaces insidieuses de Ian viennent la hanter, même pendant qu'elle était plongée dans un livre ? Chez elle, avec les enfants sur le dos, elle avait rarement l'occasion d'étancher sa soif de lecture. Mais il fallait qu'il vienne s'immiscer dans les quelques heures de tranquillité qu'elle avait pu s'accorder !

Il régnait un froid glacial dans la salle de jeu de Worthing Manor. Un froid d'autant plus mordant que la cheminée n'était pas allumée. Felicity resserra son châle en laine épais autour de la robe toute simple qu'elle avait gardée au lieu de se changer pour dîner. Sara lui avait dit que personne n'utilisait jamais cette pièce. Voilà pourquoi elle s'était installée ici pendant que les autres dînaient. Elle s'était excusée en expliquant à son hôtesse que croiser Lord Saint Clair la mettrait trop mal à l'aise. Les Blackmore étaient arrivés et c'était la première fois que Ian se joignait à eux après trois jours d'absence.

Enfin, pourquoi se voiler la face ? C'était lâche de sa part. La perspective de passer tout un repas face à un homme déterminé à détruire son existence — et à hanter également ses pensées — lui était insupportable. Il aurait vu à quel point la phrase énigmatique qu'il avait prononcée l'avait plongée dans l'angoisse. Comment aurait-elle pu éviter de se trahir ?

Pire : comment aurait-elle pu s'empêcher de se rappeler ces baisers qu'il lui avait donnés ? Non, qu'il lui avait *volés*. Il lui avait même volé bien plus que des baisers, il lui avait volé un vieux rêve : inspirer de la passion à un homme. Maintenant qu'elle était consciente de la facilité avec laquelle les hommes pouvaient mentir, elle ne se laisserait plus jamais griser par un baiser, si intense soit-il. Bref, dîner avec Ian était impensable.

Par ailleurs, elle avait une autre raison légitime de l'éviter. Il était particulièrement rancunier. Pourquoi aurait-il chargé Sara de lui transmettre ce message, sinon ? Et pourquoi aurait-il accompagné les Blackmore à Worthing Manor ? Il avait brillé par son absence lors du déjeuner, le lendemain de sa conversation avec Sara. Là-dessus, il était rentré à Londres « pour affaires ». À ce moment-là, elle avait été heureuse de s'être enfin débarrassée de lui.

Hélas, il était de retour, et l'inquiétude la rongeait

désormais. Pourquoi avait-il fait cet aller-retour à Londres en plein milieu d'un séjour à la campagne chez des gens dont il était très proche ? Une affaire d'importance, sans doute, mais quoi ? Et pourquoi était-il revenu ?

Oh ! elle avait sa petite idée sur la question. Cela concernait peut-être son article. Elle l'avait envoyé à Mr Pilkington le lundi. Il avait certainement été publié dans la *Gazette* pendant que Ian était en ville. Si tel était le cas, il l'avait sûrement lu.

À moins qu'il ait tâché que l'article ne sorte jamais dans le journal. Elle repensa une fois encore à ce message énigmatique. Sans doute entendait-il corrompre Mr Pilkington, soit pour que ce dernier édulcore les futures chroniques, soit pour qu'il refuse de les publier. Que répondrait le patron de la *Gazette* à une proposition aussi honteuse ? Tout le problème était là.

Mr Pilkington ne la renverrait jamais, ça non. Il avait toujours répété qu'elle était sa meilleure plume.

Néanmoins… Même lui avait un prix.

Elle leva les yeux au plafond.

— Seigneur, pourquoi ne me donnez-vous pas un indice ? murmura-t-elle. Ce maudit vicomte a certainement un plan en tête. Dieu seul sait, enfin… *Vous* seul savez qu'il est suffisamment riche pour que Mr Pilkington lui mange dans la main. J'ai du mal à croire que mes talents littéraires pèseront bien lourd face à l'argent de Saint Clair.

— À qui parlez-vous ?

Une voix féminine résonna à l'entrée de la pièce. Une voix familière qui manqua de la faire sursauter.

Sara pénétra dans la pièce, suivie par le reste de la petite bande : Gideon, son mari, accompagné de Lord et

Lady Blackmore. Mais, surtout, Ian. Il ne manquait que les Dryden. Ils avaient déjà dû se retirer.

Felicity bondit de son siège. Le livre qu'elle tenait sur ses cuisses glissa et atterrit par terre avec un bruit sourd.

— Oh ! à personne !

Elle se sentit rougir. Tous ces gens — à commencer par *lui* — venaient de la surprendre en train de faire l'idiote. Qu'avaient-ils entendu exactement ?

— Je… J'ai la mauvaise habitude de parler… de parler toute seule quand je suis distraite.

— Est-ce à cause de nous que vous êtes distraite, Miss Taylor ?

Ian venait de passer devant Sara et s'empressa de ramasser le livre qu'elle venait de laisser choir. Quand elle voulut le récupérer, il ignora la main qu'elle tendait et coinça le volume sous son bras.

— Ce n'était pas notre intention.

On sentait percer de l'amusement dans sa voix. Il avait deviné pourquoi elle n'avait pas dîné avec eux, c'était sûr et certain.

Cela avait même dû le réjouir. De fait, on le sentait plein d'aplomb, et… il fallait bien admettre qu'il était d'une beauté à couper le souffle avec cette redingote bleu cobalt qui moulait à la perfection ses larges épaules. Son pantalon en laine fine épousait la forme de ses mollets trop musclés pour être ceux d'un noble. Il avait attaché sa cravate de façon très simple, comme s'il avait mieux à faire que d'attendre que son valet lui prépare un nœud compliqué. À côté de lui et de ses amis élégamment vêtus, elle avait l'air d'une paysanne avec sa petite robe en mousseline et son vieux châle en laine.

— Nous sommes ravis de vous voir en pleine forme,

poursuivit-il. Nous pensions que vous étiez malade. Avec une migraine. C'est ce que Sara nous a dit.

— Oui, Miss Taylor avait une migraine absolument atroce, s'empressa de dire la comtesse. Si vous l'aviez vue tout à l'heure, elle a failli s'évanouir pendant notre promenade.

Felicity n'eut aucun mal à comprendre le sens du regard navré que lui lança Sara. *Je suis désolée, je ne savais pas que vous étiez ici. Pardonnez-moi, j'ai prétexté que vous aviez la migraine pour justifier votre absence au moment du dîner.* Ce geste d'amitié, ô combien touchant, ne fit qu'accentuer son sentiment de culpabilité, déjà immense. Dire qu'elle trompait Sara sur ce qui s'était vraiment passé le soir du bal ! Elle n'avait jamais eu cette intention. Quand Sara et Lady Brumley l'avaient surprise dans sa chambre, en train de rédiger un article au vitriol, elle avait juste cherché un moyen de se débarrasser d'elles.

Peine perdue. Elle aurait dû savoir que la comtesse réagirait en la voyant pleurer. Sous le coup de la colère, elle avait alors prétendu que Ian avait fait plus que l'embrasser. Ce qui avait suscité l'indignation de Sara. Felicity avait bien compris que ses mots avaient été mal interprétés — mais trop tard. Hélas, elle n'avait pas osé avouer la vérité. Pas devant Lady Brumley, du moins.

Néanmoins, elle ne s'attendait pas à ce que Sara chasse Ian de la maison à cause de cette histoire. Sans doute avait-elle sous-estimé l'instinct protecteur qui animait la comtesse en présence de femmes non mariées. Grâce à leurs discussions sur la nécessité de changer les choses en Angleterre et sur la communauté que les Worthing avaient fondée sur une île loin de tout, elle la connaissait bien. Et elle devinait ce que Sara avait dû s'imaginer en l'écoutant raconter cette scène sur le balcon. Ce qui ne fit que renforcer son sentiment de culpabilité. Comment allait-elle pouvoir lui avouer la vérité ?

Pour l'heure, elle n'avait qu'à confirmer l'histoire de la comtesse.

— J'ai eu une migraine, oui. Mais il a suffi que je m'assoupisse pour qu'elle s'atténue. Après quoi, je suis descendue prendre un livre et j'ai découvert cette adorable salle de jeu.

Emily observa la cheminée où les domestiques étaient en train de disposer des bûches et du petit bois.

— Vous n'auriez pas dû vous installer ici alors que le feu n'était pas allumé. Vous auriez pu attraper un rhume, en plus de votre migraine.

Felicity se mordit furtivement la lèvre. Mais oui, Emily s'intéressait de près à la médecine, elle aurait dû s'en souvenir plus tôt !

— Je n'ai pas voulu déranger les domestiques. Et je n'attrape presque jamais froid.

— Et quand bien même, dit Sara d'un ton ferme. Nous n'avions pas l'intention de troubler votre lecture. Si vous souhaitez vous retirer…

— Quoi ? intervint Ian d'un ton moqueur. Nous avons été privés de la compagnie de Miss Taylor et vous l'envoyez se coucher ? Voilà qui n'est pas très courtois, Sara.

Il n'eut pas l'air de remarquer le regard réprobateur que lui adressa son amie.

— En plus, je suis sûr que votre invitée ne verra aucun inconvénient à passer quelques minutes avec nous. N'est-ce pas, Miss Taylor ?

Quand Felicity croisa le regard de Ian, elle sentit son cœur s'emballer en y devinant une lueur diabolique de défi. Il voulait qu'elle reste, ce qui aurait dû la pousser à s'enfuir à toutes jambes, plus vite qu'un lièvre pourchassé par un loup. Car, sinon, il la tiendrait entre ses griffes.

En revanche, si elle fuyait, il trouverait un autre moyen de se lancer à ses trousses... Au moins, ici, elle aurait Sara à ses côtés.

— Je serais très heureuse de rester, Lord Saint Clair, surtout maintenant que je me sens mieux. Et puis vous avez pris mon livre...

— Ah oui, votre livre...

Ian jeta un coup d'œil au dos, où était inscrit le titre.

— *Les Mystère d'Udolphe* d'Ann Radcliffe. Un roman. Très intéressant, déclara-t-il en la gratifiant d'un sourire froid. Je ne suis pas surpris de constater que vous aimez la *fiction*.

— Bien sûr que j'aime la fiction, répondit-elle en croisant les bras sur sa poitrine. Que voudriez-vous que je lise quand ma tête me torture à ce point ? Des ouvrages scientifiques ou philosophiques ?

— Au moins, c'est dans ce genre de livres qu'on trouve des faits et des vérités. Les romans ne sont que l'invention de leurs auteurs. Comment voulez-vous que ces histoires imaginaires soient d'une quelconque utilité ?

Pas de doute, Ian ne comptait pas lui laisser un instant de répit. Felicity récupéra son livre sans prêter attention au regard moqueur qu'il lui adressa.

— La fiction est *aussi* le reflet de la vérité, et qu'importe si vous pensez le contraire. Où les romanciers trouvent-ils la matière de leurs livres, à votre avis ? Dans la vraie vie, pas dans les considérations abstraites d'un scientifique sur ce que serait la vie. Les romans nous préparent parfois mieux aux épreuves de l'existence que la science. J'encourage d'ailleurs mes frères à lire des romans dès qu'ils en ont le loisir. Ils offrent une vision de la société plus vraie que tous les faits évoqués dans les autres livres.

— Ou dans les journaux, peut-être ? demanda-t-il en haussant un sourcil.

Lorsque le regard éloquent et menaçant de Ian se posa sur elle, Felicity sentit sa ferveur l'abandonner. Encore quelques secondes et il porterait le coup de grâce. Le cœur battant à toute allure, elle attendit.

Il se tourna vers Lord et Lady Blackmore, qui prenaient place autour des tables de jeu.

— En parlant de journaux, Jordan, j'en ai rapporté un de Londres pour vous. J'ai un article intéressant à vous montrer.

Elle sentit ses genoux se dérober. Il parlait forcément de sa chronique. Mais, s'il l'avait lue, pourquoi aurait-il tenu à la montrer à tout le monde ?

Fort heureusement, Emily intervint :

— Est-ce que nous ne devions pas jouer aux cartes ? C'est bien pour cette raison que vous nous avez proposé d'aller dans la salle de jeu, n'est-ce pas ?

Ian avait fait cette proposition ? Évidemment. Tandis que son rythme cardiaque refusait de ralentir, elle remarqua que les serviteurs s'empressaient d'allumer des bougies et de rendre cette pièce agréable. Si le petit groupe était venu ici, ce n'était pas le fait du hasard. Il avait planifié cette rencontre « fortuite », le scélérat. Un domestique lui avait sûrement révélé où elle se trouvait. Cela ne voulait dire qu'une chose : leur prochain affrontement se profilait. Et elle n'était pas prête.

— Allons, Ian, insista Emily. J'ai très envie de jouer au whist. Ça m'arrive si rarement.

— Voilà ce qui se produit quand on laisse les filles de la campagne s'amuser ! s'esclaffa-t-il. On ne les arrête plus.

— Ce n'est pas la seule raison, et vous le savez, répliqua-t-elle avec un regard torve. À la campagne, on n'est jamais assez nombreux pour jouer. Et puis Gideon déteste ce jeu.

— Maudit soit celui qui l'a inventé, murmura l'intéressé avant de s'asseoir dans un fauteuil près de la cheminée.

— Malheureusement, Emily, nous sommes trop nombreux pour jouer, dit Ian. Nous n'allons quand même pas obliger Miss Taylor à nous regarder jouer ?

— Oh ! ne vous dérangez pas pour ça, s'empressa-t-elle de répondre. Je vais poursuivre ma lecture. Jouez, je vous en prie.

— Impossible. Nous allons faire du bruit et votre migraine va repartir de plus belle.

— Alors peut-être devrais-je me retirer, grogna-t-elle en lui jetant un regard mauvais.

— Non, j'insiste pour que nous laissions tomber cette partie de cartes. Je ne veux pas qu'on m'accuse d'avoir privé quelqu'un de votre compagnie. Surtout si vous rentrez à Londres demain. Par ailleurs, je suis sûr que les journaux vous intéresseront beaucoup.

L'étincelle amusée qui traversa son regard donna à Felicity envie de l'étrangler. À quoi rimaient ces manigances ?

Les autres, eux, n'avaient pas l'air gênés de le voir insister pour décider du programme. Gentiment, Emily admit qu'il serait injuste de jouer sans elle. Et personne ne protesta quand il envoya un domestique chercher les journaux.

Ian s'installa ensuite sur une chaise qui parut minuscule par rapport à son immense silhouette. En se penchant en arrière, les jambes étendues et les pouces plongés dans les poches de son gilet, il prit un air satisfait. Celui d'un homme habitué à toujours obtenir gain de cause.

— Nous allons pouvoir lire avec vous, Miss Taylor. J'ai apporté des exemplaires de l'*Ackermann's Repository* pour vous, mesdames.

Felicity surprit alors sur son visage un petit rictus.

— Et pour vous, Jordan, j'ai la *Gazette*. Saviez-vous que notre ami est un grand admirateur de la chronique de Lord X ?

Elle déglutit à grand-peine. Cela n'avait aucun sens. Pourquoi Lord Saint Clair aurait-il voulu que ses amis lisent l'article qu'elle avait écrit sur lui ? Comptait-il en profiter pour tout révéler ?

Elle répondit d'un ton volontairement outré :

— Lord X ? N'est-ce pas cet individu qui rapporte toutes sortes de rumeurs ?

Avec une nonchalance feinte, elle se rendit à l'autre bout de la pièce et prit place sur un canapé recouvert de soie.

— Lord Saint Clair, j'ai peine à croire que vous ayez fustigé mon goût pour la fiction alors que vous lisez ce genre d'articles.

— Ian ne lit pas ces articles, il déteste cet individu, précisa Jordan. Mais, pour ma part, j'admire l'écrivain. Les commentaires mordants qu'il propose sont un remède efficace contre l'hypocrisie de nos pairs. Lord X ne manque pas d'esprit, même s'il décoche quelques flèches à Ian, de temps en temps.

— Oui, le bougre a du talent, admit l'intéressé. Même s'il l'exerce aux dépens des autres.

Elle sentit son estomac se nouer, lentement. Pourquoi

tardait-il autant à donner le coup de grâce ? S'il voulait la dénoncer…

— Ce n'est pas vrai, fit remarquer Emily. Il en use à bon escient. Il ne réserve ses coups de griffe qu'aux gens suffisants, cruels et écervelés. Tenez, la semaine dernière, il a défendu des jeunes femmes qui se sont enfuies avec ceux qu'elles aiment plutôt que d'obéir à la cupidité de leurs parents.

Felicity se réjouit d'entendre la jeune comtesse prendre sa défense. C'était tout à fait inattendu. Elle nota soudain la tension qui s'installa dans la pièce. Jordan jeta un regard réprobateur à sa femme.

— Vous ne devriez pas évoquer ce genre de choses devant Ian, ma chérie. Elles ne l'amusent pas autant que vous.

Emily s'empourpra.

— Bonté divine, j'avais oublié… Enfin, je…

Les journaux arrivèrent au même moment, ce qui dispensa la comtesse de s'embourber davantage. L'œil noir, Ian les feuilleta rapidement puis en attrapa un qui semblait être la *Gazette* et le lança à Jordan.

— Il n'est pas question de fuites dans le dernier article de Lord X. Mais à mon avis il risque de vous intéresser, vous et Emily. On dirait bien que ce colporteur de ragots en a assez de me prendre pour cible.

— Quoi ?

Jordan parut sincèrement surpris. Une réaction manifestement partagée par l'ensemble des personnes présentes dans la pièce. Le pire était à craindre.

Jordan ouvrit le journal et commença à tourner les pages.

— Moi qui croyais que vous comptiez percer à jour

l'identité de Lord X, Ian… Ne me dites pas que cet individu continue de s'occuper de vos affaires.

Felicity prit une grande inspiration, les yeux posés sur Ian.

Celui-ci attendit un petit moment avant de répondre. Il savourait le pouvoir qu'il exerçait sur elle, on le sentait.

— J'ai eu du mal à remonter jusqu'à l'*homme* qui se fait appeler Lord X. Mais j'ai parlé à Pilkington. Il ne m'a pas révélé son identité, certes, mais il m'a appris quelque chose de très intéressant.

Oh non… Cette fois, elle était fichue.

— Pilkington ? s'écria Sara. Est-ce que ce n'est pas celui dont vous parliez la fois où…

Elle s'interrompit brusquement.

Felicity sentit alors que la jeune comtesse regardait dans sa direction, mais c'était trop dur.

— Pilkington est le patron de l'*Evening Gazette*, expliqua Jordan sans prêter attention à la tension qui s'était encore accentuée dans la pièce.

Il parcourut le journal pour trouver l'article.

— Attendez, le voilà.

— Lisez-le tout haut, ordonna Ian.

Chacun de ces mots la visait, comme autant de flèches empoisonnées.

Cette fois, elle se sentait vraiment mal. Écrire seule dans sa chambre sous le coup de la colère était une chose. Mais entendre le résultat final de la bouche même de l'ami de Ian…

Il ne la forcerait pas à se sentir coupable, ça non ! Le stratagème ignoble dont il s'était servi sur le balcon lui avait donné tous les droits de contre-attaquer. Mais, si cet article risquait de l'humilier devant tout le monde, pourquoi leur demander de le lire tout haut ? En plus, la honte qu'il pouvait éprouver n'était rien comparativement à celle qu'elle avait éprouvée par sa faute, cette nuit-là, quand il l'avait forcée à répondre à ses baisers. Le tout devant Sara et Lady Brumley.

Les poings serrés posés sur ses cuisses, elle écouta la voix amusée de Jordan résonner dans la pièce.

Mes amis, prenez garde en lisant cette chronique, car vous risquez de provoquer l'ire de Lord Saint Clair. Être mentionné dans ces colonnes la semaine dernière l'a en effet froissé. De toute évidence, le bon vicomte voudrait nous faire croire que la mystérieuse résidente de Waltham Street n'est pas sa maîtresse, mais la sœur d'un compatriote qu'il a connu pendant la guerre. Une pauvre femme qu'il a amicalement décidé d'aider à sortir d'une période difficile.

Si tout cela est vrai, ce geste mérite tous les éloges, et non la critique. Votre fidèle chroniqueur trouve pourtant cette histoire douteuse, à commencer par la participation de Lord Saint Clair à la guerre en Espagne. Quelqu'un a-t-il entendu parler de ses faits d'armes ou observé en personne son courage sur le champ de bataille ? Si c'est le cas, informez la Gazette *au plus vite. Nous serions très heureux de raconter les années passées par M. le vicomte loin de nos frontières, à combattre Napoléon.*

Votre serviteur soupçonne néanmoins que ces « années de guerre » sont aussi sujettes à caution que sa « générosité ». Mais, en mentant, il insulterait au passage le courage de tous les hommes qui se sont vraiment battus pour notre pays.

Jordan jeta le journal par terre, les yeux brûlants de colère.

— Je retire tous les compliments que j'ai faits à cet homme, Ian ! C'est infâme, vous devriez le traîner devant les tribunaux. Il ne peut pas jeter l'opprobre sur vous de cette manière, il faut l'obliger à écrire un démenti ou obtenir réparation en le provoquant en duel.

Felicity se força à ne pas tourner la tête face au regard de Ian. Il suffisait de voir l'air inexpressif qu'il affichait pour comprendre qu'il attendait sa réaction. Il pensait qu'elle allait rougir, tressaillir ou laisser percer sa honte, d'une manière ou d'une autre.

Mais, ça, c'était hors de question. Elle ne regrettait pas un seul mot de ce qu'elle avait écrit. Et c'était la pure vérité !

Bon, peut-être que le dernier paragraphe était un peu exagéré. Elle n'aurait sans doute pas dû exprimer ses doutes de façon aussi manifeste. Mais elle était en colère — non sans raison ! Il l'avait humiliée en public pour lui rendre la pareille. Non, elle ne regrettait pas ce qu'elle avait écrit. Il méritait toutes les piques qu'elle pouvait lui envoyer.

— Ce que je ne comprends pas, intervint Emily, c'est que Lord X soit au courant de ce que vous nous avez raconté au sujet de votre ami. Je n'ai rien dit à personne, je le jure.

— Moi non plus, renchérit Sara.

Felicity n'en croyait pas ses oreilles. Quoi ? Pas possible, elle devait mal comprendre. Les deux comtesses avaient forcément parlé de cette histoire à d'autres personnes. La preuve : Sara lui en avait parlé à *elle*. Et, si Ian leur avait menti, c'était sûrement pour qu'elles l'aident à sauver sa réputation.

— Ne vous inquiétez pas, Sara. Je sais que vous avez

pris ma défense auprès de différentes personnes. Je ne vous en veux pas.

— Mais je n'ai rien fait de tel ! protesta-t-elle. Vous nous avez demandé de ne rien dire, et j'ai tenu parole.

Felicity la vit se tourner vers elle, perdue, agacée.

L'étau qui lui broyait l'estomac menaçait presque de la faire tourner de l'œil. Il leur avait demandé de ne rien dire ? Seigneur. Comment avait-il fait pour deviner que Sara lui avait tout raconté, à elle et à elle seule ? Cet homme était le diable en personne !

— Quelqu'un a forcément dit quelque chose. Soit vous, soit Emily, répondit-il en feignant l'innocence. Vous ne pouviez pas savoir que l'information circulerait. Pilkington lui-même m'a confié qu'une femme aide Lord X à récolter de la matière pour ses articles. C'est à elle que l'une de vous deux a parlé pendant le bal, ça ne fait aucun doute.

Felicity se sentit frémir. Quel menteur ! Mr Pilkington ne lui avait rien dit de tel ! Puis il ajouta, l'air sombre :

— C'est probablement Lady Brumley, avec son goût pour les ragots…

— Non ! s'exclama Sara. Je ne lui ai pas dit un mot. La seule personne qui soit au courant, c'est…

Au moment même où la jeune femme s'interrompit, Felicity eut l'impression qu'un piège se refermait sur elle. Ce menteur l'avait roulée dans la farine !

Il s'adossa à sa chaise. Toute sa morgue se lisait sur son visage. Il savourait le succès de ses stratagèmes. C'était donc ça, son fameux plan : il voulait qu'elle perde la face devant ses amis, pour l'empêcher d'obtenir d'autres informations. Pour se défendre, elle n'avait qu'à avouer qu'elle était Lord X. Mais ce n'était pas ce qu'il voulait, oh non. Car révéler cette double identité la pousserait à faire la lumière sur toute la vérité, même les aspects qu'il leur avait cachés.

À la place, il préférait la faire passer pour une vipère qui colportait des ragots pour se distraire. Au moins, Lord X poursuivait un but respectable. Mais être son assistante la ferait passer au mieux pour un simple pion, au pire pour une sorcière manipulatrice. Ils allaient tous la mépriser, désormais.

Elle regarda Sara. La détresse de la jeune femme faisait peine à voir. Ils la méprisaient déjà. Comment se justifier ? En donnant le sentiment de ne pas comprendre la conclusion évidente que Sara venait de tirer ?

— Vous m'avez raconté cette histoire, mais vous l'avez peut-être racontée à quelqu'un d'autre.

— Non. À vous seule.

On la sentait trahie. C'était insoutenable.

Felicity voulut protester, paraître insultée, n'importe quoi plutôt que de voir l'effroi sur le visage de Sara. Hélas, protester n'aurait fait que prouver un peu plus sa culpabilité. Si on lui avait dit qu'un jour l'estime où la tenait une comtesse lui importerait… Elle avait eu peu d'amis intimes dans sa vie, vu la position particulière de son père, et elle avait cru bêtement que Sara lui accorderait son amitié. Et voilà que Ian comptait lui retirer cela. Comment osait-il ?

Ils allaient tous se liguer contre elle. Et la situation ne ferait qu'empirer si elle révélait qu'elle était Lord X. Quoi qu'il en soit, elle était l'étrangère du groupe. Ils ne la croiraient pas si elle disait que le « secret » de Ian était un mensonge éhonté. Et il n'y aurait personne pour rétablir les faits. À part peut-être Miss Greenaway, l'autre personne qui connaissait la vérité, quelle qu'elle soit.

Soudain, l'espoir l'envahit. Bien sûr, Miss Greenaway ! Le plus calmement possible, elle dit à Ian :

— Vous savez, ce n'est peut-être pas l'un de nous qui a parlé à Lord X. Et si votre… amie, celle de Waltham Street, s'était rendue à la rédaction du journal pour s'expliquer ? Si j'avais été la cible de rumeurs infondées, c'est ce que j'aurais fait.

Il y eut un long silence pendant lequel chacun assimila cette nouvelle possibilité. Pour la première fois depuis qu'il était entré dans cette pièce, l'assurance pleine de morgue de Ian vacilla une fraction de seconde.

— Je vous assure, Miss Taylor, que Miss G… que mon amie ne ferait jamais une bêtise pareille. Elle partage mon désir de préserver ma vie privée.

De son côté, Sara semblait séduite par cette hypothèse.

— Oui, mais risquerait-elle sa réputation dans le seul but de vous faire plaisir ? J'en doute. Et, même si tel était le cas, rien ne dit qu'elle aurait aimé qu'on vous traîne dans la boue alors que vous aviez été si généreux. Cela aurait été un poids sur sa conscience.

— Sara a raison, s'empressa de déclarer Felicity.

Quel soulagement ! Le vent semblait tourner.

— Je suis sûre qu'elle aurait trouvé cette situation atroce, insista-t-elle.

Et, maintenant, à lui de se débrouiller. Impossible pour lui de rejeter cette hypothèse sans dire la vérité. Ce qu'il ne pouvait pas faire, puisqu'il avait menti effrontément à ses amis.

Tout à coup, Ian avait perdu son arrogance. Pareils à deux balles de revolver tout juste sorties de la fonderie, ses yeux jetaient des flammes. Il bondit de sa chaise et attrapa le journal qui gisait par terre.

— La lady en question ne s'est pas rendue à la rédaction.

Le temps d'ouvrir la *Gazette* à la bonne page, il parcourut l'article et planta le doigt à un endroit du texte.

— C'est écrit là : « Le bon vicomte voudrait nous faire croire, etc. » Lord X pense que c'est moi qui raconte des histoires à dormir debout.

— Pas nécessairement, intervint Jordan. S'il est déterminé à déverser son fiel sur vous, veut-il forcément que ses lecteurs sachent que votre amie est sa source ? Pas sûr, car cela jouerait en votre faveur. Voilà pourquoi il lance ses accusations en restant vague. Après tout, il n'a pas dit clairement qu'il tenait ses informations de vous ou d'un de vos amis, n'est-ce pas ?

— Vous voyez, Ian ? lança Sara. Ce n'est probablement pas de nous qu'il tient cette histoire.

Voir Sara prendre sa défense avec tant de gentillesse anéantit la satisfaction de Felicity. La jeune femme ne méritait pas d'être un pion dans son jeu. C'était à cause d'elle que Sara s'était retrouvée mêlée à tout cela. Quant au regard noir de Ian, il ne l'aidait pas à se sentir mieux. Il avait raison de la mépriser. Elle n'aurait jamais dû permettre à Sara de croire qu'il s'était montré brutal avec elle sur le balcon. Jusque-là, cette guerre n'avait concerné qu'eux deux. Désormais, elle semblait leur échapper complètement.

— Peu importe comment Lord X a eu vent de cette histoire, dit Jordan. De quel droit ose-t-il penser que vous avez menti sur votre passé de soldat ? Il n'avance aucune preuve. Vous auriez le droit d'attaquer le journal en justice pour cette simple raison. Si j'étais vous, je demanderais au gouvernement de rappeler à l'ordre la *Gazette*.

— Le gouvernement a d'autres chats à fouetter, répondit

Ian. Ce que j'ai fait sur le continent n'avait rien d'officiel. Je doute que des gens se rappellent mon rôle.

— Que faisiez-vous au juste ?

— Rien qui mérite qu'on en parle.

Felicity eut à nouveau le sentiment d'avoir raison. Si la carrière militaire de Ian ne méritait pas qu'on en parle, c'est parce qu'elle n'existait pas. Personne ne se souvenait de son rôle ? Comme par hasard !

— Wellington se souvient de ce que vous avez fait.

C'était la voix de Gideon. Il était toujours seul près de la cheminée.

— Il m'a confié qu'ils n'auraient pas gagné la guerre sans vous.

Tout le monde se tourna vers l'ancien pirate. À commencer par Felicity.

— Le duc en personne vous a confié ça ? demanda son beau-frère, Jordan. Quand avez-vous rencontré le duc de Wellington ?

— À un bal, je ne me rappelle plus quand exactement, répondit-il en haussant les épaules. Nous discutions du rôle des pairs du royaume dans l'armée. Je venais d'apprendre qu'il n'était pas né dans une famille noble, et qu'il avait été élevé au rang de duc après avoir rendu tous ces services au pays. Je lui ai expliqué qu'à mon avis l'Angleterre marchait sur la tête. De fait, tous ceux qui ont reçu la meilleure éducation — les pairs du royaume et les aînés des grandes familles — ne sont pas encouragés à défendre leur pays. Tout ça à cause de ces questions d'héritage. Dans le feu de la discussion, il a cité Ian en exemple, « issu d'une famille noble, dont il est le fils aîné », « il s'est battu avec courage et efficacité », pour ne citer que quelques mots de sa part.

Sous le choc, Felicity ne bougea pas d'un cheveu. C'était donc vrai ? Ian n'avait pas menti sur ses états de service ? Impossible ! Pourquoi l'héritier d'un vicomte prendrait-il part à une guerre ?

— Wellington avait dû boire, murmura Ian.

— Si c'était le cas, il l'avait bien caché. Comme sa réponse a éveillé ma curiosité, je lui ai posé d'autres questions sur vous, et il s'est subitement rappelé que j'avais été un flibustier dans un passé lointain. Mais je suis resté discret sur ce sujet. Ça valait sûrement mieux.

— Non, ça n'aurait rien changé, lâcha Ian. Je suis étonné qu'il ait parlé de moi. Il exagère beaucoup le peu que j'ai fait.

— Wellington n'exagère jamais, le coupa Jordan d'un ton empreint de respect. Que diable avez-vous fait pendant la guerre ? Étiez-vous un espion ? Pourquoi ne jamais en parler ?

— Parce que je n'y tiens pas.

Felicity sentit alors le regard de Ian la fixer. Il la mettait en garde.

— Et je ne tiens pas non plus à ce que les journaux s'en emparent.

Elle aurait voulu disparaître sous terre. Ian avait dit la vérité et elle avait commis une faute terrible en mettant en cause son honneur.

Elle évita son regard et s'enfonça dans le canapé. Mais elle méritait plutôt qu'on la mette sur la sellette. Pourquoi avait-elle cru que cette image de libertin qu'il se donnait était la seule facette de son caractère ? Quelle idiote ! Elle avait saisi sa part d'ombre dès la première fois où ils s'étaient rencontrés. Une part d'ombre que seule la douleur pouvait creuser au fond de l'âme d'un homme. Une douleur qu'on ressentait après avoir assisté à des choses horribles. Pourquoi n'avait-elle pas voulu suivre son instinct ?

À cause de Katherine ? Non, pour être honnête, cela venait de plus loin. Cela venait de la haine qu'elle éprouvait pour les hommes de son rang. Il s'était montré… tellement arrogant et mystérieux qu'elle n'avait pas voulu envisager le reste — comme les rumeurs sur son passé d'espion et les années qu'il avait passées loin de l'Angleterre, et qui correspondaient à la période de la guerre.

La façon dont il s'était comporté avec elle sur le balcon avait aggravé la colère qu'il lui inspirait. Il n'empêche : elle n'aurait jamais dû laisser ses griefs s'exprimer dans sa chronique, d'autant qu'elle ignorait la vérité. C'était une erreur. Et elle en prenait conscience, désormais.

— Pourquoi Lord X vous a-t-il pris pour cible ? demanda alors Gideon à Ian. Et si vous interrogiez vos amis dans le grand monde pour déterminer qui vous devez passer par les armes ?

— Évitons d'en venir à ces extrémités, dit Jordan à son beau-frère. Vous pensez à nouveau comme un pirate, mon cher Gideon, et pas comme un homme civilisé.

Celui-ci lança à sa femme un regard amusé sans que Jordan puisse le voir.

— Parfois, cette manière-là est la plus efficace.

— Seulement si vous comptez finir au bout d'une corde, répliqua vertement Jordan.

— Ça suffit, lança Ian en levant les mains. Merci pour tous ces conseils, mes amis, mais je vais régler cette affaire moi-même. Et je vous assure, Jordan, que je vais m'occuper de Lord X sans passer qui que ce soit par les armes. Inutile de reparler de cette histoire à l'avenir.

Même s'il n'avait pratiquement pas regardé dans sa direction pendant qu'il parlait, Felicity savait que ces mots s'adressaient à elle, et à elle seule. Seigneur, elle était vraiment fichue ! Passé cette soirée, il allait user de toutes les armes et de tout le pouvoir dont il disposait pour l'anéantir. Son cœur se serra. Quelle idée de se lancer dans cette croisade contre lui, alors que son avenir et celui de ses frères étaient plus qu'incertains ! Elle aurait dû suivre le conseil de son père. « On ne peut pas s'attaquer à un canon avec un bout de bois, pas si on tient à garder sa tête. »

Et, même si elle souhaitait désespérément garder sa tête, elle avait bien peur qu'il soit trop tard pour éviter le canon.

Chapitre 9

À en croire la rumeur, une certaine duchesse n'a pas apprécié le cadeau d'anniversaire de son mari : un corset. Lorsqu'on lui présenta l'objet conçu pour empêcher les hommes d'accéder au corps des femmes, elle le jeta au feu, puis l'informa qu'il pourrait tenir plus facilement ces messieurs à l'écart en étant plus souvent à la maison.

LORD X, *The Evening Gazette*, 13 décembre 1820.

Felicity remonta à toutes jambes le large escalier qui menait à sa chambre. Comment était-elle parvenue à survivre à l'heure qui venait de s'écouler ? Mystère. Ian était donc un héros de la guerre ? C'était surtout un menteur doublé d'un voyou calculateur dès qu'il s'intéressait aux femmes. Mais un héros quand même.

Cette idée l'avait hantée pendant les longues minutes qui avaient suivi la passe d'armes atroce qu'elle avait eue avec lui. Malgré les tentatives de Sara pour détourner la conversation vers un sujet innocent, ce n'avait été qu'une succession d'échanges du tac au tac, entrecoupés de silences gênants.

Elle avait failli se mettre à pleurer d'épuisement quand Gideon avait proposé à ces messieurs de se retirer dans son bureau pour regarder les plans d'un bateau qu'il venait d'acheter. Une minute de plus en présence de Ian et elle aurait trahi l'agitation qui la tenaillait. Elle resta dans la salle de jeu assez longtemps pour convaincre Emily et Sara qu'elle n'était pas la complice de Lord X, avant de s'excuser et d'aller se coucher.

Allait-elle dormir ? Sans doute pas. Elle s'agrippa à la rambarde. Comment dormir avec le regard implacable de Ian qui la hantait ? Elle méritait tout de même ce qui lui arrivait, malgré tous ses efforts pour prendre de la distance. Son désir de vengeance l'avait emmenée beaucoup trop loin, autant l'admettre.

En retenant un sanglot, elle coinça son livre sous son bras et monta les dernières marches en toute hâte, impatiente de regagner l'espace protégé de sa chambre. Cette insulte ne resterait pas impunie, elle connaissait trop bien Ian pour croire le contraire. Oh ! comment avait-elle pu laisser les choses aller aussi loin ? Comment avait-elle pu accepter que ses sentiments prennent le pas sur son bon sens ? Vu sa situation précaire, elle n'aurait pas dû provoquer un vicomte.

Elle atteignit le haut des marches puis traversa le couloir, entourée de tapisseries et d'imposants piliers dessinés par son père. Si seulement il avait été encore là, il aurait pu lui dire quoi faire. Il avait toujours su comment se comporter avec les gens de haut rang. Elle n'avait pas hérité de ce talent. Heureusement, après la naissance des triplés et la mort de leur mère, Felicity avait été sollicitée pour prendre soin des bébés, ce qui avait mis un terme aux voyages avec son père. Elle avait pu éviter tout nouveau contact avec les clients de ce dernier, sauf quand il les faisait venir à la maison.

Chez eux. Dieu merci, elle serait de retour le lendemain. Après l'agitation des dernières heures, elle se sentait capable de supporter — et même d'accepter avec joie — les pires bêtises inventées par les garçons. Elle avait hâte de s'épancher auprès de Mrs Box. Celle-ci saurait apaiser la culpabilité qui l'étouffait et comprendre ce qui l'avait poussée à se comporter de façon aussi dangereuse. Et elle l'aiderait aussi à trouver un moyen d'éviter la vengeance de Ian.

Avec un profond soupir, elle poussa la porte de sa chambre. Par chance, les domestiques avaient allumé un feu dans l'âtre, rabattu le couvre-lit posé sur le lit en bois massif et allumé suffisamment de bougies pour diffuser une faible lueur dans toute la pièce. Absorbée par ses pensées moroses, Felicity ferma la porte et gagna la commode en chêne, en jetant son livre sur le lit au passage. Elle retira son châle pour le ranger.

Son regard tomba sur la robe de chambre affriolante que Mrs Box avait ajoutée. Une tenue qui appartenait à sa mère et que Felicity avait reçue l'année de ses seize ans, à l'époque où elle rêvait encore d'un avenir plein de promesses. À cet âge, elle s'imaginait mariée à un homme qui l'aurait vue dans ce vêtement, avec dans les yeux une étincelle de désir.

Mais cela risquait-il d'arriver un jour ? La vie aventureuse de son père et sa mort brutale avaient brisé tous ses espoirs et l'avaient jetée dans cette situation atroce où elle ne parvenait à survivre qu'en écrivant des articles de presse. Des articles qui la condamnaient à se battre contre des adversaires de la trempe d'un lord comme Ian.

Des larmes lui perlèrent aux yeux. Elle caressa la dentelle tout en ravalant ses sanglots. Pas question de pleurer.

Du bout du doigt, elle suivit les contours d'une fleur brodée sur la robe de chambre. Elle avait toujours été admirative devant les talents de couturière de sa mère. C'était elle qui avait réalisé ce travail délicat. Elle attrapa le vêtement et le colla contre sa joue, en respirant cette légère fragrance d'eau de rose que portait toujours sa mère. Pour se raccrocher aux souvenirs qu'elle avait d'elle, Felicity décida de porter la robe de chambre pour la nuit. Sans perdre de temps, elle se débarrassa de sa tenue du jour, de ses bas, de ses jarretières et de son jupon. Puis elle enfila cette magnifique robe de chambre par-dessus sa chemise. Quelques mèches de cheveux s'échappèrent et elle les secoua, sans prêter attention aux épingles qui tombaient.

Une fois devant la table de toilette placée entre deux fenêtres en ogive de l'immense chambre à coucher, elle regarda son reflet dans le miroir ovale accroché au-dessus. L'espace d'un instant, elle ne vit qu'une jeune femme à moitié déshabillée, les yeux rougis et l'air perdu.

Tout à coup, un mouvement dans le miroir la fit cesser de respirer. Derrière elle, un homme était appuyé contre le mur près de la porte fermée. Ian ! Seigneur, il était venu se venger.

Ses bras musclés étaient croisés sur son torse et son regard était si intense qu'elle fut incapable de bouger ou même de battre des paupières, comme si elle était sous l'emprise d'un magicien.

— Continuez.

Il profitait insolemment du spectacle qu'elle offrait, c'était évident.

— Ne vous arrêtez pas à cause de moi.

Cette phrase suffit à la libérer du sort qu'il semblait lui avoir jeté. Elle fit volte-face et attrapa les pans de sa robe de chambre pour la resserrer autour de sa poitrine.

— Comment osez-vous ? Depuis combien de temps…

— Je vous attends depuis que j'ai quitté la salle de jeu. Gideon et Jordan pensent que je suis à la propriété de Blackmore Hall. Mais il fallait que je vous parle avant de partir.

— Pas ici, pas comme ça ! Descendez et je m'entretiendrai avec vous en bas.

— Vraiment ?

Il partit dans un grand éclat de rire. Un rire sombre, menaçant.

— Vous pensez que je vous fais confiance à ce point ? Avant même que j'atteigne l'escalier, vous pousseriez des cris d'orfraie pour que Sara me jette dehors.

— Qu'est-ce qui vous fait croire que je ne vais pas crier maintenant ?

— La tenue que vous portez en ce moment.

Il lui lança un autre regard enflammé, exactement comme celui du sultan devant son harem, sur la peinture qu'elle aimait tant. Cela l'effraya, mais une autre sensation se mêlait à sa peur. Une vague de chaleur qui lui traversa tout le corps pour se nicher dans le creux de son ventre.

— Par ailleurs, si vous criez, ajouta-t-il, et si Sara monte pour demander ce qui se passe ici, vous aurez bien plus de mal à la convaincre de votre bonne foi, par rapport à la dernière fois.

C'était on ne peut plus vrai. Mais elle ne s'attendait pas à ce que cette canaille entre en catimini dans sa chambre.

Cette indignation l'aida à chasser sa crainte. La tête

rejetée en arrière, elle l'observa pour tenter de saisir ce qu'il avait en tête. L'applique qui sortait du mur, juste au-dessus de lui, jetait sur Ian une lumière inquiétante. La flamme vacillante des bougies faisait danser des ombres sur son visage et son corps. On avait l'impression qu'il était plus grand. Et encore plus impénétrable. Oh ! elle n'avait pas besoin de voir ses traits pour savoir ce qu'il ressentait. Pour la première fois depuis leur rencontre, la voix cassante de Ian montrait chaque nuance de ses émotions. Et on y devinait une colère évidente.

Cette intrusion montrait aussi qu'elle était allée beaucoup trop loin. Un homme avait-il le droit d'entrer dans la chambre d'une femme célibataire en pleine nuit, sans y être invité ? Non. Un homme pouvait-il rester silencieux pendant que cette même femme se déshabillait ? Non, car cela montrait bien que ses intentions étaient tout sauf honorables. Elle se doutait qu'il contre-attaquerait, mais pas comme ça. Seigneur, pas ça !

Un bref accès de panique pétrifia son courage. Elle avait subi les avances d'un trop grand nombre d'employeurs de son père pour ne pas savoir ce qui se passerait ensuite. Elle était toujours parvenue à les repousser avant qu'ils n'aillent trop loin, mais avec Ian ce serait impossible. Il était trop grand, trop sûr de sa force. Trop en colère — à juste titre.

Elle sentit son cœur se serrer. Histoire de ne pas révéler son trouble, elle courut jusqu'à la table de toilette derrière elle pour y prendre une arme quelconque, mais ne trouva rien de mieux qu'une brosse à cheveux, un peigne et des rubans. Que faire avec tout ça ? Rien. Elle était à sa merci.

Mais elle se battrait, d'une manière ou d'une autre.

Leurs regards se croisèrent une fois de plus et elle rassembla toutes ses forces.

— Vous n'êtes pas uniquement venu pour me parler. Sans quoi, vous ne m'auriez pas regardée en train de me déshabiller, dit-elle d'un ton accusateur. Vous avez décidé d'agresser des femmes dans leurs chambres, maintenant ? Gideon sera très déçu. Il a l'air de croire que vous êtes un héros.

— Nous savons tous les deux à quel point il se trompe sur ce point, n'est-ce pas ? répondit-il en serrant les lèvres d'un air mauvais. Je m'efforce de correspondre à l'image que vous avez de moi. D'après votre article si bien renseigné, je suis un menteur. Un débauché, même. Un homme sans honneur.

Chacun de ces mots lancés sur un ton ironique faisait à Felicity l'effet d'un coup de massue.

— Je ne vous ai pas traité de menteur, dit-elle pour se défendre. Je n'ai fait que… mettre en doute la façon dont vous évoquez votre passé.

— Je n'ai jamais voulu que tout ça se retrouve dans la presse.

— Pourquoi donc ? Si l'on en croit Gideon, vous n'avez aucune raison d'avoir honte.

— Mais vous n'en croyez pas un mot, n'est-ce pas ? répliqua-t-il amèrement. Non, vous êtes bien trop intelligente pour vous laisser berner par les explications des amis d'un homme.

Il redressa la tête. La lumière des bougies éclaira encore mieux ses traits crispés. Des éclats ambrés passaient dans ses yeux noirs perçants et sur son menton volontaire. Oh oui, il était en colère. Furieux, même. Ce spectacle inspirait à la fois le respect et la crainte.

Tout en déglutissant avec peine, elle serra sa robe de chambre contre elle.

— Je… J'y crois, maintenant. Mais vous comprenez sûrement pourquoi ce n'était pas le cas jusqu'ici. C'est bien normal, vous faites tout pour que votre passé reste un mystère ! Malgré toutes ces rumeurs contradictoires, personne n'a jamais prétendu avoir combattu à vos côtés. On n'a jamais fait état publiquement de votre carrière dans l'armée.

— Ça me convient parfaitement. Si j'avais voulu que mes faits d'arme soient rendus publics, j'aurais transmis les détails aux journaux au moment de mon retour, il y a quatre ans. Dommage que vous n'ayez pas éprouvé le besoin de m'interroger sur ce sujet.

Felicity frémit devant ce ton accusateur.

— C'est votre faute si j'en ai parlé. Vous saviez très bien que cette histoire de maison avec Miss Greenaway allait susciter mille et une questions. De plus, je n'aurais jamais écrit ce nouvel article sur vous si vous ne m'aviez pas agressée…

— Agressée ? s'exclama-t-il en se détachant du mur. Un simple baiser, vous appelez ça une *agression* ?

— À mes yeux, ce n'était pas qu'un simple baiser, explosa-t-elle avant de retrouver son calme.

Elle continua d'un ton plus posé :

— Si cela avait été un simple baiser, je n'aurais pas eu cette réaction.

Cette réponse sembla le déstabiliser.

Le regard insondable de Ian se posa sur ses lèvres et s'y attarda. Elle se rappela le moment où leurs bouches s'étaient unies.

— Ce n'était pas un simple baiser pour moi non plus.

La voix de Ian résonna dans la chambre à peine éclairée.

— Loin de là, même.

Bien malgré elle, un frisson la parcourut lorsqu'il prononça ces mots. Des mots qu'il ne pensait sûrement pas. Elle savait exactement ce que valait sa sincérité. Il était capable de retourner sa veste en un rien de temps. Pourtant, elle avait envie de le croire.

L'atmosphère de la pièce lui parut soudain irrespirable, l'espace entre ces quatre murs était trop petit pour eux deux, même s'il était relativement loin d'elle. Ils étaient seuls, complètement seuls, pour la première fois. Personne ne savait qu'il était ici — ni la femme de chambre qu'elle avait vue un peu plus tôt, ni Sara, ni aucun autre invité des Worthing.

Elle ne portait qu'une robe de chambre en dentelle, sa chemise et ses sous-vêtements. Elle tenta de s'enrouler dans sa robe de chambre, mais les pans n'étaient pas assez larges.

Pire : tous ses gestes semblaient attirer l'attention de Ian. Il la regardait avec des yeux brûlants et impatients, en perçant les barrières qu'elle tentait de dresser. Il avait déjà eu ce regard auparavant, la fois où il s'était retrouvé tout près d'elle, les mains refermées autour de sa taille, les lèvres penchées sur sa bouche…

Tout en étouffant un juron, Felicity détourna les yeux.

Il s'éclaircit la gorge avant de poursuivre d'un ton bourru, comme s'il lui en voulait d'avoir mentionné leur baiser :

— Quoi qu'il en soit, ce que j'ai fait était bien peu de chose, par comparaison avec la façon dont vous avez écorné ma réputation.

— C'est vous qui avez écorné *ma* réputation, ce soir-là sur le balcon.

— Faux. Auriez-vous oublié votre premier article ?

Elle grimaça. Si incroyable que cela puisse paraître, elle l'avait oublié.

— De toute évidence, nous voyons les choses différemment.

— Votre article a conduit ma fiancée potentielle à fuir avec un autre homme. S'il n'a pas totalement détruit ma réputation, il l'a au moins ternie.

— Mais vous avez pris votre revanche depuis, non ? En m'imposant ces baisers et…

— Quoi ?

Il s'approcha d'elle, les sourcils froncés.

— Êtes-vous en train de dire qu'ils vous ont dégoûtée ?

— Bien sûr que non ! répliqua-t-elle.

Devant le regard satisfait qu'il lui lança, elle précisa :

— C'est bien normal, vous êtes un libertin. Amener une femme à apprécier vos baisers fait partie de vos talents. Mais cela ne change rien au fait qu'ils m'ont été imposés.

— Je ne suis *pas* un libertin.

Il se passa rageusement la main dans les cheveux.

— Si vous vous étiez réellement renseignée avant d'écrire votre chronique infamante, vous le sauriez. Et croyez-moi, si vous m'aviez giflé après le premier baiser, je ne serais pas resté pour le second.

Là, il plissa les yeux.

— Mais vous vous êtes agrippée à ma redingote pour m'attirer vers vous. Vous n'avez pas refusé ces baisers, c'est même tout le contraire. Et peu importe ce que vous avez prétendu plus tard. Vous avez menti à Sara sur ce qui s'est passé entre nous. Ayez au moins la bonté de l'admettre.

— Je ne lui ai pas menti, protesta-t-elle.

— Vous lui avez dit que j'avais profité de vous.

— Non ! Elle a simplement… pensé ça parce que… parce que…

— Parce que j'étais « allé trop loin ».

Doucement, il s'approcha encore plus près, les yeux aussi brillants que de l'onyx.

— Qu'entendiez-vous par là, Felicity ?

Elle se pelotonna contre la table de toilette.

— Vous le savez sûrement mieux que moi, vu votre réputation.

— Ma réputation, ricana-t-il. J'ai du mal à savoir ce qu'il en reste, elle a été tellement malmenée par vous et par toutes ces rumeurs. Mais tout cela ne répond pas à ma question. Si vous n'avez pas menti, alors que vouliez-vous dire quand vous avez affirmé que j'étais « allé trop loin » ?

Ian était désormais tout contre elle et, même si elle avait envie de fuir, il n'était pas question de lui montrer à quel point il l'intimidait. En plus, la table de toilette derrière elle l'en empêchait.

— Vous le savez très bien, répondit-elle en essayant de se donner un semblant de contenance. Vous m'avez embrassée avec… avec…

Oh ! comment décrire l'intensité à l'état brut du baiser de cet homme ? Comment évoquer ce plongeon enivrant dans les affres de la passion sans avoir l'air mièvre ?

— Avec beaucoup d'ardeur, finit-elle par souffler.

Seigneur, elle était pitoyable…

Un petit sourire apparut sur le visage de Ian.

— Je ne le nie pas. Nous étions même deux à faire preuve de « beaucoup d'ardeur ». Pourtant, même le plus ardent des baisers n'aurait pas poussé Sara à me jeter hors de cette maison.

Sans crier gare, il enroula un bras autour de sa taille,

pour la tenir si près qu'elle pouvait voir une ligne de duvet noir juste au-dessus de sa lèvre.

— Alors parlons franc, chère petite cachottière, quel acte ai-je commis pour qu'elle ait une si piètre opinion de moi ? Dans mon souvenir, je n'ai rien fait de honteux.

— Parce que rien ne vous fait honte !

Les mains plaquées sur son torse, Felicity le repoussa de toutes ses forces. Sans aucun succès. Pire : les pans de sa robe de chambre s'écartèrent.

— Laissez-moi, Ian, ou je vais… je vais…

Elle allait quoi ? Elle ne pouvait pas crier !

— Je vais avoir la conviction que vous êtes un être immoral doublé d'un scélérat !

Il eut un ricanement qui résonna dans la pièce.

— Vous en êtes déjà persuadée. Et je ne partirai pas tant que vous ne me montrerez pas ce qu'« aller trop loin » veut dire pour vous. Ça m'évitera de faire la même erreur à l'avenir, vous comprenez.

— À l'avenir ? s'étrangla-t-elle.

— J'ai beau espérer que nos petites passes d'armes vont prendre fin, je sais que vous n'êtes pas de cet avis. Alors ayez la bonté de m'indiquer ce qu'il est permis de faire ou non.

Ian se saisit alors d'un pan de sa robe de chambre avec deux doigts et l'écarta. Et il baissa la tête pour voir ce qu'il y avait en dessous.

Elle sentit son cœur battre de plus en plus vite, bondir, menacer d'éclater. Elle aurait dû hurler que ce geste-là était intolérable, mais elle ne put qu'inspirer un peu d'air, tant bien que mal. Puis il pencha la tête pour déposer un baiser juste au-dessus de sa chemise, à la base de son cou. Cette caresse était si sensuelle qu'elle perdit l'équilibre et se sentit basculer en arrière. Elle se raccrocha au plateau de la table de toilette, les poings serrés.

Ian profita de cette position précaire pour attraper sa robe de chambre et la faire glisser lentement, sensuellement, le long de ses épaules. Lorsque le vêtement fut bloqué par la table derrière elle, il entoura une mèche de ses cheveux autour d'un doigt puis l'embrassa.

— Arrêtez, souffla-t-elle d'une voix mal assurée.

Une vague de plaisir lui parcourait déjà tout le corps. Il fallait qu'elle résiste, de toutes ses forces. La dernière fois qu'il l'avait embrassée, il avait fini par tirer parti de la situation.

— Vous… Vous… Vous n'avez…

Il lâcha sa boucle de cheveux qui retomba doucement.

— C'est donc ça, « aller trop loin », pour vous ?

Il écarta alors le col de sa chemise pour dévoiler son épaule. Elle retint son souffle quand il se pencha pour embrasser sa peau nue. C'était une caresse légère, une promesse enivrante.

Quand elle laissa échapper un soupir, ce fut à la base de sa gorge qu'il posa les lèvres.

— Ou ça ?

Il plongea la bouche dans le creux de son cou, puis remonta lentement.

Lorsqu'il releva la tête, il avait les yeux aussi noirs que deux boules de charbon.

— Non, j'oubliais. Il faut plus que un ou deux baisers pour aller véritablement « trop loin ». Ma propre amie d'enfance en est venue à douter de moi ! Alors, de quoi s'agit-il ?

Les yeux toujours posés sur son visage, il attrapa un bout de sa chemise et la fit descendre le long de son épaule. Felicity sentit ses joues s'enflammer et le saisit par le poignet pour qu'il arrête. Mais il posa la bouche sur la sienne et elle oublia pourquoi il n'aurait pas dû être là avec elle, seul à seul... Pourquoi il n'aurait pas dû la toucher, l'embrasser comme ça... Pourquoi elle ne lui faisait pas confiance... Elle oublia tout.

Ce baiser de Ian était intense et presque dominateur. Il plongea la langue dans sa bouche avant même qu'elle prenne conscience qu'elle entrouvrait les lèvres. Elle était toujours agrippée au bord de la table. C'était la seule façon de s'interdire de l'attirer vers elle, comme elle l'avait fait sur le balcon.

Mais ce n'était qu'une piètre victoire, car elle était incapable d'empêcher le reste de son corps de répondre à ses gestes, de se lover contre lui, d'accueillir cette bouche tandis qu'il l'explorait... Et puis il y avait ces mains qui faisaient glisser sa chemise le long de ses épaules... Ou ce genou qu'il pressait contre ses cuisses à peine voilées par le tissu de sa tenue, pour qu'elle les écarte. Elle l'aida même en penchant la tête en arrière tandis qu'il déposait des baisers le long de son cou.

Sentir qu'il défaisait les nœuds de sa chemise la ramena brusquement à la réalité. Elle attrapa le bord du vêtement avant qu'il ne l'écarte pour dévoiler ses seins.

— Arrêtez ! Mais qu'est-ce que vous faites ?

— Je teste mes limites, dit-il d'une voix rauque. Ça y est, je vais « trop loin » ?

— Parfaitement !

— Ah ? Pourtant, vous prétendez que vous n'avez pas menti à Sara au sujet de mon « agression », or je ne me souviens pas d'avoir fait ça.

Les yeux noirs de Ian plongèrent au fond des siens

tandis qu'une main se refermait autour de son sein, à travers le tissu. Elle en eut le souffle coupé.

— Il n'empêche : ma mémoire me joue parfois des tours. Je devrais peut-être me replonger dans mes souvenirs.

— Non, vous…

Felicity cessa de réfléchir quand la main de Ian courut sur sa poitrine. C'était délicieusement honteux.

— Oh ! là…, dit-elle d'une voix étranglée.

Ce n'était pas la sienne ! Sûrement celle d'une autre. La voix d'une femme avide de plaisir.

— Vous ai-je touchée comme ça cette nuit-là, Felicity ?

Elle ferma les yeux pour ne pas voir son air triomphant. Il posa la main à plat sur son sein et commença à esquisser un mouvement circulaire qui lui fit immédiatement durcir le téton.

Lorsqu'elle prit une brève inspiration, il se colla contre elle. Elle sentait son souffle brûlant lui caresser la joue.

— Dites-moi, *querida*. Est-ce que j'avais fait ça ?

Entendre ce mot la surprit. Puis elle se rappela qu'il était à moitié espagnol. Mais elle était trop gênée pour lui demander ce que cela signifiait.

— Répondez-moi, ordonna-t-il plus durement.

— Non, bafouilla-t-elle sans se soucier de sa fierté. Vous savez bien que non.

Quand elle s'obligea à rouvrir les yeux pour se retrouver face à la mine satisfaite qu'il devait afficher, elle eut un mouvement de surprise. On sentait un désir à l'état brut sur ce visage toujours impassible.

— C'est un miracle, alors, avoua-t-il d'une voix rauque. Car j'en avais envie. Terriblement envie.

L'entendre faire cet aveu consola son amour-propre. Il ne l'avait pas manipulée, cette nuit-là : il avait bel et bien ressenti la même chose qu'elle. Et ce qu'il était en train de faire en ce moment — ces baisers, ces caresses — n'avait rien à voir avec des stratagèmes.

Cela suffit à réveiller les envies qu'elle réprimait. Elles l'envahirent à la vitesse d'une tornade, en balayant sur leur passage sa pudeur et sa réserve. Elle tendit son corps vers lui. Avec un grognement guttural, il la caressa sans hésiter, en attrapant un téton à travers le tissu, qu'il pinça d'un geste expert. Puis il se saisit de son autre sein, qu'il soumit à la même torture délicieuse.

À sa grande honte, elle s'aperçut que ces caresses lui inspiraient des questions absolument inconvenantes. Que ressentirait-elle s'il posait les doigts sur sa peau nue ? Ou la bouche ?

Il dut sûrement s'en rendre compte car il glissa la main sous sa chemise pour attraper son sein. Le tourbillon de plaisir que ce geste déclencha lui fit fermer les yeux et pousser un soupir. Seigneur, c'était mieux que ce qu'elle imaginait. La main de Ian était tout contre son corps, peau contre peau. Toutes ses réticences s'évanouirent jusqu'à ce qu'elle n'éprouve plus que l'envie d'être embrassée, touchée, exaltée davantage.

Elle respira de plus en plus difficilement tandis que le mouvement insolent de cette main — non, de *ces* mains, car les deux étaient glissées sous sa chemise — déclenchait des sensations magiques qui la laissaient le souffle court. Elle n'aurait jamais pensé que son corps puisse prendre autant de plaisir ou qu'un homme puisse lui en donner avec une facilité aussi déconcertante.

— Ian…, murmura-t-elle sans même savoir ce qu'elle voulait dire.

— Oui.

La voix grave de ce dernier semblait venir de loin, de très loin.

— Bon sang, dit-il, j'adore vous tenir entre mes mains… C'est si bon… si doux…

Il se courba et baissa la chemise de Felicity pour poser la bouche sur sa poitrine, exactement comme elle l'avait imaginé. Ce talent pour deviner ses envies était stupéfiant. Ce qu'il lui faisait l'était tout autant. Alors elle attrapa la tête de Ian. Il fallait qu'il s'arrête. Il fallait qu'*elle* l'arrête.

Pourtant, elle l'attira encore plus près, pour humer cette odeur de tabac qui flottait dans ses cheveux. Il poussa un grognement guttural et glissa sa main libre autour d'elle, puis la tira jusqu'à ce qu'elle tombe sur sa jambe sur laquelle elle s'assit à califourchon, tout en s'agrippant à ses épaules pour retrouver l'équilibre.

Felicity sentit sa chemise remonter jusqu'en haut de ses cuisses, ce qui dévoila une partie de sa culotte, qui lui arrivait juste en dessous du genou. Tandis qu'il la calait plus fermement, la fente de sa culotte s'ouvrit tellement que son intimité se retrouva collée contre la jambe de Ian. Seule une mince épaisseur de laine séparait leurs peaux.

L'espace d'un instant, elle resta pétrifiée, sous le coup de la stupeur. C'était une position particulièrement osée. Mais, quand elle se décala légèrement pour s'asseoir de façon plus convenable, cela ne fit qu'accentuer son plaisir. Ce contact intime était délicieux. De fait, dès qu'elle essayait de s'écarter, elle ressentait dans son entrejambe comme une gêne étrange qui ne s'apaisa qu'au moment où elle se colla contre la cuisse de Ian.

Elle avait déjà ressenti cette gêne, tard dans la nuit, quand elle était à moitié endormie et qu'elle rêvait du sultan. La seule chose capable de la satisfaire, elle avait honte de l'admettre, c'était de se frotter. Elle s'était résolue à le faire une fois ou deux, discrètement, et en se sentant quelque peu coupable. Et, désormais, c'était ce qu'elle faisait en se balançant contre la jambe de Ian.

— C'est ça, murmura-t-il contre sa poitrine. Chevauchez-moi, *querida*. Oui, oui…

Même si elle ne saisissait pas exactement ce qu'il voulait dire, elle n'eut pas besoin de se faire prier davantage pour frotter la partie la plus intime de son être contre lui. Elle attira la tête de Ian encore plus près, en se lovant contre lui, en se cambrant pour coller sa poitrine sur cette bouche qui la dévorait presque. Elle plongea les mains dans ces cheveux en bataille qui la caressèrent en glissant entre ses doigts comme des rivières impétueuses.

Il la poussait à abandonner tout contrôle, sous l'effet de ce désir impérieux entre ses jambes qu'elle assouvissait avec bonheur en ondulant sur lui. La bouche de Ian lui embrassait sauvagement la poitrine, déclenchant chez elle des sensations ô combien sensuelles. Pas possible, il était le diable en personne !

Elle continua d'aller et venir, tout en profitant de ces sensations divines qui l'envahissaient au moindre mouvement. Il s'écarta un instant, pour mieux fondre sur sa poitrine avec tout autant d'ardeur. La main posée sur un sein, le pouce et l'index refermés autour de son téton dressé, il explorait les formes arrondies de son autre mamelon.

Elle était en train de se noyer, le plaisir déferlait sur elle encore et encore, comme les vagues sur le rivage. Il menaçait même de l'engloutir, de la faire disparaître.

Un besoin impérieux de le découvrir encore plus la saisit. Elle tira le revers de sa redingote tandis qu'il s'agitait pour la faire glisser le long de ses épaules, puis la laisser tomber par terre. Elle caressa ses muscles sous sa chemise. Ils semblaient tellement durs…

Elle le laissa ensuite remonter une main le long de son mollet, de son genou, puis la glisser sous sa culotte, jusqu'à ce qu'il atteigne sa hanche sur laquelle il referma les doigts. Ces doigts prodigieux, ces doigts soyeux.

Brusquement, il se raidit et recula, même s'il avait toujours la main posée autour de son sein.

— Quoi ? demanda-t-elle sans cacher sa déception.

— Chut ! lui intima-t-il en tournant la tête comme pour écouter.

Soudain, elle entendit elle aussi ces voix féminines en grande conversation, tandis que le bruit de leurs pas résonnait dans le couloir. Elle resta immobile, le cœur battant. Il n'avait quand même pas prévu qu'on les surprendrait une fois de plus ! Et dans une posture encore plus compromettante. Oh ! s'il avait fait tout cela volontairement pour l'humilier…

Ian retira vivement la main de sa culotte sans lâcher Felicity des yeux. L'inquiétude qu'elle lut dans les siens la rassura : il n'avait pas prévu cette arrivée.

— C'est Sara et Emily, souffla-t-il en lui attrapant les bras. Vous les attendiez ?

Elle secoua la tête sans ouvrir la bouche. Il planta les doigts dans sa peau, le visage tendu tandis qu'il tournait à nouveau la tête vers la porte.

La nurserie était en face de sa chambre. Se rendaient-elles dans cette pièce ? Les deux jeunes femmes semblèrent s'arrêter devant sa porte, mais elles se turent aussitôt. Elles devaient croire qu'elle dormait. Si elles savaient !

C'est seulement lorsqu'elle entendit la porte à l'autre

bout du couloir s'ouvrir et se fermer qu'elle put respirer à nouveau.

— Felicity ! lança-t-il en relâchant son étreinte.

Même si la voix de Ian n'était qu'un murmure, elle semblait résonner dans le silence de la chambre.

— Oui ?

— *Ça*, c'est « aller trop loin ».

Elle se retint d'éclater de rire.

— Vous avez entièrement raison, milord.

Elle aurait dû se relever, s'écarter de lui, retirer les doigts de ses cheveux. Mais elle n'en fit rien.

Il pencha la tête pour refermer les dents autour de son téton, ce qui lui arracha un gémissement. Vite, qu'il recommence ! Elle l'attira encore plus près. Elle sentait que son corps voulait encore plus, mais quoi, exactement ? Si seulement il se contentait de l'embrasser, de lui sucer à nouveau le sein et le titiller, jusqu'à ce que son désir devienne presque douloureux.

Mais, quand elle se lova contre Ian, celui-ci resta immobile. La joue tout contre le téton qu'il venait d'aspirer, il lui déposa un baiser dans le creux des seins.

— Il faut que vous m'arrêtiez, lâcha-t-il d'une voix caverneuse.

Il semblait on ne peut plus sincère.

Elle mit un moment avant que son esprit troublé comprenne ce qu'il venait de dire.

— Pourquoi ?

Il y eut un long silence et Ian colla le front contre sa poitrine. Au bout d'une seconde, elle s'aperçut qu'il tremblait. Quand il leva la tête, elle vit qu'il riait. Sans joie, sans bruit.

— J'étais sûr que vous seriez la seule vierge du royaume capable de dire une chose pareille.

Après un dernier baiser plein de tendresse, il l'aida à se relever. Puis il en fit autant.

Felicity sentit que ses jambes tremblantes menaçaient de se dérober sous son poids. Il la rattrapa par les épaules afin qu'elle retrouve l'équilibre puis la lâcha presque aussitôt. Elle sentit la honte la gagner et lui enflammer les joues.

Trop tard. Il était bien trop tard. Elle comprenait jusqu'où elle était allée. C'était lui qui l'avait arrêtée, et pas le contraire. Elle remit d'aplomb sa chemise en essayant maladroitement de refaire les nœuds.

— Seigneur, vous devez me prendre pour la créature la plus licencieuse…

— Non, la coupa-t-il en posant un doigt sur ses lèvres pour qu'elle se taise. Non, c'est faux. Mais vous êtes la dernière femme sur terre que j'aurais dû toucher de cette façon.

Du bout du pouce, il suivit les contours de ses lèvres. Un geste d'une sensualité folle, qui lui fit battre le cœur.

Les doigts de Ian s'arrêtèrent sur les liens de sa chemise. Elle leva les yeux vers ce visage impénétrable. Allait-il l'embrasser à nouveau ? C'était ce qu'elle espérait, sans honte. Au lieu de quoi, il baissa la main. L'intense déception qu'elle éprouva la surprit elle-même.

— Pourtant, je ne regrette rien, ajouta-t-il.

Comme s'il en prenait conscience après coup.

Elle non plus ne regrettait rien. Brusquement, elle eut l'impression d'être une muette à qui on aurait rendu la parole. Combien de fois avait-elle reproché aux hommes de se servir des femmes pour assouvir leurs envies ? Elle n'avait pas imaginé une seconde que les femmes avaient des envies, elles aussi. Des envies qui pouvaient être tout aussi puissantes et dévastatrices. De quoi jeter sur ses certitudes une lumière nouvelle.

Quand elle posa les yeux sur les nœuds de sa chemise à moitié défaits, il écarta ses doigts subitement devenus inertes et attacha les liens en un tournemain.

— Une chose est certaine, dit-il tout bas. Cette fois, vous avez tous les droits de vous plaindre de moi auprès de Sara.

— Ce n'est pas mon intention, s'insurgea-t-elle.

Comment pouvait-il l'accuser d'une chose pareille ?

— Et pourquoi pas ? Rien n'a changé.

— *Tout* a changé, au contraire.

Pourquoi ? Aucune idée. Mais l'univers entier était bel et bien différent. Ian était plus vertueux que prévu alors que pour sa part elle ne l'était pas, loin de là. Elle était même devenue une créature qu'elle ne reconnaissait pas. Quelques baisers et quelques caresses à couper le souffle avaient suffi.

Il lui attrapa le menton et la fixa longuement.

— Vous ne m'en voulez pas de vous avoir tendu un piège dans votre chambre et d'avoir pris toutes ces libertés avec vous ?

Elle secoua la tête.

— Vous vous êtes arrêté tout seul, alors que vous auriez pu faire de moi ce que bon vous semblait. Parce que j'aurais… j'aurais…

Elle détourna la tête en étouffant un sanglot. Impossible d'aller jusqu'au bout de cet aveu honteux.

Quand il l'avait embrassée sur le balcon, elle s'était persuadée d'une chose : elle avait rendu les armes parce qu'elle avait succombé aux charmes de ce séducteur. Ce qui était parfaitement compréhensible. En plus, cela n'avait pas duré.

Ce soir, ils avaient rejoué la même scène. Mais elle s'était conclue différemment. Elle avait ouvert les bras à la tentation, savouré chaque caresse. Bref, elle s'était comportée comme une dévergondée. Il avait fallu la présence d'esprit de Ian pour qu'elle n'aille pas jusqu'à se donner à lui.

En levant la tête, elle aperçut son propre reflet dans le miroir. Elle avait les lèvres rougies, les cheveux en bataille et elle ne portait en tout et pour tout que sa chemise et sa culotte. L'image même d'une dévergondée. Avec un gémissement plaintif, elle ramassa ses affaires par terre et couvrit son corps dénudé.

— Inutile d'avoir honte, lui assura-t-il, la main posée sur son épaule. Tout le monde a ses désirs, et les femmes ne les contrôlent pas plus facilement que les hommes. C'est même encore plus dur pour les femmes. Aux yeux de la société, les hommes peuvent assouvir leurs pulsions à loisir, mais on demande aux femmes de réprimer celles qu'elles éprouvent, même avec leurs maris. Ça ne facilite pas les relations. Et ça ne les rend pas plus justes.

Ce constat la sidéra à un point tel qu'elle en oublia son sentiment de culpabilité.

— C'est une opinion très moderne, vous savez.

— Je suis un homme très moderne, répondit-il sèchement. Malgré ce que vous pensez de moi.

Leurs regards se croisèrent. Oui, elle commençait à s'en rendre compte. Une chose était sûre : il n'était pas un séducteur impénitent. Mais qui était-il ? Quelle sorte d'homme était capable de réprimer ses envies alors qu'il avait une opportunité et une bonne raison de profiter d'une femme ? Enfin, elle n'était peut-être pas la mieux placée pour parler de réputation, d'honneur et de chasteté… Il suffisait de voir comment elle avait été emportée par la force de séduction de Ian.

— Vous êtes quelqu'un de moderne, reconnut-elle, et vous m'avez épargnée alors que je ne m'y attendais pas. Ou que je ne le méritais pas, plutôt.

— Vraiment ? ricana-t-il, la mine sombre. Vous pensez que j'ai eu pitié de vous ? C'est étrange, mais j'ai plutôt l'impression d'avoir eu un coup de folie.

Il posa la main contre sa joue et expliqua :

— Aucun homme sain d'esprit ne reculerait s'il pouvait vous mettre dans son lit. J'ai dû perdre la tête.

Cette fois, impossible de mettre en doute la sincérité de Ian. Devant cet aveu enflammé, Felicity sentit le désir grandir en elle. Ah non, ce n'était pas le moment !

— Non. Vous vous êtes contrôlé, ce qui prouve que vous êtes un vrai gentleman.

Tout en poussant un juron, Ian tourna les talons.

— Ne vous méprenez pas. Je n'ai pas voulu jouer les gentlemen, croyez-moi. Je ne peux plus me permettre d'être la cible d'un autre de vos satanés articles dans les journaux, c'est tout.

Elle n'en croyait pas un mot ! Oui, peut-être qu'elle se méprenait, mais avait-il réellement battu en retraite par peur de nouveaux articles ? Sans doute pas. Cet homme ne craignait personne sur cette terre, et surtout pas elle.

Il regarda la porte fermée, à l'autre bout de la chambre, les pouces glissés dans la ceinture de son pantalon qui lui allait si bien.

— Alors nous sommes quittes ? Ou dois-je m'attendre

à ce que mes affaires soient à nouveau détaillées dans l'*Evening Gazette* ?

Il avait l'air tendu, aux aguets, comme s'il était sûr et certain qu'elle continuerait à l'attaquer.

Comment pourrait-elle encore écrire sur lui après ce qu'ils venaient de faire ? Felicity eut honte qu'il puisse la soupçonner d'une chose pareille.

— Comptez-vous toujours révéler mon identité à vos amis ?

— Je resterai muet si vous en faites autant, répondit-il d'un ton solennel.

— Alors nous sommes quittes. Lord X n'a plus de raison d'en vouloir au vicomte Saint Clair, et vice versa.

Et Lord X n'a plus de raison de lui parler non plus. Ni d'être lié à lui de quelque manière que ce soit.

À cette idée, une douleur inexplicable lui dévora la poitrine.

La mâchoire de Ian sembla se tendre. Il l'observa de la tête aux pieds, en laissant courir ses yeux sur le corps tremblant de Felicity, dans un sens puis dans l'autre. Cette fois, il semblait résigné.

— Après tout, le vicomte aurait bien tort de se disputer avec sa fiancée devant tout le monde.

Quoi ?

— Sa… fiancée ? parvint-elle à bredouiller.

— Notre « entrevue » de ce soir m'a conduit à prendre une décision.

Il s'éclaircit la gorge, en laissant à nouveau ses yeux courir sur elle.

— Felicity, nous devrions nous marier, vous et moi.

Chapitre 10

Revenu de la guerre dans un piteux état, le colonel Shelby venait d'informer celle qui était sa fiancée de longue date qu'il trouvait plus juste de lui rendre sa liberté, malgré leur engagement. Mais quand cette dernière répondit qu'elle l'aimait comme il était, il fut le plus heureux des hommes. Le mariage aura lieu le 2 février, en l'église St. Martin-in-the-Fields.

LORD X, *The Evening Gazette*, 13 décembre 1820.

Ian n'eut qu'à observer l'air incrédule de Felicity pour savoir qu'il l'avait surprise. Mais, après tout, quoi de plus normal ? Lui-même était sous le choc !

— Que… Qu'est-ce que vous venez de dire ? balbutia-t-elle ?

— J'ai dit que nous devrions nous marier.

Il n'avait pas eu l'intention d'être si brutal. Une chose était sûre : quand il était monté dans sa chambre, une heure plus tôt, ce n'était pas pour lui demander sa main, mais simplement pour l'effrayer un peu. Pour lui montrer que cette guerre entre eux ne pouvait plus durer.

Et puis elle avait enfilé cette satanée robe de chambre,

avec ces dentelles qui montraient plus qu'elles ne cachaient. Il aurait dû éviter de la regarder se déshabiller, et se manifester bien avant. Seulement, ces trois jours loin d'elle avaient décuplé son désir, même après qu'il eut lu son article incendiaire. Trois jours et trois nuits durant, il s'était rappelé leurs baisers brûlants. Cela lui avait donné envie de contempler à nouveau ce corps merveilleux, ce qu'il avait fait. Hélas, il n'avait même pas eu la force de l'arrêter en signalant qu'il était là, dans la pièce.

Il n'empêche : il ne regrettait rien. Pas même de l'avoir demandée en mariage. Oui, il avait pris cette décision sur un coup de tête. Pourquoi ? Lui-même avait du mal à l'expliquer. Avec son goût immodéré pour les rumeurs et son insatiable curiosité, Felicity était la dernière femme qu'il aurait dû épouser.

Pourtant, il la voulait dans sa vie. Aucune autre femme ne serait capable de contrecarrer ainsi le moindre de ses mouvements. Elle le surprendrait toujours. Vivre avec elle serait tout sauf ennuyeux.

Il la regarda faire les cent pas puis marcher vers la cheminée. Une douce lumière caressait son corps élancé et sa robe de chambre vaporeuse épousait sensuellement sa chute de reins particulièrement séduisante. Le désir s'empara de lui, une fois de plus. Il ne voulait pas seulement cette femme dans sa vie : il la voulait dans son lit. Tout le problème était là : il ne pensait pas avec sa tête, mais avec une tout autre partie de son anatomie. Sans quoi, il n'aurait jamais envisagé d'épouser cette jeune femme intelligente en diable.

Qu'importe, sa décision était prise. Il avait besoin d'une femme, alors pourquoi pas celle avec qui il avait vécu ce moment incroyable ? L'amour avec elle serait exceptionnel.

Il lui avait fallu toute la maîtrise dont il était capable pour ne pas la déshabiller davantage et assouvir toutes les pulsions charnelles que ce corps sublime lui inspirait.

Deux choses l'avaient retenu. La première, c'était qu'elle était vierge et innocente. Le code d'honneur qu'il respectait lui interdisait de lui voler sa vertu. La seconde (la plus décisive, peut-être), c'était qu'une simple nuit avec elle ne le comblerait pas, et qu'elle ne lui accorderait jamais davantage. Il pouvait la faire succomber une fois, mais elle ne comptait sûrement pas devenir la maîtresse de quelqu'un.

En plus, il n'avait pas besoin d'une maîtresse, mais d'une femme. Et, s'il l'épousait, ils donneraient libre cours à leurs désirs, nuit après nuit, sans contrainte ! Cette seule perspective mit tous ses sens en éveil.

— Eh bien ? s'impatienta-t-il lorsqu'elle souleva le tisonnier en cuivre pour attiser le feu, distraitement.

Des étincelles dansèrent autour de son corps si séduisant.

— Vous me demandez… de devenir votre femme.

Elle butait sur les mots, comme si elle avait encore du mal à les assimiler.

— Vous trouvez ça étrange ?

— Je… Je ne sais pas. Enfin, si, c'est étrange. Vous êtes un vicomte.

— Voilà qui est finement observé, murmura-t-il en fronçant les sourcils.

Puis il chassa cette remarque d'un geste.

— Ça n'a aucune importance.

— Ah non ? s'étonna-t-elle en reposant le tisonnier pour se planter devant lui. Je ne suis personne. Pourquoi voudriez-vous m'épouser ?

Sciemment, il laissa ses yeux courir sur cette cascade

de cheveux bouclés, sur ces seins merveilleux qu'il avait caressés, sur cette partie d'elle, plus bas, qu'il aurait également souhaité caresser, goûter, explorer… Lorsqu'il leva à nouveau le visage vers elle, il devina qu'elle avait compris.

— Je veux vous épouser pour la même raison qui pousse n'importe quel homme à épouser la femme qu'il désire.

Le feu monta aux joues de Felicity. Tiens, il ne l'avait pas souvent vue rougir. C'était adorable, surtout chez elle. Il faudrait qu'il la fasse rougir souvent quand ils seraient mariés.

— Mais les hommes de votre espèce…

— Attention, Felicity. J'en ai assez de vos grandes idées sur « les hommes de mon espèce ».

L'incrédulité se peignit sur son visage.

— Le fait que je n'appartienne pas à une grande famille ou que je n'aie pas de fortune personnelle n'a aucune importance pour vous ?

— Où est le problème ? Je suis assez riche pour deux. Ce n'est pas ce que je cherche chez une femme.

— Ah oui, j'oubliais.

Elle attrapa les pans de sa robe de chambre, qu'elle eut bien du mal à garder fermée. Elle lui parut soudain très jeune — jeune et tourmentée —, complètement perdue.

— Vous voulez une femme qui puisse porter votre héritier.

— Ce serait l'une de vos missions, oui.

En la voyant se raidir, Ian ajouta :

— Mais les enfants sont le fruit du désir auquel deux personnes ont succombé et, si je me souviens bien, vous éprouvez un vif intérêt pour cette activité.

Elle le foudroya du regard. Un regard teinté de gêne.

— Il n'y a rien de mal à éprouver du désir.

— C'est vrai, lui assura-t-il.

Il se souvenait de la honte qui l'avait saisie quand elle avait répondu avec ardeur à ses caresses.

— Et le mariage facilite le désir de manière notable.

Il vit alors le charmant visage de Felicity se tendre. Mince, il venait de dire une bêtise.

— Oui, le mariage faciliterait la chose, pour moi comme pour *vous*. Après tout, pourquoi compter sur deux femmes pour satisfaire tous ses désirs ? L'une pour porter les enfants et l'autre pour satisfaire ses… ses besoins virils ?

Avec de plus en plus d'amertume dans la voix, elle poursuivit :

— Comme ce serait pratique d'avoir une femme pour remplir ces deux rôles. En voilà un concept révolutionnaire.

— Je n'ai jamais voulu plus d'une femme à la fois, précisa-t-il.

Par quel mystère cette discussion lui avait-elle échappé ?

— Et, oui, je préfère être marié à une femme que je peux désirer. Jusqu'ici, je m'étais résigné à un mariage tranquille, mais sans passion. Maintenant, je prends conscience que je peux avoir davantage. Où est le mal ?

— Aucune idée. Que va penser Miss Greenaway de tout ça ?

L'atmosphère qui régnait dans la pièce se tendit brusquement. Il aurait dû voir venir cette question. S'il avait été aussi obtus pendant la guerre, il se serait fait tuer une demi-douzaine de fois. Il n'avait pas anticipé les objections de Felicity, ce qui prouvait à quel point elle et son corps sublime l'avaient troublé.

Autant peser chaque mot avant de répondre.

— Ce qu'elle pense n'a aucune importance.

— Ah ? Alors quel rôle jouera-t-elle dans cette union ?

— Aucun.

Ian eut bien du mal à dissimuler son agacement.

— Je vous l'ai déjà expliqué, cette femme n'est *pas* ma maîtresse. Je les aide, elle et son fils, c'est tout.

— Vous comptez toujours me faire gober cette histoire du frère soldat qui était votre ami ?

Lorsqu'il lui décocha un regard noir, elle ajouta :

— Vous avez raconté la vérité sur votre passé dans l'armée. On ne peut qu'écouter la parole d'un homme comme Wellington. Mais je sais que vous mentez au sujet du lien qui vous unit à Miss Greenaway. Je ne suis pas idiote, vous savez.

— Oh non, répondit-il d'un ton sarcastique. Vous êtes trop intelligente pour croire en ma générosité ou ma loyauté à l'égard d'un ami.

On lut soudain de la peine sur le visage de Felicity.

— Cette pique est sans doute méritée, mais vous vous trompez. Je peux croire le bien qu'on dit de vous. Mais, ce que je ne peux pas croire, c'est que Miss Greenaway ait refusé de me dire le fin mot de l'histoire. N'importe quelle femme dans sa position se serait empressée de vous défendre. Ou aurait contacté la *Gazette* après la publication de l'article, pour exiger un démenti.

Pourquoi fallait-il que cette femme raisonne de façon aussi implacable ?

— Contrairement à vous, Miss Greenaway comprend que je préfère garder certains aspects de mon passé en dehors des journaux.

— Quitte à les cacher à votre fiancée potentielle.

Elle avait encore fait mouche !

— Écoutez, Felicity…

— Je veux savoir qui elle est pour vous.

La souffrance semblait ternir ses beaux yeux verts. Et, quand elle reprit la parole, sa voix se brisa.

— Ce... Ce n'est pas une requête invraisemblable, vu que vous venez de me demander en mariage.

Cette phrase lui fit l'effet d'une gifle. Eh bien, cette femme était d'une jalousie ! Il était flatté, si absurde que cela puisse paraître, mais voilà qui compliquait les choses. Et s'il lui révélait la vérité ? Il la libérerait de ces angoisses qui n'avaient pas lieu d'être. C'était tentant. Mais une simple explication ne suffirait pas. Il devrait raconter pourquoi il était lié à Miss Greenaway, pourquoi il avait besoin d'elle dans la lutte qui l'opposait à son oncle, et pourquoi ce dernier et lui étaient ennemis. Il devrait confier à la plume la plus jaseuse de Londres des choses scandaleuses. Le tout sans avoir la certitude qu'elle lui accorderait sa main ensuite ! Non, aucun être sensé ne saurait accepter ça.

Et, pourtant, il n'était pas question que la jalousie de Felicity les sépare.

Ian s'approcha d'elle, la mine sombre et déterminée.

— Je vais vous dire ce que Miss Greenaway n'est *pas*. Elle n'est *pas* ma maîtresse, et elle ne m'attire pas. Son enfant n'est *pas* de moi, sans quoi je l'aurais reconnu il y a longtemps. Mais, surtout, ce qu'elle représente pour moi n'a rien à voir avec vous. Elle n'aura jamais aucune influence sur notre mariage. C'est tout ce que vous devez savoir.

La colère sembla l'envahir car elle répondit :

— Vous ne comptez même pas m'apprendre comment vous l'avez connue ?

— Non.

Il s'immobilisa tout près d'elle et reprit, d'un ton volontairement adouci :

— Croyez-moi, elle a beau vivre dans une maison qui m'appartient, cela ne doit pas vous inquiéter.

— Et c'est votre dernier mot ?

— Oui.

— Alors ma réponse est non.

Il plissa les yeux.

— Votre réponse à quoi ?

— À votre demande en mariage. Je ne peux pas épouser un homme qui n'est pas honnête avec moi.

Il n'en croyait pas ses oreilles.

— Vous refusez parce que vous êtes jalouse d'une femme que j'aide ?

— Je ne suis *pas* jalouse ! protesta-t-elle.

Même si son expression disait le contraire.

— Je… Je refuse car vous ne voulez pas un vrai mariage. Vous voulez conclure un marché. Je dois remplir mon devoir en portant votre enfant sans interférer dans votre vie, et en échange vous me donnez votre nom et vous me payerez des robes.

— Et je vous ferai l'amour, ajouta-t-il d'une voix sensuelle.

Il comptait bien lui rappeler d'où cette conversation était partie.

Elle se rapprocha de la cheminée. Le bout de ses oreilles était devenu tout rose.

— Oui, ça aussi. Mais n'importe qui peut remplir ce rôle à votre place. Je vous rends service, c'est tout.

— Croyez-moi, si j'adoptais ce critère, vous ne seriez pas sur cette liste. La dernière chose dont j'ai besoin, c'est de partager mon lit avec une chroniqueuse à la langue bien pendue.

Une lueur se mit à briller au fond des yeux de Felicity. Elle avait saisi quelque chose.

— Ah, voilà pourquoi vous me demandez ma main ! Si nous sommes mari et femme, je ne fouillerai pas dans votre passé et je ne publierai pas vos sales petits secrets dans mes chroniques !

— À votre avis, c'est pour ça que j'aurais envie de vous épouser ? Pourquoi ?

— Parce que vous ne me faites pas confiance. Si c'était le cas, vous m'auriez déjà dit la vérité sur Miss Greenaway.

Ian serra nerveusement les dents. Maudite soit cette femme, et ses idéaux ! La plupart des hommes cachaient leurs secrets à leurs épouses. C'était accepté, et même prévisible. Mais elle ne le permettrait pas, oh non. Cette petite fauteuse de troubles pleine d'aplomb avait des idées bien à elle sur la façon dont les hommes étaient censés se comporter dans leur vie de couple. Pourquoi n'avait-il pas écouté son intuition ? Elle n'accepterait jamais de l'épouser. Mais non, il avait fallu qu'il laisse une partie bien précise de son anatomie prendre le contrôle.

Bien. Il avait fait sa demande et il s'était assez ridiculisé comme ça. Il n'avait qu'à se désintéresser de cette femme et l'abandonner à ses soupçons. Il ne méritait pas de vivre pareil enfer pour elle.

Il observa la colère de Felicity, ces mains délicates plantées sur les hanches les plus exquises de toute l'Angleterre, ces yeux si expressifs aux reflets d'émeraude. Même avec des aiguilles à tricoter dans les cheveux, il l'avait trouvée attirante, mais maintenant, avec cette robe de chambre qui la couvrait à peine, elle était carrément irrésistible. Il n'avait jamais vu une femme aussi pleine de vie, d'audace et de sensualité, surtout quand tout son corps était en éveil.

Oui, cette femme méritait qu'on fasse des efforts pour elle. Inutile de se leurrer : la convaincre d'accepter cette demande nécessiterait plus qu'une parenthèse de volupté et une conversation.

Très bien. Dans ce cas, il n'aurait qu'à réfléchir à une stratégie plus élaborée. Il n'avait pas été espion pour rien. Et il pouvait encore se permettre de patienter.

— Eh bien ? dit-elle en le tirant de ses pensées. Vous comprenez, n'est-ce pas ? Je ne vous épouserai pas, Ian, et rien de ce vous pourrez dire ne me fera changer d'avis.

— Vous avez été très claire sur ce point, répondit-il d'un ton neutre.

Felicity lui lança un regard soupçonneux.

— Donc vous n'allez pas insister ?

— Non.

Jusqu'à ce que je trouve le stratagème nécessaire.

Elle parut désarçonnée qu'il accepte aussi facilement.

— Mon refus ne va rien changer à notre accord ?

— Quel accord ?

— Je n'écris rien sur vous dans ma chronique et vous ne me dénoncez pas.

Il avait oublié ce détail. Sapristi, voilà qui tombait à pic ! Elle lui offrait le stratagème idéal sur un plateau d'argent. Il n'avait qu'à utiliser cette peur d'être démasquée à son avantage.

Ian se retourna, les mains dans le dos, et se mit à parcourir la pièce en long et en large, comme perdu dans ses pensées.

— C'est un autre problème, n'est-ce pas ? Grâce aux insinuations mensongères de votre tout dernier article, on va me voir comme un lâche et un menteur, ce qui risque de compliquer mes recherches pour me trouver une femme. Si je résume, vous m'avez détruit, mais vous refusez de m'épouser, alors que ce choix vous honorerait. Bref, pourquoi ne devrais-je pas vous dénoncer ?

— Ne soyez pas bête ! Je ne vous ai pas « détruit ». Bien des femmes sont certainement prêtes à devenir Lady Saint Clair pour bénéficier de votre fortune et de votre titre.

Il s'arrêta près du lit et haussa les épaules.

— Ce n'est pas facile de trouver quelqu'un quand on a ma réputation. Voilà presque deux ans que je cherche.

Inutile de lui préciser qu'il était plus qu'exigeant, ce qui expliquait en partie son dilemme actuel.

— Depuis, seule votre amie Katherine a failli devenir ma fiancée, et vous avez tout gâché avec vos révélations sur ma vie privée.

— Des révélations qui étaient vraies ! Ce n'est pas ma faute si vous avez une maîtresse.

— Quand bien même Miss Greenaway serait ma maîtresse, ce qu'elle n'est pas, déclara-t-il calmement, c'est vous qui avez révélé mes liens avec elle, et mes fiançailles ont été rompues. Au passage, vous avez amené Katherine à s'enfuir avec un homme qui a des chances d'être un aventurier. Votre intervention a eu de graves conséquences, pour moi et pour votre amie. Admettez-le.

— J'admets uniquement que j'ai suivi ce que me dictait ma conscience, se défendit-elle fièrement.

Parfois, il trouvait la morgue de Felicity très amusante.

— Et dans l'autre article ? C'est votre conscience qui vous a dicté ces supputations sans fondement au sujet de ma carrière dans l'armée ?

Ian lut du remords sur le visage de Felicity. Comme prévu.

— Très bien, je reconnais que c'était une erreur de ma part, et je le regrette. Mais je peux tout arranger dans le prochain article de Lord X…

— Comment ? Je vous assure, Wellington ne répétera pas ce qu'il a dit à Gideon. Personne au gouvernement ne reconnaîtra mon rôle pendant la guerre. Et, si vous ne présentez que des rumeurs, vos lecteurs douteront encore plus de moi, et non le contraire. Non, vous avez ouvert la boîte de Pandore et vous ne pourrez jamais la refermer.

— Que voulez-vous que je fasse ? Je ne peux pas vous épouser, Ian !

— Et moi j'ai besoin d'une femme.

Tout en se caressant le menton, il lui lança un regard songeur.

— Et si vous me trouviez une remplaçante ?

De toute évidence, cette proposition la troubla.

— Comment ça, une remplaçante ?

— Vous connaissez de nombreuses célibataires, et vous avez l'oreille de la haute société, même sans vos chroniques. Je suis sûr que vous me trouverez la future Lady Saint Clair.

— Quoi ? Moi, vous trouver une femme ?

L'air paniqué qu'elle afficha le réjouit au plus haut point.

— Ne soyez pas ridicule ! Je… Je ne sais qui ou comment ou…

— Vous comptez donc me laisser dans cette situation intenable ?

— Oui. Non ! Enfin…

La voix de Felicity se brisa, et elle plissa les yeux.

— On dirait que vous devez vous marier sans perdre une minute. Mais si vous attendiez que les rumeurs s'apaisent…

— Impossible, lâcha-t-il, avant de se maudire en la voyant hausser un sourcil étonné.

Mince, quel crétin.

— Pourquoi ?

Après des années à jouer les espions, il avait appris à inventer une raison plausible en cas d'urgence. Cela ne lui prenait qu'une seconde, surtout quand c'était presque la vérité.

— Cette quête m'a éloigné de mes terres. J'ai perdu deux années de ma vie, pas question d'en perdre une troisième.

Soudain, il eut comme une illumination.

— Et puis réfléchissez : vous passez le plus clair de votre temps dans toutes sortes d'événements mondains pour alimenter vos chroniques, tandis que j'occupe le mien à trouver la future Lady Saint Clair. Et si nous nous aidions mutuellement dans nos recherches respectives ? Ce serait parfaitement logique, non ?

Avec un regard inquiet, elle croisa les bras sur sa poitrine.

— Nous aider mutuellement ? Et comment souhaitez-vous m'aider, exactement ?

— En évitant de révéler votre véritable identité, bien sûr, répondit-il en haussant un sourcil.

Felicity ne put cacher la panique qui la saisissait.

— Si je ne vous trouve pas une femme, vous me dénoncez, c'est ça ?

Ian se retint de sourire.

— Disons simplement que, si vous refusez de m'aider, cela m'encouragera à lancer une ou deux rumeurs sur le compte de Lord X. Vous auriez tort de m'en vouloir, vu celles que vous avez colportées à mon sujet.

Felicity s'écarta vivement de la cheminée et marcha

jusqu'à la table de toilette. Les mains agrippées au plateau en bois, elle fixa le miroir comme pour trouver des réponses dans son reflet. Il sentit son estomac se nouer. Il n'aimait pas jouer à ces petits jeux, mais il ne voyait pas d'autre moyen pour la faire plier.

Et il y parviendrait, peu importe le stratagème qu'il devrait employer. Cette somptueuse chevelure serait étalée sur un oreiller et ces mains s'agripperaient à lui. Il aurait ces lèvres aussi douces que le miel et ce corps gracile, animé d'élans sensuels. Et, oui, l'esprit vif de Felicity serait aussi à lui. Il la voulait tout entière. Dès que possible.

Dans le miroir, il vit qu'elle le regardait, l'air confuse, réticente. Amère.

— Dire qu'il y a encore quelques minutes je vous qualifiais de gentleman.

Cette accusation le piqua au vif, mais pas suffisamment pour qu'il change d'avis.

— Tout le monde fait des erreurs, lâcha-t-il doucement. Si vous vous êtes trompée, c'est que vous m'avez sous-estimé. Je ne suis pas un gentleman quand je tiens à obtenir quelque chose. Vous auriez dû le savoir, depuis tout ce temps.

Les bras croisés sur la poitrine, pareille à une sainte face à un mécréant, elle se planta devant lui.

— Et si je mettais mes menaces à exécution ? Je n'ai qu'à trouver vos petits secrets et les rendre publics.

— Allons, Felicity, vous tenez vraiment à ce que ce soit la guerre entre nous ? Aidez-moi plutôt dans mes recherches.

Il fit un pas dans sa direction.

— Je ne vous demande pas de traîner quelqu'un jusqu'à l'église. Vantez mes mérites auprès de vos amies célibataires, présentez-moi par-ci, par-là, et essayez de contrecarrer les effets de votre dernière chronique. Rassurez-moi, vous ne croyez tout de même pas que je ne mérite personne parce que je ne suis pas fait pour vous ? Suis-je si horrible que ça ?

Felicity parut brusquement se raidir. La tête penchée, elle se mit à jouer avec les nœuds de sa robe de chambre.

— Non… Bien sûr que non.

Allez, il était temps de serrer le jeu.

— Imaginez un peu, vous allez avoir la possibilité de faire de ma vie un enfer. Vous pourrez me proposer de vraies mégères, des laiderons, voire des femmes cruelles. Je suis tellement désespéré qu'à peu près n'importe qui fera l'affaire.

— Quelque part, j'en doute, répondit-elle d'un ton hautain.

— Vous me connaissez tellement bien, dit-il avec un sourire. Vous voyez ? Vous pourriez m'être d'une grande aide.

La consternation où la plongèrent ces mots était si manifeste qu'il en fut le premier surpris. Felicity n'était pas consciente de sa réticence à l'idée qu'il se marie avec quelqu'un d'autre. Quelle entêtée. La fierté l'empêchait de lui dire oui. La fierté *et* la jalousie, malgré ses dénégations.

Soit. Il utiliserait cette jalousie contre elle. Elle comprendrait que le regarder courtiser quelqu'un d'autre était bien pire que d'accepter la relation qu'il entretenait avec Miss Greenaway. Et, s'il lui fallait danser avec dix mille femmes pour qu'elle s'en aperçoive, il le ferait.

Felicity leva un instant les yeux au ciel, comme si elle espérait que le Très-Haut lui donnerait son avis sur cette demande en mariage. Puis elle baissa le regard vers lui.

— Très bien, je ferai de mon mieux.

— Merci.

Elle sembla se détendre, et il en profita pour ajouter :

— Et ne vous avisez pas de revenir sur votre décision quand nous serons de retour à Londres. Je veillerai à ce que vous teniez votre promesse.

— Je n'en doute pas, dit-elle d'un ton morose.

La voir aussi accablée le réjouit. Elle était déjà à lui, et tant pis si elle refusait de l'admettre.

— Demain matin, je dois partir tôt pour régler des affaires à Londres mais, le soir, je serai à la fête de Lord Caswell. Vous comptez y aller vous aussi, n'est-ce pas ?

Elle acquiesça avec raideur.

— Parfait. Vous pourrez commencer à remplir votre mission pour mon compte.

Il ne put s'empêcher de glisser :

— Il va sans dire que si vous changez d'avis à propos de ma demande…

— Ça n'arrivera pas, rétorqua-t-elle.

Pourtant, il sembla à Ian qu'elle manquait de conviction, cette fois.

— Parfait. À demain.

Il s'inclina brièvement puis se dirigea vers la porte. Mais voulait-il s'en aller ? Non. Ce qu'il souhaitait, c'était la jeter sur ce lit douillet et lui faire l'amour jusqu'au petit matin. Avec n'importe quelle autre femme, ce geste aurait débouché sur un mariage. Mais, avec Felicity, rien n'était moins sûr. La compromettre renforcerait le désir farouche de celle-ci de lui résister.

Il ouvrait la porte quand elle lui lança :

— Attendez, Ian !

Il se retourna, la main sur la poignée, et la vit s'avancer

vers lui avec sa redingote. C'est vrai qu'il l'avait oubliée par terre ! Mais, tandis qu'elle approchait, elle sembla regarder quelque chose derrière lui et pâlit instantanément. Il suivit son regard, même s'il se doutait de ce qu'il allait voir.

Plusieurs personnes se tenaient devant la nurserie, juste en face, et étaient manifestement en grande conversation au moment où il avait ouvert la porte. La gouvernante de Sara, une nounou, une autre domestique... ainsi que Sara et Emily. Elles les fixaient. Lui en bras de chemise et Felicity avec sa redingote à la main, vêtue d'une simple chemise de nuit et d'une robe de chambre.

Les domestiques s'éclipsèrent aussitôt en rasant les murs. Sara et Emily semblaient pétrifiées. Puis la stupeur durcit les traits de la première tandis que l'autre esquissait un sourire.

Que faire ? Ian avait peu de temps pour décider comment il comptait se dépêtrer de cette situation ô combien gênante. Même s'il aurait aimé en profiter pour forcer Felicity à l'accepter comme époux, il doutait de l'efficacité de la manœuvre. Elle était trop indépendante pour se laisser influencer par ce que pensaient ses amies. Elle le repousserait encore plus vigoureusement s'il appuyait cette demande sur le fait que sa réputation était maintenant compromise.

Pourtant, quand il croisa le regard de Sara, il sentit que son amie serait une excellente alliée. Néanmoins, pour obtenir son soutien, il devait d'abord s'assurer qu'elle connaissait les tenants et les aboutissants de cette affaire, et pas simplement les fables que Felicity pourrait brandir.

— Bonjour, mesdames, lança-t-il en souriant nonchalamment. J'espère que tout va bien dans la nurserie.

Il entendit Felicity grogner derrière lui, mais il l'ignora. C'était sur Sara qu'il se concentrait.

— Que faites-vous ici, Ian ? gronda-t-elle.

— Miss Taylor a accepté de m'aider à trouver une femme.

Ce qui était la stricte vérité.

— Nous réfléchissions à la stratégie à adopter.

— Oui, s'empressa de confirmer Felicity. Lord Saint Clair et moi, nous étions en train d'envisager cette question dans les moindres détails.

Emily roula les yeux tandis que Sara dévisageait Felicity.

— Mais, ma chère, votre tenue…

Ian lança à l'intéressée un regard amusé. Comment se sortirait-elle de ce pétrin ? Avec un petit gémissement désemparé, elle s'enveloppa dans sa robe de chambre. De toute évidence, elle avait oublié qu'elle portait en tout et pour tout une chemise et de la dentelle.

— Ne blâmez pas Miss Taylor, dit-il à Sara d'un ton magnanime. Je l'ai surprise alors qu'elle venait de se préparer à aller se coucher. Notre conversation était tellement prenante que nous en avons complètement oublié les convenances. Par ailleurs, Miss Taylor ne fait pas grand cas de ces questions.

— Tant et si bien que vous avez retiré votre redingote ?

Sara parlait d'un ton aussi dur que sec. Comme une mère devant un enfant pris en faute.

— N'essayez pas de me berner, Ian. Je sais comment sont les hommes. Et si vous pensez que je vais vous laisser abuser d'une femme sous mon toit…

— C'est la vérité, Sara, il ne s'est rien passé, protesta Felicity. Les apparences sont contre nous, mais…

— Ne vous donnez pas la peine de le défendre, rétorqua la comtesse. Je le connais.

Ian haussa un sourcil.

— Vraiment ? Alors vous n'êtes pas sans savoir que j'ai demandé Miss Taylor en mariage.

Sous le coup de la stupeur, Sara tourna la tête vers Felicity.

— C'est vrai ?

Ian eut l'impression qu'il pouvait la sentir brûler de colère dans son dos.

— Oui, mais j'ai refusé, s'empressa-t-elle de préciser. Nous avons évoqué la question et c'est tout ce qui s'est passé. Je le jure.

Il se retint d'esquisser un sourire triomphant. Felicity pouvait penser que cet aveu l'aiderait à se sortir de ce mauvais pas, mais elle ne connaissait pas Sara aussi bien que lui. Son amie avait une âme d'entremetteuse. Emily et elle avaient hâte qu'il convole en justes noces. Elles seraient de son côté, à présent, surtout s'il présentait les choses sous l'angle du bon sens et si Felicity avait l'air de prendre la mauvaise décision.

C'était la seule possibilité, de toute façon. Pouvait-elle révéler ce qu'elle savait sur la relation qu'il entretenait avec Miss Greenaway, et surtout révéler comment elle l'avait découvert ? Non. Par conséquent, elle serait dans l'impossibilité d'expliquer pourquoi elle lui avait dit non. Son refus paraîtrait invraisemblable, et Sara aurait le sentiment d'avoir d'excellentes raisons de les mettre ensemble.

À vrai dire, il y avait déjà une lueur dangereusement familière dans le regard de son amie.

— Vous avez dit non à Ian ?

— C'est ça.

Felicity tourna la tête, mais tomba sur le grand sourire d'Emily. Ce qui la fit paniquer encore davantage.

— C'est pour cette raison que j'ai accepté d'apporter mon aide à Ian… À Lord Saint Clair. Pour qu'il se trouve une femme. Parce que je lui ai dit non. Il m'a expliqué que si je ne devenais pas son épouse je me devais de l'aider, alors j'ai accepté, et nous… Nous avons eu une discussion en tout bien tout honneur. C'est tout. Vraiment…

Pendant que Felicity s'empêtrait dans ses explications, Ian saisit le regard interrogateur que lui lança Sara. Pour toute réponse, il sourit. Et elle se rembrunit.

— Ian, attendez-moi au rez-de-chaussée, j'ai à vous parler. Pour l'heure, j'aimerais m'entretenir avec Miss Taylor. Seule à seule.

— Bien sûr.

Il observa Felicity. Les grands yeux et le visage blême de la jeune femme montraient son désarroi. Si seulement elle savait ce que Sara avait l'intention de lui mettre dans le crâne… Il n'aurait pas aimé être à sa place, d'autant plus que Sara avait déjà tenté une ou deux fois de jouer les entremetteuses avec lui.

Pourtant, il ressentait un besoin pervers d'assurer à Felicity qu'il ne révélerait pas sa double identité. Il posa la main sur son épaule en essayant de ne pas être trop sensible au plaisir qu'il avait à la toucher.

— Ayez confiance en ma discrétion, comme en celle de mes amies. Je suis sûre qu'elles convaincront les domestiques de tenir leurs langues. Cette affaire restera entre nous, et Lord X n'en saura rien. Cet homme restera en dehors de tout ça, soyez sans crainte. En tout cas, ce n'est pas moi qui lui en parlerai.

Les yeux de Felicity plongés au fond des siens, il sentit qu'elle avait parfaitement compris le message. Il lui devait bien ça… pour protéger son secret.

Felicity était toujours aussi perdue. À quoi rimait le nouveau jeu auquel jouait Ian ? Il aurait pu se servir de cette situation pour l'obliger à dire oui, mais il ne l'avait pas fait. Alors pourquoi se montrait-il si honnête avec ses amies, prêt à la défendre ? Et, surtout, pourquoi tenait-il tant à protéger ses secrets ?

— Veuillez m'excuser, mesdames, lâcha-t-il, je vous laisse à votre discussion.

Et il descendit le couloir. Felicity secoua la tête.

— Je ne comprendrai jamais cet homme.

— Personne n'a jamais compris Ian, fit remarquer Sara, qui se tenait à côté d'elle.

Gentiment, elle la prit par le bras.

— Venez, ma chère, entrons dans votre chambre avant que d'autres domestiques ne vous voient dans cette tenue. N'ayez crainte, nous allons vous aider à trouver une solution par rapport à Ian.

Cette explication la prit de court. Pourquoi y avait-il besoin de trouver une solution ? Ian et elle avaient conclu un accord. Il n'y aurait pas de mariage. À quoi bon discuter ?

Il n'empêche : les deux femmes pensaient qu'il y avait matière à débattre. Elles la regardèrent d'un air pressant. Soudain, Felicity eut une illumination : elles voulaient savoir pourquoi elle refusait d'épouser Ian. Le calme et l'envie de se marier qu'il affichait les avaient convaincues qu'il se comportait en parfait gentleman alors qu'elle n'était qu'une idiote ou une dévergondée. Entre ces deux possibilités, elles voulaient savoir de quoi il retournait.

Elle sentit son cœur s'emballer. Impossible de donner la moindre explication sans révéler ce qu'elle savait sur Ian. Cela l'aurait contrainte à révéler son identité.

Très bien. Elle ne leur dirait rien. Qu'elles se fassent leur opinion.

Puis elle vit le sourire compatissant de Sara. La comtesse avait pris fait et cause pour elle, plus tôt dans la soirée. Et c'était uniquement par amitié. Tout raconter briserait fatalement ce lien qui les unissait. Ian pourrait alors la faire passer pour ce qu'il voulait — pour une girouette, une idiote, et même une dévergondée —, c'est lui qu'elles croiraient. Et pour cause : elle aurait été bien incapable d'expliquer quoi que ce soit.

Felicity se creusa la tête pour trouver des arguments plausibles à avancer. Hélas, elle était à court d'idées. Elle serait obligée de mentir éhontément au sujet de Ian, et elle ne pouvait pas faire ça. Pas à Sara. Pas après ce qui s'était passé quelques jours plus tôt.

Et ça, Ian l'avait forcément compris. Ah, le filou. Il comptait sur le fait qu'elle ne mentirait pas ou au moins qu'elle donnerait une explication crédible. Il comptait sur le fait qu'au final elle dévoilerait tout. Sara et Emily continueraient de le défendre et elle perdrait ses nouvelles amies.

Elle était fichue. Sauf si elle leur disait la vérité. Cette idée lui redonna un semblant d'espoir. Dire la vérité, c'était peut-être aussi simple que ça. Se décharger de son fardeau, tout expliquer par le menu, et faire confiance à leur bon sens.

C'était risqué, mais elles avaient les pieds sur terre l'une et l'autre. Elles la comprendraient et la défendraient dès qu'elles sauraient tout.

Cette possibilité était séduisante, ô combien. Oh ! quelle joie de compter sur quelqu'un de bon conseil. Les deux jeunes femmes pourraient l'aider à trouver une solution par rapport à Ian, à ses secrets et à l'insistance avec laquelle il voulait qu'elle l'aide à chercher la future Lady Saint Clair. Cette simple perspective la rendait malade de jalousie.

— Vous pouvez entièrement nous faire confiance, poursuivait Sara. Ian a dit vrai sur notre discrétion, vous savez. Nous ne colporterons jamais aucune rumeur sur vous. Quant à Lord X, je n'ose imaginer pourquoi Ian a évoqué cet individu. Je ne le connais même pas…

— Si, vous le connaissez, intervint Felicity. Lord X est dans votre entourage depuis le début.

Le mélange de confusion et d'incrédulité qui se peignit sur leurs visages était comique. *Presque.* Après tout, elles risquaient de très mal prendre cet aveu. Elles risquaient même de la détester.

Pourvu que ce ne soit pas le cas.

— Que voulez-vous dire ? demanda Emily. Vous ne pensez pas que l'un ou l'une d'entre nous…

— Non.

Felicity hésita — une seconde seulement.

C'était la meilleure chose à faire, et elle était prête à assumer toutes les conséquences.

— Pas l'un ou l'une d'entre vous, mais moi. Je suis Lord X.

Chapitre 11

En cette époque éclairée, il est troublant de voir que tant d'unions se nouent sans prendre en considération l'attachement, les goûts ou la compatibilité entre les deux parties concernées. Faut-il se réjouir qu'un succès financier ou politique en découle ensuite, alors même que les premiers concernés ne peuvent pas s'épanouir ?

LORD X, *The Evening Gazette*, 13 décembre 1820.

Sara s'assit sur le lit de Felicity, les jambes repliées sous elle, mais sans pouvoir avoir l'air à l'aise. Elle regarda la jeune femme faire les cent pas dans la chambre faiblement éclairée tandis qu'elle racontait son incroyable histoire. Il y avait de quoi se poser des questions. Pourtant, tout collait parfaitement avec ce qu'elle-même avait observé au cours des derniers jours.

Felicity Taylor était Lord X ? Pendant tout ce temps, le chroniqueur mondain le plus célèbre de Londres avait séjourné chez elle et elle n'avait pas soupçonné un instant la vérité. Voilà qui la laissait pantoise.

Elle jeta un coup d'œil en direction d'Emily, perchée

sur un coin de la table de toilette. Celle-ci hochait la tête de temps en temps et invitait Felicity à poursuivre. Elle était à l'évidence touchée par ce que racontait la jeune femme. Quoi de plus naturel ? Emily savait ce que c'était que de garder ce genre de secret. L'année précédente, elle s'était retrouvée embarquée bien malgré elle dans une aventure rocambolesque qui avait bien failli lui faire tout perdre. Sauf qu'Emily avait agi au péril de sa vie, alors que Felicity…

Sara secoua la tête et reporta toute son attention sur cette dernière. La façon dont elle racontait son histoire, sans détour, tranchait avec la féminité qui se dégageait d'elle. Elle n'était pas comme les autres jeunes femmes qu'on pouvait croiser dans la bonne société. Cela dit, c'était aussi le cas d'Emily. Tout comme c'était son cas à elle.

Elle comprenait tout à fait pourquoi Felicity avait agi de la sorte — cette prévenance à l'égard de Miss Hastings puis cette humiliation lorsque Ian l'avait placée dans une situation ô combien gênante. Pour sa part, elle n'aurait jamais répliqué en prenant la société à témoin, mais elle se serait certainement défendue d'une manière ou d'une autre. Tout de même ! Ian avait joué avec les sentiments de Felicity tout en lui donnant le mauvais rôle, comme Sara venait de le comprendre. Elle n'aurait pas dû se contenter de le jeter dehors, il aurait mérité qu'on lui passe un savon mémorable. Il ne perdait rien pour attendre ! Elle comptait bien lui dire sa façon de penser quand ils se verraient seul à seul.

Mais quelque chose l'intriguait. Pourquoi Ian n'avait-il pas révélé le secret de Felicity ? D'après celle-ci, il avait quelque chose à cacher, mais est-ce qu'il n'y avait pas une autre raison ? Une raison plus… romantique ? Voilà qui ne laissait pas de l'interroger.

Pendant ce temps, la jeune femme la dévisageait. On sentait la culpabilité qui la rongeait.

— Toute cette histoire doit vous horrifier, dit-elle. Vous n'imaginez pas à quel point je suis navrée de vous avoir menti au sujet de Ian. J'ai vraiment honte. Mais je ne vous connaissais pas, à ce moment-là. Je doutais que vous comprendriez ce qui s'était réellement passé. Et je ne savais pas à quel point vous êtes différente de la plupart des…

Elle n'alla pas jusqu'au bout de sa phrase. On devinait son embarras.

— La plupart de quoi ?

Felicity déglutit à grand-peine.

— La plupart des femmes de votre rang. Elles me traitent avec beaucoup de condescendance, lâcha-t-elle en détournant le regard.

Son ton s'était durci.

— Elles aiment que je leur raconte des rumeurs ou des anecdotes au sujet de mon père mais, quand j'ai terminé, elles m'oublient. En tout cas, malgré ce que j'ai pu vous dire cette nuit-là, Ian n'a jamais profité de moi. C'est ma faute si j'ai… si j'ai…

— Si vous vous êtes laissé griser quand il vous embrassait ? Non, ce n'était pas votre faute.

— Peu importe, je n'aurais pas dû écrire cet article…, protesta Felicity.

— Bien au contraire. Je ne vous ferai jamais ce reproche. Moi non plus, je n'aurais pas aimé qu'un lord s'amuse avec mes sentiments.

— Il n'empêche, ce n'était pas la même chose avec les autres, souffla-t-elle tout bas.

— Quels autres ?

Les bras croisés sur sa poitrine, Felicity baissa la tête.

— Ceux que j'ai croisés à cause de mon père.

Sara sentit l'angoisse l'envahir.

— Que vous ont-ils fait ?

La jeune femme sembla encore plus tendue.

— Ils m'ont embrassée de force, et j'ai eu droit à quelques mains baladeuses. J'avais onze ans quand j'ai commencé à accompagner mon père chez ses clients, je prenais des notes pour lui.

Elle eut un pâle sourire.

— Il écrivait comme un cochon. Des fois, il n'arrivait même pas à se relire. Et j'aimais venir avec lui pour voir toutes ces grandes maisons.

Brusquement, son sourire s'évanouit.

— Enfin, jusqu'à ce que je découvre le vrai visage de ceux qui les habitaient.

— Ils n'étaient sûrement pas tous comme ça, intervint Emily.

— Oh non ! La plupart étaient charmants. C'étaient généralement les fils aînés qui souhaitaient me « distraire » quand mon père traitait avec leurs parents. J'avais grandi et j'ai commencé à les intéresser. Mais j'arrivais à leur résister. Et notre valet m'avait montré comment, euh… les frapper à un endroit sensible.

— Il a bien fait.

Sara éprouva un élan de sympathie pour ce domestique si protecteur.

— En revanche, c'était les pères qui me posaient problème. Je ne pouvais pas les repousser aussi violemment que leurs fils, alors j'ai dû me montrer plus inventive pour qu'ils cessent de m'importuner.

Imaginer cette pauvre enfant en train de se défendre contre ces vieillards libidineux fit frémir d'effroi Sara.

— Où étaient les épouses de ces hommes, les mères de ces garçons ? Est-ce qu'elles n'auraient pas pu leur apprendre que ces gestes sont particulièrement répréhensibles ?

— Les femmes avaient tendance à regarder ailleurs. Voire pire.

Felicity avait beau parler d'un ton détaché, Sara voyait la douleur qui se cachait derrière.

— Lady Pelh… Une femme qui avait surpris son mari en train de… me faire des avances s'est plainte auprès de mon père et lui a conseillé de me donner une bonne leçon.

— J'ose espérer qu'il n'a pas suivi ce conseil ! s'écria-t-elle d'un ton horrifié.

— Oh non, il n'a jamais levé la main sur moi ou sur mes frères. Il lui a répondu qu'elle n'était qu'une vieille sorcière rongée par la jalousie et qu'elle avait un mari répugnant. Il a refusé de poursuivre le projet.

Elle semblait pourtant s'en vouloir qu'il ait réagi de la sorte.

— Il lui a fallu un an avant de trouver d'autres clients. Avec maman, nous avons fait des travaux d'aiguille pour gagner un peu d'argent.

Sara vit une profonde amertume se peindre sur le visage de Felicity. Comment ne pas avoir le cœur serré ?

— Vous avez donc appris à ne pas vous plaindre des mains baladeuses de ces messieurs, c'est ça ? Il valait mieux faire avec plutôt que de conduire votre famille à la ruine.

Un sourire sans joie éclaira le visage de Felicity.

— Une fois encore, Lady Worthing, vous êtes plus perspicace que la plupart des gens.

— Pourquoi ne m'appelez-vous pas Sara ? demanda-t-elle gentiment.

— Je ne le mérite pas.

La pauvre. Elle semblait rongée par le remords. Elle se remit à faire les cent pas dans la pièce.

— J'ai tellement honte. Vous avez été si gentille avec moi depuis le jour de mon arrivée. Mais j'ai abusé de votre bienveillance cette fameuse nuit, sur le balcon.

— Mais quelle idée ! intervint Emily. Vous avez fait ce qu'il fallait. Quand les hommes usent de leurs charmes comme d'une arme, l'astuce est le seul moyen qu'ont les femmes pour se défendre. Par ailleurs, si je ne m'abuse, Lady Brumley était là, elle aussi. Vous pouviez difficilement lui expliquer ce qui s'était réellement passé.

Sara en profita pour renchérir :

— Emily a raison. Je ne vous en veux pas de m'avoir induite en erreur.

Brusquement, une image lui traversa l'esprit. Celle de la colère de Ian lorsqu'elle l'avait jeté dehors sans ménagement. Cela la fit rire.

— Et si un homme mérite qu'on lui donne quelques leçons d'humilité, c'est bien Ian. Vous auriez dû voir sa tête quand je l'ai accablé de reproches. Je ne l'avais jamais vu aussi blessé.

— À juste titre.

Felicity tourna brièvement la tête du côté de la table de toilette.

— Même s'il m'a largement fait payer cette manœuvre.

Sara retrouva son sérieux en entendant cette réponse.

— Vous ne nous avez pas encore dit ce qu'il a fait ce

soir, quand vous avez quitté la salle de jeu pour monter ici. Je sais que vous n'avez pas simplement discuté. Mais je refuse de croire que Ian ait été assez cruel pour… Enfin, je veux dire… il n'a quand même pas…

— Non.

Felicity sembla pourtant rougir.

— Il m'a encore embrassée. C'est tout.

— Si c'est le cas, alors Ian est un vrai gentleman, plus encore que mon mari ! s'esclaffa Emily.

— Et que le mien, renchérit Sara.

Ces aveux parurent choquer la jeune femme.

— Mais vos maris sont si dignes !

— Oh ! ils ont toutes les qualités des hommes civilisés, c'est sûr.

Sara posa la tête contre un oreiller, en s'appuyant sur ses coudes.

— C'est uniquement parce que nous leur demandons de bien se tenir en public. Mais en privé, eh bien…

Elle ne put retenir le sourire qui se dessina sur ses lèvres. La façon torride dont ils avaient fait l'amour le matin même lui revint en mémoire.

— Ce sont deux polissons, n'est-ce pas, Emily ?

— Ce n'est rien de le dire, répondit celle-ci.

Les yeux de sa belle-sœur brillaient dans la lumière du feu de cheminée.

Felicity cessa ses allées et venues pour les regarder tour à tour, l'air complètement perdue.

— Alors ce soir, quand je l'ai laissé… Quand je me suis sentie… Est-ce que je ne suis pas…

— Une dévergondée parce que vous avez éprouvé du désir ?

Sara secoua la tête. Elle ne se souvenait que trop bien

de ce qu'elle avait éprouvé quand Gideon avait vaincu ses résistances et l'avait poussée à ressentir du désir pour lui. Elle s'était détestée.

— Il n'y a pas de mal à ressentir du désir, ma chère.

— C'est ce que Ian a dit lui aussi, souffla Felicity.

— Quand bien même, ajouta-t-elle aussitôt, cela ne l'autorise pas à se jeter sur vous sans assumer la responsabilité de ses actes.

— Oh ! il est prêt à l'assumer, même s'il n'a fait que…

Miss Taylor rougit à nouveau.

— Bref, tout le problème est là, il veut m'épouser.

— Oui, c'est ce qu'il a affirmé. Ce qui signifie que ses sentiments sont sincères.

— Ou du moins que *son désir* est sincère, précisa Emily d'un ton légèrement sarcastique.

Sara regarda sa belle-sœur d'un air pensif. Emily connaissait mieux qu'elle le caractère de Ian. Le pensait-elle incapable de nourrir autre chose que du désir ? Pour sa part, elle n'en croyait pas un mot.

— Quoi qu'il en soit, poursuivit-elle, vous avez décliné sa demande. Vous ne souhaitez vraiment pas devenir sa femme ?

— Non.

Il y avait de la conviction dans la réponse de Felicity. Mais l'attitude qu'elle affichait laissait penser le contraire. Elle recommença à parcourir la pièce de long en large.

— Comment puis-je épouser un homme qui veut simplement me confier la tâche de lui donner un héritier ? J'ai une famille à charge. Mes quatre frères comptent sur moi et toute une maisonnée dépend de moi. Ian n'assumera jamais tout ça.

— Pourquoi ? Lui avez-vous posé la question ?

— Ce n'était pas nécessaire. Il me veut car je peux lui donner un héritier. Et il espère sûrement m'empêcher de m'immiscer dans ses affaires. Et c'est en se mariant avec moi qu'il pense y parvenir. Cette union n'aurait de mariage que le nom, soupira-t-elle tristement. Je vous envie, vous savez.

— Toute femme mérite un homme qui veuille prendre soin d'elle, dit Emily. Mais à en juger par la façon dont Ian oublie le reste du monde quand vous êtes dans la même pièce, la façon dont vous savez attiser sa colère — et son désir —, je pense qu'il tient vraiment à vous.

À ces mots, Felicity explosa littéralement :

— Il se moque éperdument de moi ! Autrement, il ne me mentirait pas au sujet de… de cette femme !

Sara se raidit. Voilà qui était intéressant.

— Vous voulez dire son amie de Waltham Street ?

— Oui ! Il refuse de m'avouer la vérité. Il admet que cette Miss Greenaway n'est pas la sœur d'un de ses amis de régiment, mais je n'en sais pas plus. Il préfère que j'oublie son existence, tout simplement.

— Miss Greenaway ?

Un doigt posé sur un sourcil, Sara essaya de se souvenir. Ce nom lui disait quelque chose… Où l'avait-elle entendu, déjà ?

Felicity se précipita au pied du lit et lança d'un ton pressant :

— Vous la connaissez ? Qui est-ce ? Pourquoi refuse-t-il de parler d'elle ?

Sara eut alors comme une illumination. Mais oui, bien sûr ! Elle connaissait l'identité de Miss Greenaway. Quelle idiote, pourquoi ne s'en était-elle pas souvenue plus tôt ?

— Oh ! vous n'avez pas à vous inquiéter pour elle, se contenta-t-elle de répondre.

C'était la seule façon de rattraper son erreur.

Le regard courroucé que lui jeta Felicity ne laissait aucune place au doute. Mais elle ne fit que soupirer.

— C'est ce qu'il prétend. Bien, vous ne voulez rien me dire, mais je ne vous en veux pas que vous souhaitiez me le cacher. Vu la profession que j'exerce…

— Ce n'est pas pour ça !

Sara attrapa la main de Felicity. Tiens, pourquoi diable n'avait-elle jamais remarqué les taches d'encre qu'elle avait au bout des doigts ? Cela l'aurait peut-être mise sur la piste…

— Je ne veux pas que vous tiriez des conclusions trop hâtives sur Miss Greenaway et Ian, étant donné le peu que je sais.

— Dites-le-moi, c'est important. Je *sais* qu'elle est sa maîtresse.

— Je n'en suis pas si sûre.

Sara s'interrogea un moment. Non, cette pauvre enfant méritait de connaître la vérité, même si ce n'était pas de la bouche de Ian.

— Quand j'ai rencontré Miss Greenaway, elle travaillait pour l'oncle de Ian en tant que gouvernante. Elle s'occupait des enfants.

— Alors elle est plus âgée ? demanda Emily depuis la table qui lui tenait lieu de perchoir.

— Pas tellement. Elle a trente-deux ans, tout au plus. Miss Greenaway est entrée au service des Lennard à l'âge de vingt ans. Ian était un tout petit peu plus jeune. La propriété d'Edgar Lennard jouxtait Chesterley, j'imagine qu'elle et Ian avaient eu souvent l'occasion de se croiser.

Mais je n'ai jamais entendu dire qu'il y avait eu quelque chose entre eux.

— Eh bien, c'est maintenant le cas, lâcha Felicity d'un ton amer. Elle a accouché peu de temps après avoir emménagé sur Waltham Street. C'est forcément sa maîtresse. Je ne sais pas pourquoi il refuse de l'admettre.

— Elle a un enfant ?

Miss Taylor acquiesça.

— Il prétend que ce n'est pas le sien.

Elle avait beau affecter un certain détachement, ce n'était sûrement pas le cas. Sara eut un élan de pitié pour elle.

— Et si vous lui faisiez confiance ? Ian est un homme d'honneur, même s'il vous a donné une tout autre impression. Il reconnaîtrait son enfant, même illégitime, s'il en avait un. Avec un peu de chance, cette femme est la maîtresse de son oncle, pas la sienne.

— Alors pourquoi refuse-t-il de l'avouer, si cela ne prête pas à conséquence ? Et pourquoi est-ce lui qui s'occupe d'elle, et non son oncle ?

Elle s'essuya les yeux. Elle pleurait. D'un bond, Miss Taylor se remit debout et leur tourna le dos.

— Oh ! je me moque bien de ce que Ian fait avec elle. Mais je n'épouserai jamais un homme avec une maîtresse. Certaines femmes l'acceptent, pas moi.

— Moi non plus, je ne l'accepterais pas, dit Emily d'un ton compatissant. Croyez-moi, Jordan sait que, si je le découvrais dans les bras d'une autre femme, il passerait un sale quart d'heure.

Sara sourit en imaginant la scène, mais son sourire disparut bien vite quand elle aperçut l'air inflexible qu'affichait Felicity. Cette pauvre enfant n'avouerait jamais la raison qui la rendait aussi triste, mais on la devinait sans peine.

Pourvu qu'elle arrive à apaiser son désarroi…

L'ennui, c'était que Ian était devenu un étranger, pour ainsi dire. Au fil des années, il était devenu secret. Il leur avait menti depuis qu'il était arrivé — sur la façon dont il avait connu Felicity, sur la femme qu'il entretenait à Londres et sûrement même sur les raisons qui l'avaient poussé à regagner la capitale en toute hâte.

Mais, le pire, c'était qu'il avait changé d'attitude. Ces jours-ci, il était toujours distant, un vrai misanthrope. La seule fois où il avait vraiment été lui-même, c'était un peu plus tôt, dans le couloir. Quand il parlait à Felicity.

Hum. Sara observa la jeune femme, l'air pensif. Peut-être se trompait-elle sur les raisons qui l'amenaient à la demander en mariage. Et s'il avait du mal à accepter qu'il était en train de tomber amoureux ? Gideon et Jordan s'étaient trouvés dans la même situation.

L'expérience lui avait appris une chose : les hommes *détestaient* tomber amoureux. Ils résistaient à ce sentiment, ils avançaient toujours une explication rationnelle, ils appelaient ça de l'attirance sexuelle ou de la passion, mais jamais de l'amour. Un homme préférerait braver l'enfer plutôt que d'admettre son faible pour une femme. Ce serait la mettre en position de force. Alors pourquoi en irait-il autrement avec Ian ? Plus elle pensait à la façon dont il se comportait face à Felicity, plus cette éventualité lui paraissait plausible.

— Alors, que comptez-vous faire pour vous dépêtrer de cette histoire ?

La jeune femme se tourna vers elles et répondit timidement :

— Je ne sais pas. Ian veut que je l'aide à trouver la future Lady Saint Clair.

— Vous n'avez donc pas inventé cette fable pour détourner notre attention ?

L'air morose, Felicity répondit :

— J'ai bien peur que non. Il prétend que je lui dois bien ça, puisque mes articles ont jeté l'opprobre sur lui. Et puis je refuse de devenir son épouse. Donc il n'a pas tort. Bref, il exige que je le présente à d'autres femmes, que je l'oriente vers des candidates potentielles. Ce genre de choses…

Quel filou. Sara comprenait mieux ce qu'il avait en tête. Il était encore plus retors qu'elle ne l'aurait pensé.

— Et vous comptez lui obéir ?

— Je pense. Mais je connais peu de femmes susceptibles de lui convenir. Alors à quoi bon ? Hélas, il insiste. C'est très pénible.

— L'idée qu'il se rapproche d'une autre par votre entremise vous déplaît peut-être…

— Pas du tout ! s'écria Felicity.

Elle donnait pourtant l'impression de vouloir se convaincre elle-même.

— Je ne veux *pas* devenir Lady Saint Clair. Et je me fiche bien qu'il épouse quelqu'un, tant que ce n'est pas moi.

À d'autres. La perspective d'observer Ian en train de courtiser quelqu'un d'autre la mettait au supplice, et il comptait certainement là-dessus pour gagner la partie. C'était une manœuvre de génie. Et qui risquait fort de fonctionner, à en juger par la détresse de cette pauvre enfant.

Peut-être Felicity avait-elle raison. Ian était tout simplement l'esprit le plus calculateur d'Angleterre. Il les avait certainement manipulés, tous autant qu'ils étaient, comme les pièces d'un jeu d'échecs. Avec tant d'intelligence et de cynisme, on pouvait difficilement le soupçonner d'être irrésistiblement attiré par cette jeune femme.

Cela étant, quelque chose avait brillé dans le regard de Ian quand Felicity était devant lui…

Il y avait forcément un moyen de découvrir ce qu'il manigançait.

— Vous savez, je pourrais vous aider dans votre mission, si vous y tenez, déclara Sara sans avoir l'air d'y toucher.

Felicity sembla plus qu'intéressée par cette proposition.

— C'est vrai ? Comment ?

— Je connais autant de jeunes femmes que vous, répondit-elle en haussant les épaules. Je pourrais faire les présentations et l'aider à démentir les rumeurs qui courent sur lui.

— Oui, ce serait merveilleux ! Cela m'éviterait d'avoir à me…

Elle s'interrompit brusquement.

— Enfin, cela me permettrait de m'occuper de mes affaires.

— Quelles affaires ? demanda Emily.

— Mon travail, bien sûr. Je dois être libre de mes mouvements pendant les événements mondains, c'est ainsi que je recueille des informations pour ma chronique. Ce que je ne pourrais pas faire si j'aidais Ian.

— Bien sûr.

Sara observa Felicity d'un œil neuf. Étrange. Comment se faisait-il qu'une jeune femme aussi intelligente et sensible ait tant envie d'écrire des articles à scandale pour un journal de bas étage ?

— J'oubliais que vous êtes Lord X. Mais j'imagine

que Mr Pilkington ne verrait aucun inconvénient à se passer de son collaborateur pendant une courte période.

— Sans doute, mais…

Felicity s'interrompit à nouveau.

— Je serais triste d'abandonner ma chronique. J'aime l'écrire, et j'ai travaillé dur pour séduire mes lecteurs. Pas question de les perdre. En plus, après toutes les soirées des semaines à venir, il n'y aura plus rien avant le début de la prochaine saison mondaine. C'est *maintenant* que je dois être libre d'agir.

C'était la première fois qu'elle entendait une aussi piètre justification. Non, décidément, si Felicity souhaitait à tout prix continuer d'écrire ses articles, c'était pour une autre raison. Mais laquelle ? À en juger par sa mise et les rumeurs sur l'héritage de son père, elle n'avait aucune difficulté financière.

— Mon aide vous permettra-t-elle d'écrire à loisir ?

— Oh oui !

Ce fut comme un cri du cœur.

— Très bien, alors comptez sur moi, répondit Sara. Avec Gideon, nous avons prévu de passer Noël dans la capitale. Nous vous ramènerons chez vous demain, puis nous vous accompagnerons à ces événements mondains auxquels Ian souhaite vous voir participer.

Sara scruta attentivement la jeune femme.

— Je suis certaine que je pourrai trouver la candidate idéale sans vous, si c'est nécessaire.

— Oui, bien sûr, convint Felicity sans le moindre enthousiasme.

Ce regard navré était plus qu'éloquent. Peu importe si Ian était amoureux ou pas. Pour sa part, Felicity n'était pas loin de l'être.

— Mais Ian sera-t-il d'accord pour que vous lui veniez en aide ? C'est à moi qu'il veut faire appel, me semble-t-il.

Sara croisa le regard d'Emily, et cela leur suffit pour se comprendre. Sans surprise, l'épouse de Jordan avait deviné les intentions de Ian, elle aussi. Leurs maris respectifs leur avaient appris à deviner les manigances des hommes les plus retors.

— Ian sera ravi d'une aide supplémentaire ! lança joyeusement Emily.

Mais elle pensait tout le contraire. L'air sournois qu'elle affichait était on ne peut plus clair.

— J'aborderai le sujet avec lui dès ce soir, précisa Sara. Il sera ravi que je lui prête main-forte.

C'était hautement improbable. Mais, si c'était le cas, cela voudrait dire que Ian ne s'intéressait guère à Felicity, et qu'il tenait à elle autant qu'à la fille des Hastings ou à ces autres femmes qu'il avait courtisées. Et il vaudrait mieux que Felicity en prenne conscience sans tarder.

Mais Ian souhaitait-il que quelqu'un d'autre vienne se mêler de ses affaires ? Sans doute pas, non. C'était sûrement la première fois qu'il se montrait aussi obsédé par une femme, aussi déterminé à la conquérir. Il s'était tout de même introduit dans la chambre de Felicity !

Sara était désormais certaine d'une chose : si son instinct ne la trompait pas (et cela lui arrivait rarement), Ian n'allait pas aimer ce qu'elle comptait lui annoncer. Pas du tout, même.

Tout en fournissant un effort surhumain pour contrôler sa colère, Ian jeta un regard noir à Sara, le coude posé sur le manteau de la cheminée de la salle de jeu.

— Qu'est-ce que vous racontez, bon sang ? Vous

comptez m'aider à me trouver une épouse ? Je ne veux pas de votre aide, Sara !

— Mais Miss Taylor a dit que vous aviez absolument besoin qu'on vous épaule.

Sara fit les cent pas dans la pièce, tantôt pour ramasser un journal, tantôt pour redresser un coussin.

— Alors pourquoi refuseriez-vous mon aide ?

— Parce que je ne veux pas que vous deveniez Lady Saint Clair, voilà pourquoi !

La tête penchée, elle l'observa d'un air pensif.

— Pardon, mais je ne comprends pas.

Elle souriait un peu trop à son goût. Il lui jeta un regard perçant.

— Oh que si. Vous êtes trop intelligente pour ne pas comprendre. La meilleure façon d'amener Felicity à me tomber dans les bras, c'est de lui faire comprendre à quel point elle veut être ma femme.

— Que me dites-vous là ?

— Eh oui, ma chère amie. Elle veut être ma femme, et je l'obligerai à l'admettre même si je dois danser juste sous ses yeux avec la moitié des célibataires de Londres !

Ian eut brusquement envie de fracasser une des porcelaines chinoises de Sara contre le mur. La dernière chose qu'il voulait, c'était que son amie vienne tout gâcher, surtout si c'était pour l'éloigner de Felicity. Il baissa d'un ton. Allez, du calme.

— J'apprécie votre geste, mais j'ai la situation bien en main. J'ai déjà arrêté mon choix, inutile que vous veniez détruire mes plans !

— Seigneur, Ian, si vous ne l'intéressez pas, pourquoi perdez-vous votre temps ? À quoi bon jeter votre dévolu sur quelqu'un qui n'a pas de sentiments pour vous ?

— Au contraire, elle a des sentiments pour moi, quoi qu'elle en dise. Et elle serait l'épouse idéale. Elle s'entête à croire que…

Il n'alla pas plus loin. Attention, Sara semblait très intéressée, tout à coup.

— À croire quoi ?

— Que vous a-t-elle raconté exactement ? s'enquit-il.

Sara sembla hésiter, puis haussa les épaules.

— Tout simplement qu'elle avait refusé votre demande en mariage.

— A-t-elle expliqué pourquoi ?

— Elle prétend que vous ne lui convenez pas. Apparemment, elle reconnaît bien volontiers qu'elle serait l'épouse idéale pour vous, mais… la réciproque ne serait pas vraie.

Il ne put s'empêcher de grommeler :

— C'est uniquement parce qu'elle ne me connaît pas.

— Ou parce qu'elle vous connaît trop bien, au contraire.

Cette pique le peina plus qu'il ne l'aurait cru.

— Merci de me faire confiance à ce point.

— Dites-moi, Ian, poursuivit-elle sans broncher, pourquoi serait-elle l'épouse idéale ? Ce n'est pas ce genre de femmes que vous préférez. Elle n'est ni effacée ni docile. Et elle a une famille nombreuse que vous auriez à prendre en charge.

— Ce n'est pas un problème.

À son grand étonnement, Ian vit Sara sourire.

— Non, j'imagine. Et puis il y a le métier si particulier qu'elle exerce…

— Elle vous a parlé de ça ? s'étonna-t-il.

Pour une surprise, c'était une surprise…

— Du fait qu'elle soit Lord X, vous voulez dire ?

Le plus nonchalamment du monde, Sara s'installa dans un fauteuil moelleux.

— Bien sûr. Elle m'a aussi raconté cette petite guerre que vous vous menez.

Cet aveu le laissa pantois. Il n'aurait jamais cru que Felicity révélerait autant de choses à Sara. Qu'est-ce que cela signifiait ? Et quelle influence cela allait-il avoir sur ses plans ?

— Soyons honnêtes, poursuivit-elle, voilà qui explique les événements des derniers jours, mais la raison pour laquelle vous souhaitez vous marier reste un mystère. Vu vos dissensions sur bien des sujets, j'ai l'impression que vous n'êtes pas faits l'un pour l'autre.

— Ah bon ? grogna-t-il. J'en conclus que vous êtes de son côté. Elle a le droit de me dire non, d'après vous.

Sara sembla tout à coup retrouver tout son sérieux.

— Peut-être que je suis des deux côtés, répondit-elle en lissant les pans de sa robe.

Le temps de gagner l'endroit où elle se tenait, Ian se pencha, les mains agrippées aux accoudoirs de son fauteuil.

— Ne jouez pas la fine mouche avec moi, Sara, je ne suis pas d'humeur. Vous ne pouvez pas jouer sur les deux tableaux. Je veux qu'elle devienne ma femme, et elle ne souhaite pas s'attacher. Alors de deux choses l'une : soit vous m'aidez, soit vous l'aidez. Mais vous pouvez aussi rester en dehors de cette histoire.

Son amie, qui commençait à l'agacer prodigieusement, se contenta de sourire.

— J'ai besoin d'en savoir plus avant de prendre ma décision. Par exemple, êtes-vous amoureux d'elle ?

Ces mots retentirent violemment dans son esprit. *Lui,*

amoureux de Felicity ? L'amour n'avait pas eu sa place les fois où il avait courtisé toutes ces jeunes femmes. Le fait qu'il en soit question avec Felicity était très troublant.

Il s'écarta du fauteuil de Sara.

— Tous les hommes ne se marient pas pour cette raison. Ce n'est pas parce que vous vous plaisez à filer le parfait amour avec votre conjoint que tout le monde doit vous imiter.

— Alors pourquoi souhaitez-vous vous marier ?

— Vous savez pourquoi, éluda-t-il. Pour la raison qui pousse les hommes dans ma situation à prendre une femme. Parce que j'en ai besoin pour tenir les rênes de ma maison et porter mes enfants.

— Bien sûr, mais pourquoi *elle* ? Elle est d'un rang inférieur au vôtre.

— Et vous, vous étiez bien d'un rang inférieur à celui de Lord Worthing, non ? Cela n'a dérangé personne. Ni votre mari, ni son père, ni votre frère… Alors pourquoi cela devrait-il me déranger, à votre avis ?

— Très bien, cela ne vous dérange pas. Alors pourquoi tenez-vous tant à l'épouser ?

— Sa mère a eu quatre autres enfants, répliqua-t-il.

Tiens, voilà un aspect des choses sur lequel il ne s'était guère penché, jusqu'à présent.

— Dois-je préciser ce que ce détail laisse entendre ? dit-il.

— Vous voulez parler de sa capacité à vous donner un héritier ? Beaucoup de femmes en sont capables. Pourquoi devrais-je vous aider à conquérir mon amie alors que n'importe quelle femme peut faire l'affaire ?

Tout en se passant la main dans les cheveux, Ian regarda Sara d'un œil mauvais.

— Il vaut mieux qu'elle soit mon épouse plutôt qu'elle reste dans la vieille maison de son père à surveiller quatre garnements et à colporter des rumeurs.

— Ah oui ? Elle a l'air d'apprécier cette vie hors du commun. À ma connaissance, elle n'a pas de problèmes d'argent, ce n'est donc pas pour votre fortune qu'elle se mariera avec vous. Et puis vous n'avez pas répondu à ma question. Pourquoi elle ?

— Parce que je la veux ! tonna-t-il. Elle est la seule que je veux.

Il regretta cet aveu au moment même où il vit l'air ravi de Sara. Avec un grognement, il regarda ailleurs. Maudite soit cette femme qui l'avait forcé à se dévoiler.

Il n'empêche : c'était la vérité. Felicity avait réveillé une pulsion tapie au fond de lui, quelque chose qu'il croyait avoir effacé depuis longtemps. De l'impatience. De la passion. Le plaisir sans égal d'embrasser la femme qu'il désirait vraiment. Lui qui s'était résigné à mener à bien sa mission, quoi qu'il en coûte... Et la voilà qui faisait irruption dans sa vie comme un feu d'artifice dans le ciel de minuit.

Désormais, il était obsédé par la lumière qui émanait d'elle chaque fois qu'elle entrait dans une pièce. Il désirait l'avoir pour lui seul. Il avait besoin de la posséder, tout entière. Et la seule manière d'y parvenir, c'était de l'épouser.

Ian reporta son regard sur Sara.

— Eh bien ? Vous ai-je donné suffisamment d'informations ? Allez-vous m'aider à vaincre son cœur ? Ou persistez-vous à croire que Felicity et moi ne sommes pas faits l'un pour l'autre ?

— Oh ! au contraire, je commence à croire que vous iriez très bien ensemble.

Elle esquissa alors un sourire radieux, quoique énigmatique.

— Oui, je vais vous aider. Asseyez-vous, Ian. Il est temps que nous réfléchissions un peu.

Chapitre 12

Lord Hartley a des exigences strictes quant à la future épouse de son héritier. Elle doit notamment avoir « un physique remarquable et un esprit convenable ». On peut simplement espérer que l'héritier en question comprendra ce qui échappe à son père — c'est-à-dire qu'une femme est bien plus intéressante quand elle a un physique convenable et un esprit remarquable.

LORD X, *The Evening Gazette*, 21 décembre 1820.

Felicity jeta un regard noir au visage morne qui se reflétait dans l'immense miroir carré au-dessus de la table de toilette. *Imbécile ! Pauvre sotte ! Stupide écervelée !*

Elle n'avait aucune raison d'être aussi sombre, et en tout cas aucune raison de laisser son apathie se voir comme le nez au milieu de la figure. Au cours de la semaine qui avait suivi son retour de la campagne, elle s'était rendue à quatre bals de Noël, trois soirées et un concert privé. Elle avait donné à Mr Pilkington six beaux articles pour lesquels elle avait été décemment payée. Le soir même, elle comptait se rendre à la fête que Lady Brumley organisait chaque année le 21 décembre, le premier jour de l'hiver. C'était le bal le plus prestigieux de la saison mondaine. Toutes les figures de premier plan de la capitale y seraient, ce qui lui donnerait de la matière pour encore plus d'articles. Alors pourquoi ce vague à l'âme refusait-il de la lâcher ?

À cause de *lui*, bien sûr. Ce vicomte au regard de braise et au cœur rempli de mensonges.

Il serait là le soir même, en train d'enchaîner les danses, chaque fois avec une cavalière différente. Parmi elles, peut-être la future Lady Saint Clair. C'était ce qu'elle avait voulu, n'est-ce pas ? Elle avait refusé sa demande en mariage, alors à quoi s'attendait-elle ? À ce qu'il se consume d'amour pour elle ?

C'était précisément ce dont elle rêvait, en bonne idiote qu'elle était. Mais elle aurait dû se méfier. Elle n'avait fait qu'agacer cet homme depuis le jour de leur rencontre. Oh ! il le méritait, aucun doute là-dessus. Seulement…

En levant les yeux vers son reflet, elle grimaça à nouveau. Pas étonnant qu'il ait abandonné si facilement. Il suffisait de regarder le visage pâle et quelconque qu'elle arborait. Un visage de femme du peuple, tout simplement.

Rageusement, elle se poudra les joues avant de les nettoyer, tout aussi rageusement. Aucune femme respectable ne portait de rouge aux joues, ces temps-ci. Sa mère avait bien eu cette habitude à une certaine époque, mais c'était une pratique courante alors.

Et puis d'abord, pourquoi se souciait-elle de ce qu'il pensait ? Ils étaient quittes, maintenant.

— Lissy, c'est quoi cette poudre rouge avec laquelle tu joues ?

Une petite voix venait de résonner derrière elle.

C'était celle d'Ansel. Pour être exacte, toute sa petite

armée était alignée derrière elle. Sa chambre avait été littéralement prise d'assaut depuis le début de la soirée. James était assis sur sa malle, les jambes croisées, mais toujours parfaitement droit, comme on le lui avait appris à la Islington Academy. William et Ansel n'avaient quant à eux jamais reçu une telle éducation. La preuve, ils étaient affalés sur le ventre, en travers de son lit, la tête posée sur le coude, et agitaient mollement les pieds en l'air. Fidèle à lui-même, George parcourait la pièce avec l'espoir de trouver sa prochaine bêtise.

— Je ne joue pas.

Elle écarta le pot de poudre rouge de sa mère. Pas question de donner à Ian la satisfaction de la voir maquillée et fagotée comme une fille de mauvaise vie. Sans quoi, il saurait à quel point elle regrettait d'avoir rejeté cette demande en mariage.

Regrettait ? Ha ! Elle ne regrettait pas d'avoir dit non à un homme pour qui les femmes n'étaient que de simples jouets. Pour lui, une épouse n'était là que pour mettre au monde des enfants. Épouser un homme avec une maîtresse ? Un homme qui courtisait déjà toutes les femmes qu'il croisait sur son chemin alors qu'elle venait à peine de lui dire non ? Jamais !

— Tu vas à un bal ce soir ? demanda Ansel.

Sa tête blonde penchée sur le côté, il la regardait attacher le collier en faux rubis qui avait appartenu à leur mère.

— C'est vrai, Lissy, hein, dis ? intervint Georgie. Tu es sortie toute la semaine. Pourquoi est-ce que tu ne restes pas avec nous ce soir ?

C'est James qui se chargea de répondre :

— Hé, il faut bien que Lissy puisse écrire sur quelque chose, c'est pour ça qu'elle doit aller au bal. Vous le savez.

Si elle n'y va pas, on n'aura pas assez d'argent pour la dinde de Noël. Et ça ne vous ferait pas plaisir, pas vrai ?

Les triplés secouèrent la tête et Felicity se retint de sourire.

— Demain, je passerai toute la journée avec vous, promis. Mr Pilkington m'a envoyé des tickets pour l'exposition de statues en cire de Madame Tussaud. C'est sur le Strand. Vous voudriez qu'on aille la voir ?

Même James eut du mal à en croire ses oreilles.

— C'est vrai, Lissy, on peut ? Tu nous emmèneras ?

— Bien sûr.

Elle avait souvent vu cette exposition pendant son enfance. Elle avait hâte de découvrir quelles personnalités avaient rejoint la collection de Madame Tussaud.

— On pourra entrer dans la chambre des horreurs ? demanda Georgie dans un murmure.

Felicity fronça les sourcils en l'entendant évoquer la collection de masques mortuaires des grandes figures de la Révolution française. C'étaient eux qui avaient lancé Madame Tussaud dans son étrange profession.

— Pas question, vous allez faire des cauchemars.

— Non, ne dis pas ça ! protesta le petit. Moi, rien ne me fait peur, Lissy !

Elle leva des yeux agacés au plafond. Pourquoi fallait-il que les petits garçons se croient aussi courageux ? En règle générale, les triplés jouaient toujours les matamores… jusqu'à ce que la nuit leur apporte des cauchemars, comme à tous les enfants de leur âge.

— Nous verrons, se contenta-t-elle de dire.

Inutile de s'engager trop avant.

Au même moment, la porte de la chambre à coucher s'ouvrit et Mrs Box entra en coup de vent.

— Les Worthing sont arrivés. Ne les faites pas attendre, ma belle.

Le temps d'attraper son éventail, Felicity se leva et se plaça devant ses frères.

— Eh bien, de quoi j'ai l'air ?

— Tu ressembles à un paon ! s'exclama William.

Manifestement, cela sonnait comme un compliment pour lui.

— Elle ne ressemble pas à un paon, Will, le corrigea Georgie. Y a pas de plumes sur cette robe.

Elle voulut ouvrir la bouche pour le corriger mais se ravisa. George devait vraiment cesser de passer le plus clair de son temps en compagnie de Mrs Box ou de Joseph. Ces deux-là ne parlaient jamais convenablement.

— Tu es très belle, dit James en ignorant ses frères qui commençaient déjà à se chamailler.

Elle le regarda se lever de la malle et approcher, le bras tendu.

— Puis-je vous escorter au rez-de-chaussée, belle lady ?

Quel amour ! Avec un hochement de tête, elle lui attrapa le bras.

— J'en serais honorée, noble sir.

L'air plein d'importance, James fit signe à ses frères de venir.

— Vous pouvez porter la traîne, si vous voulez.

— Je n'ai pas de traîne, protesta-t-elle.

Hélas, il était trop tard. Trois paires de mains sales étaient déjà en train de se saisir de l'arrière de sa robe pêche. Elle grimaça, mais se garda bien de les arrêter. De toute manière, elle finirait par souiller sa tenue dès qu'elle emprunterait la rue boueuse. Et, même si les garçons tenaient sa robe si haut qu'ils révélaient une bonne partie de ses jupons, elle devait les laisser participer un peu à sa soirée. Sans quoi, ils feraient vivre un véritable enfer à Mrs Box.

Cela étant, ils avaient intérêt à s'arrêter en haut de l'escalier. Elle n'avait guère envie de dégringoler jusqu'au rez-de-chaussée avec les trois petits empêtrés dans sa robe — car cela pouvait très bien arriver. Gentiment, elle les écarta.

— Allons, les garçons, vous feriez mieux de rester ici…

— Mais on veut parler à Lord Worthing ! protesta Georgie. Il n'est encore jamais venu chez nous avec Lady Worthing. C'est lui, le pirate, pas vrai ?

Felicity jeta un coup d'œil en bas. Le jeune couple conversait avec Mrs Box.

— Qui vous a dit ça ? souffla-t-elle.

— Toi, répondit Ansel. Le jour où tu es revenue de ton voyage.

Elle l'avait complètement oublié. Et, sans surprise, les petits tenaient à connaître les aventures en haute mer de Gideon. Voir ses frères cerner le comte et lui poser mille questions sur la façon de faire passer un homme de vie à trépas : voilà bien quelque chose dont elle n'avait pas besoin.

— On peut lui parler, Lissy ? demanda William.

— Pas ce soir, répondit-elle avec un sourire forcé. Mais une autre fois, d'accord ?

Devant leurs mines déçues, elle se pencha pour leur caresser la joue.

— Vous verrez plein de pirates à l'exposition de Madame Tussaud demain.

Cette promesse suffit à leur faire oublier cette déception.

— Soyez gentils avec Mrs Box, ajouta-t-elle en ébouriffant les cheveux de Georgie. Et ne m'attendez pas toute la nuit. Je vais rentrer tard.

Elle sentit que les triplés ne la lâchaient pas des yeux tandis que James la conduisait jusqu'au rez-de-chaussée. Il avait presque l'air d'un adulte. Ils grandissaient si vite, tous les quatre ! Certains jours, elle avait hâte qu'ils puissent l'aider à la soulager du fardeau financier qu'elle était la seule à porter, mais d'autres fois elle regrettait les circonstances qui risquaient de les arracher bien trop tôt au monde de l'enfance.

Mrs Box leva le nez en l'air, l'aperçut et eut un grand sourire.

— La voici, milady. Et le jeune maître est avec elle.

James se redressa et Felicity sentit sa gorge se nouer. Il ne serait jamais le maître de quoi que ce soit. Dans la journée, trois créanciers l'avaient harcelée : le boucher, un commerçant de Cheapside et un camarade de tripot de son père. Ce dernier, qui avait été anobli, avait menacé de saisir la justice si elle ne remboursait pas la dette de son père. Heureusement, elle avait pu lui donner l'argent qu'elle comptait dépenser pour acheter du charbon. Sans quoi, impossible de savoir ce qu'il aurait fait. Quant aux deux autres, ils étaient repartis les mains vides.

Seigneur, elle avait *vraiment* besoin d'argent — des pleins sacs. À ce rythme, elle n'épongerait jamais toutes ces dettes.

Ce soir, il faudrait qu'elle recueille encore plus d'informations que d'habitude. Peut-être que, si elle en trouvait suffisamment, elle pourrait discrètement approcher le directeur d'un autre journal pour écrire d'autres chroniques sous un autre nom. Si elle arrivait à rembourser une bonne partie de son ardoise la plus importante…

— Vous êtes radieuse, ma chère, lança Sara quand elle atteignit le rez-de-chaussée.

Avec un grand sourire, la comtesse se tourna vers James.

— Et quel beau jeune homme vous avez à vos côtés.

James faillit rougir devant ce compliment. Il était à moitié tombé amoureux d'elle depuis le jour où Felicity était revenue avec son amie de la campagne.

— J'imagine que les triplés sont déjà au lit, dit Sara non sans une pointe de déception. J'adore ces petits anges, et j'espère leur présenter Gideon. Ils dormaient déjà quand nous vous avons déposée, la semaine dernière.

James en profita pour intervenir :

— En fait…

— En fait, s'empressa-t-elle de dire avant que son frère n'en dévoile trop, je leur ai promis de les emmener en promenade, il a fallu que je les envoie au lit tôt.

— Lissy nous emmène voir les personnages en cire de Madame Tussaud, précisa James. Mes frères ont hâte d'y être.

— J'imagine, s'esclaffa Sara. Je ne les ai jamais vus. C'est sur le Strand, n'est-ce pas ?

— Oui.

Felicity jeta un coup d'œil en haut de l'escalier, là où ses frères les épiaient derrière la balustrade, puis ajouta vivement :

— Et si nous y allions ?

Le temps de dire brièvement au revoir à James, elle et les Worthing partirent.

Le trajet jusque chez Lady Brumley fut une véritable torture. Sara et Gideon échangeaient tant de sourires complices et de regards énamourés… Comment ne pas envier leur bonheur ? Tout cela lui rappela également Ian.

Cette façon qu'il avait eue de l'embrasser, de la toucher, de lui murmurer des mots doux…

Elle se redressa. Le comte connaissait peut-être la réponse à une question qui la hantait depuis des jours.

— Gideon, parlez-vous espagnol ?

— Un peu.

— *Querida*, qu'est-ce que ça veut dire ?

Il plissa les yeux.

— Ça veut dire *chérie*.

Cette réponse la fit tressaillir. Ian l'avait appelée *chérie*, cette nuit-là, chez les Worthing ? Qu'est-ce que cela signifiait ? Rien, à en juger par la façon dont il s'était comporté pendant la semaine…

— Qui vous a appelée *chérie* en espagnol ? s'enquit Sara avec un sourire.

— Oh ! personne, répondit-elle avec un petit rire nerveux. J'ai lu ce mot dans un livre.

Les deux tourtereaux échangèrent un regard entendu.

Par chance, l'agitation qui régnait autour de la voiture les détourna de ce sujet. Comme d'habitude, la fête de Lady Brumley était très courue. Des fiacres se pressaient dans la rue étroite comme des chiens qui se poussaient pour atteindre un os. Une chose était sûre : Ian n'aurait que l'embarras du choix.

Cette idée l'attrista, mais elle tâcha de la chasser de son esprit. Pourquoi se préoccuper de ce séducteur aux yeux de braise ? Ce séducteur qui l'avait appelée *chérie* et qui savait exactement comment explorer le corps d'une femme…

— Bon sang, murmura-t-elle dans un souffle.

— Je ne vous le fais pas dire.

Manifestement, Sara n'avait pas saisi la cause de son désarroi.

— C'est un véritable tohu-bohu, là-dehors. Mais ne vous inquiétez pas, nous allons bien nous frayer un chemin. Attendez de voir Gideon à l'œuvre.

Un moment plus tard, Felicity eut droit à une petite démonstration. Dès que le comte sortit du fiacre, tous les regards se tournèrent vers lui, et pas seulement à cause de sa carrure imposante. Manifestement, sa réputation le précédait, car tout le monde observa cet Américain aux cheveux d'un noir de jais, qu'on soupçonnait d'avoir été jadis le Prince des Pirates. D'un pas décidé, que son épouse et elle eurent bien du mal à suivre, il fendit la foule aussi facilement qu'une épée chauffée à blanc percerait un bloc de glace. Tant mieux. Felicity avait hâte d'échapper à ce vent d'hiver qui les giflait en plein visage. Très vite, ils entrèrent tous les trois dans la villa noire de monde avant d'être annoncés à la porte de la salle de bal, en haut du grand escalier.

— Ian est là, souffla Sara à l'oreille de Felicity tandis qu'elles pénétraient dans la salle où flottait un parfum enivrant de gui, de laine et de cire.

En suivant le regard de la comtesse, elle aperçut Ian qui dansait un quadrille. Avec une jolie jeune femme qui était moitié moins âgée que lui.

Mais peut-être était-ce l'effet de la colère…

— Ah, poursuivit Sara, il tente sa chance avec Miss Trent. Excellent. Je lui ai soufflé le nom de cette jeune femme, vous savez. Elle est assez évaporée, mais elle est issue d'une famille très en vue et elle a trois frères. S'il arrive à mettre le grappin dessus, elle lui donnera un héritier, c'est certain.

Et moi j'ai quatre *frères, vous ne vous souvenez pas ?*

Voilà ce que Felicity voulut répliquer. Certes, elle était issue d'une famille moins glorieuse. Après tout, c'était à cause d'un énorme penchant pour la boisson que son père avait fini au fond de la Tamise.

Mais qu'importe. Elle ne serait pas la femme de Ian. Ni de qui que ce soit d'autre, d'ailleurs.

Elle surprit alors le regard de Sara et tenta de masquer le trouble qui l'animait.

— Ian s'est-il déjà déclaré auprès de quelqu'un ? Lui qui se plaignait de ses difficultés à trouver une épouse, il a l'air d'avoir repris confiance grâce à vous.

— Oui, répondit la comtesse en jetant un coup d'œil en direction de l'intéressé. J'ai également veillé à ce que vous puissiez œuvrer comme vous l'entendez.

— Merci infiniment, dit-elle d'un ton morne.

Sara n'avait pas répondu à la question. Ian avait-il déjà repéré une candidate potentielle ?

Cette idée désagréable l'accabla pendant le reste de la soirée. Malgré les informations qu'elle recueillit pour sa chronique et malgré les nombreuses danses qu'elle accepta, elle passa la plus clair de son temps à regarder Ian danser. Certaines de ses cavalières n'étaient pas à craindre. Sans surprise, il invita Lady Brumley et Sara, par courtoisie. Puis il dansa avec Lady Jane, qui était trop frivole pour être une candidate sérieuse, et Miss Childs, dont le goût immodéré pour le champagne risquerait d'avoir un impact négatif sur ses finances et sa patience.

Ce fut cette *seconde* danse avec Miss Trent qui l'inquiéta. Miss Trent était intelligente, vive, équilibrée, et elle avait une chevelure blonde à couper le souffle, sans parler de ses yeux d'un bleu doux. Elle avait tout pour remplir à merveille le rôle de l'épouse discrète. D'autant qu'elle venait d'une famille plus qu'honorable.

— Je vois que Ian est encore avec Miss Trent, fit remarquer Sara au terme d'un galop qu'elle avait dansé en compagnie de son mari. Elle serait parfaite pour lui.

— À condition qu'il ignore le peu de goût de cette jeune personne en matière d'accessoires, répliqua Felicity d'un ton persifleur. Ce sac qu'elle porte à son bras, quelle horreur !

Voilà qui n'était guère reluisant, mais c'était le seul défaut qu'elle avait trouvé à Miss Trent…

— À mon sens, ce n'est pas au sac de sa cavalière que Ian s'intéresse.

Felicity jeta un regard glacial en direction de Sara. Oh ! si elle avait pu crier sa colère de toutes ses forces !

— En parlant de ces messieurs et de leurs cavalières, le comte de Masefield vient vers vous, souffla la comtesse. Il semble bien décidé à vous inviter une seconde fois.

Felicity regarda son carnet de bal.

— Ah oui, j'avais oublié, je lui ai promis une valse.

Dieu merci, elle s'était entraînée avec James, sous prétexte de le préparer à l'âge adulte. En réalité, son peu de talent pour la chose la terrifiait. Mais ce n'était que l'un de ses très nombreux défauts, hélas.

— Lord Masefield semble amoureux de vous, poursuivit Sara. Il danse rarement deux fois avec la même cavalière.

Felicity chassa ce détail d'un revers de la main, les yeux toujours posés sur son carnet de bal.

— Il aime parler, c'est tout, et je sais très bien écouter. C'est mon métier, vous savez.

— Attendez, Ian semble venir dans notre direction, lui aussi.

Elle leva brusquement la tête. Quelques pas derrière Lord Masefield, il marchait vers elles, en effet. Bizarrement, on le sentait agacé. L'espace d'une seconde, elle espéra que Miss Trent avait dit quelque chose qui l'avait mis en colère. Puis s'en voulut aussitôt. Elle voulait que Ian se marie, non ? Au moins, elle le chasserait de sa tête une bonne fois pour toutes.

Lord Masefield les rejoignit juste après. Le beau comte s'inclina courtoisement puis lui tendit la main.

— Cette danse est la nôtre, n'est-ce pas, Miss Taylor ?

Elle répondit avec un grand sourire qui s'élargit encore plus quand elle vit Ian approcher.

— En effet, milord, dit-elle doucement.

Alors qu'elle lui attrapait la main pour s'avancer, Ian leur bloqua le chemin.

— J'aimerais que vous m'accordiez la danse suivante, Miss Taylor, si vous êtes libre.

Le gredin ! Ils n'avaient plus dansé ensemble depuis cette première valse chez les Worthing, mais il s'attendait à ce qu'elle tombe à ses pieds parce qu'il venait enfin de se manifester. Il pouvait toujours courir !

— Désolée, mais mon carnet de bal est plein. Si vous voulez bien nous excuser, Lord Masefield a droit à cette danse.

Malgré l'éclair qui traversa le regard de Ian, il s'écarta le plus poliment du monde pour les laisser passer.

— Au temps pour moi, dit-il d'un ton parfaitement neutre.

Pourtant, elle sentit son regard peser sur elle tandis qu'ils s'éloignaient.

*
* *

Ian observa le jeune Masefield et Felicity tandis qu'ils valsaient, l'un en face de l'autre. Il aurait volontiers étranglé ce petit freluquet. C'était la copie conforme de son idiot de père. Il ne méritait pas de danser avec elle, et certainement pas *deux* fois.

Sara s'approcha et se plaça à côté de lui.

— Était-ce bien sage de lui demander cette danse alors que vous avez déjà marqué les esprits ? souffla-t-elle.

— Vous trouvez ? J'ai passé la soirée avec je ne sais combien de femmes, mais cela n'a pas eu l'air de la déranger.

— Vous étiez sûr de ce qu'elle éprouvait, pourtant.

— Je l'étais, et je le suis encore.

Il se passa les doigts dans les cheveux.

— Bon sang, je ne sais plus. Être planté là sans pouvoir la toucher est un véritable supplice, surtout maintenant que cet imbécile de Masefield est face à elle. Et puis pourquoi a-t-elle un carnet de bal aussi rempli ? Je croyais qu'elle était là pour recueillir de la matière pour ses fichus articles.

— Ah, les hommes… Vous pensez toujours que seules les femmes commèrent. Rien n'est moins vrai.

Masefield attira Felicity plus près de lui. Ce qui fit bouillir Ian.

— Masefield n'est pas en train de commérer, n'est-ce pas ? Il laisse ses sales pattes courir partout sur elle. Vous devriez la prévenir, il ne fait que jouer avec elle. Son père veut qu'il épouse une héritière, et il a le titre pour y parvenir. En plus, il vient à peine de quitter les bancs de l'école, ce n'est qu'un gamin. Il ne saurait même pas quoi lui dire s'il se retrouvait seul avec elle.

— Vraiment ? demanda Sara d'une voix faussement innocente.

Ian la scruta. Elle se moquait de lui, cette petite

péronnelle, elle s'amusait de le voir furieux. Sans doute pensait-elle qu'il y avait anguille sous roche. En réalité, il avait simplement besoin de mettre Felicity dans son lit avant de mourir de désir.

Un désir qui avait littéralement explosé à la minute où il l'avait vue entrer dans la salle de bal, dans cette robe vaporeuse absolument renversante qui épousait le moindre de ses mouvements. Quelques gestes experts suffiraient à la déshabiller. C'était presque un miracle si les bretelles de sa tenue restaient accrochées à ses épaules. Pas de doute : tous les hommes présents dans l'assistance attendaient de voir cette robe glisser.

— Pourquoi ne la mettez-vous pas en garde contre ces tenues aussi légères ? Tout le monde la regarde.

— Mais personne n'a l'air de se moquer d'elle. Et ce que je porte est tout aussi léger.

Sara se cacha derrière son éventail, mais c'était pour sourire, aucun doute là-dessus.

— Vous êtes une femme mariée, cela vous donne une excellente excuse. En revanche, elle est célibataire, et ce n'est pas la même chose. Vous devriez lui parler de cette robe. On devine une grande partie de sa silhouette. Elle va compromettre sa réputation.

— Dans mon souvenir, la seule chose qui ait compromis sa réputation, c'est son lien avec vous.

Cette remarque acerbe avait beau être vraie, elle n'était pas plus facile à accepter.

— Soit, et j'entends y remédier en faisant d'elle ma femme. Je suis fatigué de ce petit jeu qui ne me mène à rien. Il faut que je change de stratégie.

Cet aveu eut le don d'adoucir le visage de Sara.

— Au contraire, tout fonctionne à merveille. Même

si elle le cache, elle est aussi jalouse que vous. Vous auriez dû l'entendre critiquer « l'incomparable Miss Trent ».

Ian se rasséréna quelque peu.

— Je ne peux pas continuer à faire la cour à des femmes qui m'indiffèrent. Soit j'ai déjà tiré un trait sur elles, soit elles ont des pères qui n'accepteraient jamais un homme dans mon genre, même si je m'intéressais à leurs filles. Ce qui n'est pas mon cas. Car c'est *elle* que je veux.

— Un peu de patience…

— Non.

Il n'avait pas le temps d'être patient. Il devait avoir une épouse, et vite. Et ce serait Felicity.

— Il y a forcément une autre façon de la conquérir. J'ai besoin de passer un moment seul à seul avec elle. Mais avec cette cohue ce ne sera jamais possible, même si j'arrive à la faire venir sur le balcon. Non, j'ai besoin de plus de temps pour la convaincre qu'elle se trompe sur mon compte.

— Ou pour la séduire ?

En croisant le regard inquisiteur de son amie, il eut presque envie de mentir. Non, inutile. Sara flairerait aussitôt le mensonge.

— Si c'est nécessaire.

Il aurait dû séduire Felicity la dernière fois où il s'était retrouvé seul avec elle, au lieu de tenter une approche plus subtile. Avec elle, la subtilité ne marchait pas plus que les menaces. Ou que la jalousie.

Sara sembla hésiter, puis soupira :

— Très bien. Je ne saurais vous aider à la séduire, mais vous auriez intérêt à passer du temps avec elle et ses frères. Elle les emmène à l'exposition des statues en cire demain.

Un sourire s'esquissa lentement sur les lèvres de Ian. Il

commençait déjà à envisager des possibilités, des tactiques, des manœuvres.

— Celle qui se trouve sur le Strand ?

— Tâchez de les croiser « par hasard ». Sans quoi, elle ne me fera plus jamais confiance.

— C'est dans mes cordes.

Parfait. Après cette visite, il les raccompagnerait et lancerait une invitation à dîner. À partir de là…

Son sourire s'élargit.

— Je sais comment votre cerveau retors fonctionne, fit remarquer Sara, mais prenez garde : ce n'est peut-être pas en la séduisant que vous amènerez Felicity à changer d'avis. Elle a une volonté de fer.

— J'y arriverai, promit-il.

Pourtant, il n'aurait pas été aussi sûr de lui une semaine plus tôt.

Hélas, il n'avait pas le choix. Ce qui avait commencé comme un désir déraisonnable de l'avoir tout à lui était devenu une obsession. Chaque fois qu'il se couchait, il l'imaginait dans son lit. Chaque fois qu'il mangeait, il imaginait le goût de ses lèvres pulpeuses sur les siennes. Bon sang, il l'avait même entendue rire dans son sommeil ! Mais c'était plus supportable que de l'entendre gémir de plaisir quand il dormait, quand il rêvait.

Elle avait envie de lui. Aucun doute. Et elle avait besoin de lui, qu'elle l'admette ou non.

Sa décision était prise. Il la séduirait d'une manière ou d'une autre. La première fois n'avait peut-être pas convaincu Felicity, mais il la séduirait autant de fois que ce serait nécessaire, et elle changerait d'avis. Quoi qu'il arrive, elle deviendrait Lady Saint Clair.

Chapitre 13

Le bal donné chaque année par Lady Brumley pour fêter l'arrivée de l'hiver promet d'être encore plus grandiose que les précédents. « Personne ne reçoit comme elle, estime Lord Jameson. Toute la ville se précipiterait chez elle même si elle mettait toute sa maison en quarantaine. »

LORD X, *The Evening Gazette*, 21 décembre 1820.

Dieu merci, me voilà débarrassée de lui. Le temps de bafouiller une excuse, Felicity s'éloigna de Lord Masefield. La seule chose dont cet homme avait su lui parler, c'était de la course de chevaux d'Ascot. À sa place, Ian n'aurait jamais…

Non ! Pourquoi s'obstinait-elle à penser à ce satané vicomte ? Il n'avait pas cessé de l'observer pendant qu'elle dansait la valse avec Lord Masefield, comme un loup louchant sur une proie qui lui aurait échappé. Lui qui avait dansé avec la moitié des célibataires de Londres, il ne manquait pas de culot !

Pourvu qu'il jette son dévolu sur l'une de ces célibataires sans s'intéresser aux sentiments que de son côté elle nourrissait pour lui. Felicity soupira. Elle était la seule responsable. Elle aurait pu accepter cette demande en mariage, après tout.

Tandis qu'elle descendait le long couloir menant aux commodités, elle entendit des bruits de pas derrière elle et une voix qui lança :

— Miss Taylor, attendez !

Elle s'immobilisa et scruta le couloir mal éclairé. Un homme de grande taille, la cinquantaine bien sonnée, approchait. Elle ne l'avait jamais croisé, et pourtant il avait quelque chose de familier…

— Nous n'avons pas été présentés, dit-il, mais je vous connais. Vous êtes la fille d'Algernon Taylor, n'est-ce pas ?

— Oui. Et vous, qui êtes-vous ?

— Edgar Lennard, répondit-il en s'inclinant. Vous connaissez certainement mon neveu, Lord Saint Clair.

Cette phrase piqua sa curiosité. Cet homme était donc l'oncle de Ian et l'employeur de Miss Greenaway. On sentait bel et bien un air de famille entre Ian et lui. Mais, en dehors de cela et peut-être de leur taille, la ressemblance s'arrêtait là. Ian était brun ; lui, blond. Là où les traits de Ian dénotaient une certaine dureté, son oncle était d'une beauté classique, malgré son âge. Elle imaginait très bien une belle plante comme Miss Greenaway être la maîtresse de cet homme. Au moins, cette histoire-là était peut-être vraie. Ou pas.

Felicity se redressa. Quoi qu'il en soit, cet homme lui dirait peut-être ce qu'elle voulait désespérément savoir : quel lien unissait Miss Greenaway et Ian.

— Je connais votre neveu, en effet. Je le connais même assez bien.

La mine fermée, Mr Lennard plissa les lèvres.

— Dans ce cas, j'aimerais vous parler un moment, si cela ne vous fait rien.

— Fort bien.

Pourvu qu'il me dise tout !

Il désigna la porte ouverte d'un salon, non loin de là.

— Par ici, je vous prie. Ce que je souhaite vous dire nécessite que nous soyons seuls.

— Je vous suis.

Elle pénétra dans la pièce. Mais, lorsqu'il referma la porte derrière lui, elle afficha un sourire glacial et la rouvrit. Inutile qu'on la découvre seule en compagnie de cet homme, même s'il était assez vieux pour être son père. Par ailleurs, quelque chose dans sa façon d'être la dérangeait, et elle avait toujours appris à suivre son instinct.

Mr Lennard hocha la tête, mais fit en sorte qu'ils s'installent à l'autre bout de la pièce.

— Allons droit au but, commença-t-il dès qu'ils furent assis. J'ai entendu dire que vous fréquentiez mon neveu, ces derniers temps.

— Vraiment ?

Lady Brumley n'avait pas dû perdre de temps pour colporter la nouvelle.

— Et, comme vous le savez probablement, il cherche à se marier.

Autant jouer l'innocence.

— Ah oui ?

— Le bruit court qu'il s'apprête à vous demander en mariage. C'est le cas ?

Seigneur, les rumeurs avaient été encore plus précises que prévu ! Et elles semblaient avoir mis Mr Lennard sens dessus dessous. C'était tout sauf une surprise si les proches de Ian s'inquiétaient de le voir épouser une femme avec une fortune, un rang et un carnet d'adresses bien inférieurs au sien. Mais cela la peinait quand même.

Felicity leva fièrement le menton.

— Ce que votre neveu s'apprête ou non à faire ne regarde que lui. Je ne suis pas voyante.

L'oncle de Ian la considéra d'un air grave.

— C'est bien dommage, Miss Taylor. Car, dans ce cas, vous sauriez qu'une jeune femme respectable aurait tout intérêt à ne pas épouser un homme comme lui.

Elle resta bouche bée. Elle avait tout faux. Il voulait la mettre en garde contre Ian, et non pas le protéger d'elle. Mais pourquoi ?

— Il me paraît on ne peut plus respectable.

Enfin, à condition qu'il n'entretienne pas une maîtresse. Mais ce n'était que l'un de ses innombrables secrets.

— C'est parce que vous le connaissez très mal. Mon neveu est un séducteur sans scrupule doublé d'une canaille. Il a conduit de nombreuses femmes à leur perte, y compris celle que la *Gazette* a récemment évoquée.

— Votre ancienne gouvernante, Miss Greenaway ?

Felicity observa attentivement la réaction de Mr Lennard. De fait, il parut déstabilisé.

— Vous connaissez son identité ?

— Bien sûr.

On sentit percer en lui de la colère avant qu'il ne la dissimule derrière un sourire factice.

— Mon neveu a dû raconter qu'il s'agit de ma maîtresse, ou je ne sais quel mensonge.

Curieux. L'oncle de Ian s'empressait de se défendre sans même savoir de quoi on l'accusait. Et sans même savoir *si* on l'accusait.

— Votre neveu ne m'a rien dit sur elle. J'ai… mes propres sources.

— J'espère qu'elles vous ont exposé toute l'histoire sans enjoliver le rôle de mon neveu.

Encore cette présomption. Elle resta muette, en se contentant de lever un sourcil, comme pour laisser entendre qu'elle en savait plus. Cette ruse marchait souvent lors de ses enquêtes, surtout quand la personne qu'elle questionnait avait quelque chose à se reprocher.

Et cela fonctionna à merveille avec Mr Lennard.

— Vos sources vous ont-elles également révélé la vraie raison pour laquelle mon neveu a pris Miss Greenaway sous son aile ? s'enquit-il en se penchant vers elle.

— Pour vous agacer, peut-être ?

Il sembla blessé par ce sous-entendu.

— Non. Pour que nul ne sache qui il est réellement.

Encore une allusion à peine voilée. Felicity commençait à trouver cet homme particulièrement désagréable…

— Ne me tenez pas en haleine de cette façon, Mr Lennard. Vous avez hâte de m'apprendre ce que cache Miss Greenaway, je me trompe ?

Apparemment, ce sarcasme ne le dissuada pas de faire de nouvelles confidences.

— Comprenez-moi. Si je vous raconte tout ceci, c'est parce que je ne supporte pas de voir l'honneur de ma famille piétiné par les activités de mon neveu.

— Continuez.

Deux semaines plus tôt, elle aurait été prête à croire toute cette histoire. Mais, à ce moment-là, elle ne connaissait pas toute la noblesse d'âme dont Ian était capable. Il avait voulu protéger les sentiments qu'elle éprouvait et sa réputation. Dès lors, comment prêter foi aux accusations voilées de Mr Lennard ?

— Vous savez sans doute que mon neveu a fui l'Angleterre à l'âge de dix-neuf ans, dit celui-ci.

Elle acquiesça.

— S'il s'est enfui, c'est parce que son père l'a jeté dehors à cause de ce qu'il a fait à ma femme.

Edgar Lennard marqua une pause théâtrale et elle eut bien du mal à ne pas montrer d'émotion. Heureusement qu'il ne pouvait pas lire en elle, car elle avait le cœur serré. Peut-être aurait-elle dû se dispenser d'encourager ces confidences…

Devant ce silence, il poursuivit :

— Ma femme Cynthia était plus jeune que moi. Ian et elle étaient souvent fourrés ensemble. On ne peut jamais savoir ce qui fait succomber un jeune homme à la tentation, mais il semblerait qu'il ait mal interprété la gentillesse dont elle faisait preuve envers lui. Un jour où ils s'étaient retrouvés seul à seul, il… il a profité d'elle. Charnellement, vous comprenez.

Cette nouvelle accusation flotta dans l'air, aussi sournoise et répugnante qu'une vipère en train de tomber d'un arbre.

— Vous voulez dire que…

— Oui, il…

Mr Lennard s'interrompit, ses lèvres ne formant plus qu'une ligne mince.

— Je suis désolé. Les années ont passé et c'est toujours dur d'en parler. Mais je dois le faire, pour vous.

Le temps de rassembler son courage, il lâcha :

— Mon neveu Ian a violenté ma femme.

À chaque mot, Felicity eut l'impression qu'un poids atroce lui écrasait la poitrine, comme la presse d'une imprimerie sur des rouleaux de papier journal. C'était impensable. Comment avait-il pu violer sa propre tante ? À dix-neuf ans ?

Le goût de Ian pour le secret rendait ces déclarations crédibles. Cette histoire était peut-être vraie. Ce qui rendait Felicity littéralement malade. Elle pensa à tous les héritiers qu'elle avait connus, ceux qui l'avaient coincée contre des baies vitrées ou qui s'étaient lovés contre elle « par accident ». Ces lords étaient élevés dans l'idée qu'ils étaient tout-puissants, qu'on leur permettait tout. Leur arrogance à l'égard des femmes était même si précoce qu'un jour elle avait dû repousser un gamin de quatorze ans particulièrement collant.

Restait que Ian n'était pas comme ces nobles qu'elle avait connus, qu'ils soient jeunes ou moins jeunes. À bien des égards, c'était un homme d'honneur, et il semblait nourrir une certaine méfiance vis-à-vis des femmes... Enfin, sauf vis-à-vis de la mystérieuse Miss Greenaway. Felicity n'arrivait pas à croire que Ian avait violé l'épouse de son oncle. Il avait une volonté de fer. Certes, il lui avait volé un baiser, mais il n'était pas allé plus loin. Lors de leurs autres rencontres, il s'était montré plus raisonnable qu'elle.

Maintenant que le choc produit par l'accusation de Mr Lennard était passé, elle s'interrogea. Pourquoi lui raconter ça ? Si parler de cette histoire horrible était si difficile pour lui, pourquoi mettre une étrangère dans la confidence ? Pour ces raisons ô combien nobles qu'il avait évoquées, comme cette envie de la protéger ? Ou pour des raisons moins avouables ?

— Si ce que vous dites est vrai, finit-elle par dire, alors Ian est l'être le plus méprisable qui soit. Mais êtes-vous sûr qu'il a violenté votre femme ? Elle vous l'a dit ?

— Oui, elle est aussitôt venue me voir, en larmes et rongée par la honte.

— Et comment avez-vous réagi ? J'imagine que vous l'avez mis à la porte, au moins.

— Moi, mettre à la porte mon propre neveu ? Son père ne me l'aurait jamais pardonné.

Felicity garda pour elle la réponse qui lui vint en tête. *Cela ne vous empêche pas de porter des accusations dans son dos sans lui donner la possibilité de se défendre. Comme c'est noble de votre part.*

— C'est à cette époque que Lord Saint Clair est parti pour le continent ?

Edgar Lennard tira nerveusement sur sa cravate.

— Oui. Je lui ai demandé réparation. Et ce lâche a filé sur le continent en pleine nuit, la queue entre les jambes.

Étrange. Le duc de Wellington avait loué le courage de Ian, et voilà que son oncle le traitait de lâche. Si elle avait dû parier sur celui qui mentait, elle aurait placé son argent sur Mr Lennard.

— J'imagine que cette histoire a été terrible pour votre femme. Savoir que son agresseur resterait impuni…

Avec un long soupir, il regarda ses mains.

— La honte d'avoir été violentée la torturait tellement qu'elle a mis fin à ses jours, en me laissant seul avec nos deux enfants. Tout ça parce que je n'ai pas pu empêcher mon neveu de lui faire du mal.

Soudain, une voix féminine se fit entendre à l'entrée de la pièce.

— Voilà une histoire très originale, Edgar. Et présentée de façon convaincante. Vous racontez encore mieux que moi.

Edgar Lennard bondit de sa chaise. Sur le pas de la porte,

on pouvait voir la Malle aux Médisances, Lady Brumley en personne. Felicity avait pris soin de l'éviter pendant toute la soirée. Sans quoi, la marquise l'aurait bombardée de questions sur le bal des Worthing. Mais, pour l'heure, elle était soulagée de la voir. Écouter les accusations sordides de l'oncle de Ian l'avait mise au supplice.

Ce dernier ne sembla pas très heureux de voir leur hôtesse.

— Mêlez-vous de vos affaires, Margaret. Avec Miss Taylor, nous avons une conversation privée.

— Oui, mais *chez moi*.

La marquise entra dans la pièce. Un ruban en satin doré lui entourait la tête telle une couronne, surmonté d'une énorme broche en or qui scintillait dans la lumière des bougies.

— Vous n'avez pas été invité, Edgar. Alors imaginez ma surprise quand je vous ai vu sortir de la salle de bal sur les talons de Miss Taylor. Je regrette simplement que la cohue m'ait empêchée de vous rattraper plus tôt.

Les yeux noisette de la marquise laissaient percer une telle volonté de nuire que Felicity se sentit frissonner des pieds à la tête. À un moment donné, l'honorable Edgar Lennard avait dû bêtement se trouver une ennemie en la personne de Lady Brumley.

Les bras croisés sur son torse, il répondit :

— J'ai entendu les rumeurs que vous faites courir sur mon neveu. Il pourrait demander cette jeune demoiselle en mariage. Quand j'ai appris qu'il serait ici ce soir, et Miss Taylor aussi, j'ai souhaité voir par moi-même si c'était vrai.

— Et quel est votre verdict ? demanda Lady Brumley.

— À en juger par la jalousie que lui inspirait

Lord Masefield et la façon dont il a fixé Miss Taylor la moitié de la soirée, je dirais que vous avez raison.

Cette conversation tout à fait déplacée commença à mettre Felicity profondément mal à l'aise. L'un et l'autre semblaient oublier qu'elle était là, mais aussi qu'elle était simplement l'amie de Ian, rien de plus. Elle ouvrit la bouche pour le rappeler, mais la marquise l'en empêcha :

— Bref, vous avez décidé de lui mettre des bâtons dans les roues, comme avec les deux autres, n'est-ce pas ? C'est pour ça que vous racontez des mensonges à cette pauvre enfant ?

— Ce ne sont pas des mensonges, protesta-t-il.

Deux valets en livrée firent leur apparition sur le pas de la porte, derrière la marquise. Sans même se retourner, celle-ci désigna Mr Lennard.

— Voilà l'homme en question. Jetez-le dehors.

Tandis que les domestiques se précipitaient dans la pièce, les lumières révélèrent un éclat diabolique dans les yeux de Lady Brumley.

— Il y a vingt-cinq ans, vous m'avez appris une chose, Edgar : il ne faut jamais laisser quelqu'un semer la zizanie chez soi. Je vais vous demander de partir.

— Vous n'avez aucun droit de vous mêler de cette affaire, tonna ce dernier tandis que les valets l'encerclaient.

— Non, mais ce que je fais vous agace profondément, et c'est ce qui me fait vivre, vous le savez bien.

Avant de sortir, contraint et forcé, il jeta un coup d'œil en direction de Felicity.

— N'écoutez pas les sornettes de cette harpie. Rappelez-vous ce que je vous ai dit, mon neveu n'est pas celui qu'il prétend être.

— Faites-le sortir !

Une seconde plus tard, Lennard avait quitté la pièce.

Felicity resta immobile. Tout en elle était sens dessus dessous. Impossible de croire à ces accusations invraisemblables ! Pourtant, le fait que Lady Brumley se soit arrangée pour que personne ne les entende la troublait. À quoi rimait tout cela ?

Cette dernière attendit que le silence revienne dans le couloir, puis ferma les portes et marcha vers un buffet où se trouvaient une carafe remplie d'un liquide pourpre et des verres. Les mains tremblantes, elle se versa un grand verre puis avala une gorgée.

— Un doigt de porto ? demanda-t-elle en baissant son verre.

— Non merci.

Ce que voulait Felicity, c'était des réponses.

Lady Brumley se posta devant elle, les deux mains refermées autour de son petit verre.

— Vous n'avez pas cru à ce que cette canaille vous a raconté, n'est-ce pas ?

— Je ne sais pas quoi croire.

— Il tente de vous dissuader d'épouser Lord Saint Clair.

Felicity poussa un soupir.

— Vous vous trompez. Lord Saint Clair n'a aucunement l'intention de m'épouser. Au cas où vous ne l'auriez pas remarqué, il a passé la soirée avec une demi-douzaine de jeunes femmes, et il ne m'a pas adressé la parole une seule fois. Enfin…

— Je veux bien être pendue si ce n'est pas de la jalousie qu'on entend dans votre voix, gloussa la marquise. Et puis je n'ai pas vu Saint Clair embrasser passionnément l'une de ces dames sur le balcon, ma chère Miss Taylor. Ou tenter de profiter d'elles, comme il l'a fait avec vous.

Felicity fit la grimace. Ce qu'elle avait eu le malheur de raconter revenait la hanter.

— Il n'a pas… Ce qui s'est passé chez les Worthing n'était qu'un simple moment de séduction. Nous avons tourné la page.

— Je vois.

Lady Brumley reposa son verre puis alla ouvrir la porte.

— Bien, si vous n'envisagez pas de devenir Lady Saint Clair, la fable d'Edgar vous laisse indiffèrente et vous n'avez pas besoin de savoir ce que *moi* je pense. Alors retournons à la salle de bal.

La voyant patienter, Felicity se mordit la lèvre. Cette femme était Machiavel réincarné ! Si elle admettait qu'elle voulait en savoir plus, cela confirmerait l'intérêt qu'elle portait à Ian. Mais, en refusant de l'admettre, elle laisserait filer la chance qui s'offrait à elle. Et pouvait-elle se le permettre ? Non. Les insinuations de Mr Lennard la hantaient, elle avait besoin de savoir s'il y avait une part de vérité là-dedans. Et qui mieux que la Malle aux Médisances était à même de la renseigner ?

— Je n'ai pas dit que je n'étais pas intéressée, soupira-t-elle. Je suis toujours l'amie de Ian, enfin… de Lord Saint Clair. Tout ce qui risque de nuire à sa réputation m'inquiète.

Le coin de la bouche de la marquise se releva légèrement, signe qu'elle avait gagné la partie. Elle referma la porte une fois de plus.

— Une amie. Hum… Admettons. Asseyez-vous, Miss Taylor, je vais vous raconter ce que je sais.

Tout en s'efforçant de ne pas montrer son anxiété, Felicity s'assit au bord d'un canapé, les mains posées l'une sur l'autre.

La marquise avala une nouvelle gorgée de porto avant

de caler son imposante silhouette dans un fauteuil près du feu.

— Edgar vous a certainement servi la petite histoire qu'il a racontée aux autres femmes que son neveu a pu courtiser. Saint Clair aurait violé Cynthia, qui se serait tuée, et il serait parti pour le continent sans demander son reste.

Présenté de façon si brutale, ce récit paraissait mélodramatique au possible.

— Oui, Mr Lennard a dit que la femme liée à Lord Saint Clair connaît la vérité, c'est pour ça qu'il l'a placée sous sa protection. Il prétend que son neveu a ruiné la réputation de celle-ci.

— Sottises ! répondit Lady Brumley avec un geste de la main. Si quelqu'un l'a menée à la ruine, c'est bien Edgar. Cette femme à laquelle vous faites allusion, Penelope Greenaway, n'était pas uniquement la gouvernante des enfants d'Edgar. Elle a aussi été sa maîtresse après la mort de sa femme. Il l'a mise à la porte quand il a découvert qu'elle était enceinte.

Felicity n'en croyait pas ses oreilles.

— Comment le savez-vous ?

— Disons que je veille à savoir tout ce qui concerne Edgar Lennard et ses affaires. Ce qui est assez facile puisqu'il paye très mal ses domestiques. Ces derniers ne voient aucun inconvénient à gagner quelques pièces supplémentaires en me donnant des informations.

Lady Brumley ricana tout bas. Mais on devinait une certaine amertume.

— Quoi qu'il en soit, quand Edgar a jeté Miss Greenaway à la rue, j'aurais aidé cette pauvre enfant, ne serait-ce que pour le faire enrager, mais Lord Saint Clair m'a devancée.

Il déteste son oncle autant que moi. Il avait tout intérêt à aider Miss Greenaway. Et puis il a un cœur d'or. Sans compter que l'enfant de cette femme est son cousin. Le fait qu'il s'agisse d'un bâtard importe peu.

— C'est la seule raison pour laquelle il l'a aidée ?

— Bien sûr. Qu'importe ce que prétend Edgar ou ce que qu'a écrit ce fameux échotier…

Elle marqua une pause pour jeter un regard entendu à Felicity, avant de conclure :

— Miss Greenaway n'est *pas* la maîtresse de Lord Saint Clair.

Vraiment ? Alors pourquoi Ian ne l'avait-il pas avoué, tout simplement ? Ah, si seulement Lady Brumley avait avancé quelques preuves !

— Rien ne le prouve, fit-elle remarquer. Si Lord Saint Clair déteste son oncle, pourquoi ne ferait-il pas d'elle sa maîtresse ? Ce serait une vengeance idéale !

— Passer après son oncle ? Il est trop fier pour faire une chose pareille.

Effectivement. Cet argument la rasséréna quelque peu.

— Et puis pourquoi prendrait-il ce risque alors qu'Edgar tient tellement à l'empêcher de se marier ?

— Je comprends. Seulement, pourquoi Mr Lennard est-il si déterminé à lui mettre des bâtons dans les roues ?

Lady Brumley tapota des doigts le bras de son fauteuil.

— Pour des raisons tout à fait classiques, j'imagine. Si Ian meurt sans descendance, Edgar ou son fils légitime hériteront. Voilà une excellente raison d'effrayer les jeunes femmes que courtise Saint Clair. Mais je ne compte pas laisser Edgar colporter ses racontars sordides plus longtemps.

— Ce sont des racontars, vous en êtes bien sûre ? demanda Felicity d'un ton plein d'espoir.

— Quand on connaît bien ces deux hommes, on ne peut qu'être certaine. Saint Clair n'abuserait jamais d'une femme, ce n'est pas dans sa nature. Vous le savez aussi bien que moi.

— Mais vous n'avez aucune preuve.

La vieille femme sembla hésiter, comme si elle avait une question à trancher.

— J'aurais dû me dire que vous ne prendriez pas mes explications pour argent comptant. Soit. J'ai appris certaines choses grâce au personnel d'Edgar. Ce n'est pas énorme, mais je crois que c'est assez proche de la vérité.

Lady Brumley remit d'aplomb son turban, ce qui fit tressauter la petite broche.

— Cynthia Lennard est morte peu de temps après le départ de Saint Clair pour le continent. Mais mes sources n'ont pas entendu dire qu'elle se serait tuée après un viol. Non, ils croient que c'est une histoire d'amour qui a poussé cette pauvre femme à la mort.

Felicity sentit son cœur se briser.

— Entre Lord Saint Clair et elle, vous voulez dire ?

— Oui. C'est plausible. C'est même compréhensible. Cynthia avait vingt-cinq ans, et Saint Clair, dix-neuf. Elle était jolie et assez naïve. Edgar l'avait séduite, mais je crois qu'elle a fini par le regretter. Il avait dix-sept ans de plus qu'elle. Pas étonnant qu'elle soit tombée amoureuse du jeune neveu de son mari, et qu'ils se soient donnés l'un à l'autre.

Cette version ne satisfaisait pas davantage Felicity. Même si elle exonérait Ian de cette accusation de viol, cela voulait dire qu'il avait eu une liaison adultérine avec sa propre tante. Cette idée la fit frémir.

La marquise ne sembla pas s'en apercevoir — une chance.

— Les domestiques pensent que Ian se sentait coupable. C'est pour ça qu'il serait parti pour le continent. Et Cynthia se serait laissée mourir à cause de lui. Néanmoins, rien n'est moins sûr. Celles et ceux qui travaillaient chez Edgar il y a dix ans ont été payés ou mis à la retraite pour faire taire le scandale.

Felicity sentit son sang se glacer. Cette histoire était encore plus atroce que la précédente. Aux yeux de la loi, il s'agissait d'inceste, même s'il n'y avait aucun lien du sang en jeu. Indirectement, Ian était responsable de la mort de sa tante. Sans parler du fait qu'il avait trahi le frère de son père et le reste de sa famille. C'était très dur de l'imaginer en train de piétiner à ce point la confiance de ses proches.

Mais s'il avait été amoureux ? Cette seule idée la dévasta.

Elle détestait l'admettre, mais cette histoire expliquait bien des choses. Elle expliquait pourquoi Ian était parti pour le continent sans rien dire à ses amis, pourquoi il n'avait pas tenu à ce qu'elle se mêle de ses affaires, et pourquoi il n'avait pas voulu qu'elle parle à Miss Greenaway.

Mieux : cela expliquait pourquoi il s'était montré si attentionné avec elle, cette fameuse nuit, dans la chambre à coucher. Peut-être n'avait-il pas voulu aller trop loin parce que cela lui rappelait ce qui s'était passé la dernière fois qu'il avait fait l'amour à une femme respectable.

— Quoi qu'il en soit, poursuivit Lady Brumley, avec un peu de chance, rien de tout cela n'est vrai. Et, si c'est le cas, c'est du passé. À l'époque, Saint Clair n'était qu'un gamin. Mais ces six ans sur le continent ont fait de lui un homme. Un homme de valeur, d'après ce que je peux en juger. Il mérite qu'une femme partage sa vie. Peu importe ce qu'Edgar pense ou essaye de faire.

Felicity n'entendit même pas la marquise. Elle était sous le choc, l'esprit sens dessus dessous.

— Je dois retourner dans la salle de bal. Mes amis doivent me chercher partout.

— Mais Miss Taylor…

— S'il vous plaît, Lady Brumley, laissez-moi partir. Il faut que je réfléchisse à tout ça.

— Très bien. Mais restez lucide. Saint Clair ne violerait jamais une femme, vous le savez aussi bien que moi. Edgar ment, et vous vous en doutez certainement.

— Oui.

Ce qui la troublait, c'était l'idée que Ian ait eu une liaison adultérine avec sa tante, qu'il ait couché avec elle avant de s'enfuir, quitte à ce qu'elle meure lentement de chagrin.

Certes, il ne s'agissait peut-être que d'un tissu de mensonges. Comment savoir ? Si seulement il acceptait de se confier à elle…

Elle se dirigea vers la porte.

— Si jamais il vous demande en mariage…, lança alors Lady Brumley.

— Il n'en fera rien, souffla-t-elle avant de sortir.

Même s'il réitérait sa demande, elle n'accepterait pas. Ce sombre secret continuerait de le tourmenter, cela crevait les yeux. Et, tant qu'il refuserait de s'en défaire, il resterait entre eux, comme un ravin infranchissable. Elle se demanderait toujours si Miss Greenaway était la maîtresse de Ian ou s'il était toujours amoureux de Cynthia Lennard. Pour sa part, elle n'avait pas envie d'être de ces femmes qui faisaient mine de ne pas remarquer les infidélités de leurs conjoints.

Pourtant, malgré ces rumeurs, ces hypothèses et ces mensonges, malgré le goût du secret que Ian cultivait, elle sentait toujours son cœur s'emballer quand il tournait ses yeux noirs si envoûtants dans sa direction.

Ah, le scélérat ! Il venait de prendre une belle revanche. On venait de lui raconter une histoire croustillante à souhait, mais elle n'avait aucune envie de la relater dans un article. Pire : elle ne voulait même pas y penser ! Voilà qui le ferait certainement bien rire, s'il savait. Avec quelques baisers et quelques caresses, il lui avait fait passer l'envie de colporter des ragots. Et elle ne serait plus jamais la même.

Chapitre 14

L'exposition de Madame Tussaud se trouve sur le Strand. On a souvent parlé de ces femmes respectables qui se sont évanouies dans la chambre des horreurs. Mais comment est-ce possible ? Certaines de ces dames ont des maris dont le physique ferait honte à un âne. Si celles-ci ne tournent pas de l'œil en voyant leurs conjoints entrer dans leur chambre, je ne vois pas pourquoi un ou deux masques mortuaires devraient leur faire cet effet.

LORD X, *The Evening Gazette*, 22 décembre 1820.

Ian secoua la tête d'un air amusé. Même un aveugle n'aurait pas pu louper les quatre garnements qui s'agitaient dans ce fiacre. Le vacarme qu'ils faisaient arrivait à couvrir le brouhaha du Strand, celui des voitures aux essieux mal huilés qui roulaient en grinçant bruyamment, celui des coups de marteau des ouvriers qui rénovaient une grande maison à l'autre bout de la rue, celui des commerçants qui attiraient le chaland. Il lui avait fallu à peine une seconde pour repérer les quatre frères Taylor. Felicity tâchait de contrôler ces petites terreurs tout en discutant avec le cocher qui était descendu de son perchoir pour désigner quelque chose sur sa voiture.

Ian donna un coup au plafond pour que son cocher dépasse leur voiture, comme convenu. Grâce à un second coup, il fit arrêter son véhicule juste devant. Le temps de descendre, il mit son chapeau et s'approcha de sa cible.

On entendait nettement la voix outrée de Felicity.

— Je ne payerai pas un sou pour les dégâts, croyez-moi !

Drapée dans un manteau en laine noire qui semblait avoir connu des jours meilleurs, elle agitait le doigt devant le nez de son interlocuteur.

Le cocher fit claquer la porte qui refusa de se fermer. Il lui fallut lever le mince panneau de bois pour qu'il se remette enfin en place. Puis il l'ouvrit à nouveau et le laissa retomber doucement.

— Vous voyez bien que c'est cassé ! lança-t-il d'un air triomphant.

— Tout ce que je vois, c'est que vous essayez de me rouler. Cette porte est cassée, c'est un fait. Mais elle l'était avant qu'on monte.

— Non, c'est faux !

L'air bourru, l'homme croisa les bras sur son torse immense.

— Je prends soin de mon véhicule, et cette porte se fermait comme il faut quand je me suis arrêté pour vous laisser monter, vous et votre marmaille. Ce sont ces gamins qui l'ont cassée.

— Vous mentez ! Je parie que vous l'avez cassée tout seul.

— Attention, miss…

Ian en profita pour intervenir :

— Combien vont coûter les réparations ?

Le cocher se retourna vers lui et son regard se mit à

briller. Il sentait qu'il n'avait pas affaire à n'importe qui, évidemment.

— Eh bien, sir, tout dépend de…

— Que faites-vous ici ?

Ian vit Felicity jeter un coup d'œil à son fiacre qui se trouvait un peu plus loin.

— Bonjour, Miss Taylor, dit-il en soulevant son chapeau. Je me rendais chez mon avoué quand j'ai vu ce qui vous arrivait. J'ai cru bon de m'arrêter pour vous proposer mes services.

— Ce n'était pas nécessaire, répliqua-t-elle fermement. J'ai la situation bien en main.

— Certes, mais vous êtes actuellement en promenade avec vos frères, et je m'en voudrais que cette petite sortie soit gâchée. Je serai heureux de rembourser les dégâts moi-même, si vous le permettez.

— Ne vous avisez pas de payer ce gredin. Il…

Elle pointa un doigt accusateur en direction du cocher.

— Il essaye de nous rouler !

— Une minute, Miss Grippe-sou, n'essayez pas de mentir au gentleman ! tonna le cocher.

Ian tira Felicity légèrement à l'écart. Sans lâcher des yeux l'homme en colère, il murmura :

— Seigneur, ne vous disputez pas avec lui pour quelques sous. Ça n'en vaut pas la peine.

— Mais cette porte était cassée avant que…

— Je vous crois. Mais pourquoi vous en préoccuper ?

— C'est une question de principe.

— Une question de principe qui risque de dégénérer dans peu de temps.

En levant la tête, il indiqua deux costauds en train de descendre de leur véhicule pour rejoindre leur collègue.

Le premier semblait énervé ; l'autre, prêt à en découdre. Ils étaient tous les deux menaçants.

En la voyant pâlir, il souffla tout bas :

— C'est votre parole contre la sienne, et vous êtes une femme avec quatre garçons remuants dans les pattes. Ce n'est ni le moment ni l'endroit pour jouer les fortes têtes. Je peux leur administrer une bonne correction si vous le souhaitez, mais ce ne serait pas un très bon exemple à donner à vos frères, n'est-ce pas ?

Elle jeta un coup d'œil aux triplés. Pour une fois, ils restaient muets, en les regardant d'un air inquiet. Elle grimaça.

— Non, effectivement.

— Laissez-moi payer pour les dégâts. À moins que vous n'insistiez pour les payer vous-même.

Les joues de Felicity s'empourprèrent.

— Le cocher veut deux shillings, et j'ai pris juste assez d'argent pour payer la course jusqu'ici et le trajet du retour. Alors si cela ne vous dérange pas…

— Pas le moins du monde.

— Mais, cet argent, je vous l'emprunte, s'empressa-t-elle d'ajouter. Je vous rembourserai plus tard.

— Soit.

Elle avait donc si peu d'argent sur elle ? Bizarre. Pourquoi n'avait-elle pas pris quelques pièces supplémentaires alors qu'elle était en promenade avec quatre garçons ? Par peur des pickpockets ?

Ils rejoignirent le cocher qui était maintenant flanqué de ses deux acolytes. Le gaillard semblait encore plus agressif.

— Eh bien, sir ? La demoiselle accepte de payer ?

— Oui. Deux shillings, n'est-ce pas ?

— Deux guinées.

Ian leva un sourcil. En voilà un qui ne manquait pas d'air !

— La lady a sûrement mal compris.

Il s'approcha de la voiture et se pencha pour examiner la porte cassée. On voyait des taches de rouille sur les gonds tordus.

— Deux guinées ? répéta-t-il en levant la tête.

Le chauffeur se gratta le bras. Comme on le sentait hésiter, il se fit légèrement pousser par l'un de ses camarades, encore plus rustaud que lui.

— Oui, sir. C'est le prix qu'il faut pour réparer ça, ces temps-ci.

Ian se redressa.

— Alors celui qui répare votre fiacre se moque de vous. Laissez-moi vous rendre un service. Conduisez votre véhicule chez Wallace, sur Chandler Street, et dites-lui de remplacer toute la porte à mes frais. Pour deux guinées, vous aurez au moins quelque chose de convenable.

Le temps de sortir sa carte de visite, il la tendit au cocher.

Celui-ci l'attrapa du bout des doigts, puis pâlit en voyant le nom sur le petit rectangle cartonné.

— Je veux réparer les gonds, c'est tout, murmura-t-il en cherchant ses camarades des yeux.

— À votre guise. Wallace s'occupera bien de vous. Marché conclu ?

— Marché conclu, milord, répondit le cocher avant de lancer un œil noir à Felicity. Mais il faudra que cette dame et ses marmots rentrent chez eux par leurs propres moyens. Moi, c'est non.

Ian la sentit bouillir de colère et posa la main sur son bras.

— C'est inutile. Je me chargerai de les raccompagner.

Il fallut que le véhicule reparte pour qu'elle finisse par se détendre. Puis elle se tourna vers lui, avec cette insolence qui n'appartenait qu'à elle.

— Bien, bien. Vous aussi, vous êtes sensible aux « questions de principe ». Quand c'est *votre* argent qui est en jeu, du moins.

Ian ne put s'empêcher de sourire.

— Je l'admets, je n'aime pas remplir les poches d'un escroc. Surtout s'il aime voler les jeunes femmes.

Il crut soudain percevoir de la reconnaissance dans les yeux de Felicity. Ce fut comme une douce chaleur qui réchauffa l'air glacial.

— Merci pour votre aide, dit-elle tout bas.

Au même moment, ils se retrouvèrent au beau milieu d'un véritable tourbillon. Les quatre garçons les secouaient comme des pruniers. Puis ils l'encerclèrent en criant : « Saperlipopette ! », « C'est de vous qu'on parle dans le journal ? » ou bien encore : « Pourquoi est-ce qu'il vous a appelé *milord* ? »

Ian eut l'impression d'être un ours de foire, entouré de créatures trois fois plus petites que lui — des créatures qui portaient des manteaux usés et des pantalons rapiécés. Pourquoi leur sœur les habillait-elle de la sorte ? Il leva la tête vers elle. *Une minute.* Où était passée la tenue élégante qu'elle portait chez les Worthing ? Elle était habillée de façon tout à fait convenable, mais on remarquait forcément les bords élimés de son manteau en laine et la couleur fanée de son bonnet noir tout simple, qui avait passé trop de temps au soleil, c'était manifeste.

— Arrêtez, les garçons, gronda-t-elle. Ce n'est pas poli de parler tous en même temps.

— Ils ne me dérangent pas, Miss Taylor, répondit-il,

mais il vaut mieux que nous fassions les présentations comme il se doit.

Ian sourit au premier gamin.

— Comment vous appelez-vous, jeune homme ?

— William.

À peine avait-il prononcé ces quelques mots que le suivant lança :

— Lui, c'est mon frère Ansel et, moi, c'est George. Mais tout le monde m'appelle Georgie. Et, lui là-bas, c'est James. C'est notre grand frère.

— Je vois.

D'un seul coup d'œil, Ian mémorisa quelques détails pour distinguer les triplés. La tache de vin d'Ansel, la cicatrice sur le menton de Georgie et la dent manquante de William.

— Ravi de vous connaître, je suis…

— Le vicomte Saint Clair, intervint James.

Ian lui lança un regard étonné, mais le jeune garçon haussa ses épaules osseuses.

— J'ai posé la question à Mrs Box le jour où vous êtes venu chez nous. Le jour où Lissy s'est mise à crier. J'ai cru que vous… enfin…

— Je comprends, le coupa-t-il. C'est une bonne chose que tu veilles sur ta sœur.

Il accompagna cette phrase d'un regard éloquent en direction de Felicity.

— Elle en a besoin.

— Nous avons retenu M. le vicomte assez longtemps, les garçons, dit-elle. Je suis sûre qu'il a des choses bien plus importantes à faire.

Ian voulut protester, mais Georgie s'écria :

— Il ne peut pas venir avec nous à l'exposition ?

D'un geste nerveux, elle remit d'aplomb le col du manteau de son petit frère.

— Lord Saint Clair a un rendez-vous et il n'a pas de temps à perdre avec nous.

— Mon rendez-vous n'a rien d'urgent.

Devant son air furieux, il ajouta :

— Et puis je n'ai jamais vu une exposition de statues en cire. Sans compter que j'ai promis de vous ramener chez vous avec mon fiacre.

— C'est vrai, je l'ai entendu.

Ian vit les yeux de James se poser sur lui. Des yeux aussi verts et perçants que ceux de sa sœur.

— Et ça nous économisera un demi-shilling.

Tiens, tiens. Et si les finances des Taylor n'étaient pas aussi florissantes qu'on le racontait ? Le rire nerveux de Felicity ne fit qu'aggraver ses soupçons.

— Ne sois pas bête, James. Un demi-shilling, quelle importance ? Vraiment, Lord Saint Clair, ne vous inquiétez pas pour nous. Passer cette journée avec nous vous ennuierait profondément, j'en suis sûre.

— Pas autant que passer la journée avec mon avoué. Ce qui l'amuse, c'est de fouiller dans les livres de comptes. Pitié, ne me condamnez pas à subir ce cours d'arithmétique toute la matinée.

La voyant hésiter, il insista :

— Laissez-moi vous accompagner. Après la visite, j'achèterai du thé et des tourtes à la viande de mouton pour tout le monde.

Signe que cette tentative de corruption avait fonctionné à merveille, les enfants se mirent à piailler autour de lui. Felicity ne put que se résigner :

— Très bien, mais vous le regretterez. Ces quatre petits diables peuvent être très pénibles.

— Je survivrai, ne vous en faites pas.

Il comptait même tout faire pour s'attirer les bonnes grâces des garçons. Comme ça, leur sœur serait bien obligée de repenser à cette demande en mariage.

Alors qu'ils se dirigeaient vers l'entrée du lieu de l'exposition, Felicity tira James à l'écart et lui souffla quelque chose à l'oreille. Le jeune garçon hocha la tête, puis rattrapa ses frères en courant. Pour leur souffler à son tour quelque chose à l'oreille. De vrais petits conspirateurs !

Ian eut du mal à ne pas éclater de rire. Les Taylor avaient donc des secrets ? Felicity avait tort de croire qu'une simple mise en garde pouvait l'empêcher de découvrir ce qui se cachait derrière toutes ces messes basses. N'avait-il pas délié la langue d'un des plus grands conseillers de Napoléon ? Ce n'était pas quatre garnements qui allaient lui donner du fil à retordre.

D'ici la fin de la journée, il saurait tout. Puis il s'en servirait pour convaincre Felicity de devenir son épouse. C'était certain.

Felicity dut attendre d'apercevoir la dernière salle de l'exposition pour enfin commencer à se détendre. Ces trois heures de visite lui avaient paru interminables, mais tout s'était bien passé. Les garçons n'avaient rien dit sur l'état de leurs finances. Ils s'étaient comportés comme de vrais petits gentlemen… Enfin, la plupart du temps. Ce moment avait même été agréable, malgré l'intrusion de Ian.

Elle jeta un coup d'œil alentour. Georgie, Ansel et William étaient agenouillés devant une sculpture représentant un Écossais… le nez sous le kilt de ce dernier. Pour voir si la fameuse légende était vraie, évidemment. Ian et James étaient devant elle, en train de lire l'écriteau qui accompagnait un Bonaparte en cire plus vrai que nature.

Regardez-moi ces deux-là, ils se sont bien trouvés. Il y avait de quoi sourire. Les mains dans le dos, Ian et James s'appuyaient sur un pied, avec l'autre jambe légèrement pliée. Quelque part, ils se ressemblaient un peu. Les boucles brunes de James faisaient penser aux cheveux noirs et épais de Ian. Et ils avaient souvent tendance à plonger la main dedans à tout bout de champ. Ils auraient pu être père et fils.

Elle déglutit avec peine, l'estomac noué. Elle imagina Ian avec un enfant. L'enfant qu'elle lui aurait donné. Si étrange soit-elle, cette idée lui réchauffait le cœur. Quel père serait-il ? À en juger par l'impression qu'il avait renvoyée tout au long de la visite, il serait merveilleux. S'il avait su canaliser l'énergie des trois garçons, c'était James qu'il avait littéralement captivé. Et pourtant le combat n'était pas gagné d'avance, loin de là. Mais, à partir du moment où il avait décrit dans les moindres détails les événements de la Révolution française, il avait subjugué cet amoureux de littérature et d'histoire qu'était son frère.

Elle le regarda lire une phrase écrite en français avant de la traduire pour James. Il parlait cette langue à la perfection, bien mieux que les maigres rudiments qu'elle avait appris dans son enfance grâce à son précepteur français, qui ne lui avait pas laissé un souvenir impérissable. Ian, lui, avait vécu plusieurs années sur le continent, à l'époque où il espionnait pour l'Angleterre. Enfin, si c'était bien ce qui l'avait amené là-bas. Cette idée la troubla. Elle ignorait ce qu'il avait fait au juste dans ces contrées, car il n'en parlait jamais.

Les conversations qu'elle avait eues la veille lui envahirent l'esprit. Elle y avait réfléchi toute la nuit. Quelle était la part de vérité dans toutes ces histoires ? Ian n'était certainement pas un violeur, mais c'était un séducteur. Était-il capable de se montrer aussi égoïste ? Peut-être pas maintenant, mais quand il avait dix-neuf ans ? Elle voulait savoir. Elle en avait *besoin*. Peut-être que si elle lui posait la question…

— Comment se fait-il que vous parliez aussi bien français ? demanda soudain James.

Ian observa la sculpture de cet air impénétrable qu'elle connaissait bien.

— J'ai passé six ans sur le continent.

— Pourquoi ?

— J'ai fait la guerre, répondit-il en haussant les épaules.

Pour une surprise, c'était une surprise. Ian venait d'admettre qu'il avait été soldat, le plus simplement du monde. Mais c'est là que James répliqua :

— Lissy dit que vous mentez.

— James !

Elle le tira par l'épaule pour qu'il se retrouve face à elle.

— Je n'ai jamais dit une chose pareille.

— Tu l'as écrit dans le journal ! Je m'en souviens.

— Oh ! *ça*, soupira-t-elle. Mais alors… tu lis mes articles ? Je ne m'en étais jamais rendu compte.

— Si, on les lit toujours. Enfin, pas les triplés, mais Mrs Box, Joseph, notre cuisinière et moi. On fait ça chaque matin, quand vous dormez encore, toi et les garçons.

Cette révélation la déstabilisa complètement. Elle n'aurait jamais cru que sa famille faisait partie de son public. Elle était au courant que Mrs Box consultait ses chroniques, c'était à prévoir. Mais son jeune frère ? Devait-elle être fière ou mortifiée ? Impossible à dire.

Quoi qu'il en soit, il fallait rétablir les faits.

— Ce que j'ai écrit au sujet de Ian était une erreur. J'étais mal informée. Il a servi le pays.

— Ian ? demanda James avec une candeur tout enfantine.

Oh ! quelle idiote…

— *Lord Saint Clair*, rectifia-t-elle. Il n'a pas menti. C'est moi qui me suis trompée.

— Mais… tu ne te trompes jamais, balbutia-t-il. Tout le monde le dit : « Lord X sait ce qu'il en est. Il connaît la vérité. »

Elle soupira. Dans quel pétrin s'était-elle fourrée, bon sang ? Quand elle avait eu la bêtise d'écrire cette dernière chronique, elle n'aurait jamais cru que les choses iraient aussi loin.

— Je sais ce que tout le monde dit, répondit-elle à son frère. Et je cherche la vérité. Mais je fais aussi des erreurs. Personne n'est parfait. Ne crois pas toujours ce que tu lis ou ce que tu entends. Parfois, c'est exagéré, et même faux.

Elle aurait dû suivre son propre conseil et prendre les affirmations de Lady Brumley avec des pincettes. Sans parler de celles de Mr Lennard. Elle chercha Ian des yeux. Il semblait sur ses gardes. Tant qu'elle n'avait pas tous les faits en main, pas question de tirer la moindre conclusion. Pas cette fois.

— Maintenant, présente tes excuses à Lord Saint Clair, ordonna-t-elle ensuite à son frère. Peu importe ce que tu pensais, ce n'était pas poli de mentionner cette rumeur.

James se tourna vers Ian, la mine contrite.

— Je suis désolé, milord. Je vous ai manqué de respect.

— Ce n'est rien.

Ian posa la main sur l'épaule de James. Mais c'était bien elle qu'il regardait.

— Je n'en veux pas aux gens de poser des questions. Ce que je n'aime pas, c'est qu'ils tirent des conclusions trop hâtives.

Ah non, il n'allait pas s'en sortir si facilement !

— Peut-être qu'ils tirent des conclusions hâtives parce que vous ne répondez pas à leurs questions.

— Peut-être que leurs questions concernent des affaires privées.

Elle haussa un sourcil.

— James, et si tu allais chercher tes frères avant qu'ils ne fassent tomber cette sculpture ?

Dès qu'il s'empressa d'obéir, elle sourit doucement à Ian.

— L'ennui, avec vous, c'est que *tout* est une affaire privée. Je parie que vous interdisez à votre gouvernante de révéler le contenu de votre penderie à des étrangers.

— Pas vous ? Non, ce serait difficile, vu la façon dont Mrs Box adore parler de vous. Tiens, et si j'avais une petite conversation avec elle quand nous rentrerons chez vous ? Nous verrons si elle me révèle le contenu de votre penderie.

La voix grave de Ian la fit frémir.

— Je me demande si j'y trouverais cette tenue affriolante que vous portiez à Worthing Manor.

Lentement, il parcourut son corps du regard. Elle retint son souffle. *Seigneur, pas encore !* Un tourbillon d'émotions était en train de l'emporter. L'impatience, le désir, et bien plus encore… À sa grande surprise, elle constata que Ian semblait ressentir la même chose.

— Encore mieux : vous pourriez me la montrer plus

tard, quand nous serons seuls, murmura-t-il d'une voix chaude.

Felicity sentit un frisson délicieux la traverser. Il avait envie d'elle. Malgré toutes les femmes qu'il avait courtisées pendant la semaine, c'était *elle* qu'il voulait.

Elle se raidit. Toutes ces femmes... Que comptait-il faire, justement ? La mine fermée, elle s'écarta.

— Quand nous serons seuls ? Allons, vous oubliez que vous avez plusieurs cœurs à séduire, ce soir.

Le sourire de Ian — tendre, envoûtant et dangereux — la fit frissonner des pieds à la tête.

— Oh ! je suis passé à autre chose. Toutes ces femmes que j'ai rencontrées et courtisées ont un défaut, il leur manque quelque chose que je cherche à tout prix.

— Et de quoi s'agit-il ?

— Elles ne sont pas vous.

Le cœur de Felicity s'emballa, comme un oiseau prisonnier d'une cloche en verre. Ces mots délicieux résonnèrent en elle tout en l'embrasant.

L'instant d'après, Georgie surgit tout près d'eux, suivi de près par le reste de la fratrie.

— Lissy, Lissy, la chambre des horreurs est juste après ! On peut entrer, s'il te plaît ?

Une chance pour elle, on venait de la ramener à la réalité. Sans quoi, elle aurait continué de penser à cet homme si mystérieux qui lui faisait des propositions si tentantes.

— Georgie, je vous ai dit hier soir que ce n'était pas possible. Ce n'est pas un endroit pour des enfants de votre âge.

— Mais, Lissy, je vais avoir douze ans, protesta James. Je suis presque un homme.

Effectivement, mais ce serait l'enfer si elle le laissait entrer sans les triplés.

— Désolée, il vaut mieux que notre visite s'arrête ici.

— Mais pourquoi ? insistèrent les petits en trépignant.

Ian choisit ce moment pour intervenir :

— Oui, Miss Taylor, pourquoi pas ? Je veux bien accompagner les enfants si vous ne souhaitez pas entrer.

Après avoir joué les séducteurs, voilà qu'il contestait son autorité ? Ah non, c'était trop fort !

— Cela n'a rien à voir avec moi, déclara-t-elle sans la moindre hésitation. Je pense aux garçons. Ce qui se trouve dans cette pièce va leur donner des cauchemars. Si on l'appelle la chambre des horreurs, ce n'est pas pour rien.

Avec une étincelle sournoise dans les yeux, Ian posa les mains sur les épaules de Georgie.

— Les garçons sont attirés par ces choses-là, vous savez. À leur âge, j'étais comme eux.

— À six ans ? Non, c'est trop jeune, croyez-moi.

— Et si vous les laissiez en juger ?

Ian ne risquait pas d'être déçu ! Laisser des enfants de cet âge prendre les décisions eux-mêmes, et puis quoi encore ? Avec le nombre de bêtises qu'ils pouvaient inventer… Le mois dernier, Georgie avait eu l'intention de se jeter du haut du balcon en se servant d'une paire d'ailes qu'il avait fabriquée avec des bouts de ferraille. Heureusement qu'Ansel était venu cafarder !

— Puis-je vous parler seul à seul, Lord Saint Clair ? s'enquit-elle froidement.

— Certainement.

Il la suivit jusqu'à un endroit à l'abri des oreilles indiscrètes.

Au prix d'un gros effort, Felicity parvint à garder son calme.

— Je sais que nous avons nos différences, mais vous ne devez pas laisser cette réalité influencer votre jugement. James est assez grand, mais les triplés ne sont que des enfants. Ils ont une imagination fertile et ils s'effrayent d'un rien.

— Eux, s'effrayer d'un rien ? Allons, ce sont les Terreurs de Taylor Hall, comme les appelle votre gouvernante. Croyez-moi, les garçons sont plus solides que vous ne le croyez. Ils aiment se faire peur.

— Votre mère vous aurait-elle laissé faire ce genre de choses ? insista-t-elle en plissant les yeux.

— Non, car elle n'aurait pas accepté que j'aille à une exposition de sculptures en cire, même si j'avais été en âge de le faire. Mon père n'aurait pas été d'accord. Je n'avais jamais le droit d'aller à des foires, de jouer ou de…

La mâchoire serrée, il se tut brusquement.

— Mon père jugeait ce genre d'amusements parfaitement inutiles. C'était quelqu'un de… d'assez sévère.

Cet aveu la laissa pantoise. C'était la première fois qu'il parlait de son passé ou qu'il mentionnait ses parents. Elle était heureuse de voir qu'il en était capable. Elle était même touchée par ce qu'il venait de lui raconter. Mais il se trompait au sujet des garçons.

— Les enfants ont besoin de s'amuser, c'est vrai, mais…

— Écoutez, venez avec nous. Si vous estimez que c'est insoutenable, nous ressortirons aussitôt. Promis. Vous êtes bien placée pour savoir comment les journaux exagèrent pour vendre des tickets. Cette pièce ne contient certainement que de vieux os de chien ou quelques haches.

Voilà qui n'était pas faux. Felicity tourna la tête en direction de ses frères qui attendaient, pleins d'espoir.

— Très bien, allons jeter un coup d'œil. Mais, si je vois que cette pièce contient ne serait-ce qu'un doigt écrasé, je…

Hélas, les autres s'étaient déjà précipités de l'autre côté du couloir, où une entrée couverte d'un rideau noir les attendait. À côté, on pouvait voir un panneau portant l'inscription ATTENTION en caractères d'imprimerie, mais aussi un petit texte qui incitait les âmes sensibles à ne pas entrer.

Elle sentit l'inquiétude la gagner. Si Ian s'était trompé… Pourvu que ce ne soit pas le cas.

Chapitre 15

Même s'il n'est pas raisonnable d'être trop complaisant avec un enfant, où commence l'excès d'indulgence ? L'un des deux parents considérera que lui donner une part de tarte supplémentaire ne prêtera pas à conséquence, tandis que l'autre estimera que c'est le meilleur moyen de l'entraîner sur le chemin de la perdition. Doit-on s'étonner que les enfants grandissent sans repères stables ?

LORD X, *The Evening Gazette*, 22 décembre 1820.

— Elle nous en veut, pas vrai ?

Ian se retint de rire. Georgie avait tenté d'être discret et de chuchoter, mais tout le monde dans le fiacre avait dû l'entendre, y compris sa sœur qui se tenait à côté de lui, sans bouger.

Il n'avait pas pu voir sa réaction dans la faible lueur des quelques réverbères qui jalonnaient la rue. Puis un rai de lumière lui éclaira le visage. Elle avait le teint blême et le regard fixe. C'était la première fois que Ian la voyait aussi renfrognée.

Il remua légèrement sur la banquette qu'il partageait

avec James et William. Le fiacre, pourtant spacieux, paraissait minuscule et il y faisait une chaleur étouffante. Mais ce n'était pas tous les jours que six passagers s'entassaient dedans.

Ian ne prit même pas la peine de baisser la voix.

— Elle ne vous en veut pas. C'est contre moi qu'elle est fâchée.

Aucune réponse de la part de Felicity.

— Pourquoi ? s'enquit Georgie.

— Elle pense que j'ai eu tort de vous faire entrer dans la chambre des horreurs.

Les garçons le rassurèrent aussitôt. Non, il n'avait pas eu tort : au contraire, ils avaient passé un bon moment. C'est là que Felicity en profita pour intervenir :

— Je ne vous en veux pas. Encore que, vous pourriez éviter de parler de moi comme si je n'étais pas là. Je suis fâchée contre moi-même. Je vous ai tous laissés entrer dans cette pièce atroce, au lieu de ne pas céder.

Ian étouffa un juron. Si elle n'était pas fâchée, alors pourquoi avait-on l'impression que de la fumée lui sortait par les narines ?

Bon sang, comment aurait-il pu savoir que ces sacripants se mettraient à courir partout dans la pièce, à peine entrés dans la chambre des horreurs ? Comment aurait-il pu deviner ce qui se trouvait à l'intérieur ? Il faut dire qu'ils avaient été accueillis par trois têtes en cire plantées sur de grandes piques. Le long des murs, on pouvait voir des sculptures représentant des criminels. Tous tenaient des haches, des épées et toutes sortes d'armes, entièrement couvertes d'une cire rouge qui ressemblait à s'y méprendre à du sang. Il y en avait aussi sur les corps démembrés de leurs victimes et même sur la lame d'une guillotine qui trônait à l'autre bout de la pièce.

Était-ce sa faute si Madame Tussaud possédait des quantités invraisemblables de cette cire rouge ? Et un goût pour la mise en scène ?

Apparemment oui, à en juger par le regard mauvais que lui avait lancé Felicity avant de courir après les garçons pour les attraper par la peau du cou. Elle les avait ensuite ramenés jusqu'à l'entrée. Mais il était trop tard. Le temps qu'elle récupère Georgie, la petite fratrie avait pu profiter pendant quinze bonnes minutes de la chambre des horreurs.

Depuis, Felicity lui battait froid, et pas qu'un peu. C'est à peine si elle lui avait adressé la parole. Elle n'avait presque pas mangé quand ils s'étaient arrêtés dans un petit estaminet très populaire. Les garçons, eux, ne s'étaient pas fait prier pour avaler leurs parts de tourte à la viande et de tarte aux pommes. Désormais, elle se tenait toute droite, comme l'une de ces fichues statues de cire, le plus loin possible de lui.

Tout s'était si bien passé jusque-là. Comment avait-il pu gâcher ce qu'il avait prévu pour la soirée en agissant de façon aussi inconsidérée ?

À côté de lui, James lança :

— Ne sois pas fâchée contre moi, Lissy. Je suis assez grand pour aller dans la chambre des horreurs si ça me fait plaisir. Je ne suis plus un enfant.

Ian ne put s'empêcher de grogner quand Felicity leva les yeux au plafond. *Parfait*… Pourquoi avait-il fallu que James choisisse le pire moment pour revendiquer son indépendance vis-à-vis de sa sœur ?

— Ce n'est pas comme si tu étais notre mère, continua-t-il de sa voix en pleine mue. Si je n'avais pas été obligé de quitter la Islington Academy, j'aurais pu aller tout seul à l'exposition, tu sais. Et personne ne m'aurait interdit de voir la chambre des horreurs.

Sur ces mots, un silence aussi lourd que la neige qui couvrait la ville tomba sur la voiture. Même les triplés cessèrent de s'agiter. Ian regarda Felicity. Les yeux écarquillés, elle semblait paniquée. Le temps était peut-être venu de poser quelques questions…

— Pourquoi as-tu été forcé de quitter cette école ? demanda-t-il alors à James. Tu es un garçon intelligent et bien élevé. Ils n'ont quand même pas pu te jeter dehors !

Le frère de Felicity sembla pris de court.

— Eh bien, je…

— Vous l'avez mal compris, Ian, le coupa-t-elle. Il n'est pas parti, il est rentré à la maison pour les vacances, c'est tout.

— Oui, c'est… c'est ça, bafouilla James. Pour Noël.

Pas de doute, il mentait aussi mal que sa sœur. Il voulait défendre sa famille, c'était évident.

— Tu sais que ce n'est pas bien de raconter des histoires, James. Dis-moi la vérité, est-ce que tu as quitté cette école parce que ta sœur a besoin d'argent ?

Le pauvre garçon lança à celle-ci un regard désespéré.

— Lissy…

— Ce n'est rien, James.

Un réverbère jeta sa lumière sur l'air prostré de Felicity.

— Vraiment, Lord Saint Clair, il n'est pas nécessaire de rudoyer ce pauvre enfant. S'il y a des choses que vous souhaitez savoir, posez-moi des questions.

— Très bien, répondit-il, les bras croisés sur son torse.

Avez-vous besoin d'argent ? Si vous ne me le dites pas, je trouverai la vérité par mes propres moyens.

Elle regarda par la fenêtre, les doigts refermés autour de son sac, comme pour se protéger d'un voleur.

— Nous n'avons pas besoin… Enfin… Pour l'heure, nous sommes à court d'argent car nous attendons que la question de l'héritage de notre père soit réglée. Mais dès que les sommes nous seront versées…

— Qu'est-ce que vous me chantez ? Il est mort il y a plus d'un an !

— Oui, c'est un vrai casse-tête légal. Les avocats vont trouver une solution. En attendant, mes articles nous font vivre.

Comme si cela pouvait suffire, avec une maisonnée aussi importante !

— Quelqu'un pourrait peut-être intervenir en votre nom et faire avancer les démarches. Si je parlais à l'avoué de votre père…

— Non ! Ce ne sont pas vos affaires. Tout va bien, croyez-moi.

— Mais, Lissy…, commença James.

— Tout va bien, grogna-t-elle en lançant à son frère un regard menaçant. Nous finirons bien par toucher cet argent, et James retournera à la Islington Academy.

— Soit. Faites comme bon vous semble.

Autant changer de sujet. Inutile de l'agacer davantage alors que quelques mots avec Mrs Box lui révéleraient ce qu'il devait savoir.

Même si les garçons commençaient à se détendre, Felicity pour sa part se mit à s'agiter. Tout d'abord, elle joua avec le fermoir de son sac. Puis voulut recoiffer Georgie jusqu'à ce que le petit s'énerve. Mais surtout, remarqua Ian, elle veilla bien à ne pas le regarder. Quoi qu'elle prétende, quelque chose ne tournait pas rond. Et il avait bien l'intention d'en avoir le cœur net dans la soirée. Seulement, comment allait-il se faire inviter alors qu'elle était de si mauvaise humeur ?

Peu après, il eut sa réponse quand un poids tomba sur lui. C'était William. Il s'était endormi, la tête posée confortablement sur ses cuisses. Le pauvre. Il aurait déjà dû être couché, à cette heure. Tiens, voilà qui lui donnait une idée…

— William est endormi ? demanda Felicity en se penchant. Voulez-vous que je le prenne de mon côté ?

— Non, il est bien là où il est, répondit-il tout bas.

Pas question de le réveiller, surtout ! C'était un peu son ticket d'entrée à Taylor Hall.

— J'imagine que la journée a été longue et fatigante pour lui.

— Je vous l'avais dit.

— Vous m'aviez également promis que ce serait ennuyeux. Or ce fut tout le contraire.

Elle esquissa un léger sourire. La preuve qu'elle sortait de sa réserve, peut-être.

— Je doute qu'on puisse s'ennuyer dans la chambre des horreurs. On peut avoir une frousse bleue, certes, mais pas s'ennuyer.

— Tu as eu peur, Lissy ?

C'était la voix de Georgie.

— Sûrement à cause de tout ce sang partout, dit Ian avant même qu'elle ait ouvert la bouche.

— Ce n'était pas du vrai sang, Lissy, fit le petit en tapotant gentiment le genou de sa sœur. Il ne faut pas avoir peur d'un peu de cire rouge.

Ian ne put s'empêcher de rire — tout en veillant à ne pas réveiller William. Très vite, Felicity en fit autant. L'entendre pouffer lui fit chaud au cœur. Si seulement ils retrouvaient cette proximité qu'ils avaient eue quelques jours plus tôt…

Quand leur fou rire prit fin, il s'éclaircit la gorge.

— Je suis navré pour aujourd'hui. Même si je n'étais pas d'accord avec vous, je n'aurais pas dû insister pour que les enfants voient cette partie de l'exposition.

Elle accepta ces excuses avec un pâle sourire.

— Ce n'est rien. Vous ne pouviez pas savoir ce qu'il y aurait dans cette pièce.

Elle regarda Georgie.

— Et je dois dire que ce petit sacripant aurait trouvé un moyen d'entrer, malgré mon interdiction.

— Sans doute.

Sur ces mots, Ian se sentit nettement mieux. Ils avaient tourné la page.

Étrangement, le silence qui s'installa était très apaisant. Qui aurait cru que ce trajet en fiacre avec trois diablotins, un écolier modèle et leur sœur aînée serait si agréable ? Voilà des années qu'il n'avait pas été entouré d'enfants. Pour être précis, c'était même depuis sa jeunesse, lorsqu'il passait du temps avec ses petits-cousins. À sa grande surprise, il s'aperçut que cette époque lui manquait.

La voiture s'arrêta en tanguant et il jeta un coup d'œil dehors. L'entrée de Taylor Hall était nimbée d'une lumière vive. La porte du véhicule s'ouvrit et les garçons descendirent avec une lenteur qui ne leur ressemblait guère. Avec l'aide du cocher, Felicity sortit à son tour, puis se tourna pour attraper William. Ian l'en empêcha d'un geste.

— Je vais le porter.

— Ne vous donnez pas toute cette peine, allons, protesta-t-elle. La nurserie est à l'étage.

— Ne vous en faites pas. En plus, vous devez surveiller les autres.

À en juger par le sourire reconnaissant qu'elle lui adressa, elle n'avait guère envie de monter un escalier avec un enfant de six ans dans les bras. Elle s'écarta tandis que le cocher prenait William. Ian put alors descendre. Là, il récupéra l'enfant, qui poussa un petit soupir avant de se blottir contre lui, l'air ensommeillé et confiant. Comment ne pas s'émouvoir de voir ces petits poings fermés et ces joues toutes douces où s'accrochaient encore quelques miettes de tarte aux pommes ?

Un élan de tendresse le poussa à serrer l'enfant encore plus près de lui. Un jour, ce serait son fils qu'il tiendrait dans ses bras. Ce fils qui serait le sien et celui de Felicity.

Cette idée l'emporta comme un véritable tourbillon. Après cette journée, il ne doutait pas un instant qu'elle serait une bonne mère. Mais, lui, serait-il un bon père ? Pourvu qu'on lui laisse la chance de le découvrir.

Une fois en haut du perron, il entra dans le hall.

— Où faut-il aller ? demanda-t-il à Felicity, qui tendait son manteau au valet.

— Suivez-moi, dit-elle en se dirigeant vers l'escalier principal, un candélabre à la main.

Ça y est, j'ai pénétré dans la forteresse ! Voilà ce qu'il songea non sans satisfaction quand les grosses portes en chêne se refermèrent derrière eux. Tout en tenant William, il se débarrassa de son paletot. *Maintenant, tout ce que j'ai à faire, c'est rester assez longtemps pour conquérir Felicity.*

Mrs Box fit son apparition dans l'entrée en trottinant.

— Ah, bonsoir, milord.

La dernière fois que la gouvernante et lui s'étaient croisés, Felicity était en train de le houspiller. Pourtant, la vieille femme ne paraissait pas surprise de le voir revenir. Il la salua et elle lui répondit par un grand sourire. Il eut juste assez de temps pour s'assurer qu'elle le trouvait toujours aussi sympathique. Après quoi, elle retourna au travail en poussant les trois autres garçons vers l'escalier.

— Vous devriez être au lit depuis belle lurette. Allez, venez, et pas de bêtises.

Tandis qu'ils montaient, James raconta à Mrs Box les événements de la journée. Quand le garçon évoqua le repas qu'ils avaient pris tous ensemble et leur trajet en fiacre pour rentrer à Taylor Hall, la gouvernante s'exclama :

— Comme c'était aimable de la part de M. le vicomte!

D'instinct, Ian lui fit un clin d'œil. Quand elle le lui rendit, il sourit.

Parfait, il avait une alliée. Plus on l'aiderait à passer du temps seul à seul avec Felicity, sans les enfants dans leurs pattes, mieux ce serait. D'autant qu'elle semblait très impatiente de le voir repartir. Loin devant lui, elle montait les marches en toute hâte.

Tandis qu'il étudiait ce dos élancé qui se dessinait sous cette robe en laine fermée par de nombreux boutons en perle, il laissa son esprit vagabonder dangereusement. Il comptait bien défaire tous ces boutons un à un et la libérer de cette tenue. Elle ne portait pas de corset, il en était presque certain. Il n'aurait plus qu'à enlever sa chemise, pour admirer ses fines épaules et l'embrasser le long du dos, jusqu'à son adorable derrière.

Ian sentit tout son corps s'éveiller à cette idée.

Oh oui, il comptait bien faire ça, et même plus encore,

peut-être même dès cette nuit. Quand les enfants seraient couchés, elle accepterait sa proposition ou alors il flirterait avec elle jusqu'à ce qu'elle dise oui. D'une manière ou d'une autre, il mettrait fin à cette farce avant de quitter Taylor Hall.

Aurait-il du mal à la convaincre de devenir Lady Saint Clair ? Sans doute pas. Il pouvait compter sur l'aide d'un certain nombre de personnes. La rambarde craqua quand Felicity posa la main dessus. L'escalier avait bien besoin d'être retapé. À l'étage, l'un des tableaux accrochés sur le mur près du bureau avait disparu. Il ne restait plus qu'un carré plus sombre qui indiquait la place qu'il occupait jusque-là. La maison était décorée avec des branches de houx et des boules de gui, mais cela ne suffisait pas à cacher le piteux état dans lequel se trouvait cet endroit. Il suffisait de jeter un coup d'œil à la peinture qui s'écaillait un peu partout.

Il était prêt à parier une fortune que la mauvaise santé des finances de Felicity avait commencé bien avant la mort de son père. Leur héritage ne devait pas être mirobolant, loin de là. En cas de besoin, il s'appuierait sur cet argument financier pour la convaincre. Même s'il préférait s'en remettre à l'arme de la séduction, et de loin. Il n'empêche : il devait d'abord se retrouver seul avec elle.

James prit docilement le chemin de sa chambre tandis qu'ils quittaient le premier étage. Maintenant, il ne restait plus à Ian qu'à se débarrasser des triplés. Ce qui ne serait pas trop compliqué : l'un d'eux était déjà endormi et les autres marchaient comme des pantins.

Une fois au second étage, Felicity le mena jusqu'à la nurserie où se trouvaient trois lits identiques.

— Mettez-le là, s'il vous plaît, dit-elle en écartant la couverture qui recouvrait un des trois matelas.

Là-dessus, ils se regardèrent les yeux dans les yeux.

— Merci pour votre aide, Lord Saint Clair, ça me touche beaucoup. Et merci pour ce repas et ce trajet jusque chez nous.

Elle se tourna vers Georgie et Ansel.

— Dites merci à M. le vicomte et souhaitez-lui bonne nuit.

Ils s'empressèrent d'obéir. Georgie voulait évoquer de nouvelles sorties, mais un mot de sa sœur suffit à le faire taire.

— Bien, je dois mettre les garçons au lit. Mrs Box va vous raccompagner jusqu'à la porte. Cette journée était formidable, mais j'imagine que vous avez hâte de vous en aller.

— Pas du tout. Je vous attends en bas.

La panique se peignit sur le visage de Felicity.

— Ce n'est pas nécessaire. Vous risquez d'attendre un moment. Il faut que les petits se débarbouillent et…

— Je m'en charge, intervint alors Mrs Box en ouvrant les autres lits en deux temps, trois mouvements. Redescendez avec M. le vicomte. Après tout ce qu'il a fait pour vous et pour les garçons, le moins que vous puissiez faire, c'est de lui offrir un verre de clairet avant qu'il ne sorte dans le froid. Ce serait l'idéal, n'est-ce pas, Lord Saint Clair ?

La vieille femme accompagna sa question d'un nouveau clin d'œil.

— Oh oui, ce serait parfait.

À vrai dire, il aurait préféré du brandy mais, l'important, c'était qu'il soit avec Felicity. Avec un peu de chance, il serait encore là le lendemain, à l'heure du petit déjeuner. Mrs Box pensait-elle que la soirée allait se conclure de cette manière ? Sans doute pas. Mais qu'importe, cette perspective le tentait énormément.

— Je vais voir s'il nous en reste, bredouilla Felicity en évitant son regard.

Une fois dans le couloir, elle referma la porte de la nurserie. C'était le moment de lancer une conversation qui lui éviterait de se retrouver dehors trop vite.

— C'est une très belle maison. Votre père l'a-t-il dessinée ?

— Oui.

Sans un mot de plus, elle se précipita vers l'escalier. Il lui emboîta le pas.

— C'est bien ce que je pensais. On retrouve le même heurtoir en forme de griffon à Worthing Manor. Votre père avait l'air d'aimer cet animal légendaire.

— Oui.

Une fois de plus, elle n'ajouta pas un mot. Au lieu de quoi, elle releva sa robe et descendit l'escalier à une vitesse ahurissante.

Le temps de la rattraper, il la saisit par le bras pour qu'elle s'arrête.

— Felicity, il faut qu'on parle.

— Non, partez. Il faut que…

Elle aurait voulu protester, mais un cri d'enfant suraigu déchira le silence de la nuit.

Chapitre 16

Les dernières œuvres poétiques de Lord Byron s'intéressent à don Juan, le séducteur légendaire. Un tel travail ne manquera pas de renforcer la notoriété de Byron, car chacun sait que les amants espagnols sont les plus fougueux.

LORD X, *The Evening Gazette*, 22 décembre 1820.

— Le-le monstre av-avait trois têtes, sanglotait William sur l'épaule de Mrs Box lorsque Felicity et Ian déboulèrent dans la chambre. Et un grand-grand bras rouge ! Il était tran-tranchant comme une hache et… et…

Le visage du petit se contracta quand il s'effondra en gémissant doucement.

Ce bruit déchirant transperça Felicity jusqu'au cœur.

— Oh, mon tendre chéri, cria-t-elle en se précipitant à son chevet.

Elle écarta Mrs Box. Quelques secondes après, elle berçait l'enfant sur sa poitrine.

— Tout va bien, Lissy est là maintenant pour te protéger. Le monstre ne pourra pas te faire de mal.

— Pauvre petiot, dit la gouvernante. Ça, c'est un cauchemar !

— Oui.

Des mots durs, accusateurs, montèrent aux lèvres de Felicity quand elle chercha Ian dans l'obscurité de la pièce. Mais elle les ravala lorsqu'elle le vit sur le pas de la porte, raide comme un piquet, les mains enfoncées dans les poches. Le moindre trait de son visage trahissait le fait qu'il se sentait coupable. On devinait tant de remords dans ses yeux… Comment aurait-elle pu se mettre en colère ?

Du reste, elle était tout aussi coupable que lui puisqu'elle l'avait laissé influencer sa propre décision. S'il n'était pas en mesure de savoir ce qui risquait d'arriver, elle par contre n'avait pas d'excuse.

— Il-il allait m'attra-m'attraper, murmura William. Il était prêt à…

— Chut, mon chéri, il faut oublier tout ça. Ce n'était qu'un mauvais rêve.

Felicity berça son frère tout en lui murmurant doucement à l'oreille.

— Tout va bien. Je suis là…

Elle sentit le regard de Ian sur elle et se rappela qu'il souhaitait lui parler en privé. Pas ce soir. Pas alors que tant d'émotions pouvaient si facilement la bouleverser. Elle fit un grand sourire à Mrs Box.

— Je suis là avec William, à présent. Je sais que vous avez beaucoup à faire. Raccompagnez Lord Saint Clair.

Mrs Box hocha la tête et se dirigea vers la porte.

— Noooon ! gémit William en la repoussant pour tendre un bras vers la porte.

— Tu veux que Mrs Box reste là ?

— Je-je veux Lo-Lord Saint Clair, bégaya-t-il.

Felicity grommela. L'homme avait littéralement subjugué ses frères, qui n'avaient plus de père dans leur vie. De la même manière qu'il l'avait subjuguée, elle.

— Venez donc, Ian, dit-elle d'un ton résigné.

Elle ne s'inquiéta même pas qu'on l'entende appeler le vicomte par son prénom.

De toute évidence troublé, ce dernier jeta un regard vers Georgie et Ansel qui étaient sagement installés sous les couvertures remontées jusqu'à leurs petits mentons. Puis il marcha vers eux.

— Je ne sais pas quoi faire, avoua-t-il en arrivant devant le lit.

— Asseyez-vous.

D'un geste, elle indiqua l'autre côté du matelas.

— Prenez-lui simplement la main.

— Bon, j'y vais…, lança Mrs Box.

Felicity n'eut même pas le temps de protester. Sa vieille domestique était déjà retournée vaquer à ses occupations.

Avec un étrange frisson, elle regarda la porte se refermer. La lumière tamisée et l'espace confiné donnaient à la chambre quelque chose d'intime qu'elle n'avait jamais ressenti jusque-là. Ian était là pour l'aider avec William, et c'était étrangement agréable.

Lui semblait mal à l'aise, pourtant. Il attrapa la main blême de William dans la sienne, grande et sombre, et la regarda comme s'il s'agissait d'un cadenas dont il aurait perdu la clé.

— Je suis là, William, dit-il.

La douceur qu'il avait mise dans sa voix la surprit presque.

Un frisson parcourut le petit corps de William. Il leva son visage ruisselant de larmes vers Ian.

— C'était un monstre.

— Je sais, mais il est parti, maintenant.

— Ce n'était pas pour de vrai, ajouta Felicity.

Pourquoi avait-il fallu que Ian parle comme si la créature existait vraiment ?

— C'était pour de vrai ! protesta William avec une petite moue. Et… et il va revenir pour me fra-frapper…

Très posément, Ian répondit :

— Non, il ne reviendra pas. Nous lui avons fait peur pour de bon, Mrs Box, ta sœur et moi.

— Oui, mais il va revenir. Il veut m'attraper. Comme il attrape toutes les personnes dans la chambre des horreurs.

La flamme vacillante laissa deviner la surprise qui se peignit sur le visage de Ian. Il ébouriffa les cheveux de William.

— Tu sais quoi ? Je vais rester ici un moment et, si le monstre revient, je lui dirai de ne plus t'embêter. Je me montrerai très ferme.

Cette promesse parut convaincre William.

— Vous… Vous voulez dire que vous lui parlerez comme vous avez dit au méchant chauffeur de ne plus embêter Lissy ? Et même qu'il vous a écouté et qu'il est parti ?

— Absolument, répondit-il solennellement. Je lui dirai exactement ça.

— Vous promettez de rester jusqu'à ce qu'il arrive ? Promis ?

— Je le jure.

Comment ne pas sentir son cœur fondre devant cette scène adorable ?

Felicity retint sa respiration lorsque William commença

à se rasséréner. Il saisit la main de Ian, la serra contre sa poitrine et reposa la tête contre l'oreiller.

— Très bien. Le monstre vous écoutera. Vous êtes grand, vous, et vous serez bien plus fort que lui.

Alors que William fermait les paupières, elle jeta un coup d'œil perplexe, puis envieux, à cette main forte que son frère serrait contre lui comme un jouet précieux. En quelques instants, elle l'entendit respirer paisiblement. Il sombrait doucement dans le sommeil.

Elle sentit alors des larmes lui perler aux paupières. Combien de fois avait-il continué de pleurer alors qu'elle lui avait assuré que ce n'était qu'un cauchemar ? Combien de fois n'avait-elle jamais réussi à calmer ses peurs ? Elle devait parfois attendre qu'il s'épuise tout seul avant de le quitter. Et voilà que Ian, avec sa présence imposante et son calme plein d'aplomb, avait réglé la question. William se sentait en sécurité.

Oh ! elle savait bien qu'il manquait un père à ses frères. Qu'ils couraient souvent autour de Joseph pour attirer son attention, tout simplement parce que leur valet était l'unique présence masculine du foyer. Jusqu'à présent, elle n'avait pas mesuré les conséquences de ce manque. Ils avaient besoin de cette force si particulière qu'est la force virile. Pauvres petits soldats sans père. Elle essuya ses larmes, mais cela ne servit à rien, car d'autres se mirent à couler en lui ruisselant sur les joues jusqu'au menton.

Et puis la voix de Ian résonna de l'autre côté du lit.

— Je suis désolé. Je suis terriblement désolé, Felicity. Vous aviez raison, j'avais tort. Je n'aurais jamais dû les emmener dans cette satanée pièce.

Elle sentit sa gorge se nouer lorsqu'il écarta les mèches du front de William d'un geste paternel.

— Ce n'est pas ça. Cela va sûrement vous sembler absurde, mais vous l'avez rassuré mieux que je n'aurais pu le faire. Je crois que je suis un peu… jalouse.

— Pas d'inquiétude. C'est ma faute s'il a souffert. Je mériterais d'être fusillé.

Des mots extrêmement forts de la part d'un homme qui avait l'habitude de cacher ses émotions. La douleur qui durcissait ses traits déjà taillés à la serpe était un vrai crève-cœur.

Elle tenta de l'arracher à son humeur morose.

— Fusillé ? Oh non, c'est un peu trop fade.

Elle jeta un regard à ses autres frères. Par chance, ils s'étaient déjà endormis.

— Une punition si légère serait un crime en elle-même. La guillotine, voilà ce que vous méritez. Comme ça, nous pourrions planter votre tête sur un de ces pieux de l'exposition de Madame Tussaud.

Devant l'air blessé qu'il afficha, elle s'empressa de préciser :

— Je plaisante, Ian. Vous n'avez aucun reproche à vous faire. Vous ne pouviez pas savoir comment William réagirait.

— Mais, vous, vous le saviez.

— J'ai vécu avec lui toute sa vie.

Elle tâcha de ne pas laisser percer l'agitation qui l'animait.

— Par ailleurs, vous n'avez peut-être jamais fait de gros cauchemars, et donc vous n'avez pas pensé à ce qui peut les provoquer. J'imagine qu'enfant vous étiez comme Georgie. Les aventures les plus effrayantes ne vous empêchaient pas de dormir. Hélas, William a une imagination débordante.

Elle eut un petit rire.

— Il essaye d'être aussi fort que Georgie, mais ça ne lui réussit pas du tout, pour le moment.

Ian resta muet quelques instants, la tête tournée vers William qui respirait paisiblement. Puis il déclara :

— Je n'ai jamais vécu d'aventures dans mon enfance, effrayantes ou pas. Donc je n'ai jamais fait de cauchemars.

Felicity retint sa respiration. Elle devait profiter de la brèche qui venait de s'ouvrir, vite.

— Pas d'aventures ? Tous les garçons se lancent dans des aventures. Vous avez sûrement joué les sauvages dans la forêt, imaginé une chasse à l'ours, ou je ne sais quoi.

— Non.

Il prit une longue et douloureuse inspiration.

— J'étais un enfant très obéissant. Je n'avais jamais le droit de m'amuser. Mon père croyait que ses héritiers devaient être préparés aux responsabilités dès le plus jeune âge. Ce genre de frivolités n'avaient pas droit de cité. Il n'y avait donc aucune escapade dans la forêt. Je passais mes matinées et mes soirées avec un précepteur et mes après-midi avec mon père, qui m'emmenait visiter le domaine. Je devais mémoriser tous les noms des ouvriers et la manière dont chaque chose fonctionnait.

Quelle horrible façon de concevoir l'enfance ! Elle n'avait jamais pensé à cet aspect des choses. Une vie de lord s'accompagnait aussi d'un certain nombre de devoirs.

— Est-ce pour cela que tous les aristocrates se montrent si hargneux lorsqu'ils arrivent à Londres ? C'est à cause de leurs pères qui les ont tués à la tâche ?

— Mon père était un original. Je devrais lui en être reconnaissant, vu que sa « préparation » m'a bien servi pour administrer Chesterley. Mais une fois de temps en temps…

Il s'arrêta au milieu de la phrase.

— Une fois de temps en temps, vous auriez aimé faire une ou deux sorties, acheva-t-elle pour lui.

Il se força à sourire.

— Vous devez me prendre pour un enfant gâté.

Ou pour un homme qui n'avait jamais eu le droit d'être un enfant.

À cet instant, leurs regards se croisèrent, pour ne plus se lâcher. Pendant ce bref moment, Felicity lut énormément de choses en lui, des choses profondes. Pourquoi ne les avait-elle pas remarquées plus tôt ? Puis il sembla se radoucir et détourna les yeux.

— Ce n'était pas inutile. Cela m'a permis d'endurer plus facilement ce qui… ce qui est arrivé après.

— Et votre mère ? demanda-t-elle doucement. Partageait-elle la philosophie de votre père ?

Il resta muet si longtemps qu'elle eut peur de ne jamais avoir de réponse. Mais il soupira.

— Qui sait ? Elle n'a jamais rien dit. Elle avait même peur de le croiser. Ils se sont mariés parce qu'il avait besoin de son argent pour payer les dettes de mon grand-père. Les noces étaient arrangées entre lui et sa famille à elle, en Espagne. Mon père la terrifiait et elle l'a laissé régenter sa vie — et la mienne — jusqu'à sa mort.

Elle sentit une boule se former dans sa gorge en imaginant la jeunesse de Ian. En imaginant cette vie tournée vers le devoir, mais avec bien peu d'amour pour l'adoucir.

— Quand est morte votre mère ? Et de quoi ?

— Pourquoi toutes ces questions ? demanda-t-il en haussant les sourcils. Vous avez besoin d'apporter encore un peu d'eau à votre moulin ?

Elle ignora la pique.

— Non, pas du tout. Je suis très sélective dans mes attaques en ce moment. J'ai fait le tour de la famille Saint Clair. Voyez-vous, l'aîné de cette famille est un impertinent plein d'arrogance qui me cause toujours des soucis, même quand je n'écris rien à son sujet.

— Je vois que vous n'avez pas oublié ça, grommela-t-il.

Par bonheur, il souriait à présent. Puis il finit par soupirer.

— Vous avez raison, inutile de faire tant de mystère pour si peu. Une épidémie de choléra a frappé une ville voisine de la nôtre, l'année de mes dix-sept ans. Mon père ne croyait pas aux vaccins, il pensait que cela provoquait des maladies au lieu de les éviter, mais j'avais entendu parler du vaccin de Jenner à l'école. J'ai consulté notre médecin local. Sur ses conseils, je suis passé derrière mon père pour vacciner tous les gens du domaine.

Elle n'en revenait pas. À dix-sept ans, les aristocrates de sa connaissance n'auraient jamais pris une telle initiative ! En tout cas, pas une initiative aussi formidable que celle de Ian. Nul doute qu'il avait sauvé des centaines de vies.

— Malheureusement, ma mère a refusé d'aller à l'encontre des volontés de mon père, comme d'habitude. Elle est morte de la maladie.

Ian regarda au-dessus du lit, les yeux brillant comme des onyx polis dans la lumière tamisée de la bougie.

— Il m'a accablé de reproches, il m'a accusé, il a déclaré que j'avais apporté le choléra dans la propriété avec mes vaccins.

— Comme c'est injuste !

Elle sentit son cœur se briser à l'idée que le jeune Ian avait dû endurer la culpabilité d'avoir tué sa mère.

— Mon père avait des idées très strictes sur ce qui

était bien ou mal, et j'avais commis un péché mortel. J'avais agi sans son accord. Il ne me l'a jamais pardonné.

— Est-ce pour cette raison que vous avez fui sur le continent ? murmura-t-elle sans s'en rendre compte. Pour échapper à votre père et à ses injustices ?

Ce fut comme si un rideau était tombé sur son visage.

— Plus ou moins.

Avant qu'elle ait pu réagir, il se pencha vers William et demanda sèchement :

— Pensez-vous qu'on peut le laisser, maintenant ?

Elle sentit un poids lui tomber sur la poitrine. Elle aurait dû savoir que Ian ne répondrait pas à cette question-là. Même après tout ce temps qu'ils avaient passé ensemble, il ne lui faisait pas confiance.

— Felicity ? répéta-t-il. Est-ce qu'on peut laisser le petit tout seul ?

Elle haussa les épaules avec un soupir.

— Oui, je crois. Il ne fait jamais plus de un cauchemar par nuit.

Ian relâcha la main de William et se redressa.

— Eh bien, et si nous dégustions ce verre de clairet ?

Quoi ? Pour l'heure, elle ne songeait pas un instant à boire. La seule chose à laquelle elle pouvait penser, c'était à ce pauvre Ian. L'enfant malheureux qu'il avait été, puis cet homme tourmenté qu'il était devenu. Celui qui ne parlait pas de son passé, pas même avec ses amis. Maintenant, elle comprenait pourquoi il s'était tourné vers sa jeune tante dans sa solitude. Pourquoi il avait pu être poussé à commettre une chose aussi impensable.

Non, il ne fallait pas qu'elle songe à cette histoire, ni qu'elle se tourmente toute seule avec ces questions ! Tandis qu'elle se levait pour suivre Ian, l'effroi la saisit. Il voulait toujours parler avec elle en tête à tête.

La veille, elle avait peut-être été assez folle pour se croire capable de résister à ses avances. Après la journée qu'ils venaient de passer, elle n'en était plus aussi sûre. Ces révélations l'avaient amadouée, et elle se sentait dangereusement poussée vers lui.

Une fois dans le couloir à peine éclairé, elle se rendit compte que le candélabre était resté dans la chambre des enfants. Elle se retourna vers la porte. Mais il l'attrapa par le poignet et l'attira dans ses bras.

— J'ai attendu ce moment toute la journée, souffla-t-il.

Puis leurs bouches s'unirent dans un baiser qui la laissa pantoise. Impossible d'opposer la moindre volonté.

Elle passa les bras autour de son cou. Si elle n'avait pas attendu secrètement ce moment toute la journée, elle aussi, elle aurait été en mesure de lui résister. Mais c'était impossible maintenant. Elle avait passé trop de nuits à se remémorer ses caresses divines. Trop de fois elle l'avait vu danser avec une autre en rêvant que ce soit elle à la place.

Les baisers qu'il lui avait donnés s'étaient comme gravés en elle. Et puis il y avait la chaleur de cette haleine qui se mêlait à la sienne… Ces favoris qui lui piquaient les joues… Ce parfum familier et léger de tabac qui se dégageait de ses cheveux.

Elle sentit ses jambes — et tout le reste de son corps — flageoler quand il lui rendit son sourire.

— Voilà qui vaut mieux que du clairet, n'est-ce pas ?

Mieux que n'importe quel nectar. Et voilà pourquoi elle ne devait absolument pas le laisser recommencer. Vivement, elle se libéra de son étreinte et courut vers l'escalier. Lorsqu'elle entendit qu'il la poursuivait, elle pressa le pas, mais à quoi bon ?

— Vous devez partir, Ian, cria-t-elle. Il est tard.

— Je ne partirai pas, martela-t-il tout en descendant les marches quatre à quatre malgré le peu de lumière.

Elle avait espéré le devancer, mais c'était impossible. De toute évidence, il possédait des yeux de chat, car il l'attrapa pile au moment où elle atteignait le palier.

Il la retourna vers lui, ses yeux brûlant du plus sombre désir.

— Il n'y a aucune raison pour moi de partir, et vous le savez. Je suis fatigué de cette farce. D'aller me coucher en vous désirant et de me réveiller en vous désirant encore plus. Je suis fatigué de faire semblant de courtiser d'autres femmes simplement pour vous rendre jalouse.

Elle écarquilla les yeux sous l'effet du choc. Quoi ?

Il devina certainement son étonnement car il expliqua :

— Oui, vous savez maintenant pourquoi je les courtise. Vous êtes la seule que je désire depuis cette soirée chez les Worthing.

Elle déglutit avec peine. Elle aurait dû comprendre que tout cela était une ruse depuis le départ. Elle tenta de mobiliser la colère qui l'animait mais, tout ce qu'elle ressentait, c'était une excitation dangereuse qui risquait de la faire basculer.

— Si vous me méprisiez, j'aurais pris cet élément en considération, continua-t-il à voix basse. Mais ce n'est pas le cas. Vous me désirez, vous aussi. Et la solution idéale à tous ces satanés désirs que nous éprouvons, c'est de nous marier. Nous devons trouver un arrangement, vous et moi. Ce soir.

Felicity se mordit la lèvre. Que dire ? L'idée de l'épouser

la tentait au plus haut point, et pas seulement à cause de ces « satanés désirs », comme il les nommait. Mais parce que ses frères aimaient Ian. Et, grâce à lui, elle aurait un avenir, une vie décente, un toit.

Elle aurait aussi un mari qui ne lui ferait pas assez confiance. Même s'il avait révélé un peu de son passé ce soir, les choses importantes restaient toujours un mystère. Comment vivre avec quelqu'un dont la vie avait été si obscure jusqu'à présent qu'il ne voulait pas l'éclairer un peu ? Pouvait-elle remettre entre les mains d'un tel homme son futur et celui de ses frères ? Plus grave encore, pouvait-elle donner son âme à quelqu'un qui ne l'aimait pas, mais qui la désirait seulement parce qu'il avait besoin d'un héritier ?

Non, impossible. Elle devait être très claire.

— Je vous l'ai déjà dit, je ne vous épouserai pas.

Mince, pourquoi fallait-il qu'elle soit si hésitante, comme si elle ne croyait pas elle-même à ce qu'elle disait ? Peut-être était-elle trop fatiguée de lutter contre les sentiments qui l'envahissaient, de se montrer raisonnable.

— Alors il faudra que je me montre persuasif.

Le visage de Ian, dévoré par les ombres, l'effleura. Qu'il était séduisant…

— Le moment est venu pour vous de comprendre que vous vous privez vous-même.

Felicity sentit les battements de son cœur s'accélérer.

— Que voulez-vous dire ?

— Je vais vous montrer.

Il l'embrassa encore, cette fois avec une telle intensité qu'elle se sentit au bord de l'évanouissement. Lui renversant la tête, il trouva un petit bout de peau vierge derrière son oreille et l'embrassa, puis lui pinça le lobe. C'était divin.

— Où est votre chambre, *querida* ? Où serons-nous seuls ?

Elle cligna des yeux, comme si elle était dans un état second.

— Quoi ?

Elle avait l'impression de se trouver dans une bulle de savon.

— Qu'importe, grogna-t-il. Je vais trouver. Ce sera votre chambre ou n'importe quel endroit qui fera l'affaire.

Le temps de la soulever du sol, il avança dans le couloir plongé dans la pénombre.

Elle l'aurait frappé — vraiment — s'il ne l'avait pas encore embrassée. Ce n'était pas vraiment un baiser, plutôt un simple frôlement de ses lèvres charnues sur les siennes, mais cela l'avait laissée pantelante. Elle voulait plus. Lorsqu'il dépassa les portes de son bureau et de l'ancienne chambre de ses parents, ainsi que la pièce où sa mère cousait, elle songea avec stupeur qu'elle était incapable de l'arrêter.

Quel mauvais sort lui avait-il jeté ? Tout paraissait irréel, comme dans un rêve. Un rêve dans lequel il lui appartenait, dans tous les sens du terme. Il marqua une pause devant sa chambre, puis entra. Après l'avoir reposée sur le sol, il referma la porte derrière eux et tourna la clé d'une seule main.

Le petit bruit du verrou arracha Felicity à cet envoûtement.

— Nous ne devrions pas être ici... Comment saviez-vous que c'était ma chambre, Ian ? M'auriez-vous espionnée ?

Il éclata de rire et ôta sa redingote.

— C'est la seule pièce de cet étage où il y ait un feu

dans la cheminée et un lit ouvert. Ce n'était pas difficile à déduire.

Alors elle sut ce qu'il voulait dire tout à l'heure. « Le moment est venu pour vous de comprendre que vous vous privez vous-même. » Il ne se contenterait pas de quelques baisers et caresses, comme tout à l'heure. Quelle imbécile, pourquoi ne l'avait-elle pas compris plus tôt !

— Ian, c'est une très mauvaise idée !

— Au contraire. Comme je vous l'ai rappelé, tout a commencé parce que vous étiez déterminée à ce que Katherine se marie en sachant à quoi s'en tenir. À ce qu'elle ait les yeux ouverts. Eh bien, je vous offre la même chance. Si vous êtes déterminée à rester célibataire, au moins, ce sera en toute connaissance de cause.

Il enleva son gilet et commença à dénouer sa cravate.

— Ce que je veux, c'est vous ouvrir les yeux, vous montrer ce que vous perdrez si vous vous refusez à moi, *querida*.

Felicity se sentit fléchir. Elle aurait voulu qu'il arrête de l'appeler « chérie » de cette voix rauque. Que ce soit en espagnol ou non, ce mot lui faisait un drôle d'effet.

— Je sais *déjà* à quoi m'en tenir. Vous m'avez ouvert les yeux la dernière fois que vous m'avez touchée, si vous vous souvenez.

— Oh ! je me souviens très bien, pouffa-t-il. À moi de vous rappeler comment vous m'avez embrassé en retour, comment vous avez enfourché ma cuisse, comment vous avez crié quand je vous ai caressé les seins.

Ces mots crus la choquèrent et l'excitèrent tout à la fois. Ils lui rappelèrent aussi des images sauvages et obscènes. Ce regard intense la fit frémir, et elle dut détourner les yeux avant qu'il puisse percevoir l'effet que ces mots avaient sur elle.

— Mais je ne vous ai pas ouvert les yeux entièrement, reprit-il. C'est la seule raison pour laquelle vous refusez ma demande en mariage. J'aimerais savoir ce que vous auriez répondu si je vous avais portée jusqu'à votre lit, à la place.

S'approchant d'elle, Ian posa la main sur sa joue brûlante. Du bout du pouce, il descendit jusqu'à sa gorge, puis suivit les contours de son menton, avant de lui caresser la lèvre.

— Alors, cette réponse ?

Felicity se mordit la lèvre. Pourquoi n'arrivait-elle pas à dire non ? Pourquoi ce maudit mot restait-il coincé dans sa gorge ?

— Je… Je ne crois pas que ce soit raisonnable.

Mais elle répondit le souffle court et se sentit chanceler sous la pression des doigts de Ian sur son visage, sans parler des visions que ses mots avaient déclenchées en elle.

Il la serra par la taille et la ramena dans ses bras.

— Oui, mais depuis quand faites-vous ce qui est raisonnable, *querida* ?

Voilà qui était très juste. Qu'il l'embrasse encore une fois, et elle était perdue. Sa raison s'évanouit, en même temps que sa volonté et son bon sens. Elle ne suivait plus que les battements de son cœur et ces désirs licencieux qui s'emparaient de tout son corps, sans plus aucune règle.

Ce que son esprit lui dictait ne comptait plus. Oui, c'était Ian qui l'avait entraînée dans ce tourbillon, depuis la soirée chez les Worthing. C'était une erreur, qu'elle avait regrettée après coup. Mais à présent elle ne le regrettait pas. Et elle ne détestait pas cet homme hors du commun d'avoir tiré profit de sa faiblesse, de ses envies secrètes et honteuses.

Elle ouvrit la bouche et accueillit la langue de Ian avec autant d'impatience que d'excitation. Ses mains larges défirent avec une habileté ahurissante les boutons à l'arrière de la robe qu'elle portait, et tout ce qu'elle pouvait faire, c'était de serrer les bras autour de son cou. Elle s'abandonnait à lui, complètement. Elle laissa échapper un soupir d'extase.

— Je voudrais vous caresser, murmura-t-il en laissant courir une main jusqu'à sa chute de reins. Et vous avez envie que je vous caresse, n'est-ce pas ?

Elle plongea le visage dans son épaule, incapable d'admettre la douloureuse vérité — parce qu'elle désirait ces mains, elle les voulait sur tout son corps. Mon Dieu, quelle dévergondée ! Une femme raisonnable, respectable, l'aurait repoussé dans la minute !

Évidemment, elle n'était ni raisonnable ni respectable. Mais comment pouvait-elle résister à la terrible tentation qu'il représentait ? C'était comme si le sultan de ses rêves venait d'entrer dans sa chambre. Il transformait cette pièce un peu triste, avec son mobilier en chêne et ses rideaux en piteux état, en une oasis magique où tout geste sensuel était acceptable, et même désiré.

Ses yeux noirs emplis de promesses, il recula de quelques pas et arracha les boutons de sa chemise. Elle attendait de voir ce qui se cachait derrière l'homme civilisé.

Elle frissonna en le découvrant. Une peau couleur café au lait, une peau qui révélait le sang espagnol qui coulait dans ses veines. Une mèche de ses cheveux denses et souples lui tomba sur le front. Lorsqu'il ouvrit sa chemise, elle observa l'endroit où sa toison ne formait qu'une ligne, avant de disparaître sous la ceinture.

— Aimez-vous ce que vous voyez ? demanda-t-il d'une voix profonde et rauque.

Un soupir mortifié s'échappa des lèvres de Felicity alors qu'elle reportait les yeux sur cette poitrine si musclée. N'avait-elle plus de morale ? Pour un peu, elle aurait regardé plus bas encore en se demandant…

Le sourire entendu de Ian ne fit qu'aggraver la situation.

— J'imagine que vous n'avez encore jamais vu d'homme nu.

Il retira sa chemise en lin et la jeta au loin.

Elle secoua la tête. Même si elle avait déjà vu des hommes nus jusqu'à la taille — les lutteurs à la foire de Bartholomew étaient toujours torse nu —, elle n'en avait jamais vu un d'aussi près, pas même son père. Et ce qu'elle voyait la mettait au supplice. Ian n'était pas aussi costaud que ces lutteurs, mais il avait des muscles fins et dessinés à la perfection. Des muscles puissants aussi, car il avait pu porter William à bout de bras sur plusieurs étages sans grimacer.

— Ici.

Le temps de l'attraper par la main, il la pressa contre son cœur.

— Pourquoi vous contentez-vous de regarder ?

Le désir profond qu'on lisait sur son beau visage l'interpella.

— Caressez-moi, Felicity, tout comme je vous caresse ce soir. J'ai tant rêvé d'avoir vos mains sur moi.

Elle n'eut pas besoin de se faire prier une seconde fois pour poser les doigts sur ses muscles, durs comme de l'acier, alors qu'il se tendait sous ses caresses. Elle voulait tout sentir — ce torse bombé, ces côtes saillantes, cette taille affûtée. Toucher Ian provoqua en elle les mêmes émotions honteuses qu'elle avait ressenties plus tôt… au plus profond d'elle. Elle sentit une moiteur familière entre ses cuisses, signe des pensées impures qu'elle nourrissait. Elle resserra les jambes, mais cela n'apaisa pas la tension qu'elle éprouvait à cet endroit précis.

Comme il percevait son agitation, il commença à faire glisser ses mains sur elle, mais pas encore là où elle les désirait. Il plongea les doigts dans son chignon défait, ôta les épingles, puis lui détacha les cheveux et les laissa retomber en cascade sur ses épaules. Enfin, il lui enleva sa culotte.

Il couvrit son corps de ce regard brûlant et avide.

— Je suis heureux que vous ne portiez pas ces abominables corsets, lâcha-t-il. Lorsque nous serons mariés, vous n'aurez pas à porter autre chose que votre chemise quand nous serons seuls.

Felicity frissonna. Cette pensée scandaleuse l'excita, puis l'alarma, car cela ressemblait trop à son tableau du sultan avec ses maîtresses en tenue légère.

— Nous ne nous marierons pas, rétorqua-t-elle. Je ne vous laisserai pas m'ajouter à votre harem.

— Mon harem ? s'étrangla-t-il. Je n'ai pas de harem, *querida*. Vous serez ma femme, mon unique femme. Commencez à vous familiariser avec cette idée.

Elle ôta les mains de son torse, mais il en attrapa une et la pressa sur la couture centrale de son pantalon.

— Ici. Caressez-moi ici.

Quelque chose de dur frémit sous ses doigts et elle poussa un petit cri, en cherchant à retirer sa main, mais il ne la laissa pas faire.

— Il suffit que vous passiez devant moi pour me faire

ressentir cela. Je n'ai jamais désiré aucune femme comme je vous désire vous. Jamais.

— Pas même…

Elle allait dire « Cynthia Lennard », mais se reprit. Pas question de la mentionner dans un moment si intime.

— Pas même Miss Greenaway ? finit-elle par dire sans conviction.

À vrai dire, elle commençait fortement à douter que cette dernière ait jamais été sa maîtresse.

— Absolument pas. Je ne pense même pas à elle.

Une inquiétude sembla passer dans ses yeux tandis qu'il penchait la tête au-dessus d'elle.

— Juste vous. C'est à vous que je pense constamment depuis notre première rencontre.

Sur ces mots, Ian fondit sur sa bouche, avec un besoin presque impérieux cette fois, les lèvres plaquées sur les siennes. Il promena la main sur sa poitrine et elle éprouva le désir de serrer cette bosse dure et brûlante qui se tendait sous ses caresses.

Ian s'écarta pour grogner :

— Mon Dieu, vous me mettez à la torture.

Il la prit alors dans ses bras et se dirigea avec elle vers le lit. Lorsqu'il l'assit sur le bord, elle comprit soudain pourquoi il l'avait installée comme cela. Mais, avant qu'elle ait pu s'écarter, il l'attrapa par une manche de sa chemise pour l'arrêter. Avec un sourire de véritable libertin, il remonta la fine mousseline sur ses jambes pour révéler ses cuisses.

— Oh non, *querida*. À mon tour de vous torturer.

La panique s'empara d'elle. Derrière ces manières et cette tenue de lord anglais, Ian cachait une nature sauvage.

Et c'était avec cet homme-là qu'elle voulait coucher ! Avait-elle perdu la raison ?

Il glissa la main entre ses cuisses pour atteindre le triangle noir entre ses jambes, et elle frissonna. C'était à se demander s'il avait vraiment reçu une éducation d'aristocrate…

— Ian, vous ne devriez pas…, murmura-t-elle en se cramponnant à son poignet.

Un geste dérisoire censé l'arrêter…

— Laissez-moi vous caresser comme vous m'avez caressé.

Les yeux étincelants, il atteignit cet endroit secret entre ses cuisses, puis commença à l'explorer tout autour, avec des mouvements d'une lenteur insoutenable, et d'une manière lascive dont elle n'aurait jamais usé pour se toucher elle-même.

L'excitation et la honte l'envahirent comme un véritable incendie et elle ferma les yeux, regrettant de ne pas pouvoir se cacher. Dans une minute, il découvrirait la moiteur si gênante entre ses jambes et il la mépriserait pour cela.

— Mon Dieu, vous êtes chaude… et mouillée… Vous êtes prête à me recevoir, affirma-t-il d'une voix rauque.

Mais sans une once de dédain.

Prête à le recevoir ? Comment ça ? Ian glissa un doigt dans son intimité et elle comprit.

Felicity écarquilla les yeux.

— Qu'est-ce… Qu'est-ce que vous…

Elle s'interrompit alors qu'un autre doigt entrait en elle, pour la soumettre à la plus exquise des tortures.

— Oh ! Ian… Pour l'amour de Dieu… *Ian*…

Hélas, il ne l'écoutait pas. Il se concentrait sur les mouvements de ses doigts qui procuraient à Felicity ce plaisir intense. Ces doigts experts qui la faisaient vibrer.

Il l'attrapa de son autre main. Leurs souffles haletants se mêlaient.

— Felicity, vous devez savoir… comment un homme fait l'amour à une femme, n'est-ce pas ?

— Comme ça…, bafouilla-t-elle.

— Pas tout à fait comme ça.

Après lui avoir pris la main, il la frotta contre cette fameuse bosse qui semblait encore plus grosse que tout à l'heure.

— Ce que vous sentez là, c'est tout le désir que j'ai pour vous. Je veux être en vous. Tout au fond de vous.

— Je… Je sais, acquiesça-t-elle.

Quelque part, elle était touchée qu'il prenne le temps de lui expliquer toutes ces choses qu'elle n'avait jamais vécues.

— Vous voulez dire que vous ne l'avez jamais fait avant ? maugréa-t-il avec une note d'incertitude dans la voix.

Les doigts de Ian s'enfoncèrent plus profondément encore en elle. C'était si délicieux qu'elle se cambra contre sa paume.

— Que… ?

Elle n'arrivait plus à réfléchir, c'est à peine si elle avait compris la question. Le frisson entre ses jambes se transforma en une vague de plaisir, d'autant que ces doigts habiles ne faisaient qu'augmenter le tempo.

— Oh non, je… je n'ai jamais… Le fils de Lord Faringdon m'a décrit… il m'a raconté une fois… ce qu'il voulait me faire… Mais je ne l'ai pas laissé…

Ian poussa un cri qui la fit tressaillir.

— Le fils de Lord Faringdon est un homme mort.

À ces mots, elle ne put retenir un petit gloussement, c'était plus fort qu'elle.

— Vous… vous êtes jaloux.

— Pas du tout. La preuve, je vous ai moi, et lui non.

Cependant, il lui donna un baiser possessif qui la fit presque étouffer. Un baiser qui s'assortit de nouvelles caresses, qui transformèrent le désir entre ses jambes en une tension insupportable.

Felicity eut bien du mal à retenir un soupir de déception quand Ian retira ses doigts. Il termina le baiser par un clin d'œil.

— N'ayez crainte, *querida*, vos désirs seront satisfaits. Et les miens aussi.

Il s'assit sur le lit pour ôter ses bottes, puis se leva et enleva son pantalon alors qu'elle le regardait avec une intensité peu convenable. Comment savait-il qu'elle désirait quelque chose ? Comment savait-il ce que c'était, alors qu'elle l'ignorait elle-même ?

Il jeta au loin ses sous-vêtements et ce qu'elle aperçut la laissa pantoise. Ce qui se dressait fièrement entre les cuisses de Ian était gros et dur. C'était cela dont elle avait tant envie ? Oh ! Seigneur.

— Ôtez votre chemise, ordonna-t-il.

À peine avait-il prononcé ces mots qu'il ajouta d'une voix plus douce :

— S'il vous plaît, j'ai envie de vous voir. Vous tout entière.

Alors qu'elle hésitait encore, pétrifiée par le spectacle de ce membre nu, il fit un pas vers elle et attrapa sa chemise, la remonta et la fit passer par-dessus sa tête, d'un seul geste. D'instinct, elle se laissa tomber sur les talons et croisa pudiquement les mains sur sa poitrine.

— Ne faites pas ça, *querida*. Il n'y a aucune honte à avoir.

Il écarta les bras de sa poitrine pour savourer le spectacle de son corps nu.

— Aucune honte du tout. Votre corps ferait pleurer d'envie Vénus elle-même.

C'étaient les mots poétiques d'un homme qui d'ordinaire cachait si bien ses pensées — mais il ne les cachait pas, cette fois. On le sentait admiratif. Comment ne pas se sentir immensément flattée ? En tant que jeune femme, elle avait maudit les attributs féminins qui attiraient l'attention sur elle lorsqu'elle accompagnait son père. Mais à présent rien n'était plus pareil, parce qu'ils rendaient Ian fou de désir.

Décidément, elle était tombée bien bas.

De toute évidence, il avait l'intention de l'entraîner encore plus loin. Sa bouche s'empara d'elle dans un baiser qui lui coupa le souffle. Ses mains la caressèrent partout. C'était si bon qu'elle se laissa faire docilement quand il la fit basculer pour la renverser sur le lit. Puis il s'agenouilla entre ses jambes, en planant sur elle telle une créature des ténèbres, tout son corps tendu de désir.

Elle se sentit écartelée, offerte à lui, mais cette sensation s'évanouit quand il pencha la tête pour lécher un sein, puis l'autre. La moiteur entre ses jambes se fit sentir à nouveau, plus urgente et pressante encore.

Peu après, lorsqu'elle se cambra et gémit, il guida son membre viril pour entrer en elle. Enfin. Ce geste fit exploser en elle un plaisir délicieux.

— Oh ! Ian !

Cette partie de lui qu'elle sentait en elle était incroyablement grosse et dure.

— Vous ne pouvez pas… Ce n'est pas…

Elle allait dire « Ce n'est pas bien », mais cela aurait

été un mensonge. Au contraire. C'était bon de le sentir en elle. Troublant et inhabituel… Mais bien.

— Cela ne fera mal qu'une seconde, promit-il en s'enfonçant plus profondément en elle.

Une mèche de cheveux lui tomba sur les yeux, l'empêchant de le voir, mais la tension visible qu'elle lut sur ses traits l'inquiéta. Avait-il mal lui aussi ?

— J'imagine que c'est… Je veux dire…

— Oui.

Il lui lança un sourire triste.

— Vous êtes vierge, Felicity. Et, la première fois qu'un homme pénètre une jeune femme vierge, c'est comme… percer un mur.

Cette métaphore guerrière ne la rassura pas vraiment.

— Il faut me croire, dit-il. En fait…

Il s'arrêta brusquement, un sourire hésitant sur le visage.

— Je n'ai jamais couché avec une vierge.

— Eh bien, vous en avez une qui s'offre à vous, à présent.

Elle se tortilla dans tous les sens pour trouver une position confortable sous lui.

— Pas pour longtemps, si vous continuez à bouger ainsi, lâcha-t-il avant de s'enfoncer en elle avec force.

Une légère douleur la fit gémir, puis disparut aussitôt. Mais, maintenant qu'il se trouvait si profondément en elle, elle n'osait pas respirer, encore moins bouger. Ce n'était pas une sensation totalement déplaisante. Mais elle s'interrogeait encore.

— Ian… Est-ce que… c'est fini ?

— Fini ?

Les muscles de ses épaules étaient tendus par l'effort, mais il parvint à lui sourire.

— Oh non, *querida*, cela ne fait que commencer.

Ian se retira puis s'enfonça encore. Ce mouvement était si intime, si surprenant, que Felicity écarquilla les yeux. Que Dieu la garde, elle avait encore beaucoup à découvrir. Ces gestes lents et attentifs l'enchantèrent, même s'ils paraissaient demander à Ian des efforts. En effet, quand il fondit sur elle pour saisir un de ses tétons, elle eut presque l'impression qu'il souffrait un martyre indicible.

Mais cela ne dura pas. Il se mit à pousser des gémissements de plus en plus rauques. Il la laissa se tordre sous lui. Elle l'attrapa par le poignet pour le sentir davantage, pour en avoir davantage. L'avoir lui, plus profondément en elle encore.

Il avait besoin de plus d'encouragements que ça. Il augmenta la cadence et le lit trembla au rythme de ses coups de boutoir, pendant qu'elle poussait de doux cris de plaisir.

Il promena les lèvres sur son sein palpitant pour murmurer :

— *Querida*, vous êtes à moi. À moi seul.

La lumière vacillante de la pièce rendait les yeux de Ian encore plus inquiétants.

— Je ne vous laisserai pas partir. Jamais.

Felicity secoua la tête de gauche à droite, pour manifester son désaccord. Même si, au fond, elle était du même avis. Comme un sultan qui possède tout, mais n'appartient jamais à personne, il la tenait en esclavage avec des chaînes de soie.

Mais comme elle aimait ces chaînes… Plus elle luttait, plus elle se sentait prisonnière au point qu'elle ne pouvait plus penser à rien, hormis à lui. Elle ne pouvait pas respirer sans respirer avec lui. Il avait pris possession d'elle, et maintenant il voudrait la conquérir tout entière. Et elle accueillait ce conquérant avec joie.

La tension se fit sentir à nouveau au plus profond d'elle, ce qui la fit bredouiller faiblement :

— Oh ! Seigneur… Ian… Oui, oui !

— Abandonnez-vous…, lui ordonna-t-il. Abandonnez-vous, Felicity.

Une explosion inattendue la fit se cambrer violemment et elle laissa échapper un cri. Tout son corps trembla. Quelques secondes plus tard, il atteignit lui aussi l'extase et cria en espagnol des mots qu'elle ne comprit pas, mais dont elle saisit parfaitement la signification. Une expression de sa propre exultation.

Pendant un moment, Ian resta sur elle les yeux fermés, la tête penchée en arrière. Il remua les lèvres. Puis une satisfaction intense passa sur ses traits, en les adoucissant, en effaçant la tension qui les contractait.

— Ah, *querida*…

Voilà tout ce qu'il murmura avant de se retirer et de rouler sur le côté dans le lit. Tout en la serrant contre son corps, il passa les bras autour d'elle pour la couvrir. Elle s'installa contre lui avec un long soupir et posa la joue sur ce torse luisant de sueur. Elle pouvait entendre son cœur battre, sentir son souffle agiter l'air.

Inutile de se demander s'il s'était senti suffisamment sûr de lui pour la séduire en faisant cette proposition. La séduction était une arme puissante, en effet. Cela expliquait certainement le nombre de femmes tombées en disgrâce dans tout Londres.

Si seulement elle pouvait rester ainsi, avec lui… Croire qu'un mariage entre eux pourrait marcher…

Hélas, les *si* valaient uniquement pour les enfants qui

voulaient jouer, pas pour les jeunes femmes qui attendaient de leur mari davantage qu'une simple sécurité financière et des bébés nés de ces moments de jouissance. Ian n'avait pas parlé une seule fois d'amour. Logique, non ? Il ne savait même pas ce que c'était, puisqu'il ne l'avait jamais éprouvé lui-même.

Un frisson parcourut sa peau nue et elle trembla. Ian libéra l'une de ses mains pour attraper la couverture et la remonter sur elle, en bordant ses épaules avec tant de tendresse qu'elle eut envie de tirer un trait sur tous ses doutes.

Pourtant rien n'avait changé.

Non, ce n'était pas vrai. *Tout* avait changé, au contraire. Désormais, elle avait le plus puissant des arguments pour ne pas l'épouser. S'il lui avait fait l'amour ce soir, il n'aurait besoin que de quelques semaines pour faire d'elle une esclave assoiffée d'amour, alors qu'il continuerait à garder son cœur — et son âme — pour lui-même. Cette hypothèse était trop horrible.

Tout en s'écartant, Felicity fixa le visage détendu de l'homme le plus incroyable — et le plus séduisant — qu'elle ait jamais rencontré.

— Ian…, commença-t-elle.

— Chut, murmura-t-il en pressant un doigt sur ses lèvres. Nous parlerons plus tard.

Tout contre elle, elle le sentit se tendre à nouveau et son cœur s'emballa en retour, comme celui d'une coquette volage. Connaissant ce grand séducteur, ce ne serait même pas une question de semaines. De jours, plus certainement.

Oh ! qui croyait-elle tromper ? Elle voulait être cette esclave assoiffée d'amour. Là, tout de suite.

Avec un sourire satisfait, il rejeta la tête en arrière

pour lui dévorer les lèvres et, alors qu'il commençait à l'embrasser avec une sensualité brûlante, elle se sentit fondre comme du sirop sur la glace. Très bien, songea-t-elle avec un soupir quand là chaleur de cette bouche divine l'embrasa. Autant recommencer avec lui dès ce soir. Le temps ne manquerait pas ensuite pour briser les chaînes de l'esclavage.

Chapitre 17

Les rumeurs sont monnaie courante en ville, mais seul un individu perspicace peut distinguer la vérité des simples informations croustillantes. Lord X est l'un de ces individus.

Lady Brumley, citée dans une publicité pour *The Evening Gazette*, 23 décembre 1820.

Étendu sur le lit de Felicity, bien éveillé, Ian entendit une horloge au loin. Déjà 2 heures du matin. Avec un soupir, il plongea dans la chevelure parfumée de la femme qui sommeillait entre ses bras. Il était temps de la réveiller, mais à condition qu'il puisse encore lui faire l'amour. Dire qu'il avait pu s'adonner à la passion déjà deux fois avec celle qui venait de perdre sa virginité.

Mais lui avait-il fait mal la seconde fois ? Si oui, elle l'avait bien caché ! Il n'aurait jamais rêvé qu'une femme avec des principes si stricts puisse se révéler si démonstrative au lit. Lascive, même.

La fièvre inextinguible qui l'animait mit tout son corps en émoi, et il étouffa un grognement. Il n'y aurait pas de nouvelle étreinte cette nuit, même si elle avait été capable de la supporter.

Une chose était sûre : il faudrait préserver les apparences, pour ne pas la mettre dans l'embarras. S'il restait, certains remarqueraient forcément son fiacre dans la rue, le matin venu. Et, pourtant, il n'avait pas envie de troubler le sommeil paisible de Felicity. Avec le réveil viendraient les remords. Elle n'était certainement pas du genre à laisser sa réputation être écornée. Il aurait beau lui dire que c'était inévitable, elle s'accablerait de reproches.

Et puis c'est lui qu'elle accablerait.

Ian fit la grimace. Bon, il avait encore des années devant lui pour lui faire l'amour. Des longues nuits d'hiver dans le lit gigantesque de Chesterley, et des étés paresseux à s'étreindre dans le belvédère au milieu du parfum sucré des roses…

Bon sang, il était à nouveau en érection. Parviendrait-il un jour à penser à elle sans que le désir se rappelle à lui ? Coucher avec une femme était censé calmer ses pulsions, pas les aiguillonner sans relâche. Oui, il la voulait maintenant, et il la voudrait encore cent fois avant qu'ils ne se disent oui devant un prêtre.

Tout à coup, des bruits de pas résonnèrent dans le hall, et il trembla. Qui rôdait dans les parages à cette heure ? Un des garçons ? Felicity serait mortifiée si ses frères la découvraient dans cette situation. Quand les pas s'arrêtèrent de l'autre côté de la porte, il grommela. Les lèvres penchées sur l'oreille de Felicity, il murmura :

— Réveillez-vous, *querida*. On vous appelle.

— Hum ? marmonna-t-elle alors que quelqu'un frappait doucement à la porte.

Le bruit s'accompagna de murmures étouffés. Il reconnut la voix de la gouvernante.

— Miss Taylor, vous êtes là ?

Le verrou grinça et il remercia sa bonne étoile. Heureusement qu'il avait songé à fermer la porte plus tôt !

— Miss Taylor ! reprit la voix plus fortement.

Pas de doute, il y avait urgence.

Felicity se redressa et lui donna un coup malgré elle. Impossible de déchiffrer son expression dans la pénombre. Elle commença par le regarder, lui qui était affalé sous elle, puis regarda vers la porte, puis à nouveau vers lui. Il pouvait imaginer ce qu'elle pensait, particulièrement quand elle s'enroula dans un drap pour se couvrir. Elle se mit à lui parler, mais il secoua la tête aussitôt.

— Allez, ma chérie, supplia la voix de l'autre côté. Je sais que vous êtes là. Réveillez-vous. C'est important !

Il y eut un bruit de clés et il gémit.

Felicity bondit presque du lit.

— J'arrive, Mrs Box !

D'un geste, elle le dissuada de bouger, puis ramassa sa chemise et la passa par-dessus sa tête pour l'enfiler.

— Qu'est-ce qu'il y a ? Un problème avec l'un des garçons ?

— C'est ce méchant Mr Hodges, une fois de plus, expliqua Mrs Box à travers la porte. Il est soûl. Il dit qu'il a rencontré le notaire de votre père à la taverne et obtenu la vérité sur…

— Attendez, je sors ! s'écria-t-elle vivement.

En un éclair, Felicity s'était enroulée dans une ample robe de chambre qu'elle serra à la taille, puis elle glissa jusqu'à l'entrée, en prenant garde à ce que sa vieille employée ne voie rien dans la chambre.

— Qu'est-ce que c'est que cette histoire avec le boucher ?

Voilà ce que Ian l'entendit dire avant que la porte ne se referme derrière elle en étouffant les voix.

Il quitta le lit rapidement et alluma une chandelle. Tandis qu'il enfilait sa chemise et son pantalon, il se sentit irrésistiblement attiré par la conversation qui s'estompait au fur et à mesure que les femmes semblaient descendre les marches. Maugréant, il chercha ses bottes et les trouva à moitié sous le lit. Là-dessus, il sortit en douce dans l'entrée en oubliant d'enfiler sa redingote et son gilet.

Des voix s'élevèrent du rez-de-chaussée. La première était celle d'un homme, bougonne et pâteuse, avec des accents dignes d'un vulgaire camelot.

— *Maintenant*, Miss Taylor, je veux mon argent…

— Moins fort ! ordonna-t-elle. Vous voulez réveiller toute la maison ?

— Si ça me permet de récupérer mon argent, je vais me gêner, tiens. Je m'en fiche bien de réveiller vos frères, moi… De beaux diables, ces gamins-là…

Ian marcha à grands pas jusqu'à l'escalier et jeta un coup d'œil par-dessus la rambarde. Le dénommé Hodges, une créature maigrichonne qui flottait dans une redingote débraillée, tanguait au milieu du hall mal éclairé. Mrs Box se plaça entre celui-ci et l'escalier, les mains plantées sur ses hanches potelées.

Juste à côté, Felicity, visiblement très agitée, remonta le col de sa robe de chambre jusqu'au cou.

— Vous aurez votre argent dès que la succession de mon père sera réglée.

— Peuh ! Il n'y aura rien de tout ça, et vous le savez bougrement bien ! Votre diable de notaire était à la taverne ce soir, et j'lui ai demandé un peu des nouvelles. Y m'a dit la vérité, toute la vérité, parce qu'il était soûl. Tout ce que votre père vous a laissé, c'est une montagne de dettes et quatre bouches à nourrir. Moi, j'viens récupérer ce qui me revient avant que tout le monde comprenne que vous avez pas un sou à vous.

Ian en avait assez entendu. Prêt à en découdre, il descendit les marches.

— Reparlons de tout cela demain à votre boutique, Mr Hodges…, tenta-t-elle de dire avant de pousser un petit cri.

L'homme venait de l'empoigner. Plus une seconde à perdre !

Hodges tenait Felicity par les épaules.

— Vous pouvez me payer en monnaie, ou vous pouvez me payer en nature…, dit-il alors que Ian approchait de la dernière marche. Mais, d'une manière ou d'une autre, vous me payerez ce soir, ma petite beauté…

Avant qu'il atteigne le bas de l'escalier, elle envoya un genou dans l'entrejambe de l'individu, puis poussa cette canaille en arrière, en direction de Mrs Box, qui tendit la jambe derrière les genoux du boucher. Celui-ci bascula et s'écroula sur le sol en marbre, plié en deux, les mains serrées autour de ses bijoux de famille.

La gouvernante éclata de rire et enjamba la créature gémissante.

— Voilà bien le seul plaisir qu'on vous offrira ce soir, espèce de salaud !

Elle s'arrêta alors que Ian se précipitait sur le commerçant pour le rouer de coups de poing. Il maintint le petit homme écrasé à terre.

— Tu veux de l'argent ?

Il secoua rageusement le commerçant qui geignait.

— Tu veux de l'argent, vermine ?

— Non, Ian ! cria-t-elle en se jetant sur lui.

Sans se préoccuper de ce qu'elle venait de dire, il secoua l'homme à nouveau, indifférent à ses grands yeux écarquillés par la terreur.

— Tu vas l'avoir ton argent, Hodges. Mais, si tu t'avises encore une fois de lever la main sur ma fiancée, je te…

— Votre fiancée ?

Mrs Box venait manifestement de retrouver sa langue.

Aussitôt, Felicity ordonna à nouveau :

— Ian, laissez cet homme ! Tout de suite !

Il hésita. Puis fit marche arrière.

— Très bien.

Et il relâcha le misérable. Le corps de Hodges fit un bruit sourd sur le sol, pareil à un gros sac qu'on lâcherait par terre, puis il se remit tant bien que mal sur ses pieds, à moitié dégrisé et vibrant d'indignation.

— Je ne sais pas pour qui vous vous prenez, mais…

— C'est au vicomte Saint Clair que vous parlez, lança la vieille employée avec une moue hautaine. Vous auriez mieux fait de ne jamais le croiser, pauvre imbécile.

Hodges déglutit avec peine, puis posa les yeux sur son costume froissé.

— Vicomte ou pas, il n'avait pas le droit de me malmener comme ça, marmonna-t-il. C'est bien triste qu'un homme puisse pas réclamer ses créances.

— Tu n'étais pas en train de réclamer tes créances, misérable…

Si ce gredin n'avait pas compris la leçon, Ian était prêt à se montrer encore plus explicite.

— Je fermerais ma bouche si j'étais vous, Mr Hodges, déclara Mrs Box. Maintenant, allez-vous-en. Miss Taylor et moi-même viendrons dans la matinée reparler de cette facture.

— Ou plutôt *payer* cette facture, la corrigea Ian. En revanche, Miss Taylor ne sera pas présente. Mon serviteur s'en occupera à sa place.

Il s'avança d'un air menaçant vers le boucher.

— Mais ne t'approche plus jamais d'elle. C'est bien compris ? Ou alors je jure que je te…

— Message reçu, milord, s'empressa de bafouiller le commerçant en levant la main. Je m'en vais tout de suite, et je ne reviendrai pas. La seule chose que je voulais, c'était mon argent, mais si elle s'en occupe…

— *Je* m'en occupe.

L'instant d'après, Hodges avait disparu sans demander son reste. Felicity se tourna vers Ian, avec des éclairs dans les yeux.

— Je ne vous ai pas demandé de descendre. Je contrôlais la situation…

— Et de quelle manière, en effet ! la coupa-t-il. Vous aviez mis le pied dans un nid de frelons, bon sang ! Qu'auriez-vous fait quand il se serait relevé après votre coup dans l'entrejambe ?

Le menton de Felicity se creusa en une fossette.

— J'aurais appelé Joseph pour qu'il le jette dehors.

— Même quand il est en forme, votre pauvre valet n'est pas capable de se débarrasser d'un chien galeux ! Mais n'ayez pas peur, lorsque nous serons mariés…

À ces mots, elle explosa :

— Mais nous n'allons *pas* nous marier ! Je vous l'ai déjà dit, Ian, je ne veux pas vous épouser, encore moins après…

Elle n'alla pas au bout de sa phrase et lança un petit regard gêné en direction de la gouvernante.

— Qu'est-ce que ça signifie, ce que vous lui avez dit tout à l'heure ?

Mrs Box venait de mettre les pieds dans le plat. Elle le regarda avec intérêt.

— Avez-vous déjà demandé Miss Taylor en mariage avant ce soir, milord ?

Ian faillit jouer celui qui n'était au courant de rien, mais réfléchit. Si Felicity continuait à se montrer bornée à ce sujet, il aurait peut-être besoin d'avoir Mrs Box à ses côtés.

— J'ai fait ma première demande il y a une semaine, chez les Worthing. Apparemment, votre maîtresse a encore besoin d'être persuadée que ces noces serviraient au mieux ses intérêts.

— Pardon, milord, l'interrompit la gouvernante, mais je ne suis pas sûre d'approuver vos méthodes de persuasion.

Ian baissa la tête. Il est vrai que dans cette tenue fort peu convenable…

— Si j'avais su que Felicity était pauvre, la brusqua-t-il, je n'aurais jamais eu recours à de telles méthodes.

— Je ne suis pas pauvre ! protesta l'intéressée.

Il fixa son regard sur Mrs Box.

— Vraiment ? Elle n'est pas pauvre ?

— Mrs Box, la menaça-t-elle, si vous dites à cet homme un seul mot, je jure que je vous renvoie sur-le-champ !

— N'ayez crainte, dit-il pour rassurer la vieille femme, je vous trouverai un poste dans mon domaine quoi qu'il arrive. Maintenant dites-moi, est-ce que votre maîtresse a un héritage ou pas ?

Mrs Box lui jeta un regard plein de considération, puis secoua la tête.

— Elle est presque sans le sou. Son père lui a laissé une rente d'environ cent livres par an et une montagne de dettes. James a hérité de la maison qui est en grande partie hypothéquée.

— Merci, répondit-il d'un ton laconique avant de se tourner vers Felicity.

— Mrs Box, comment avez-vous osé… ? cria celle-ci. Et moi qui pensais que vous étiez mon amie !

— Je l'ai été, et je le suis encore. Il faut bien faire quelque chose, ma petite chérie, et vous le savez pertinemment. De plus, si vous aimez suffisamment cet homme pour le laisser partager votre lit, vous l'aimerez suffisamment aussi pour l'épouser.

Ian grimaça en voyant Felicity devenir rouge de honte.

— Ce sera tout pour le moment, Mrs Box. Felicity et moi, nous avons à parler.

Avec un hochement de tête, la gouvernante s'exécuta comme s'il avait toujours été son maître et se dirigea vers l'entrée. Puis s'arrêta une seconde pour l'observer d'un air inquiet.

— L'un des sujets dont vous devriez parler, ce serait la date du mariage, milord. Hodges ne restera pas longtemps muet et, comme il vous a vu ici, il devinera que vous et Miss Taylor étiez… enfin…

— Le 24 décembre, à 11 heures du matin, cela vous conviendrait-il ? demanda-t-il sèchement.

À vrai dire, il était étonné d'aller jusqu'à prendre en compte le point de vue d'une domestique sur la date de son propre mariage. C'était à n'y rien comprendre…

— Je l'épouserai le matin si c'est possible, mais j'ai besoin de temps pour me procurer une autorisation spéciale. Si c'est le cas, nous n'aurons qu'aujourd'hui et demain pour nous préparer. Mais vous avez sûrement un avis sur la question.

Un grand sourire illumina le visage fatigué par le travail de la gouvernante.

— Eh bien, va pour la veille de Noël. Ce serait merveilleux.

Tandis qu'elle traversait le hall, Ian tendit la main à Felicity.

— Venez, retournons dans votre chambre. Je vais m'habiller pendant qu'on discutera de tout cela.

— Hors de question. Je ne suis pas bête au point de vous donner une seconde chance de me séduire.

Malgré la froideur de cette réponse, Felicity avait le rouge qui lui montait aux joues. Il ne l'avait jamais vue aussi gênée. Voilà qui était très encourageant. Une femme ne rougit pas devant un homme qu'elle déteste.

Avec une attitude hautaine convenant davantage à la vicomtesse qu'elle deviendrait bientôt qu'à la fille d'architecte qu'elle était encore, Felicity marchait dans le couloir à grands pas. Juste derrière, Ian la suivait.

— Allons parler au salon.

Une fois devant la porte, elle tourna la poignée et ouvrit en grand.

— Non pas que cela serve à grand-chose, ajouta-t-elle.

— Vous savez parfaitement que ce mariage est votre seule issue, répondit-il.

Il entra dans la pièce et referma la porte.

— Comment ça ?

— Au cas où vous ne l'auriez pas remarqué, je vous ai compromise, ce qui conduit généralement à un mariage.

— Généralement. Mais pas nécessairement.

Ian se sentit bouillir. Ah, la petite sorcière entêtée !

— C'est tout de même par ma faute que vous avez perdu votre innocence.

Tandis qu'elle tressaillait à ces mots, elle tint bon.

— Je n'espérais pas me marier de toute façon.

Les mots de Sara lui revinrent à l'esprit. « Ce n'est peut-être pas en la séduisant que vous amènerez Felicity à changer d'avis. Elle a une volonté de fer. »

Que le diable l'emporte ! Sur le moment il ne l'avait pas crue, mais de toute évidence elle avait compris Felicity bien mieux que lui. Que devait-il faire pour que celle-ci l'écoute ? Il posa la bougie avec précaution sur la table la plus proche, en faisant attention à ne pas la faire tomber dans un mouvement d'humeur. Il n'avait plus été sujet à ces crises de colère depuis des années. Il avait travaillé dur sur lui-même pour corriger ce défaut, et il avait réussi. Jusqu'à ce qu'il rencontre Miss Taylor.

Ian s'efforça de se calmer. Felicity était une femme rationnelle et elle devait être traitée en tant que telle.

— Vous savez que c'est la meilleure solution pour régler à la fois vos problèmes d'argent et mon besoin de trouver une épouse.

Elle se contenta de le dévisager, tandis que sa bouche se figeait en une ligne très fine. Enveloppée dans sa robe de chambre trop large, elle paraissait si fragile.

— Une telle union sera vraiment un avantage pour vous, continua-t-il. Vous serez vicomtesse, avec une rente à votre disposition. Vos frères ne manqueront de rien, je continuerai à entretenir cette maison et ferai en sorte que vos domestiques s'en occupent. Je serai le plus généreux des maris, je vous le promets.

— Oh ! je n'en doute pas. Mais, contrairement à vous,

je crois qu'une jolie maison et un grand confort matériel ne suffisent pas pour qu'un mariage soit réussi.

— Si ce sont vos maudits articles qui vous inquiètent, sachez que vous pourrez continuer…

— Ce ne sont pas *mes* articles, répliqua-t-elle d'un air las.

Que faire alors ? Il réfléchit une seconde puis se raidit.

— Vous avez aimé faire l'amour. Cela vous a plu, je le sais.

— Oui.

Elle baissa la tête. Ses cils lui cachèrent les yeux.

— Bien sûr que j'ai aimé ça. Je ne suis pas de bois, après tout.

Vu le soulagement qu'il ressentit devant cette réponse, Ian se rendit soudain compte qu'elle l'avait fait douter de ses prouesses au lit. Cette femme le menait pas le bout du nez, et il en avait assez.

— Bon. Que voulez-vous de moi, alors ?

Si elle avait été une jeune fille tout juste sortie de l'école ou une romantique pleurnicharde, il aurait pu penser qu'elle désirait des vœux d'amour éternel. Mais elle n'était ni l'une ni l'autre. Elle considérait le reste de la gent féminine avec cynisme. Et elle n'avait jamais parlé d'amour quand elle avait refusé sa dernière proposition.

— Felicity, s'impatienta-t-il lorsqu'elle haussa les yeux vers lui, ne rendez pas les choses plus compliquées qu'elles ne le sont déjà. Énoncez vos conditions et qu'on en finisse. Je vous donnerai tout ce que vous désirez sans discuter.

— Même la vérité au sujet de Miss Greenaway ? lâcha-t-elle.

Mince. Il aurait dû s'en douter. Lorsqu'elle avait une idée en tête, elle était pire qu'un chaton qui s'acharne sur une ficelle.

— Je vous l'ai déjà dit, soupira-t-il. Miss Greenaway n'a rien à voir avec nous. Ce serait une folie de renoncer à ce mariage à cause d'elle.

Felicity s'éloigna de lui pour se planter devant la fenêtre. Sa silhouette élancée semblait délicate et fine à côté de ce décor de style gothique. Il ressentit brutalement une envie violente de la serrer dans ses bras pour la protéger du froid, de ses peurs, de tout ce qui pourrait lui faire du mal.

Les mains tremblantes, elle tenta de fermer les rideaux de la fenêtre au maximum.

— Et que se passerait-il si…

Elle marqua une pause, comme pour rassembler ses forces.

— Si je renonçais à cause de quelqu'un d'autre ? Quelqu'un comme… Cynthia Lennard ?

Ian sentit ses jambes se dérober sous lui. Cette question le frappa comme un coup de pistolet en plein cœur. Seigneur, non. Pas ça. Pas maintenant. Il s'efforça de dissimuler son trouble, mais il ne put s'empêcher de grogner :

— Que savez-vous de Cynthia Lennard ?

Felicity enfouit la tête dans les rideaux.

— Elle était votre tante, n'est-ce pas ? J'ai entendu dire… que vous aviez eu une aventure amoureuse. Qu'elle avait dépéri à cause de vous quand vous avez quitté l'Angleterre pour le continent.

Elle avait entendu dire ça ? Où ? Comment ? Le poids de la culpabilité lui écrasait la poitrine, l'empêchant presque de respirer. Malgré tous ses efforts, il n'arrivait pas à échapper à cette histoire. Pauvre tante Cynthia, si belle et si fragile. Il ne savait pas ce qu'il y avait de pire — ce que Felicity avait entendu ou bien la vérité. Dans les deux cas, il n'en ressortait pas grandi.

Il devait en savoir plus.

— Vous vous êtes vraiment surpassée, cette fois. Où êtes-vous allée chercher une telle fable ? Je doute même que Lady Brumley puisse rivaliser avec votre imagination.

— C'est en partie d'elle que je tiens cette histoire, justement.

Elle s'éloigna de la fenêtre et commença à faire les cent pas. Elle parlait d'un ton saccadé, avec des notes aiguës qui trahissaient sa nervosité.

— Elle tient cette histoire de la bouche d'un domestique de votre oncle. Comme elle a l'air de le détester, elle s'efforce de lui mener la vie dure. Je ne sais pas pourquoi.

— Pourquoi ? Parce qu'il l'a éconduite il y a vingt-cinq ans. Il l'a abandonnée le jour de leur mariage en découvrant qu'elle n'avait pas un sou. Après cela, elle n'avait plus d'autre choix que d'épouser le vieux Brumley. Elle n'a jamais pardonné cette trahison à mon oncle.

Elle parut secouée.

— Je ne la blâme pas.

— Moi non plus, mais vous comprendrez que son récit n'est rien d'autre qu'une tentative d'accabler mon oncle. Il passe pour un imbécile et pour un cocu. C'est la seule raison qui la pousse à colporter cette histoire.

Oui, peut-être que cela jouerait en sa faveur que Lady Brumley ait été à deux doigts de la vérité. Là, Felicity poursuivit :

— En fait, elle m'a raconté son histoire parce que… parce que votre oncle m'en a raconté une bien pire.

Ian se sentit blêmir.

— Mon oncle ?

— Il est venu me trouver pendant le bal et… il m'a

raconté que vous aviez… profité de sa femme, qui s'est suicidée tant elle avait honte.

Ian se laissa tomber sur une chaise voisine et regarda dans le vide. Maudit soit son oncle et ses mensonges ! La colère l'envahit violemment et lui arracha un cri brutal :

— J'imagine que vous le croyez !

— Non, bien sûr que non !

Elle se lova contre lui et posa la main sur son épaule, les joues légèrement rosies.

— Je sais d'expérience que vous n'abuseriez pas d'une femme. J'ai trouvé l'histoire suspecte avant même que Lady Brumley ne me confirme qu'il mentait. Mais, comme vous pouvez le voir, elle ne m'a pas raconté son histoire pour accabler votre oncle. Elle essayait de vous aider. Elle avait deviné votre intérêt pour moi et voulait me rassurer sur votre personnalité.

— Je vois.

Il repoussa sa main et se leva de la chaise.

— Elle voulait vous rassurer en vous disant que j'étais un simple adultère.

Mon Dieu, quel cauchemar. Ces deux récits étaient affreux. Mais la vérité était encore plus horrible. Impossible d'en parler, et surtout pas à elle.

— Ça aussi, c'est un mensonge ? demanda-t-elle dans un murmure.

Oui. Hélas, il ne pouvait pas le lui dire, parce qu'elle voudrait connaître la vérité. Qu'ils aillent au diable, tous ceux qui avaient semé ces doutes dans l'esprit de Felicity. Et qu'elle aille au diable aussi si elle les avait crus !

— Bien entendu, vous avez déjà votre version des faits. Vous pensez que j'ai couché avec ma tante — la femme du frère de mon propre père — et que je l'ai abandonnée.

Ian envisagea alors une hypothèse atroce. Planté devant elle, il hurla :

— Et vous m'avez laissé vous faire l'amour la nuit dernière alors même que vous pensiez…

— Je vous ai laissé me faire l'amour parce que je ne voulais pas croire ça. Je ne le crois toujours pas.

La voix de Felicity se brisa et laissa percer la blessure qu'elle s'efforçait de cacher.

— Mais je ne sais pas quoi croire. Tout le monde spécule sur votre vie, chaque jour, en me bombardant de nouvelles histoires au sujet du « dangereux Lord Saint Clair ». Et vous me priez de distinguer le vrai du faux alors que vous jouez le héros tragique en gardant le silence ? Je ne vous connais que depuis moins d'un mois !

Ce raisonnement ne faisait qu'aggraver la situation.

— Vous avez publié une histoire pleine de mensonges sur mon compte et vous vous demandez pourtant pourquoi je reste muet ? C'est la meilleure !

Les yeux de Felicity se mirent à briller.

— C'est juste une excuse, et vous le savez. Vous ai-je mentionné une seule fois dans mes articles la semaine dernière ? Alors que vous bavez devant chaque femme susceptible de vous plaire, ai-je écrit le moindre mot sur vous ou sur celles que vous avez courtisées ?

— Bon sang, Felicity, je comprends pourquoi vous insistez pour connaître mon passé !

La colère qu'il éprouvait contre lui-même se changea en colère contre elle.

— Vous êtes jalouse des femmes avec lesquelles je n'ai même pas couché ! On se demande comment j'ai trouvé le temps de faire la guerre ou de m'occuper de mon domaine, vu toutes celles que j'ai séduites !

Ian se mit à arpenter la pièce sans parvenir à se calmer.

— Il y a ma tante, que j'ai apparemment séduite à l'âge précoce de dix-neuf ans. Puis j'ai fui sur le continent et dans les bras de belles Espagnoles, toujours d'après vos sources. Oh ! et n'oublions pas l'ex-épouse de Napoléon en personne, qui est manifestement venue dans mon lit bien que je sois anglais. Sans oublier de mentionner toutes celles que j'ai courtisées ou avec lesquelles j'ai couché ces quatre dernières années en Angleterre.

Il cessa brusquement cette diatribe et la scruta.

— Et la pauvre Miss Greenaway ? Vous pensez toujours qu'elle est ma maîtresse, j'imagine ?

Il croisa les bras sur sa poitrine.

— Le compte y est ? Ou bien ai-je oublié quelqu'un ?

— Oui, vous m'avez oubliée, moi, la femme que vous voulez épouser. Mais, visiblement, vous ne la désirez pas assez pour lui confier la vérité.

Cette accusation plongea la pièce dans un silence pesant. La douleur de Felicity était palpable. On la sentait comme éteinte. Diantre, il n'avait pas voulu la blesser ! Il pensait simplement qu'elle connaissait déjà tant de choses…

Sous le coup de la frustration, il plongea les doigts dans ses cheveux ébouriffés. Comme il regrettait de ne pas pouvoir dévoiler toute l'histoire, si laide soit-elle. Ce serait presque un soulagement pour lui.

Mais, à partir du moment où elle saurait, il n'y aurait plus aucune chance pour que Felicity veuille l'épouser. La morale comptait tellement pour elle. Et, follement éperdu comme il l'était, il ne pouvait pas imaginer la perdre.

— Ce n'est pas un problème de confiance, dit-il dans une tentative d'apaisement. Le simple fait que je veuille vous épouser suffit à prouver que j'ai confiance en vous. Je ne doute pas que vous ne déshonorerez pas le nom de ma famille, et que vous serez une épouse formidable. Je vous fais confiance aussi pour gérer mon domaine, pour porter mes enfants et les éduquer. N'est-ce pas assez pour vous ?

Elle haussa les épaules.

— Ian, je ne suis pas insensible au merveilleux compliment que représente cette demande en mariage. J'admets même que me marier avec vous est ce que j'aurais de mieux à faire. Mais je ne veux pas d'une union lourde de secrets. Pourquoi ne comprenez-vous pas cela ?

— Et vous, pourquoi ne comprenez-vous pas qu'aucun de mes secrets n'a rien à voir avec nous ? Vous êtes en train de vous torturer inutilement avec toutes ces questions. Vous êtes jalouse d'une femme qui est morte dix ans plus tôt, d'une autre que je considère comme une amie, et d'une ancienne impératrice que je n'ai jamais rencontrée ! Vous êtes jalouse de fantômes alors que, tout ce que je veux, c'est vous.

Elle poussa un soupir à fendre l'âme.

— Vous insistez pour voir mon attitude comme de la pure jalousie. Vous pouvez être si prétentieux, si arrogant parfois.

Oh ! comme les mots sortis des lèvres délicates d'une femme pouvaient être les plus insultants.

— Voilà pourquoi vous devriez m'épouser, répondit-il d'un ton badin. Cela vous donnera de multiples occasions de piquer ma vanité et de mater mon arrogance.

Felicity haussa un sourcil. Cette petite tentative d'humour allait-elle fonctionner ?

— C'est en effet assez tentant. Mais pas suffisant. Aussi longtemps que vous ne serez pas franc avec moi, je ne pourrai pas vous épouser, Ian. Je saurai toujours que vous ne me faites pas confiance, et cette pensée me dévorera jusqu'à ce que je vous déteste. Je tiens beaucoup trop à vous pour nous laisser en arriver là. Je suis désolée.

Ian l'avait vu venir, et pourtant il ne pouvait pas y croire. Comment pouvait-elle être si têtue, bon sang ? Bien. Elle lui refuserait sa main simplement à cause de vieux ragots et d'un orgueil blessé… Non, c'était trop bête, il ne la laisserait pas faire !

— Vous n'avez pas le choix, dit-il d'un air sombre. Vous allez m'épouser, un point c'est tout.

Elle se raidit.

— Je vous l'ai dit, le fait que vous m'ayez compromise me laisse indifférente…

— Mais vous n'êtes pas indifférente au fait d'être affamée, n'est-ce pas ? Avez-vous oublié votre situation financière ? Moi pas. Si vous ne m'épousez pas, je rechercherai tous les créanciers de votre père et leur dirai que vous n'avez *aucun* héritage. Vous ne savez que trop ce qui se passera. Ils débarqueront ici comme des rats.

L'effroi lui fit ouvrir la bouche.

— Vous ne feriez pas ça, quand même ? Aucun gentleman ne ferait une chose aussi cruelle…

Ian serra les poings.

— Aucun gentleman ne vous laisserait sans un sou et déshonorée. Je fais le nécessaire pour obtenir que vous m'épousiez et, si cela signifie vous jeter en pâture aux loups jusqu'à ce que vous preniez conscience de votre folie, je le ferai. Ne soyez pas ridicule, Felicity. Combien de temps pensez-vous tenir une fois que ces rapaces se partageront votre maison ? Comment vivrez-vous quand vous n'aurez plus rien ? Dans une mansarde, tout en devant élever quatre frères grâce à vos articles de presse ? C'est impensable !

— J'ai des perspectives. Mr Pilkington m'assure qu'il publiera mon livre…

— Mr Pilkington dirait n'importe quoi pour vous garder. Il veut seulement que vous écriviez ces articles pour lesquels il vous paye une misère. Croyez-vous sincèrement qu'il se préoccupe de votre livre ? Et, quand bien même ce serait le cas, vous n'auriez jamais de quoi entretenir une maison de cette taille.

Ian s'approcha d'elle et baissa la voix. Il était temps qu'elle se montre raisonnable, enfin.

— Vous laisseriez tomber un avenir sûr pour votre famille, simplement à cause de vos satanés principes ? Non. Je ne le permettrai pas. Vous m'épouserez demain et c'est tout.

Il s'avança vers la porte, mais elle l'attrapa par le bras avant qu'il l'atteigne.

— Rassurez-moi, ce n'est pas de ça dont vous rêvez ? Quel genre de couple formerons-nous si je vous hais ?

Même si c'était le meilleur argument avancé par Felicity, il se força à ne pas écouter son plaidoyer.

— Vous ne me haïrez pas. Vous avez trop de bon sens pour cela. Peut-être même que vous me remercierez.

— Oh ! mais quel petit coq prétentieux vous faites ! Et ridicule aussi, si vous croyez que je vous remercierai de me forcer à agir contre ma volonté !

— Je fais seulement ce qui est le mieux pour vous, lâcha-t-il.

— Et surtout pour vous.

— Oui. Pour moi aussi. Mais nos intérêts sont liés.

— Vraiment ? Alors, Lord Saint Clair, dit-elle, j'ai une surprise pour vous.

Ian manqua de frémir en l'entendant prononcer son nom de manière aussi sinistre.

— Je veux un vrai mariage, poursuivit-elle, et nous aurons un vrai mariage si et seulement si vous êtes honnête avec moi. Vous devriez prier pour que notre étreinte de cette nuit vous donne un héritier. Car c'est la dernière fois que je vous permettrai d'entrer dans mon lit avec mon consentement. Si vous m'imposez le mariage, vous devrez m'imposer tout le reste également, compris ?

L'idée qu'elle puisse être sérieuse sur ce point le paralysa. Mais il se reprit. Elle renonçait déjà au sujet du mariage. Le reste viendrait après.

— Oui, mais votre petite menace ne me dissuadera pas. Ma patience a des limites. Nous serons mariés la veille de Noël même si je dois vous traîner à l'église moi-même.

Elle recula en entendant ces mots.

— Je pense vraiment ce que j'ai dit, insista-t-elle.

— Je n'en doute pas.

Il l'attrapa par le menton et fit délibérément glisser son pouce au-dessus de cette jolie lèvre qui tremblait.

— Mais je sais combien votre passion peut facilement se déchaîner. Croyez-moi, *querida*, j'aurai un héritier avant Noël prochain, et je n'aurai pas besoin d'avoir recours à la force pour l'obtenir.

Ian attendit jusqu'à voir le doute scintiller dans les yeux de Felicity, avant de la relâcher.

— Donc peu importe vos menaces, nous serons mari et femme. Compris ?

Elle le défia du regard, le visage pâle, mais il put lire dans ses yeux qu'elle s'était résignée à perdre cette bataille.

— Felicity ? lança-t-il sévèrement.

Avec un soupir d'exaspération, elle hocha la tête.

Cette victoire avait le goût de la plus amère des absinthes. Il regrettait de ne pas l'avoir obtenue d'une autre façon. D'instinct, il retira sa chevalière et la posa dans la paume froide de Felicity, en refermant ses doigts fragiles et tachés d'encre autour de l'anneau avec une once de culpabilité.

— Montrez cette chevalière si de nouveaux créanciers viennent vous voir. Je vous communiquerai tous les éléments concernant le mariage dès que j'aurai récupéré l'autorisation spéciale.

Lorsqu'elle se leva, avec raideur, Ian lui relâcha la main. Mais, en la laissant partir, il repensa à ce qu'elle lui avait dit. « Si vous m'imposez le mariage, vous devrez m'imposer tout le reste également. » Maudite soit cette petite sorcière entêtée ! Et il comptait bien faire le nécessaire pour lui prouver qu'elle avait tort.

Chapitre 18

Mes sources m'informent que Lady Marshall a été aperçue sur le Strand avec la maîtresse de son époux. Si cela est avéré, cet épisode créerait un dangereux précédent, car lorsque deux femmes se retrouvent pour parler du même homme ce dernier risque de les perdre toutes les deux.

LORD X, *The Evening Gazette*, 24 décembre 1820.

C'était le matin de la veille de Noël, et Felicity et Mrs Box étaient debout depuis l'aube. Il leur restait deux heures avant le mariage, et elles se trouvaient dans la chambre. Felicity se tenait droite sur un tabouret, les bras tendus, pendant que sa gouvernante arrangeait une robe qui avait appartenu à sa mère.

— Ma parole, les robes étaient moins ajustées à l'époque de votre mère, marmonna la vieille femme, ou alors vous avez besoin d'un corset. Mais je sais que vous détestez ça.

Cette remarque lui rappela les mots de Ian. « Je suis heureux que vous ne portiez pas ces abominables corsets. Lorsque nous serons mariés, vous n'aurez pas à porter autre chose que votre chemise quand nous serons seuls. »

Mariés. Ils allaient se marier. À cette pensée, une douce chaleur lui gonfla la poitrine. Maudit soit-il.

— Allez, ma petite chérie, ne le prenez pas comme ça. Ce ne sera pas la fin du monde.

Tout en ajoutant un petit morceau de satin sur le corsage, Mrs Box piqua à travers les plis du tissu.

— Vous épousez un vicomte, pour l'amour de Dieu ! Il prendra les garçons sous son aile…

— Il ne me laissera même pas fêter Noël avec eux demain !

— C'est bien normal, non ? Qui voudrait de quatre garçons dans les pattes durant une lune de miel ? Il aurait pu les envoyer très loin d'ici, mais il ne l'a pas fait. Il veut simplement profiter d'une semaine en tête à tête avec vous, afin de vous montrer tout son domaine. C'est bien dommage que cette semaine tombe pendant Noël, mais vous auriez dû y penser avant qu'il se retrouve au lit avec vous hier matin.

Felicity dévisagea Mrs Box.

— Et en plus il ferme la maison — *ma* maison !

Elle leva un bras, que sa gouvernante saisit immédiatement pour le remettre à sa place.

— Remerciez le Seigneur que cette maison ne soit bientôt plus à vous. Que projetiez-vous après votre mariage ? Vivre ici, séparée de votre époux ?

— J'y ai pensé, grommela-t-elle.

— Pas de mensonges, ma petite chérie. Vous n'avez aucune envie de vivre loin de ce grand et vaillant étalon, et vous le savez très bien.

À ces mots, des larmes montèrent aux yeux de Felicity.

— Oh ! bon sang, murmura-t-elle en triturant la chevalière qui pendait à une chaîne autour de son cou.

C'était vrai. Malgré l'horrible liste dressée par Ian pour les informer de ses « plans » — ou plutôt de ses ordres — pour le mariage, et même si elle se plaignait de lui depuis un jour et demi, elle était secrètement étourdie de bonheur à l'idée de l'épouser.

Elle n'en pouvait plus d'attendre le moment où il n'appartiendrait plus qu'à elle, ne penserait plus qu'à elle.

Elle renifla. Penser à elle, ah oui ! Cet homme ne savait pas ce que cela signifiait. La preuve, tout ce qui l'intéressait, c'était ce fameux héritier qu'il appelait de ses vœux ! Très bien, il découvrirait sans tarder que la confiance qu'il lui accorderait ou pas aurait son importance dans cette affaire.

Malheureusement, cela signifiait le tenir à distance jusqu'à ce qu'il se décide à changer. Une larme amère lui échappa. Comme si elle en était capable ! Un geste de Ian, et elle devenait une bécasse sans cervelle. Une autre larme lui roula sur la joue, glissa le long du menton et finit par tomber sur sa robe, en faisant un petit point sombre sur le bleu chatoyant du satin.

— Eh bien, vous n'êtes pas en train de pleurer quand même ? Pas sur la jolie robe de mariée de votre maman !

Mrs Box sortit un mouchoir en tissu et tapota les yeux de Felicity.

— C'est un miracle que la robe ait survécu jusqu'ici, et voilà que vous allez l'abîmer juste avant votre mariage !

— Tant mieux ! Comme ça, je pourrai porter un sac de jute et me couvrir la tête de cendres, parce que c'est de ça que j'ai envie !

— Pour le sac de jute, je peux m'arranger, répondit la gouvernante du tac au tac. Mais ne comptez pas sur moi pour vous mettre des cendres dans les cheveux, parce que, après, je dois encore traverser tout Londres pour vous trouver des fleurs d'oranger.

— Je ne comprends pas ce qui vous embête. Ce serait bien fait pour lui que je n'aie pas de fleurs dans les cheveux et que je porte une vilaine robe ! Après tout, il a choisi la date du mariage sans me demander mon avis.

— Il vous l'a demandé, mais vous lui avez répondu que vous ne l'épouseriez pas. Que pouvait-il faire d'autre, le pauvre homme ?

Felicity haussa les épaules.

— Accepter mon refus comme n'importe quel homme d'honneur l'aurait fait.

— Aucun homme d'honneur ne laisserait partir une femme comme vous. Pas s'il fait attention à elle.

Elle ne put s'empêcher de s'esclaffer.

— Faire attention à moi ? Mais il ne fait pas *du tout* attention à moi ! Il veut juste se marier, peu importe avec qui, et il se trouve que j'étais à portée de main.

La gouvernante fit non de la tête.

— Balivernes ! Les hommes ne savent pas ce qu'ils veulent, ma petite chérie, et ils savent encore moins comment le demander. Ils rangent leur cerveau de côté dès qu'une femme est dans les parages. Avec eux, il faut regarder ce qu'ils font, pas ce qu'ils disent. Prenez votre vicomte : vous parlez négativement de lui dans vos écrits, et vous l'avez presque jeté de chez vous. Pourtant, il revient et il en redemande. Voilà qu'il est prêt à payer toutes vos dettes et à renvoyer James dans cette école qu'il aime tant. Si vous n'appelez pas ça des preuves…

Felicity se rembrunit. Elle avait besoin d'honnêteté. De confiance. Mais elle ne pouvait pas révéler cela à Mrs Box. Cette dernière ne comprendrait pas.

— Ce ne sont pas des preuves. L'argent ne signifie rien pour lui. S'il ouvre son portefeuille, c'est seulement parce qu'il a une raison importante de le faire.

— Peut-être. Ou alors, peut-être qu'il ouvre son portefeuille parce qu'il ne sait pas encore comment ouvrir son cœur. Laissez-le ouvrir le premier, ma petite chérie, et un jour il sera à même d'ouvrir le second.

Felicity leva les yeux au plafond. Si seulement elle pouvait y croire ! Mais elle doutait qu'il partage un jour avec elle ses sentiments. Il les gardait enterrés au plus profond de lui, sous son passé. Si seulement elle parvenait à savoir ce qui le tourmentait, elle trouverait un moyen de l'atteindre… Mais personne ne connaissait la vérité à part lui. Et peut-être Miss…

Elle se redressa. Bien sûr ! Miss Greenaway !

— J'ai oublié…, lança-t-elle à Mrs Box dans un sursaut, je dois y aller. J'ai quelque chose à régler avant le mariage.

— Quoi ? Le fiacre de M. le vicomte sera là dans moins de deux heures ! Et il y a au moins cent choses à faire avant !

— Je sais, mais c'est très important. Je dois y aller maintenant, avant que Ian ne m'arrache à Londres.

Felicity se retourna pour atteindre les boutons du haut de sa robe.

— Aidez-moi à l'enlever !

— Vous avez perdu la tête, voilà ce que j'en dis.

Mrs Box leva les yeux au ciel, mais commença à défaire les boutons.

— Courir on ne sait où deux heures avant son mariage ! Mais quelle idée. Si vous n'arrivez pas à l'église à l'heure, M. le vicomte ne me ratera pas !

— Ce ne sera pas long, je vous le jure.

Felicity descendit du tabouret et revêtit prestement sa vieille robe sans se faire aider.

— Je serai rentrée avant même que vous ayez eu le temps de dire *ouf.* Mais, si malgré tout je ne suis pas là au moment de partir, allez-y sans moi, mais apportez la robe. Je vous retrouverai directement à l'église.

Une minute n'était pas écoulée qu'elle était déjà dehors et qu'elle arrêtait un fiacre qui passait par là. *S'il vous plaît, mon Dieu, aidez-moi.* Elle donna au chauffeur l'adresse de Waltham Street, puis s'assit à l'arrière, en laissant flotter son regard vers le ciel. Elle n'avait pas imploré le Très-Haut depuis qu'il l'avait abandonnée chez les Worthing, mais elle avait besoin de lui, maintenant. *Faites que cette dame soit chez elle, Seigneur. Faites qu'elle accepte de me parler. Et faites que je n'arrive pas en retard à mon mariage. S'il vous plaît, je vous en supplie, faites ça pour moi.*

Manifestement, cette prière fut entendue car vingt minutes plus tard, tandis qu'elle frappait à la porte de Miss Greenaway, cette dernière vint lui ouvrir en personne. Elle berçait son bébé dans ses bras.

— Vous ici ! s'écria-t-elle en tentant de lui claquer la porte au nez.

Felicity glissa son pied dans l'interstice pour bloquer le battant et grimaça de douleur lorsque le bois percuta sa bottine. Les souliers des dames n'étaient pas destinés à servir de butoir.

— Allez-vous-en ! cria la jeune femme à travers l'ouverture. Je n'ai rien à vous dire !

— S'il vous plaît, Miss Greenaway, laissez-moi entrer, juste un petit moment ! Je suis la fiancée de Ian.

Un silence soudain se fit de l'autre côté de la porte.

Puis Miss Greenaway s'appuya au chambranle, son bébé serré contre sa poitrine.

— *Vous ?* Sa fiancée ?

— J'ai bien peur que oui.

Le temps de détacher de son cou la chaîne retenant la chevalière, Felicity lui tendit le bijou.

— Vraiment.

D'un air méfiant, Miss Greenaway fit passer son bébé sur l'épaule et s'empara de la bague. Au fur et à mesure qu'elle étudiait le bijou, l'étonnement laissait place à la méfiance.

— Je ne comprends pas. Maître Ian, enfin... Lord Saint Clair m'a dit hier qu'il allait épouser Miss Felicity Taylor, mais il n'a pas précisé que vous étiez aussi..., je veux dire, je n'avais pas imaginé que...

— Qu'il épouserait Lord X ? Non, je ne l'aurais pas cru moi-même il y a quelques semaines.

Ian était donc déjà passé pour prévenir Miss Greenaway du mariage. De quoi nourrir sa jalousie. Sauf que cette dernière ne semblait pas troublée par cette idée. Est-ce qu'une maîtresse appellerait son amant par le surnom qu'il portait dans son enfance ?

— Mais je suis bien Felicity Taylor, et je suis fiancée à Ian. Nous allons nous marier. Pour tout vous dire, le mariage est à 11 heures, je n'ai donc pas beaucoup de temps. Accepteriez-vous de me laisser entrer ? Je dois vraiment vous parler.

La femme hésita une petite seconde puis ouvrit la porte.

— M. le vicomte sera furieux s'il apprend tout ça.

— Eh bien, ne lui disons rien.

Felicity franchit le seuil et Miss Greenaway lui jeta un regard intrigué.

— Très bien. Ne disons rien.

Elle lui indiqua un portemanteau.

— Vous pouvez mettre votre manteau là. Et suivez-moi au salon, s'il vous plaît. Je mets le berceau de Walter ici pendant que la gouvernante est au marché. J'allais justement le coucher pour sa sieste.

Elle regarda la petite tête de son fils, avec son doux duvet doré.

— Mais je pense qu'il l'a déjà commencée.

L'amour qu'on lisait sur le visage de cette femme illumina ses traits impeccables dignes d'une poupée de porcelaine. Comment pouvait-on avoir une beauté si parfaite ? Difficile de ne pas l'envier. Seules quelques rides au coin des yeux de Miss Greenaway révélaient qu'elle était plus âgée. Elle était vêtue d'une robe en laine qui cachait chaque centimètre de sa peau, mais pas son visage incomparable. Felicity sentit furtivement la jalousie poindre en elle.

Alors qu'elles marchaient dans le couloir, elle déclara :

— Je suis sûre que vous vous demandez pourquoi je suis là…

— Pas du tout. Vous êtes là pour savoir si je suis vraiment la maîtresse de Lord Saint Clair, comme vous l'avez avancé dans votre article.

Le rouge monta aux joues de Felicity. Elle était démasquée !

— Non, je… C'est juste que… en fait, je…

— Je vous rassure, j'en aurais fait autant si j'avais été à votre place. Mais laissez-moi vous dire une chose qui vous soulagera. Je ne suis pas sa maîtresse, ou quoi que ce soit de ce genre — et je n'ai d'ailleurs jamais voulu l'être.

Felicity laissa échapper un soupir avant même qu'elle ait pu le retenir. Ian avait proclamé cent fois qu'il n'avait pas de liaison avec Miss Greenaway. Sara en était tout à fait certaine aussi, et Lady Brumley encore plus. Mais il avait fallu ces mots de la jeune femme en personne pour que Felicity accepte de s'y résoudre. Et, même si Miss Greenaway pouvait mentir, quelles raisons aurait-elle eues de le faire ?

— Merci, murmura-t-elle alors qu'elles entraient dans le petit salon.

— Je vous en prie.

Miss Greenaway déposa son bébé dans un berceau en bois et s'assit à côté dans un fauteuil.

— Ce serait grossier de ma part de remercier M. le vicomte de ses bontés en induisant sa femme en erreur.

Elle indiqua une élégante banquette blanche.

— Je vous en prie, asseyez-vous, Miss Taylor.

Elle s'exécuta, un peu embarrassée. Cette jeune personne s'était montrée très aimable, vu la situation.

— Avant d'aller plus loin, je dois vous présenter mes excuses pour cet article. Je n'aurais pas dû tirer publiquement des conclusions sur votre relation avec Ian. Il m'a fait comprendre que j'avais mal agi, en particulier quand de telles allégations pouvaient… nuire à votre réputation.

Miss Greenaway gloussa.

— Ma réputation ?

Avec la grâce et la distinction que seule une gouvernante pouvait avoir, elle se redressa avec une élégance rare. Décidément, elle avait mille qualités !

— Merci de vous préoccuper de moi, mais c'est inutile, je vous assure. Vous n'avez pas mentionné mon nom ou celui de mon enfant, et ma réputation est ruinée depuis bien longtemps. Par ailleurs, vos présomptions étaient logiques, au regard des circonstances. Et, comme vous le savez, Lord Saint Clair nourrit les rumeurs partout où il passe.

— C'est vrai. Et c'est la véritable raison de ma présence ici. Vous savez… j'entends tellement de rumeurs dans mon métier. Et… disons que j'en ai entendu de particulièrement mauvaises sur Ian. J'espérais que vous pourriez m'aider à démêler le vrai du faux.

— Je vois. Qu'avez-vous entendu sur son compte ?

Dans d'autres circonstances, Felicity aurait présenté la chose avec plus de tact. Mais elle n'avait pas le temps pour de telles subtilités : elle était obligée d'être franche. Heureusement, le franc-parler de Miss Greenaway lui facilitait la tâche.

Aussi brièvement que possible, elle relata les deux conversations qu'elle avait eues au bal des Brumley. Même si l'expression de Miss Greenaway changea lorsqu'elle mentionna l'oncle de Ian, elle garda le silence tout au long du récit.

— Vous comprenez, je ne sais que croire. Est-ce que ces histoires sont vraies ou pas ? J'espérais que vous pourriez me dire pourquoi Ian a quitté l'Angleterre. Et pourquoi son oncle et lui sont en conflit au sujet de son mariage.

— Que vous a dit M. le vicomte ?

L'ironie perçait dans sa voix.

— Que je suis purement jalouse. Qu'il n'y a « aucune raison de m'inquiéter avec ça ».

Miss Greenaway hocha la tête.

— Il ne me dira rien, reprit Felicity. Mais, étant sa future femme, je crois que j'ai le droit de savoir.

— Je suis d'accord, répondit-elle d'une voix douce. Je dirais simplement qu'on ne peut pas faire confiance à son oncle, Mr Lennard. Mais au-delà de ça je ne peux rien vous dire d'autre. Lord Saint Clair m'a fait jurer de garder le secret le jour où il m'a conduite ici, et je lui dois trop pour trahir sa confiance.

Felicity sentit le désespoir l'envahir. Non ! C'était comme être dans un labyrinthe, où chaque virage vous conduisait à d'autres virages encore. Cette immense frustration la poussa à se lever.

— Alors comment puis-je être sûre que je ne suis pas en train de faire la pire erreur de ma vie en l'épousant ?

Le front de la gouvernante se fronça.

— Dites-moi quelque chose, Miss Taylor. Il y a deux semaines, Lord Saint Clair m'a donné pour consigne de ne plus jamais vous parler, alors qu'il va vous épouser incessamment. Pourquoi ce changement ?

— Je me suis posé la même question, avoua-t-elle d'un ton morose. Apparemment, à un moment ou à un autre lors d'une de nos différentes passes d'armes, il en est arrivé à la conclusion que je pouvais être une épouse acceptable. Je ne peux même pas l'imaginer, car nous n'avons rien en commun lui et moi.

— Non, en effet.

La jeune femme esquissa un sourire amusé.

— Hormis peut-être un incroyable talent pour révéler les secrets des gens. Et une tendance à forcer le destin pour obtenir ce que vous voulez. Et n'oublions pas une tendresse naturelle à l'égard des enfants — il m'a dit que sa fiancée avait quatre frères et qu'il allait subvenir à leurs besoins. Il a toujours été très bon envers mon fils.

Un grand sourire étira les lèvres de la jeune mère.

— Mais rien d'autre en commun, c'est certain. Que cherchez-vous donc dans vos personnalités respectives ?

Felicity se rembrunit. Elle n'aimait pas qu'on se moque d'elle.

— Vous vous fourvoyez si vous croyez que c'est un mariage d'amour, précisa-t-elle sèchement. Ian n'a pas choisi de m'épouser parce que nous partagerions ces points communs. Croyez-moi. Il veut une poulinière, c'est tout.

— Une... une poulinière ? s'étrangla Miss Greenaway.

— Une femme qui lui donnera un héritier. Et, en échange de quoi, il me paye toutes mes dettes et nous prend en charge, mes frères et moi.

— Ah. Donc votre mariage n'est rien d'autre qu'un arrangement ?

— Exactement.

Si triste cela soit-il...

— Et le fait que vous soyez une belle et intelligente jeune femme n'a rien à voir avec tout cela, tout comme ses atouts à lui n'ont rien à voir dans votre propre décision.

Felicity rougit. Miss Greenaway était vraiment d'une sagacité sidérante.

— Absolument rien à voir, répondit-elle dans un souffle.

— Alors pourquoi êtes-vous si déterminée à découvrir son passé ? Si ce mariage n'est qu'un arrangement et si Ian ne voit que ses intérêts financiers, pourquoi vous intéresser à ce qu'il a fait dix ans plus tôt ?

La mâchoire serrée, Felicity commença :

— D'ici peu, je vais remettre ma vie et mon futur entre ses mains, et cet homme est si secret que je ne sais même pas si je peux lui faire confiance !

Ce n'était pas totalement vrai, mais elle n'avait plus de temps pour tergiverser.

— Vous ne devriez pas vous inquiéter pour ça.

Lord Saint Clair est absolument digne de confiance. Il vous traitera avec égard.

Sur ces mots, Miss Greenaway se leva et s'approcha de Felicity, qui tremblait.

— Mais je pense que, cela, vous le savez parfaitement. Alors qu'est-ce qui vous tourmente vraiment ?

Felicity tourna la tête pour cacher les larmes qui lui montèrent brutalement aux yeux.

— Ce qui me tourmente, c'est que nous ne sommes pas encore mariés que je suis déjà amoureuse de ce scélérat.

Elle renifla. Oh mince — c'était vrai. Autrement, pourquoi se sentait-elle si mal à l'idée d'être sa femme et de ne pas posséder son cœur ? Et elle avait lutté si fort contre ça ! Elle aurait dû savoir que toute résistance était inutile. Depuis la première fois qu'il s'était présenté à son bureau. Depuis qu'il l'avait informée qu'elle regretterait de se brouiller avec lui.

Oh oui, elle le regrettait. Elle regrettait que cette brouille avec lui n'ait pas provoqué son amour en retour. Les larmes lui ruisselèrent sur les joues, une fois de plus.

Miss Greenaway sortit un mouchoir et le tendit à Felicity.

— Allons, ma chère. Je suis sûre que ce n'est pas si affreux que ça d'être amoureuse d'un homme comme Lord Saint Clair.

— Ça l'est puisqu'il ne m'aime pas, murmura-t-elle.

— En êtes-vous certaine ?

Elle acquiesça.

— Ian a une épine plantée au fond de son cœur, qui l'empêche de m'aimer. Il faut la lui ôter. Comment puis-je y arriver si je ne sais pas de quoi il retourne ?

Felicity lança un regard suppliant à Miss Greenaway.

— Vous ne pouvez vraiment pas m'aider ?

— Oh ! Miss Taylor, souffla la jeune femme avec compassion. Je vous ai dit tout à l'heure que j'ai fait une promesse. Mais vous avez raison au sujet de l'épine dans son cœur. Elle est enfoncée très profondément, il ne m'en parle jamais à moi non plus. Et pourtant je connais toute l'histoire. Toutefois, il aurait grand besoin de s'ouvrir à quelqu'un.

— Si vous me dites ce qui s'est passé, je pourrais le faire parler.

— Non. Cela doit d'abord remonter à la surface pour qu'il puisse s'en débarrasser.

Décidément, elle était dans l'impasse. Le désespoir l'envahit à nouveau.

— N'y a-t-il aucun moyen pour moi de l'aider ?

Avec un sourire, l'ancienne gouvernante l'attrapa par le menton.

— Je pense que vous avez déjà commencé à l'aider. Lorsqu'il est venu hier me faire part du mariage, il avait des étoiles dans les yeux, pour la première fois depuis bien longtemps. Autrefois, pour décrire les femmes qu'il courtisait, il énonçait toujours leurs qualités, mais sans aucune émotion. Mais, vous, il vous a décrite comme « la créature la plus difficile de Londres, entêtée et insolente ». À ses yeux, vous avez besoin d'une main masculine pour vous guider. Il attend d'être cette main pour vous, c'est certain.

Felicity secoua la tête.

— Cela ne prouve rien, grommela-t-elle. C'est un rustre, vous savez.

Miss Greenaway eut un petit rire.

— Seulement avec vous apparemment, et parce que vous faites appel à ses émotions. De plus, je trouve très curieux qu'il n'ait pas voulu révéler que sa fiancée est Lord X. Soit il a souhaité vous protéger, soit il ne voulait pas que je pense du mal de vous. Dans les deux cas, il s'est montré prévenant.

Felicity tordit le mouchoir.

— Ou alors votre opinion compte énormément pour lui.

— Nous sommes amis, il est vrai.

Si injustifiée fût-elle, la jalousie la saisit à nouveau.

— Alors pourquoi ne vous a-t-il pas épousée, vous ? Je... Je veux dire, avant que je le rencontre. Votre position sociale n'est pas inférieure à la mienne. Certaines femmes qu'il a pu courtiser ne lui convenaient vraiment pas. Au moins avec vous, il aurait été heureux, et il n'aurait pas eu peur que vous le rejetiez.

— Ma chère Miss Taylor, il ne m'aurait jamais demandé de l'épouser. Je sais trop de choses sur « l'épine » qu'il porte en lui, comme vous l'appelez, et même si je la considère seulement comme un incident tragique de son passé cela le hante tellement... Il ne peut pas imaginer qu'une femme au courant de l'histoire le désire. Voilà pourquoi il ne vous en parlera pas : parce qu'il a peur de vous effrayer et de vous faire fuir.

Elle posa la main gentiment sur la sienne.

— De plus, même s'il m'avait demandée en mariage, je n'aurais pas accepté.

Felicity haussa un sourcil. Cette remarque la surprit.

— Parce que vous étiez amoureuse de son oncle ?

— Pas vraiment.

L'ancienne gouvernante sembla brusquement se raidir.

— Je n'ai pas été la maîtresse d'Edgar Lennard par choix. Après la mort de sa femme, il a décidé que je pouvais soit devenir sa maîtresse et rester la gouvernante de ses enfants, soit être accusée d'un crime qui m'aurait envoyée en prison. Je n'avais que vingt-deux ans, et il me terrifiait. Étant orpheline, sans aucune famille, je n'avais personne pour me soutenir, et ça aurait été sa parole contre la mienne. Je suis donc devenue sa maîtresse. J'ai été heureuse à partir du moment où il m'a renvoyée, même si cela signifiait devenir pauvre ou, en tout cas, sans réelles ressources.

Elle sourit avant de poursuivre :

— Mais si j'ai beaucoup de gratitude envers Lord Saint Clair, qui est venu à ma rescousse à ce moment-là, je n'avais pas envie de l'épouser. Cela aurait été maladroit, considérant ses liens avec Edgar et mon fils. Je suis sûre qu'il aurait été absolument parfait dans ce rôle, mais je ne voulais pas d'une telle gentillesse. Quelque part, je suis comme vous : malgré ma mauvaise réputation, je veux me marier par amour.

La jeune mère recula en soupirant.

— Mais ce ne sera jamais qu'un doux rêve. Néanmoins, cela me ferait plaisir que Lord Saint Clair puisse avoir ce bonheur. Et je pense que ce sera le cas, si vous êtes là pour panser ses blessures. Vous serez là, n'est-ce pas ? Je vous ai rassurée à son sujet ?

Bizarrement, Felicity en avait assez entendu. En un sens, elle allait ressortir presque apaisée par cette discussion. Ian était perturbé par quelque chose, certes, mais ce n'était pas insurmontable.

Le bruit d'une porte en train de s'ouvrir se fit entendre et une jeune femme glissa la tête dans l'embrasure.

— Je suis rentrée, Miss Greenaway. Voulez-vous que je prenne Walter ?

— Non, Agnes, merci. Il fait sa sieste.

— Dois-je alors dire au chauffeur de renvoyer le fiacre ?

Miss Greenaway se tourna vers Felicity.

— À quelle heure est le mariage, déjà ?

Felicity frissonna. Bon sang ! Elle avait perdu toute notion du temps. Elle embrassa du regard la pièce à la recherche d'une horloge. Et poussa un cri lorsqu'elle en trouva une.

— Mon Dieu, je suis censée être à l'église dans dix minutes ! Je ne vais jamais y arriver !

— Mais si. Prenons ce fiacre. Je peux vous laisser à l'entrée de l'église et personne ne saura jamais que j'étais là avec vous. Agnes s'occupera de Walter et, si nous filons vite, nous y serons à temps.

— Je n'ai ni ma robe ni rien ! gémit-elle en suivant Miss Greenaway. La robe est à l'église, mais nous allons être affreusement en retard… Oh ! Ian va me tuer !

— Mais non, aucun risque. J'oserais même dire qu'il doit être lui-même un peu en retard. Nous serons là-bas à temps, ne craignez rien.

Après avoir lancé un coup d'œil à l'horloge, Miss Greenaway saisit la main de Felicity et l'entraîna vers la porte du salon.

— Allons-y, Miss Taylor !

Chapitre 19

Quelle faute de goût que ces mariages mondains programmés en décembre, que ce soit celui de Lord Mortimer et Lady Henrietta, celui de Mr Trumble et Miss Bateson, ou celui de Sir James et Miss Fairfield ! Quel besoin ont les mariés d'infliger à leurs amis les frimas de l'hiver alors qu'une jolie noce d'été aurait été tellement plus agréable ?

LORD X, *The Evening Gazette*, 24 décembre 1820.

Ian se mit à la fenêtre du vestibule de la chapelle Saint-Augustin pour la neuvième fois en neuf minutes. Mais la rue, un demi-étage plus bas, continuait à offrir le même spectacle : des chariots publicitaires pour les jardins de Vauxhall ou le baume du Dr Bentley, des vendeurs de gui et de houx, et le passage occasionnel d'un attelage plus élégant se frayant son chemin entre les carrioles et les autres véhicules.

Aucun signe de sa future épouse. Le fiacre de Ian s'était vidé de ses passagers une demi-heure plus tôt déjà, et elle ne l'avait toujours pas rejoint. Un bruit sourd et triste résonnait dans sa tête, comme le son d'un tambour. Il avait envie de vomir, mais ce n'était pas le moment de se laisser aller. Pas le jour de son mariage.

Sans compter qu'il était à proximité de Mrs Box et de Jordan, appuyé contre un mur quelques mètres plus loin. Tous les deux prenaient évidemment des airs désolés… La vieille gouvernante jetait des coups d'œil fréquents vers le chœur pour s'assurer que les enfants restaient tranquillement assis à côté de leur idole, Gideon, mais elle passait le reste de son temps à le dévisager tandis qu'il s'agitait en maugréant. Jordan, lui, faisait comme si de rien n'était, mais il louchait également dans sa direction toutes les deux minutes.

Agrippé au rebord de la fenêtre, Ian se pencha vers l'extérieur afin de scruter la rue au plus loin qu'il pouvait. Mais rien. Aucune voiture avec des passagers bien habillés, aucun fiacre aux rideaux discrètement tirés. Mais où diable était-elle ?

Il se retourna brusquement vers Mrs Box.

— Êtes-vous sûre que Felicity a dit que nous nous retrouverions ici ?

— Oui… Si elle n'était pas en retard.

— Et elle n'a pas dit où elle serait avant ça ?

— Pas un mot, milord, mais elle a promis qu'elle serait là à l'heure.

Il attrapa sa montre dans sa poche, l'ouvrit, regarda l'heure, puis la referma.

— Elle a déjà outrepassé sa promesse de vingt-trois minutes, grogna-t-il en retournant vers la fenêtre. Et, si elle n'arrive pas très vite, je vais devoir partir à sa recherche. Vous connaissez Felicity. Elle peut très bien avoir déclenché une dispute avec un cocher, ou alors c'est que son fiacre a eu un souci. Ou bien…

Il recula en grognant. Il avait l'air d'un de ces futurs mariés idiots qui se jettent littéralement aux pieds de leurs belles.

— Elle va arriver, milord, hasarda Mrs Box. La circulation est peut-être très mauvaise. Il y a un nombre important de voitures sur la route aujourd'hui, avec la veille de Noël et tout ça. Mais ce n'est pas le genre de fille à…

— À abandonner son futur mari le jour du mariage ?

Mon Dieu. Il n'avait pas prévu de dire ça. Et cette phrase rendait d'un seul coup la chose possible. Mais ce n'était sans doute pas le cas. Felicity n'agirait jamais sur un coup de tête alors que l'avenir de ses propres frères était en jeu.

Mais elle le surprenait toujours. Et si, cette fois, elle avait concocté une surprise particulièrement sournoise ? C'était sans doute une manière de le remercier pour la patience dont il avait fait preuve jusque-là… Il se frotta nerveusement les tempes. Dans sa tête, c'était maintenant tout un orchestre qui produisait une véritable cacophonie.

Jordan s'approcha de lui.

— Si c'est nécessaire, le prêtre garde sûrement un peu d'alcool quelque part. Voulez-vous que j'aille lui demander ? J'ai l'impression que vous avez besoin d'un remontant…

Ian se rembrunit. Il n'aurait pas dû inviter ses amis. En fait, il ne s'attendait pas à ce qu'ils reviennent à Londres aussi rapidement, surtout Sara et Gideon, qui avaient quitté la ville juste avant. Mais, maintenant, ils allaient tous devenir les témoins de son humiliation.

Il n'eut pas d'autre choix que mentir. Impossible de soutenir le regard de son ami.

— Non, ce n'est rien, juste une migraine qui m'ennuie depuis deux jours.

Ou plutôt depuis le moment où il avait commis l'idiotie de contraindre une femme bornée à l'épouser.

— Ça ne va pas s'arranger si vous mettez la tête dans ce mauvais courant d'air froid, l'avertit Mrs Box. Éloignez-vous de la fenêtre avant d'attraper la fièvre.

Ian foudroya la vieille femme du regard.

— Mrs Box, si ce mariage finit par se faire et que vous venez travailler avec moi, nous devrons parler de votre manie de sermonner vos maîtres.

— J'essaye seulement de me rendre utile, dit-elle avec un reniflement.

— Être utile aux autres et les importuner sont deux choses bien différentes. Et en ce moment précis, vous êtes plutôt…

— Ian ! l'interrompit Jordan en se penchant par la fenêtre. Ce n'est pas elle, là ?

Presque résigné au fait qu'elle ne viendrait pas, Ian se retourna et posa une fois de plus les mains sur le rebord de la fenêtre. Un véhicule s'était arrêté, avec deux femmes à l'intérieur. Une des passagères était Felicity, sans aucun doute possible. Il laissa échapper un long soupir de soulagement. Mais il manqua de sursauter en reconnaissant la personne qui tenait les rênes. *Miss Greenaway ?*

Bon sang, cette fois, il était fichu ! Mais pourquoi Felicity avait-elle décidé de l'amener au mariage ?

— Qui est cette femme qui accompagne Miss Taylor ? demanda Jordan.

— C'est mon *amie* de Waltham Street, répondit-il avec une grimace.

Le silence de Jordan fut éloquent. Il saisissait ce que cela signifiait. Et Ian de même. Elle n'avait qu'une seule bonne raison d'amener Miss Greenaway à l'église. Elle avait sans doute dans l'idée de faire un esclandre en présentant sa prétendue maîtresse à tout le monde. Cela dit, pourquoi Miss Greenaway aurait-elle accepté cette mascarade ? Peut-être n'avait-elle pas pleinement mesuré les intentions de Felicity…

L'air glacial qui tourbillonnait dans le vestibule le gela sur place tandis que cette dernière descendait de la voiture. Elle s'arrêta pour dire un mot à l'ancienne gouvernante de son oncle. Et, à sa grande surprise, il vit Felicity se retourner et courir jusqu'à l'escalier, tandis que Miss Greenaway repartait en voiture.

Mais, bon sang, qu'est-ce que… Il se précipita vers la porte. Sa future épouse allait lui expliquer de quoi il retournait. Faute de quoi, il devrait se fâcher.

Mrs Box le rattrapa.

— Attendez, milord ! lança-t-elle en lui attrapant le bras. Ça porte malheur au futur marié de voir sa femme avant le mariage !

— Il n'y aura pas de mariage si je ne lui parle pas sur-le-champ.

Tout en se dégageant, il ouvrit la porte du vestibule tandis que Felicity atteignait la dernière marche.

— Vous êtes en retard.

Elle leva la tête et s'arrêta si brutalement qu'elle faillit en perdre l'équilibre. Il la rattrapa par un bras.

— Ian ! Oui, je sais… Je n'avais pas l'intention de… Mais vous êtes ici depuis longtemps ?

— Une demi-heure… et je vous ai vue en voiture avec Miss Greenaway.

Au milieu de son visage pâle, les yeux de Felicity paraissaient aussi profonds et mystérieux que l'océan.

— Mais ce n'est pas du tout ce que vous croyez…

— Oh ! il vaut mieux que vous ignoriez ce que je crois, je peux vous l'assurer.

Ian la tira à l'intérieur du vestibule, puis se retourna pour apercevoir Jordan et Mrs Box qui le contemplaient, gênés, comme les personnages crispés d'un chœur de tragédie grecque. Il leur jeta un regard noir.

— Jordan, allez dire au pasteur que la cérémonie va bientôt démarrer. Et trouvez James, puisqu'il a la tâche d'accompagner sa sœur. Mrs Box, prévenez Sara et Emily à la sacristie. Dites-leur que ma fiancée sera là dans un moment pour s'habiller.

La gouvernante hésita, l'air inquiet. Mais Felicity intervint :

— Tout va bien. Faites ce qu'il vous demande. Je dois parler à Ian en tête à tête.

Son ton posé ne fit que le perturber un peu plus. Dès que les deux autres eurent disparu, il la dévisagea, les sourcils froncés.

— Et donc ? Quelle est votre explication ?

— Je suis vraiment désolée d'être en retard. Mais nous étions en train de parler et l'heure a filé...

— Vous savez très bien que je ne fais pas référence à votre retard, la coupa-t-il. Au nom du ciel, aviez-vous besoin de voir Miss Greenaway ? Et qu'entendez-vous par « nous étions en train de parler » ? De quoi parliez-vous, au juste ?

— De vous, bien sûr.

Ian serra les poings. L'orchestre infernal reprit de plus belle dans son crâne.

— Et qu'a-t-elle dit à mon sujet ?

— Rien d'important.

L'air absent, elle se retourna pour considérer le vestibule.

— C’est une très belle église, Ian. Est-ce celle où vous allez à la messe d’habitude ?

— Ça suffit !

Il l’attrapa par les épaules et l’obligea à se retourner pour le regarder les yeux dans les yeux.

— Que vous a-t-elle dit ?

Leurs regards se croisèrent. Celui de Felicity était calme, posé.

— Et en admettant qu’elle m’ait raconté la vérité ?

Ian n’eut pas besoin de demander de quelle vérité il s’agissait. Si Miss Greenaway lui avait vraiment tout raconté, Felicity n’aurait pas été là. Elle serait partie en courant aussi vite et aussi loin que possible, non ?

Et c’est seulement quand elle écarta les doigts qu’il avait plantés dans ses épaules qu’il prit conscience qu’il la serrait trop fort.

Elle ne les relâcha pas. Au contraire, elle les serra de toutes ses forces.

— Elle ne m’a rien dit que vous ne m’ayez déjà confié, Ian. Elle m’a expliqué que vous lui aviez fait promettre de garder le silence. Et que vous me raconteriez tout vous-même.

Ian se mordit la lèvre. La tempête qui faisait rage dans sa tête se calma, mais seulement un peu.

— Elle n’a pas satisfait votre curiosité maladive à propos de choses qui n’ont aucun intérêt ?

— Non.

— Et cela ne vous a pas empêchée de venir quoi qu’il en soit.

Le bref sourire de Felicity le rassura.

— Exactement. Mais j’ai appris une chose : votre secret ne risque pas de me blesser.

— Je vous l'avais déjà dit moi-même.

De fait, c'était *lui* qui risquait de souffrir, quand le secret en question retournerait Felicity contre lui. Voilà pourquoi il avait prévu de ne rien dire, du moins pas avant qu'elle soit sa femme, puis enceinte. Et voilà aussi pourquoi il préférait ignorer le regard inquisiteur qu'elle lui jetait à l'instant même.

— Mais encore ?

— D'après elle, vous serez un bon mari et vous me traiterez bien, soupira-t-elle.

Un faible espoir émergea au fond de lui.

— Et vous l'avez crue ?

— Je suis convaincue que vous avez les *capacités* pour être un bon mari.

Brusquement, elle prit un ton glacial :

— Mais pas si vous continuez à me traiter de la façon dont vous l'avez fait l'autre soir. Votre goût pour le secret me déplaît beaucoup, mais si vous commencez à me menacer de me mettre sur la paille…

Elle releva un peu le menton.

— Je n'aime pas qu'on me harcèle de la sorte, Ian.

La méfiance qu'elle nourrissait vis-à-vis de lui était manifeste, il suffisait de voir comment tout son corps était tendu. Il serra les dents. Il avait prévu de s'excuser mais, maintenant que le moment était venu, les mots restaient coincés au fond de sa gorge.

— J'ai fait ce que je pensais être juste.

— Vous pensez que c'était juste de proférer de telles menaces ?

— C'était la seule façon de vous faire comprendre que ce mariage était la meilleure solution.

— Ah, parce que c'est ce que vous croyez ? répliqua-t-elle, les bras croisés sur sa robe en laine élimée.

Ian poussa un grognement agacé puis finit par soupirer.

— Non. Je suis désolé. Je n'ai pas réfléchi. Je n'aurais pas dû me comporter de la sorte.

— Vous êtes sincère ?

— Oui.

— Par conséquent, si je ne vous épouse pas, vous n'allez rien faire pour me bloquer ?

Leurs regards se croisèrent et il sentit une goutte de sueur perler à son front. Elle n'allait tout de même pas se refuser à lui *maintenant* ? Avec tous ces gens qui attendaient dans l'église ? Il la dévisagea, en quête d'un signe qui lui indiquerait ses intentions. Mais elle resta impassible. En même temps, il savait qu'une seule réponse montrerait sa sincérité, dût-il y laisser sa fierté.

— Non, oui, enfin… Je ne ferai rien pour vous bloquer.

À nouveau, il crut que sa tête allait exploser tandis qu'il attendait la réponse de Felicity. Mais elle n'en avait pas tout à fait fini.

— J'ai encore une question. Si votre réponse me satisfait, je vous épouserai, Ian.

Cela le rendit très méfiant.

— Parce que vous croyez à ces fables véhiculées par Lady Brumley…

— Non. C'est quelque chose qui m'a troublée depuis que vous m'avez fait l'amour. Pourquoi m'avez-vous choisie, *moi* ? Et pourquoi pas une de ces nombreuses femmes que vous avez courtisées ?

Sara lui avait posé la même question et sa réponse n'avait pas varié.

— Parce que je vous aime plus que toutes ces femmes.

Pour la première fois depuis le début de cet échange absurde, c'est Felicity qui montra des signes d'agitation.

— Si votre amour est synonyme de désir, je tiens à vous dire que je ne partagerai pas votre lit tant que nous n'aurons pas travaillé sur nos différences.

— Très bien.

La menace ne l'impressionnait pas plus que ça. Aucune de ses conquêtes n'avait su s'abstenir de prendre du plaisir une fois qu'elle y avait goûté. D'autant qu'il était un artiste en matière de séduction.

— Mais ce n'est pas ce que j'ai voulu dire. Je vous veux, Felicity, telle que vous êtes. Aucune autre femme ne saurait vous remplacer. Vous… m'intriguez.

Le doux sourire qu'elle esquissa l'agaça.

— Et ne me demandez pas pourquoi, ça m'évitera de débiter des quantités d'idioties à propos de vos qualités.

— Ce n'est vraiment pas mon intention. Si vous commencez à énumérer mes qualités, il faudrait aussi y ajouter mes défauts, et je suis sûre que cette liste-là serait plus longue. Mais je suppose que cette réponse suffira. Pour le moment, en tout cas.

Ian fut à la fois étonné et inquiet de se sentir à ce point soulagé. Tant et si bien qu'il lança sans crier gare :

— Dans ce cas, marions-nous !

— Très bien. Vous avez déjà traversé tellement d'épreuves, je ne voudrais pas vous décevoir. Ou vous humilier publiquement.

— Oui, vous vous êtes toujours montrée prévenante, répliqua-t-il.

Pour toute réponse, Felicity lui adressa un large sourire. Et, tandis qu'elle retirait ses mains pour grimper l'escalier qui montait jusqu'au chœur, Ian sentit que la glace qui pesait sur sa poitrine commençait à fondre. Qu'importe si elle l'avait menacé de ne pas coucher avec lui. Après tout, elle n'avait qu'à se bercer d'illusions et croire qu'elle avait la situation en main. Tant que la cérémonie nuptiale se déroulait sans encombre et qu'elle devenait sa femme pour de bon, elle pouvait proférer toutes les menaces qu'elle voulait.

Parce qu'à la fin c'est lui qui l'emporterait.

Quel drôle de mariage ! songea Felicity. La mariée était accompagnée jusqu'à l'autel par son petit frère de douze ans. Il n'y avait que deux témoins, une sœur et un frère, Sara pour elle et Jordan pour Ian. Un ancien capitaine pirate et une vieille gouvernante entouraient les triplés. La seule autre invitée d'importance était Emily, la femme de Jordan. Bref, l'assemblée était pour le moins insolite.

Et pourtant ils réussissaient à paraître enjoués, même s'ils étaient peu nombreux. En tout cas, ils étaient plus joyeux que les mariés… Alors que le pasteur se mettait à lire les textes de l'office, Jordan afficha un petit sourire satisfait et Sara sourit avec indulgence. Mrs Box pleurait des larmes de joie et les garçons gigotaient sur leur banc en rigolant, trop contents qu'un vicomte entre dans la famille. Quant à Gideon, qui affichait généralement une mine sévère, il paraissait content, même s'il devait de temps à autre intervenir pour faire cesser les singeries des triplés.

Le pasteur lisait maintenant les vœux et Felicity vola un regard à son futur mari, qui semblait si grand et fort dans son gilet en velours blanc, qu'il portait sous une redingote en cuir bleu marine à boutons dorés. Et, à voir l'aplomb tranquille qu'il affichait, on aurait pu croire qu'il prenait cette cérémonie avec autant de simplicité qu'une sortie à cheval dans la campagne.

Mais Felicity n'était pas dupe. Certes, il y avait eu ce moment dans le vestibule où elle avait deviné l'incertitude qui le tenaillait, cette volonté profonde de l'épouser et la peur, tout aussi profonde, qu'elle refuse. Cette prise de conscience lui avait donné confiance, même si une petite voix dans sa tête lui disait de ne pas y aller, que c'était de la folie.

Quelque part derrière ce calme apparent, il y avait un cœur si meurtri qu'il ne pourrait s'ouvrir qu'après avoir été pansé. Et elle était décidée à s'en charger. Elle n'avait pas le choix. Car, pour sa part, elle avait déjà donné son cœur à Ian, et tant qu'il n'aurait pas fait la même chose elle n'allait pas abandonner.

Ian répéta les vœux d'une voix assurée. De quoi apaiser toutes les inquiétudes de Felicity. *Tout va très bien se passer. Peu importe comment, je vais tout faire pour.*

Quand ce fut à elle de parler, elle s'exprima lentement, comme si chaque mot pesait une tonne sur sa langue. C'étaient des vœux très solennels. Si elle se trompait au sujet de Ian, ces serments reviendraient la hanter. Mais le voir si sûr de lui donna à Felicity la force d'aller jusqu'au bout.

Ils échangèrent leurs alliances. Elle lui donna la vieille bague de mariage de son père — c'était le mieux qu'elle pouvait faire —, mais celle qu'il lui glissa au doigt était à l'évidence neuve et coûteuse. Il n'avait pas menti quand il lui avait promis d'être un mari généreux.

Et le pasteur conclut :

— Vous pouvez embrasser la mariée !

Felicity se sentit frémir tandis que Ian se plaçait face à

elle pour soulever son voile. Elle avait oublié ce rituel de la cérémonie et il ne l'avait pas embrassée depuis deux jours. Ce baiser fut léger et hésitant, mais ô combien puissant, pareil à quelques étincelles qui suffirent à l'embraser. Tout comme la lueur sensuelle qu'elle lut dans les yeux sombres de Ian quand il s'écarta.

Seigneur, elle était vraiment un cas désespéré. Le moindre geste de cet homme mettait tous ses sens en éveil. Un regard, un simple frôlement, et c'était un véritable incendie qui la ravageait.

Et elle pensait pouvoir résister à cela ? C'est à peine si elle remarqua les larges sourires des invités lorsqu'elle et Ian redescendirent la nef centrale. Il la tenait par la main, mais ce contact pudique ne fit qu'enflammer l'imagination exaltée de Felicity. Car elle imaginait ces mêmes mains viriles en train de courir sur ses seins, sa poitrine et ses hanches.

Elle reprit son souffle. Dieu soit loué, ils portaient tous les deux des gants, sans quoi leurs mains auraient déjà pris feu, c'était certain. Dans la brume où elle était plongée, elle laissa Ian la reconduire dans le vestibule. Puis elle se rendit avec lui et le pasteur dans une pièce attenante pour signer les papiers.

Cela ne prit que quelques minutes, mais elle eut l'impression que des heures s'étaient écoulées avant qu'ils sortent de l'église pour monter dans le fiacre qui les emmènerait jusqu'au petit déjeuner de mariage que Sara avait tenu à leur offrir. À l'instant où ils atteignirent le véhicule, Felicity se sentit envahie par un désir impérieux, alors que Ian n'avait même pas cherché à la séduire.

Si seulement elle pouvait lui échapper un moment pour reprendre sa respiration avant qu'ils soient seul à seul. Mais c'était impossible. Maintenant, ils étaient tous les deux dans la voiture qui les emmenait chez les Worthing. Bon, il était peu probable qu'il entreprenne quoi que ce soit sur une si courte distance. Et cela laisserait à Felicity le temps de réprimer ses envies, avant de s'embarquer pour le long voyage de deux heures jusqu'à la propriété de Ian.

Hélas, une fois à l'intérieur, il prit le siège juste à côté du sien. Les rideaux étaient tirés, et l'espace était aussi intime que n'importe quelle chambre à coucher. Elle laissa échapper un grognement et il lui répondit par un regard préoccupé.

— Le mariage n'était pas à votre convenance ? demanda-t-il tandis qu'ils se mettaient en marche.

— Le mariage était très bien.

Ce fut la seule réponse qu'elle se sentit en mesure de fournir. Le véhicule était spacieux, mais elle ne put s'empêcher de frôler Ian. Ce qui la soumit à de nouvelles tentations. Si elle s'était jetée sur un lit avec lui, elle aurait pu assouvir son désir. Mais ici…

— Content que cela vous ait plu, dit-il. Au fait, cette robe est magnifique. Comment avez-vous fait pour en trouver une en si peu de temps ?

— C'était la robe de mariée de ma mère. Mrs Box l'a arrangée pour moi.

— C'est très réussi. Elle vous va bien.

Mon Dieu, avait-il besoin de dire cela de cette voix mâle et rauque qui rendait irrésistible le moindre de ses commentaires ?

— Je lui transmettrai vos compliments, répondit-elle.

— Vous êtes très jolie dedans.

Voilà qu'il avait décidé d'être séducteur… Attention à ne pas laisser la conversation déraper dans cette direction.

— Si j'avais eu le temps, dit-elle en prenant un air agacé, j'aurais pu en avoir une plus à la mode. Mais vous aviez tellement hâte de boucler votre affaire…

Elle espérait l'énerver pour qu'il lui lâche la main — sans succès. Pire : du bout du pouce, il lui pressait doucement le poignet. Elle pouvait sentir cette caresse sensuelle même à travers ses gants.

— Je vous ai compromise, vous vous souvenez ? Il fallait agir vite pour préserver votre réputation.

— Oui, et aussi pour prendre possession de l'héritier que vous avez peut-être engendré pendant cette fameuse nuit. Vous l'aurez payé cher.

Cette pique manqua sa cible, elle aussi. Et, comme s'il avait enfin compris pourquoi elle le provoquait, Ian s'esclaffa puis lui lâcha la main, mais seulement pour enlever ses gants avec une lenteur insoutenable. Ce qui la fit frissonner des pieds à la tête.

Elle déglutit avec peine avant de poursuivre :

— Bon, vous allez peut-être trouver que vous avez perdu au change.

— Comment ça ? s'étonna-t-il en jetant ses gants sur le côté.

— Les dettes de mon père sont plutôt importantes. Qui sait si mes frères ne vont pas vous dépouiller jusqu'au dernier sou ? Et, quant à moi, je peux très bien décider qu'il est temps d'assouvir mon goût pour le luxe. Vu le nombre de choses dont j'ai dû me priver…

Avec un grand rire, Ian se cala sur le siège capitonné et attrapa les mains gantées de Felicity. Il en retourna une, qu'il souleva pour déposer un baiser sur la paume.

— Faites ce que votre cœur vous demande, *querida*. Hier, quand vous avez discuté des termes du contrat de mariage avec le notaire de votre père, je suis sûr qu'il vous a fait part des pensions que j'ai prévues pour vous et vos frères.

— Oui.

En réalité, elle recevrait une rente d'un montant astronomique. C'était même trop !

— Je ne vois pas comment vous récupérerez l'argent que vous avez investi avec moi, grommela-t-elle.

Felicity se mordit la lèvre. Pourquoi dire une bêtise pareille ?

— J'ai ma petite idée..., dit-il d'une voix atrocement sensuelle.

Oh non, elle savait pertinemment ce que ce regard signifiait — et ce qui allait suivre. Pourtant, elle resta immobile, comme pétrifiée, lorsqu'il pencha la tête vers elle avec une lenteur infinie. Et, au moment où la bouche chaude et ferme de Ian recouvrit la sienne, elle sut qu'elle en mourait d'envie. Le fait qu'il était maintenant son mari affaiblit un peu plus sa résistance et l'amena à céder si doucement qu'elle ne s'en rendit compte que quand il fut trop tard.

Ian prit son temps, en goûtant paresseusement sa bouche, lui caressant d'abord les lèvres avant de lui donner de tendres petits coups de langue. Quand elle leva les mains pour s'accrocher à lui, il la fit monter sur ses genoux pour l'embrasser avec plus d'avidité encore. Ce baiser n'était plus ni tendre ni doux. C'était l'explosion de leurs envies partagées, de leurs bouches en quête de plaisir.

Une main de Ian remonta sa robe et son jupon le long de ses jambes, jusqu'à dévoiler le haut de ses jarretières. Après quoi, il se mit en quête du point sensible entre ses cuisses et glissa le pouce dans cet interstice sous sa culotte pour caresser son intimité. Comme dans un état second, elle se rapprocha de lui, ce qui permit à Ian d'enfoncer un doigt encore plus loin. Elle laissa échapper un soupir qu'il s'empressa d'étouffer avec un baiser.

C'était pour le moins impudique de se laisser aller à ces caresses quand seulement un rideau et une vitre les séparaient du reste de la rue londonienne. Mais cette idée l'excitait énormément. Et Ian semblait trouver cette situation tout à fait à son goût.

Felicity ne se serait pas rendu compte que le carrosse était en train de s'arrêter si Ian n'avait cessé brutalement de l'embrasser et de la caresser. Mais elle avait encore l'impression d'avoir le vertige.

Il la regarda et sa bouche, cette bouche tout à la fois taquine et coquine, esquissa un grand sourire.

— Mon héritier sera là pour les prochaines fêtes de Noël, lui souffla-t-il. Et même peut-être avant.

Ce rappel brutal et le regard triomphant qu'il affichait effacèrent tout le plaisir qu'elle pouvait ressentir. Flûte et flûte ! Voilà qu'il venait de l'asseoir sur ses cuisses comme une vulgaire courtisane, avec une main plongée sous sa robe ! Mais comment l'avait-elle laissé faire avec tant de facilité ?

— Lâchez-moi, soupira-t-elle.

Quelle imbécile, elle était incapable de penser à une repartie plus cassante pour cacher son malaise !

— Êtes-vous sûre que c'est ce que vous désirez ? s'enquit-il, osant la caresser une fois de plus.

Elle repoussa sa main.

— Allez, on est arrivés. Rentrons à l'intérieur.

— Nous pourrions poursuivre directement vers Chesterley, ce n'est qu'à deux heures de route. Cela nous laisserait le temps de prolonger cette parenthèse de plaisir. Je suis tout à fait prêt à renoncer au petit déjeuner de Sara…

— Pas moi, objecta-t-elle en sautant de ses genoux. Je n'ai rien mangé depuis l'aube, et je dois me sustenter, milord.

— J'ai de quoi vous sustenter, *querida*, chuchota-t-il tandis qu'elle entrouvrait la porte.

Bien décidée à se libérer de lui, elle le repoussa.

— *L'Homme ne vivra point de pain seulement* — car de toute évidence il a d'autres appétits, proclama-t-elle en détournant la phrase de l'Ancien Testament.

Sur ces mots, elle descendit du carrosse sans attendre qu'il lui propose son aide.

— Pour la Femme, un petit déjeuner suffira.

Il grimaça en la suivant.

— Très bien. Nous verrons ça plus tard.

— Il n'y aura pas de plus tard, murmura-t-elle autant pour lui que pour elle-même. La prochaine fois, je saurai à quoi m'en tenir.

Sans prendre le bras qu'il lui tendait, Felicity se dépêcha de gagner l'escalier de l'entrée. Mais sa colère ne fit qu'augmenter quand elle le vit remettre ses gants avec la même lenteur insoutenable. Des gants qu'il avait enlevés dans le seul but de pouvoir la caresser. Il le faisait sciemment, pour montrer qu'il pouvait vaincre ses réticences quand il le voulait. En un sens, c'était on ne peut plus logique, non ? Ian ressentait le refus qu'elle lui opposait comme un défi, or il ne renonçait *jamais* face à un défi.

Eh bien, cette fois, il aurait une sacrée surprise. Il l'avait mise suffisamment en colère pour qu'elle lui résiste. Qu'il tente son petit numéro de séduction ! Il n'apprécierait certainement pas le résultat.

*
* *

Ian contempla non sans satisfaction le dos élancé de sa femme. La démonstration était faite : Felicity ne pouvait pas résister aux pulsions qu'il lui inspirait. Peut-être n'aurait-il pas dû se moquer d'elle, mais comment s'en priver alors qu'elle venait de fondre de désir, une heure à peine après avoir refusé de coucher avec lui ?

Une petite hypocrite, voilà ce qu'elle était. Et il prendrait plaisir à la débarrasser de cette hypocrisie de la même façon qu'il l'avait déjà débarrassée de ses vêtements.

Elle s'arrêta en haut des marches pour l'attendre, le regard brillant. Da façon plutôt perverse, il ralentit et prit le temps de la dévorer du regard. Il aimait la voir dans cette robe. Car elle était somptueuse.

Très certainement, quand ils s'installeraient dans leur vie de couple, elle oublierait tous les secrets qu'il gardait. Ce qui serait sans doute assez facile, à condition qu'un héritier ne tarde pas à naître. Et il n'y avait pas de raison de penser le contraire. Et pour cause : elle était incapable de résister à ses avances et était issue d'une famille de *cinq* enfants. Oui, il aurait un héritier. Sûrement à la fin de l'année suivante. Voire avant.

Une fois en haut des marches, Ian prit Felicity par le bras.

— Combien de temps allons-nous devoir rester pour satisfaire votre besoin de vous sustenter ? Pour ma part, je doute que les Worthing puissent offrir quoi que ce soit pour satisfaire mes appétits. Et, vu ce que j'ai en tête, il y aurait de quoi en choquer certains.

Lentement, il se pencha pour lui murmurer :

— Mais je ne doute pas que cela plairait à ma femme.

— Vous surestimez votre pouvoir de séduction, soupira-t-elle tandis que la porte s'ouvrait devant eux.

— Et vous, votre capacité de résistance.

Tandis que les serviteurs descendaient pour prendre leurs manteaux, Ian aperçut le rouge qui colorait les joues de Felicity. Pas de doute, elle avait compris le désir qu'il éprouvait, mais elle hésitait à assumer celui qui la tenaillait. Parfait. Pour une fois, il était très content de lui.

Dès qu'ils entrèrent dans la salle à manger, ils furent entourés par leurs amis et leurs proches, mais cela n'entama pas sa bonne humeur. Les femmes emmenèrent Felicity en réclamant des détails sur la cérémonie. Il se demanda ce qu'elle leur raconterait. La vérité ? Il en doutait.

Quoi qu'il en soit, elle avait à peine commencé que les doubles portes au fond de la pièce s'ouvrirent en grand. Les trois terreurs de Taylor Hall cavalèrent jusqu'à elle au grand galop. Elle s'agenouilla pour rassembler ses petits frères autour d'elle et la soie bleue de sa robe épousa les contours de son corps. En un éclair, il se revit en train d'embrasser ses seins parfaitement galbés, puis de lui écarter les cuisses.

En une fraction de seconde, tout son corps s'éveilla. Bon sang, il ne tiendrait pas jusqu'au soir !

Jordan le rejoignit avec une coupe de champagne. Hélas, Ian ne pouvait pas quitter des yeux Felicity, comme une boussole désignant le nord. Il tourna la tête pour ne plus voir ce spectacle qui le rendait fou.

Sans surprise, Jordan remarqua cette manœuvre pas si discrète.

— Félicitations, mon ami. Tu t'es trouvé une sacrée femme. Et on dirait qu'elle est venue avec un solide bagage. Tu es le seul homme que je connaisse qui a épousé une famille aussi nombreuse et bruyante.

— Elle en vaut la peine, s'entendit-il répondre.

Et il le pensait vraiment.

— J'en suis convaincu, dit Jordan.

Il but une gorgée de champagne avant de continuer :

— Tu sais, Emily m'a confié quelque chose d'étrange. Elle m'a dit que ta femme était le fameux Lord X.

Soudain, le rire de Felicity résonna dans l'air, ce qui fit frémir Ian de désir.

— Oui, c'est vrai, c'est elle, admit-il en buvant une gorgée de champagne. Alors tiens ta langue en sa présence. Je doute qu'elle ait l'intention d'abandonner sa carrière maintenant qu'elle s'est mariée.

— Et tous ces articles à ton propos…

— Ce n'était qu'une manière un peu particulière de me courtiser, pourrait-on dire.

Ian regarda Felicity. Elle était en grande conversation avec les garçons.

— Certaines personnes échangent des cadeaux. Avec Felicity, nous colportons des rumeurs l'un sur l'autre.

Brusquement, un des triplés poussa un hurlement. Le garçon traversa la pièce à toute allure, s'accrocha aux jambes de Ian et sanglota contre ses genoux.

Eh bien, voilà bien une réaction à laquelle il ne s'attendait pas ! Il lui caressa les cheveux en disant d'une voix rassurante :

— Allons, allons… Que se passe-t-il ?

Quand le petit releva son visage ruisselant de larmes, Ian reconnut William à sa dent manquante.

— Lissy dit que tu v-vas l'emmener pour vivre avec toi !

William hoquetait entre ses sanglots.

— Et-et qu'on va devoir r-rester ici sans elle !

Felicity s'approcha.

— Je suis désolée. Je ne leur avais rien dit jusqu'à présent. Je savais qu'ils seraient très déçus.

— S'il vous plaît, n'emmenez pas notre s-sœur. Nous avons besoin de Lissy !

Mettant un genou à terre, Ian posa les mains sur les frêles épaules de William.

— Moi aussi, j'ai besoin d'elle. Et vous avez Mrs Box, elle s'occupera de vous. En plus, cela ne durera qu'une semaine. Le premier de l'an, on sera de retour pour vous emmener tous. Et vous vivrez sur ma propriété avec moi et votre sœur. Ça va vous plaire, non ?

— Mais Noël sera passé, glapit William. On ne peut pas passer Noël sans Lissy !

Ces pleurs le mettaient au supplice. *Noël.* Évidemment. Voilà des années qu'il fêtait Noël par-dessus la jambe et, même s'il avait bien compris que Felicity et les garçons seraient séparés pour les vacances, il ne s'en était pas soucié. Il avait fait livrer un lot de jouets à Taylor Hall. De quoi faire plaisir à n'importe quel enfant. À partir de là, il avait considéré que le problème était réglé.

Quel idiot ! Pour ces garçons, Felicity était un peu comme leur mère, et voilà maintenant qu'elle allait déguerpir à Noël. Décidément, quelque chose ne tournait pas rond chez lui, ces temps-ci. Du temps où il jouait les espions au service de Sa Majesté, il n'aurait pas eu de mal à comprendre combien ces enfants tenaient à fêter Noël en compagnie de leur grande sœur. Cette grande sœur qu'il voulait emmener loin de Londres, afin de l'avoir pour lui tout seul, égoïstement.

Ian posa les yeux sur Felicity, qui observait William avec des yeux embués. Mon Dieu ! Il s'approcha et lui toucha le bras.

— Mais pourquoi ne m'avez-vous rien dit ?

— À… À propos de quoi ? hoqueta-t-elle en tournant la tête ailleurs.

— Vous voulez passer Noël ici, n'est-ce pas ? Je suis désolé, je n'avais pas…

Il s'interrompit avant de murmurer :

— Je ne suis pas insensible au point de vous arracher à votre famille durant les fêtes.

Il observa le nez rougi de William et sa petite poitrine qui se soulevait. Froisser les garçons lui attirerait les foudres de sa nouvelle femme. Et, pourtant, la seule issue possible ne lui plaisait pas.

Bien malgré lui, il s'entendit dire :

— Et en admettant qu'avec Lissy nous restions à Taylor Hall ce soir, William ? Comme ça, on fêterait Noël ensemble demain matin, et on ne partirait que le soir après le dîner. Ça te plairait ?

Les yeux de William s'illuminèrent aussitôt.

— Oh ! oui ! Tu as entendu, Lissy ? On va fêter Noël tous ensemble.

Et il disparut en courant pour annoncer la nouvelle à ses frères.

— Mais c'est juste pour cette nuit, crut-il bon de préciser.

Ian poussa un soupir. Le voilà qui devait passer une autre soirée avec ces trois petits monstres dans les parages… Quand aurait-il Felicity pour lui seul, bon sang ?

Celle-ci glissa une main sur son épaule et l'embrassa sur la joue.

— Merci. Plus tard, vous regretterez peut-être ce geste généreux quand mes frères vous mèneront une vie d'enfer.

— Je le regrette déjà, grommela-t-il en posant la

main sur la sienne. Je pourrais peut-être essayer de les convaincre que le Père Noël viendra plus vite s'ils vont se coucher plus tôt.

— Bon courage ! dit-elle avec un sourire malicieux. Ils sont toujours très excités le 25 décembre. On aura même de la chance s'ils vont se coucher…

— Et pourquoi devraient-ils se coucher ? En tout cas, nous, nous ne dormirons pas beaucoup.

Elle blêmit et tenta de retirer sa main.

— Pardon ? Pour ce qui me concerne, je sais que je dormirai bien. C'est toujours le cas quand je suis dans mon lit. Seule.

— Seule ?

Il la serra encore plus fort.

— Hors de question. Vous êtes ma femme, désormais, et je ne veux pas voir nos valets expliquer aux quatre coins de Londres pourquoi le vicomte Saint Clair n'a pas dormi avec sa femme lors de leur nuit de noces.

Le regard foudroyant de Felicity indiquait qu'elle avait compris sa position. Elle savait qu'elle aurait du mal à le faire changer d'avis.

— Très bien. Nous dormirons ensemble. Mais nous nous contenterons de dormir, n'est-ce pas, Ian ?

— Si vous le dites, s'esclaffa-t-il.

Qu'elle joue les hypocrites pour le moment. Après tout, il avait toute la soirée pour la faire succomber…

Chapitre 20

Si nous n'y prenons pas garde, la tendance déplorable qu'ont certains à boire avec excès au moment de Noël conduira notre société au désastre.

LORD X, *The Evening Gazette*, 25 décembre 1820.

Felicity s'éveilla lentement. La lumière du jour filtrait à travers ses paupières closes. Elle ouvrit les yeux sur les moulures familières du plafond : elle se trouvait dans son lit, vêtue de sa chemise. Comment était-elle arrivée là ? Elle se rappelait la nurserie, l'histoire qu'elle avait racontée à Georgie, puis plus rien. Hormis ce rêve étrange… Des bras qui la soulevaient… Le murmure d'une voix grave… La sensation de flotter…

Ian ! D'un bond, elle fut hors du lit. Alors seulement, elle le vit, avachi dans un fauteuil non loin de là. Sans chemise ni souliers, il ne portait que ses sous-vêtements. Ses jambes velues étaient étendues devant lui. Il avait les bras croisés sur son torse nu. Les yeux grands ouverts, il la dévisageait avec une intensité qui la fit frémir.

Jamais il ne lui avait paru aussi menaçant. Ni aussi attirant.

— Enfin, la Belle au bois dormant daigne se réveiller, gronda-t-il d'une voix un peu pâteuse.

Il se redressa. Ses traits, anormalement pâles, se contractèrent.

— Quelque chose ne va pas ? s'inquiéta-t-elle aussitôt.

Ian se pencha pour ramasser quelque chose. Une bouteille de brandy. Presque vide, semblait-il.

— Juste ciel, mais vous êtes ivre ! s'exclama-t-elle.

Il leva le flacon, dont il inspecta le maigre contenu d'un air maussade.

— Pas assez. Elle était à moitié vide quand je l'ai trouvée.

Ian était donc soûl ? Voilà qui ne lui ressemblait guère. Boire à l'excès signifiait perdre le contrôle de la situation, ce qui ne lui arrivait jamais. Qu'est-ce qui avait bien pu le pousser à une telle extrémité ?

— S'est-il passé quelque chose dont je n'ai pas souvenir ?

— Justement, non.

Il se carra de nouveau dans son fauteuil pour mieux la foudroyer du regard, cognant au passage la bouteille contre sa jambe.

— Tout le problème est là. Entre les festivités de Noël, les heures passées à accrocher les décorations, les chants interminables avec vos frères et votre insistance pour aller vous-même les coucher, il ne s'est strictement *rien* passé. Vous avez même refusé de me laisser vous accompagner, au seul motif que vous n'auriez pas d'autre soirée seule avec eux avant longtemps, ou je ne sais quelle fadaise. Et moi, comme un imbécile, je suis descendu vous attendre.

Portant la bouteille à ses lèvres, il avala d'un trait le reste de brandy, puis s'essuya les lèvres d'un revers de main.

— Comme je ne vous voyais pas revenir, je suis parti

à votre recherche et je vous ai trouvée endormie sur le lit de Georgie.

Il paraissait si dépité qu'elle en sourit.

— Les effets du champagne, sans doute. Une coupe suffit à m'assommer. Il faut dire que je m'étais levée tellement tôt hier mat…

— J'ai bien tenté de vous réveiller. En vain… De guerre lasse, j'ai fini par vous porter dans votre lit.

Il promena les yeux sur elle, en s'attardant sur sa poitrine. Le brusque élan de désir qui remplaça la colère qu'on lisait dans son regard incita Felicity à baisser les yeux. Seigneur. Les rubans défaits de sa chemise ne cachaient plus grand-chose. D'un geste vif, elle les renoua, en évitant soigneusement de lever la tête vers Ian.

— M'avez-vous… déshabillée ?

— Cela va de soi. Pouvais-je décemment vous laisser dormir engoncée dans votre belle toilette ?

Felicity s'embrasa à l'idée qu'il avait déboutonné sa robe et l'avait fait glisser lentement sur sa peau. L'avait-il touchée ? Peut-être. Une chose était sûre : il n'était pas allé plus loin, sans quoi, elle s'en souviendrait. Et il ne serait sans doute pas ivre à cette heure-ci.

Ian leva la bouteille, la lorgna d'un air contrarié et la jeta de côté comme un enfant grognon avec son jouet.

— Vide, bon sang ! Il n'y a donc plus rien à boire dans cette maison ?

— Quand bien même il y aurait encore des choses à boire, je ne vous les donnerais pas, répondit-elle d'un ton neutre. Qui boit encore à cette heure-ci ?

— Ma foi, tout homme qui vient de passer sa nuit de noces à regarder son épouse cajoler des galopins ingrats avant de sombrer dans le sommeil comme une pierre !

Pauvre Ian, il paraissait si affligé. Voilà qui le rachetait presque de ses innombrables tentatives de la veille, quand il essayait de venir à bout de la résistance qu'elle lui opposait. Une caresse quand ses frères avaient le dos tourné, un bras passé autour de sa taille… Et ne lui avait-il pas tenu la main ? Sans parler des deux baisers volés dans le vestibule, en plus de celui qu'il avait osé sous le gui, au vu et au su de tous ! Oui, pour l'avoir mise au supplice de cette façon, il avait cent fois mérité de passer seul leur nuit de noces.

Felicity s'aperçut qu'elle souriait lorsqu'elle l'entendit grommeler :

— La situation vous amuse follement, n'est-ce pas ? Vous paraissez bien fière de vos petites manigances pour gagner du temps.

— Comment pourrais-je être fière de quelque chose que je n'ai pas orchestré ? Cela dit, je dois reconnaître que la situation a tourné à mon avantage.

Après s'être glissée hors du lit, elle passa sa robe de chambre et alla déverrouiller la porte.

— Où allez-vous comme ça ?

Ian se leva du fauteuil, le geste étonnamment sûr.

Felicity se tourna vers lui et sa gorge se noua. Les sous-vêtements qu'il portait ne laissaient guère de place à l'imagination et soulignaient dans les moindres détails l'excitation qui le tenaillait. Une telle manifestation de désir chez cet apollon à demi nu ne pouvait que l'affoler. Quel diable d'homme ! Même éméché, il la tentait.

Mais, cette fois, il ne la détournerait pas de son objectif. Elle ne le laisserait pas faire. Vite, une idée. Et si elle se débarrassait de la clé ?

— Je vais chercher de quoi soulager votre migraine. Les garçons seront debout d'une minute à l'autre, et…

— Fermez cette porte, ordonna-t-il en se dirigeant vers elle d'un pas décidé. Nous avons certes manqué notre nuit de noces, mais nous avons toute la matinée pour y remédier.

Le cœur battant à tout rompre, elle saisit la poignée, mais il la rattrapa en deux enjambées et referma la porte, qui claqua avant que Felicity ait pu sortir. Il la plaqua contre le battant en bois, avant de se lover contre elle.

— Donnez-moi la clé, gronda-t-il avec un regard ardent.

D'un air de défi, elle jeta l'objet à travers la chambre.

— Allez donc la chercher.

Ian sembla hésiter. S'il voulait récupérer cette clé, il la laisserait s'échapper. Un sourire apparut sur ses lèvres.

— Qu'importe, fit-il en posant une main sur sa hanche.

Alors qu'il se penchait pour l'embrasser, elle se contorsionna pour se dégager.

— Vous n'avez pas le droit ! protesta-t-elle en reculant.

— Oh que si, *querida*.

Il la suivit avec une tranquille assurance.

— Vous êtes mon épouse, maintenant. Et, croyez-moi, nous allons consommer cette union.

Quelques petits coups secs et irréguliers les firent brusquement sursauter. Ian s'arrêta net et tourna un regard courroucé vers la porte.

— Lissy ! siffla une voix enfantine derrière le battant. Lissy, tu es réveillée ?

Felicity leva les yeux au plafond. C'était Georgie. Elle était peut-être sauvée !

— Ne répondez pas, chuchota-t-il d'un ton menaçant. Ces petits polissons finiront bien par s'en aller.

Cette hypothèse la fit rire tant elle était ridicule, à moins que ce ne soit parce qu'elle était soulagée, tout simplement.

— Voyons, Ian, nous sommes le jour de Noël. N'espérez pas qu'ils s'en aillent. Estimez-vous heureux qu'ils n'aient pas surgi sans frapper comme ils le font d'ordinaire.

— Allez-vous-en, galopins ! cria-t-il à travers le battant. Votre sœur n'est pas prête à se lever. Elle sortira dans un moment.

Elle lui adressa un petit sourire narquois.

— Vous n'arriverez pas à les décourager. C'est le matin de Noël, vous dis-je.

Comme pour confirmer ce qu'elle venait de dire, la poignée se mit à bouger et on entendit Georgie insister :

— Lissy, tu es là ? Nous voulons voir si le Père Noël a mis des cadeaux dans nos souliers !

— Qu'est-ce qui vous retient ? Allez-y ! lança Ian à travers la porte.

— On ne peut pas ! Lissy a fermé le petit salon à clé !

Ian lui lança un regard incrédule.

— Vous n'avez pas fait ça ?

— Si, comme toujours. Sans cette précaution, ils y seraient dès minuit.

Cette réponse le rendit blême de colère.

— Dites-leur d'attendre que nous soyons prêts à sortir.

— N'y comptez pas, répliqua-t-elle.

Puis, d'un ton enjoué, elle ajouta :

— Juste une minute, mes chéris ! Laissez-moi le temps de m'habiller.

— Dépêche-toi, c'est Noël ! trépigna Georgie depuis le vestibule.

Ian laissa échapper un juron. Pendant ce temps, Felicity

se dirigea vers son armoire à l'autre bout de la chambre, pas peu fière. Il ne pouvait plus rien faire. Ouvrir la porte et chasser les garçons ? Impossible, ils risqueraient de forcer le passage et de tout gâcher pour de bon. S'éloigner de la porte pour récupérer la clé ? Felicity lui glisserait entre les doigts.

Elle retint un petit rire. Voilà qui lui rendait amplement la monnaie de sa pièce, après ses petites manœuvres pendant le trajet de la veille, sans parler de l'enfer qu'il lui avait fait subir pendant la réception. Elle tira de l'armoire une chemise propre, des dessous et des bas, avant de choisir une robe boutonnée sur le devant qui lui permettrait de se vêtir sans avoir à demander l'aide de Ian, ce qu'elle se refusait à faire. Alors qu'elle s'apprêtait à disparaître derrière le paravent, il lui vint une idée perfide.

Elle avait le moyen de se venger de façon bien plus subtile.

D'instinct, elle se campa face à lui et ôta sa robe d'intérieur aussi négligemment que s'il n'avait pas été en train de la lorgner depuis la porte. Elle interrompit son geste un instant. Ce plan était-il bien raisonnable ? Allons, Ian était coincé. Adossé au battant, il ne pouvait pas bouger. Elle ne craignait rien.

En outre, il était temps de lui rappeler à quoi il allait devoir renoncer tant qu'il la considérerait comme une poulinière, et non comme son épouse. Lentement, elle défit sa chemise et, d'un coup d'épaule, fit tomber une manche, puis l'autre.

Les yeux écarquillés, il bredouilla :

— Bonté divine, mais qu'est-ce que vous faites ?

— Je me change, pardi. Il faut bien que je m'habille.

Avec un sourire enjôleur, elle fit tomber la chemise à ses pieds, dévoilant sa poitrine.

Il la dévorait du regard.

— Venez ici, que je vous aide, souffla-t-il d'une voix rauque qui la mit en émoi.

La tentation était grande — presque insoutenable, même. Mais hors de question de céder : l'arrogance dont il s'était rendu coupable la veille ne resterait pas impunie.

— Je me débrouille très bien toute seule. De plus, il vous faut surveiller la porte. On ne sait jamais, les garçons pourraient essayer d'entrer.

Elle approcha les doigts des rubans qui retenaient ses dessous. Son geste arracha à Ian un cri étranglé :

— Vous n'oseriez pas !

Tout en savourant le pouvoir qu'elle exerçait sur lui, Felicity tira sur les rubans avec une lenteur calculée. Comment ne pas repenser à ces caresses audacieuses de la veille ?

Les yeux de Ian semblaient lancer des éclairs.

— Votre petit manège n'a rien d'amusant, Felicity.

— Ah non ? Redouteriez-vous de ne pas avoir d'héritier d'ici au 25 décembre prochain, finalement ? le railla-t-elle.

Sur ces mots, elle fit un mouvement de hanches et ses dessous tombèrent au sol. Il lâcha un juron et bondit vers elle. Ça y est, il n'y tenait plus.

— Les garçons ? héla-t-elle aussitôt.

La poignée s'abaissa. Ian n'eut d'autre choix que de se jeter à nouveau contre le battant.

— Déguerpissez ! siffla-t-il en direction de la porte, sans détourner d'elle son regard avide.

Felicity se délecta de le voir scruter son corps dénudé dans les moindres détails. L'imprudence, l'audace inouïe dont elle faisait preuve ne la rendaient pas honteuse, non. Elles l'électrisaient. Et lui ne l'avait pas volé.

— Ayez au moins la décence de passer derrière le paravent.

— Vous n'avez qu'à fermer les yeux, répondit-elle.

— Comment le pourrais-je ?

De fait, il semblait pétrifié. Adossé à la porte, suspendu aux moindres mouvements qu'elle esquissait, il était l'image même du mâle frustré, avec tout son corps tendu par le désir. Haussant un sourcil, elle saisit un bas, puis leva la jambe et posa le pied sur son lit pour pouvoir l'enfiler. De là où il se trouvait, il avait une vue imprenable sur certains de ses charmes.

Ian laissa échapper un son étranglé, qui ressemblait à un gémissement autant qu'à un juron. Elle ajusta le bas au moyen d'une jarretière, puis reposa le pied à terre et tendit la main vers l'autre bas.

— Assez ! rugit-il.

Devant la mine narquoise qu'elle affichait, il se redressa.

— Voyez-vous, ce petit jeu, nous pouvons y jouer à deux. Continuez ce petit manège, *querida*, et je m'en vais décrire par le menu toutes les choses que je compte vous faire. À haute et intelligible voix. Puisque vos frères ont l'oreille collée à la porte, autant faire leur éducation.

Felicity hésita. Le silence était retombé dans le vestibule, mais elle connaissait trop bien ses frères pour imaginer qu'ils aient pu s'en aller.

— Vous ne feriez pas une chose pareille ?

Ian plissa les yeux.

— Ce petit carré de peau nue au-dessus de votre jarretière, là… je vais y glisser ma langue et remonter…

— Très bien, très bien !

Le temps d'attraper ses habits, elle fila se réfugier derrière le paravent.

Felicity entendit Ian pousser un soupir. De soulagement, sans doute. Elle se rhabilla en vitesse. Lorsqu'elle revint au centre de la pièce, il achevait de rajuster sa chemise et son pantalon, le visage fermé. En dépit du fauteuil qu'il avait coincé sous la poignée de la porte, il avait manifestement renoncé à la conquérir pour la matinée. Les garçons faisaient un tel raffut dans le couloir qu'il faudrait leur ouvrir pour les calmer.

Alors qu'elle passait devant lui, il la retint par le bras et l'attira assez près pour lui susurrer à l'oreille :

— Ce soir, ma séduisante épouse, aucun fâcheux ne viendra frapper à notre porte.

Un frisson la parcourut. Peut-être aurait-elle dû choisir une autre forme de châtiment, tout compte fait.

— Cette nuit, j'aurai ma chambre, objecta-t-elle.

— Seulement pour dormir.

Il eut un sourire canaille qui la fit frémir de la tête aux pieds.

— Il se trouve que je veux vous voir rejouer votre époustouflant spectacle de ce matin dans l'intimité de ma chambre de Chesterley.

— Mais bien volontiers, répondit-elle le plus sérieusement du monde. Dès que vous m'aurez appris ce que je veux savoir, Ian, je serai ravie de vous rejoindre dans votre chambre.

Le sourire qu'il avait sur les lèvres s'évanouit.

— Vous ne renoncez donc jamais ?

— *Jamais*. Je préfère me priver de vos étreintes plutôt que de passer un seul instant entre vos draps en sachant que vous n'y voyez rien d'autre qu'un accouplement bestial.

Un bref instant, il parut sur le point de répondre. Puis il serra les dents, les yeux tournés vers la porte.

— Vous feriez mieux d'ouvrir à ces galopins avant qu'ils n'enfoncent cette porte.

Il avait épousé une dévergondée. Le doute n'était plus permis. Assis dans le petit salon, où les quatre frères Taylor s'appliquaient à éventrer une vingtaine de boîtes et de paquets colorés, il ruminait, l'air maussade. Il ne quittait pas des yeux sa jeune épouse. À vrai dire, il s'était trouvé incapable de détacher son regard de cette effrontée depuis cette petite représentation dans la chambre. Les cheveux de Felicity lui couvraient les épaules comme une mante de velours froissée, et un sourire empreint de douceur fleurissait sur ses lèvres chaque fois que ses frères ouvraient l'un des nombreux présents qu'il avait apportés pour eux. Assise par terre au milieu des papiers déchirés et des rubans emmêlés, elle aurait aisément pu passer pour une des enfants.

Mais lui voyait les choses autrement. Seigneur, quand elle avait laissé glisser ses dessous, ce matin…

Il gémit tout bas. La nudité de Felicity en plein soleil, ses seins menus et fermes, les boucles tentantes entre ses cuisses, autant d'images qui étaient restées gravées en lui. Tout comme ses sourires qui semblaient lui dire : « Venez, oui… Mais pas tout de suite. » S'il ne l'avait pas lui-même déflorée, il aurait douté de sa vertu. Mais il fallait croire que le goût de Felicity pour la provocation était aussi naturel que son talent pour colporter des rumeurs. Doux Jésus, elle le conduirait à sa perte !

Ian esquissa un sourire. Dire que, la veille encore, il avait été assez bête pour se croire en terrain conquis ! S'il n'y prenait pas garde, il finirait par se laisser soutirer tous les secrets de son passé, et bien plus encore. Qu'importe, il était prêt à tout, pourvu qu'il regagne le privilège d'écarter ces blanches cuisses si souples et de…

Bon sang, une nouvelle stratégie s'imposait. Mais laquelle ? Lorsqu'il y allait franchement, elle se cabrait. Lorsqu'il se montrait plus subtil, elle ne répondait à ses avances que pour mieux se dérober au moment crucial.

William s'approcha à petits bonds, en traînant derrière lui le cheval de bois que lui avait apporté le « Père Noël ». George et Ansel avaient déjà filé vers l'escalier pour essayer le leur. Quant à James, assis à côté de sa sœur, il contemplait béatement la panoplie d'outils de sculpture sur bois étalée devant lui.

— Regardez, Lord Saint Clair, dit William avec un petit sourire timide, il a même des rênes en cuir et tout !

L'enthousiasme du garçon acheva de dissiper le ressentiment que Ian avait nourri à l'égard de ces garnements qui avaient anéanti ses projets de lune de miel.

— Tu sais, William, maintenant que j'ai épousé ta sœur, toi et moi, nous sommes frères. Que dirais-tu de m'appeler Ian, tout simplement ?

Le visage du petit s'illumina.

— Vraiment, je peux ?

— Absolument.

Ian souleva le garçon pour le faire asseoir sur son genou, surpris lui-même de l'élan d'affection qu'il éprouvait soudain.

— Et, quand, avec ta sœur, nous reviendrons vous chercher la semaine prochaine pour vous emmener à Chesterley, nous verrons comment faire pour que chacun d'entre vous ait un vrai poney.

— Chic, alors ! s'écria William en se pendant à son cou. Vous êtes le meilleur frère au monde !

— Le plus riche, tout au moins.

C'était la voix de Felicity.

Sans se démonter, Ian lui sourit par-dessus la tête de William et elle ajouta :

— À ce rythme, vous en ferez des enfants gâtés.

— Je ne cherche qu'à leur trouver des occupations pour qu'ils n'aillent plus frapper aux portes des chambres à des heures indues.

Elle prit un air réprobateur et désigna la pièce d'un grand geste de la main.

— Vous avez péché par excès de zèle. Le Père Noël a fait de véritables folies.

— Je l'espère bien. Il semblait avoir un peu oublié les Taylor, dernièrement. Il leur devait bien une petite compensation, vous ne trouvez pas ?

Il fit sauter William sur son genou.

— Dis-moi, mon garçon, n'es-tu pas content que le Père Noël vous ait apporté tant de cadeaux à la fois ?

Sans surprise, la réponse fut un « oui » sonore.

— Vous voyez ? L'approbation est spontanée chez les hommes de cette famille. Vous seule êtes dans l'opposition systématique.

Felicity fit la moue.

— C'est parce que je suis la seule à être douée de bon sens.

— Dois-je comprendre que vous ne voulez pas du présent que je vous destinais ?

Elle sembla rosir de plaisir.

— Vous avez un cadeau pour moi ?

— Bien évidemment. N'êtes-vous pas mon épouse ?

— C'est que…, balbutia-t-elle en baissant les yeux. Je n'ai rien pour vous. Le temps m'a manqué pour…

— Le temps et les moyens, je sais. Ne vous inquiétez pas.

Ian reposa William, qui courut rejoindre les deux autres triplés, annonçant à grands cris :

— Georgie, devine quoi ! Ian va nous acheter de vrais poneys !

Ian se leva, puis se dirigea vers la fenêtre et sortit de derrière le rideau une petite pile de paquets, qu'il revint offrir à Felicity.

— J'ai la chance de ne manquer de rien. Mais vous…

Elle accepta les présents, les yeux brillants de plaisir.

— Je ne sais pas quoi dire.

— Commencez par les ouvrir. Ils ne vous plairont peut-être pas.

Il se surprit à retenir son souffle lorsqu'elle saisit le petit coffre rectangulaire au sommet de la pile. Sans être expert en matière de cadeaux, il avait fait le pari que Felicity se soucierait peu des babioles, des chiffons et des dentelles. *Contrairement à ses précédentes maîtresses.* À présent, le doute l'étreignait. Ne s'était-il pas trompé ? N'allait-elle pas détester ce qu'il avait choisi ? Quoi qu'il en soit, il était trop tard.

En ouvrant l'écrin, elle en tira un petit cylindre argenté. Elle le fit tourner entre ses doigts, perplexe.

James, venu s'asseoir en tailleur à côté d'elle, coula un regard par-dessus son épaule.

— Qu'est-ce que c'est ?

— Un stylo à plume, expliqua Ian. Un homme du nom de John Scheffer en a déposé le brevet l'an passé. Grâce à cet objet, plus besoin d'encrier.

Il prit le stylo des mains de Felicity pour faire une

démonstration, en actionnant d'une simple pression le mécanisme qui permettait à l'encre de descendre dans la plume.

— J'ai acheté des parts dans la compagnie de Scheffer. Cette invention sera un grand succès, c'est certain. Je lui ai demandé de fabriquer celui-ci tout spécialement pour vous après notre dîner chez les Worthing, la semaine dernière. Vos initiales y sont gravées. Juste ici, vous voyez ?

Après avoir essuyé sur un lambeau de papier d'emballage la goutte d'encre qui perlait au bout de la plume, Ian lui rendit l'objet. Elle s'en empara sans mot dire. Il sentit sa gorge se serrer. Elle était déçue. Quel crétin ! Il aurait dû opter pour quelques fanfreluches supplémentaires, au lieu de se risquer à lui offrir cette ineptie.

Un stylo, c'était trop banal, pas assez original pour la nature fougueuse de Felicity. Mais que savait-il, lui, de ce qu'il convenait d'offrir à une épouse, surtout d'une nature si singulière ?

Comme le silence de Felicity se prolongeait, il lança d'un ton désinvolte :

— Ouvrez donc les autres paquets. Ce stylo est une sorte d'expérience plus qu'un cadeau véritable, à vrai dire. J'ai pensé que vous pourriez l'essayer et me dire s'il fonctionne comme il faut.

C'est là, lorsqu'elle releva la tête, qu'il vit des larmes briller dans ses yeux.

— C'est le plus beau cadeau qu'on m'ait jamais fait.

À la vue du bonheur qui se peignait sur le beau visage de Felicity, Ian sentit son cœur bondir. Une sensation pour le moins inhabituelle.

— Il vous plaît, alors ?

— S'il me plaît ? Oh ! Ian. J'ai les encriers en horreur,

ils sont si peu pratiques. Votre cadeau va m'être des plus utiles.

Elle essuya ses larmes d'une main et, de l'autre, replaça soigneusement le stylo dans son étui.

— Il ne me quittera plus, et j'en prendrai grand soin.

Peu habitué à s'entendre remercier avec tant d'effusion, il s'éclaircit la voix.

— Tenez, dit-il en lui lançant le paquet suivant. Ouvrez donc celui-ci.

— Vous n'auriez pas dû me gâter de la sorte. Je me sens terriblement mal à l'aise de n'avoir rien à vous offrir en retour.

Ce qui ne l'empêcha pas d'ouvrir toutes les boîtes avec enthousiasme. Les autres présents étaient plus conventionnels : un éventail en dentelle, des bas de soie et une ravissante paire de boucles d'oreilles en rubis qui avait coûté à Ian rien moins que la rançon d'un roi. Elle s'extasia sur chacun de ses choix, mais c'est au stylo qu'elle revint dès qu'elle eut terminé. Tandis qu'elle caressait du doigt le cylindre, ravie, il repensa au frisson qu'il avait éprouvé, l'autre nuit, lorsqu'elle avait posé les mains sur lui. Grands dieux, que n'aurait-il donné pour les sentir à nouveau sur sa peau !

Tout à coup, elle leva les yeux vers lui et son visage harmonieux s'illumina plus encore.

— Mais j'y pense !

Elle se tourna vers James pour lui murmurer des instructions. Le garçon sortit au pas de course.

— Qu'est-ce que vous manigancez encore ? s'amusa Ian, un sourcil dressé.

Elle le gratifia d'un sourire énigmatique.

— Vous verrez bien.

James ne fut pas long à revenir, les bras encombrés d'une toile encadrée. Il la tendit à sa sœur, qui la présenta à Ian.

— C'était le tableau préféré de mon père, expliqua-t-elle. Je n'ai pas pu me résoudre à le vendre. Maintenant que nous sommes mariés… Ma foi, rien ne s'oppose à ce que vous en profitiez à votre tour.

Ian prit le tableau et le considéra d'un œil surpris. Il n'avait aucun mal à imaginer ce qui avait séduit le vieux sacripant dans cette toile. Elle représentait une scène de harem, très certainement destinée à enrichir la collection d'un amateur d'art érotique, quoiqu'elle ne fût pas mauvaise. On y voyait un sultan au teint basané campé sur un dais, les bras croisés sur son torse dénudé. À ses pieds, un essaim de jeunes beautés à peine vêtues posaient autour d'un bassin aux teintes éclatantes, dans diverses postures plus suggestives les unes que les autres.

— Vous m'offrez une scène galante ? s'étonna-t-il.

Felicity s'empourpra et jeta un coup d'œil furtif à son petit frère, qui n'en perdait pas une miette. Ian en déduisit sans mal qu'elle n'avait pas vu les choses sous cet angle.

— Elle n'a rien de… Enfin, si, mais… Cette toile est d'un Espagnol. C'est ce qui m'a fait songer à vous. L'artiste n'est pas très connu, à vrai dire.

— J'imagine.

Il étudia le tableau de plus près, en souriant malgré lui. Il n'y avait guère qu'elle pour offrir à son époux une peinture si visiblement scandaleuse en toute innocence. Du moins en apparence.

— Mon père l'a achetée parce qu'il trouvait les couleurs et les lignes admirables, s'obstina-t-elle.

— Je n'en doute pas un instant, dit-il d'un ton moqueur. L'artiste a un talent pour croquer les courbes, surtout.

— Voyons, Ian ! s'indigna-t-elle en jetant un coup d'œil inquiet à James.

Mais le garçon avait perdu tout intérêt pour la conversation et s'était plongé dans l'examen du stylo.

— Le sultan est lui-même très bien dessiné, non ? reprit-elle.

Le sultan ? Ian reporta son attention sur le personnage en question. C'est là qu'il comprit ce qui avait incité Felicity à lui faire ce cadeau. Son humeur s'en trouva considérablement égayée. Leurs yeux se croisèrent par-dessus le cadre.

— Je ne saurais mieux dire, en effet.

— On devine la main espagnole, bredouilla-t-elle. Le peintre a donné au sultan des traits non pas turcs, mais castillans.

— Castillans, oui. Comme les miens, ajouta-t-il d'une voix plus grave.

La gêne manifeste de Felicity ne fit qu'embraser Ian un peu plus.

— Bref, je me suis dit que ce tableau vous plairait. Et maintenant je ferais mieux d'aller aider Mrs Box à superviser les préparatifs du dîner. Auriez-vous la gentillesse de garder un œil sur les garçons pour moi ?

— Mais certainement.

Pensait-elle s'en tirer ainsi après lui avoir mis cette petite surprise entre les mains ?

— Nous pourrons discuter de cette peinture plus tard.

Elle releva brusquement les yeux.

— De quoi voulez-vous « discuter », au juste ?

— Je serais curieux de savoir ce qui vous attire, *vous*, dans ce tableau.

— Moi ? Rien du tout.

Mais le rouge qui lui monta aux joues, tout comme sa façon de prendre congé en balbutiant, confirma les soupçons de Ian.

Tout en se retenant de rire, il la suivit des yeux tandis qu'elle fuyait le petit salon. Enfin ! Il tenait sa stratégie pour la conquérir. À l'évidence, foncer avec toute la subtilité d'un bataillon de hussards ne lui avait pas permis de gagner un seul pouce de terrain. Elle le désirait tout autant que lui mais, dès qu'il se montrait trop entreprenant, elle lui opposait sa fierté.

Il fallait plutôt jouer de ses désirs, les retourner contre elle. La provoquer, la tenter. Le plaisir qu'elle avait exprimé devant ses cadeaux, cette peinture incroyablement osée qu'elle lui avait offerte avec timidité… C'était autant d'indices des sentiments équivoques qu'elle éprouvait pour lui. Il fallait lui faire la cour : elle n'y resterait pas insensible. À la réflexion, n'avait-elle pas succombé à ses charmes après la semaine qu'il avait passée à attiser sa jalousie, sans oublier la journée qu'il avait consacrée à les promener en ville, elle et ses frères ?

Ian prit une grande inspiration. Tout impatient qu'il était de la remettre dans son lit, il irait doucement. Il la charmerait avec tact et doigté, jusqu'à ce qu'elle tombe à genoux devant lui.

Chapitre 21

Le mariage du vicomte Saint Clair et de Miss Felicity Taylor, fille du regretté architecte Algernon Taylor, a pris de court toute la haute société. Certes, des rumeurs circulaient à leur sujet, mais nul ne s'attendait à ce qu'ils convolent aussi rapidement en justes noces.

LORD X, *The Evening Gazette*, 27 décembre 1820.

Le troisième soir après son mariage, assise au bureau de la vaste chambre qu'elle occupait à Chesterley, Felicity faisait courir sa toute nouvelle plume sur le papier. Mais son attention ne tarda guère à se détourner de sa chronique pour voler vers son énigmatique époux.

Que penser du comportement de Ian ? Après l'affrontement qui les avait opposés le matin de Noël, elle s'était attendue à devoir livrer une longue et âpre bataille. Qu'elle aurait remportée, bien entendu, mais tout de même. Elle s'était fixé un objectif : amener Ian à voir les avantages d'une union sincère, où les deux partenaires partageaient tout. Et le priver de relations conjugales était manifestement le seul moyen de l'atteindre.

Mais voilà que l'incertitude la gagnait. Depuis les longues heures qu'elle avait passées, le jour de Noël, à se gendarmer pour ne pas céder à ses caresses et à ses baisers par trop tentants, il n'avait plus esquissé le moindre geste envers elle. Il s'en était expliqué dès le jour où il l'avait amenée ici : il désirait « lui laisser le temps de s'habituer à leur union », ou quelque bêtise du même genre. Mais elle n'y croyait pas un seul instant. Pourquoi tant d'égards, tout à coup ? Jusque-là, Ian ne lui avait jamais laissé le temps de s'habituer à quoi que ce soit. En outre, il n'agissait jamais à la légère. Pas de doute : il mijotait quelque chose.

Fort bien. Ian avait beau être un fin stratège, elle-même avait passé des heures à observer les hommes et les femmes qui composaient la haute société londonienne. Leur fonctionnement n'avait plus de secret pour elle. Elle parviendrait à percer à jour ses intentions.

Mais pas ce soir. L'heure n'était pas à ruminer les questions de cet ordre. Sans compter que ses lunes venaient de commencer, avec leur inévitable cortège d'humeurs changeantes et de petits maux. Mieux valait s'attarder sur des sujets plaisants. Chesterley et son personnel, par exemple. Comme elle les aimait déjà ! Elle s'étonnait encore de la chaleur de l'accueil qu'elle avait reçu. Pendant cette période du mois, elle était incapable de raisonner. Un rien lui paraissait une montagne et les larmes lui montaient aux yeux pour un oui ou pour un non. Autant dire que, dans ces conditions, elle n'aurait *jamais* l'avantage face à l'esprit tactique et au sang-froid de son mari.

Son mari. Un petit frisson la parcourut. Que c'était agaçant ! Pourquoi fallait-il que sa résolution s'émousse à cette seule pensée ?

Tant qu'il était resté « Lord Saint Clair », elle l'avait

vu en ennemi. Devenu Ian, il l'avait irritée, puis attirée, mais jamais il ne lui avait paru susceptible de changer le cours de sa vie. En revanche, ce statut d'époux faisait de lui l'homme le plus dangereux au monde, un démon venu des enfers réclamer son âme. Oui mais, en échange, il l'aiderait à assouvir ses désirs les plus inavouables, ses rêves brûlants, ses fantasmes les plus éhontés…

Avec un soupir, Felicity reprit la plume. Ces derniers jours, elle ne songeait qu'à se jeter entièrement nue aux pieds de Ian. Or n'était-ce pas exactement ce qu'il espérait ?

Soudain, on frappa à la porte qui séparait leurs deux chambres, ce qui la fit sursauter.

— Qui est là ? lança-t-elle sans réfléchir.

— Votre époux, qui d'autre ? Puis-je entrer ?

— Bien sûr, je vous en prie.

Bonté divine, comment faisait-il pour surgir ainsi chaque fois qu'elle pensait à lui ? Et toujours avec le mot qu'il fallait pour la faire fondre, par-dessus le marché. Décidément, cet homme était le diable incarné. Tout particulièrement en cet instant, vêtu de cette chemise boutonnée jusqu'à mi-hauteur qui laissait voir son large torse hâlé, et de ce pantalon qui moulait avantageusement ses cuisses puissantes. Dans un costume persan, il aurait fait un parfait sultan, avec ses traits taillés à la serpe et ses muscles ciselés.

À cette heure tardive, la légèreté de sa tenue n'avait rien d'étonnant. Toutefois, il avait le don pour venir la voir à des heures où il pouvait raisonnablement se montrer à demi nu. De quoi renforcer leur intimité conjugale, évidemment. Il parcourait alors la pièce le plus simplement du monde. Pire : il lui arrivait de tomber en travers du lit pour discuter des événements de la journée ou des projets du lendemain.

Felicity prit une grande inspiration. Ce misérable ne manquait pas une occasion de la déstabiliser. Dieu merci, cette fois, elle avait de quoi calmer ses ardeurs s'il venait à tenter sa chance : il préférerait sans doute s'abstenir en apprenant qu'elle était dans ses mauvais jours.

Cela dit, pour l'heure, il ne paraissait pas enclin à la séduction. Il tenait un journal sous le bras. Même si elle ne portait pas grand-chose sur elle, il n'accorda à sa tenue qu'un bref coup d'œil.

— Vous m'avez manqué, au dîner. Votre femme de chambre m'a fait savoir que vous étiez souffrante.

Elle sentit le rouge lui monter aux joues.

— En effet.

Elle n'ajouta rien. Ian avait beau être son mari, pas question d'évoquer ses lunes avec lui, c'était trop intime.

— Je vous ai apporté le dernier numéro de l'*Evening Gazette*. Je me suis dit que cela vous divertirait un peu.

La mine de Ian était indéchiffrable.

— J'ai vu que Lord X y annonçait notre union, ajouta-t-il.

— Le contraire m'eût étonnée. Vous pensez, un tel événement !

Sa gorge se serra. Avait-il lu l'article jusqu'au bout ? Qu'en pensait-il ? Deux jours plus tôt, elle avait cru bon de bousculer un peu ses habitudes dans l'espoir de produire un effet sur lui. À présent, la sagesse d'une telle décision lui paraissait plus que discutable.

— Vous n'y voyez pas d'inconvénient, j'espère ?

— À ce que tout le monde sache que je vous ai épousée ? Pourquoi devrais-je y trouver à redire ?

Il s'approcha d'elle d'un pas tranquille.

— Cependant, comme vous le savez fort bien, il n'est pas seulement question de nos noces dans cet article.

En ouvrant le journal devant lui, il se mit à lire :

D'aucuns se demanderont comment Lord Saint Clair peut espérer faire un mariage réussi avec une dame respectable quand tant de mystère entoure encore son passé. Toutefois, en dépit de ce que votre serviteur a pu écrire à propos du vicomte, gageons que l'honneur de notre homme saura l'induire à se montrer franc envers sa dulcinée, sinon envers ses pairs.

— Oui, j'ai inséré mes petits commentaires habituels, répondit-elle en essayant de cacher sa nervosité.

— Vos petites leçons de morale, vous voulez dire.

Il replia le journal en souriant.

— Dites-moi, *querida*, avez-vous l'intention de me tancer dans *chacune* de vos chroniques ?

Felicity n'en revenait pas. Il n'était même pas en colère !

— L'idée m'a traversé l'esprit, avoua-t-elle d'un ton agacé. Je crois me rappeler que mes petites leçons, comme vous dites, ont déjà retenu votre attention par le passé.

Il laissa tomber le journal devant elle, un sourire malicieux aux lèvres.

— Certes. Mais, si vous mentionnez notre mariage dans tous les numéros, même le moins sagace de vos lecteurs finira par comprendre qui se cache derrière votre pseudonyme.

La bonne humeur inébranlable de Ian la démoralisa. Elle reprit son stylo.

— Soyez sans crainte, je n'ai nullement l'intention de faire une chose aussi idiote.

Surtout au vu du peu d'effet que cette première tentative avait produit sur lui…

— Vous m'en voyez soulagé.

Il se pencha par-dessus son épaule et lui subtilisa l'article qu'elle était en train d'écrire. Il le parcourut d'un rapide coup d'œil. Le sourire qu'il affichait s'évanouit.

— Voilà qui est fort intéressant, ma chère. À l'évidence, vous n'avez nul besoin d'évoquer notre union pour avancer vos arguments. Il vous suffit de choisir les rumeurs qui présentent des similitudes avec notre situation.

Enjoué jusque-là, il était devenu sarcastique.

— La mystérieuse querelle entre Merrington et son oncle ? La dernière maîtresse en date de Pelham, et la façon pathétique dont sa femme ignore le détestable comportement de son époux ? Brillante, cette façon que vous avez de me sermonner de sorte que vous et moi soyons les seuls à le comprendre.

D'un air de profond dégoût, il jeta le papier sur le bureau de Felicity.

Elle qui avait espéré le faire réagir, elle était servie. Mais les choses ne prenaient pas vraiment la tournure escomptée.

— Je ne cherchais pas à vous sermonner dans cet article. Je me suis contentée de colporter des on-dit, comme à mon habitude. Vous me faites dire plus que je n'ai écrit.

— À d'autres ! Allez-vous prétendre que c'est une pure coïncidence si vous évoquez Merrington et son oncle ?

— Tout Londres ne parle que de cette histoire, vous le savez aussi bien que moi !

Un mépris terrible perçait dans la voix de Ian lorsqu'il répondit :

— Et l'allusion à Pelham ? La « brute insensible qui

s'amuse à ridiculiser son épouse trop aveugle en faisant défiler ses maîtresses sous son propre toit », allez-vous nier que c'est moi ? Allons, je vous connais trop bien.

L'injustice de ce commentaire piqua Felicity au vif. Jamais elle n'assimilerait Ian à un rustre comme Pelham !

— Pas aussi bien que vous le pensez, semble-t-il. Ce commentaire n'a aucun rapport avec vous.

— Reste que vous vous plaisez à vous moquer de moi dans vos articles. Quant à « la brute insensible qui s'amuse à ridiculiser son épouse ».

— Vous n'êtes pas le centre du monde, Ian.

En proie à un tourbillon d'émotions, elle se leva de son siège et traversa la chambre pour s'éloigner autant que possible de lui et de son hostilité.

— Comment dois-je vous le dire ? Je n'ai pas songé un seul instant à notre situation en écrivant ces lignes !

Ian appuya une hanche contre le bureau et la foudroya du regard.

— Vous oubliez que je connais votre chronique par cœur. D'ordinaire, vous n'épinglez jamais les faibles, mais vous le faites ici avec l'épouse pathétique de Pelham.

— Peut-être est-ce parce qu'elle le mérite… Vous noterez d'ailleurs que je ne parle pas d'elle en ces termes.

— En outre, poursuivit-il sans relever cette remarque, vous mettez dans vos propos trop de passion pour que votre message ne revête pas un caractère personnel. « Brute insensible » ? « Ridiculiser son épouse » ? Mes années d'espionnage m'ont rendu expert dans l'art d'interpréter les messages codés. Mais je ne vous apprends rien, n'est-ce pas ? C'est précisément ce qui vous pousse à écrire de telles choses — pour que je saisisse votre intention même quand nul autre ne le peut.

Décidément, ce butor ne voulait rien entendre. Et Felicity n'était pas d'humeur à en supporter davantage. D'un pas résolu, elle se dirigea vers la porte.

— Quel crétin arrogant vous faites, parfois ! Croyez ce qui vous chante. À l'évidence, je ne suis pas la seule dans cette pièce à tirer des conclusions hâtives.

En quelques enjambées, il la rejoignit et la retint par le bras.

— Allez-vous prétendre que vous clouez Pelham et sa femme au pilori sans arrière-pensée ? Cet homme est certes un ignare prétentieux, et je ne nie pas qu'il lorgne volontiers les donzelles, mais...

Ian laissa sa phrase en suspens. Soudain, elle se sentit écrasée sous le poids de son regard.

— Attendez une minute, reprit-il. Votre père n'a-t-il pas conçu l'une des demeures de Pelham ? J'ai entendu le duc en parler, une fois.

La gorge trop nouée pour répondre, elle hocha la tête. De vieux souvenirs venaient de remonter à la surface. Il resserra sa prise.

— Au bal de Lady Brumley, Pelham a émis à votre sujet des commentaires auxquels je n'ai pas prêté attention, vu qu'il a l'habitude de traiter toutes les jeunes femmes de cette façon, mais...

Il la tourna vers lui, le visage empreint de remords.

— Bon sang, il vous a fait du mal, c'est ça ? Voilà pourquoi vous l'étrillez dans votre article ! Il vous a violentée.

— Ce n'était rien... Une broutille sans importance.

Elle baissa la tête pour dissimuler ses pleurs, mais il refusa de la laisser faire et lui souleva le menton pour mieux la dévisager. Devant la détresse dans son regard, il jura à voix basse.

— Sans importance, dites-vous ? Je n'en crois rien.

Il n'en fallait pas davantage : Felicity laissa couler ses larmes sans retenue.

Sans perdre une seconde, Ian la souleva du sol et la porta vers le lit, où il la fit asseoir sur ses genoux pour la serrer contre lui.

— Là, là, *querida*, chuchota-t-il en lui caressant le dos, les cheveux, les bras. Ne pleurez pas. Il ne peut plus vous faire de mal.

— Je sais.

Elle se tamponna les yeux, en maudissant l'humeur mélancolique qui la rendait si vulnérable à cette période du mois.

— Il ne me fait pas peur, précisa-t-elle.

Ian couvrit sa chevelure de baisers.

— Quel forfait a-t-il commis ? Et où était votre père ? Pourquoi n'était-il pas là pour vous protéger ?

— Mon père n'y est pour rien, vous devez me croire. Ses travaux l'accaparaient tant qu'il n'a jamais remarqué les attentions dont m'entouraient les hommes.

Il la contempla avec une incrédulité mêlée d'horreur.

— *Les hommes ?* Pelham n'était pas le seul ? Que vous ont-ils fait ? Comment une telle chose a-t-elle pu…

— Oh ! ce n'est pas aussi terrible que vous l'imaginez, l'interrompit-elle en levant les yeux vers lui. Mon père m'emmenait chez ses commanditaires, et il arrivait que… certains d'entre eux, ou leurs fils, se montrent un peu entreprenants, voilà tout.

— Voilà tout ?

Ian serra les dents, avec des éclairs dans les yeux.

— Dites-moi qui vous a malmenée, et je jure que je…

— On m'a simplement volé un ou deux baisers,

mentit-elle devant la fureur soudaine qui animait Ian. Vous avez pu constater que j'étais vierge lors de notre première étreinte.

— En effet. Mais il existe d'autres moyens pour molester une femme que de lui prendre sa virginité. Pelham a dû se montrer bien cruel pour que vous sentiez le besoin de le dénigrer à ce point dans votre article. Vous ne sortez jamais les griffes sans raison.

Felicity baissa la tête, fataliste, mais Ian la saisit par les épaules.

— Dites-moi ce que ce misérable vous a fait.

Voilà si longtemps qu'elle aspirait à se soulager de son fardeau… Et Ian la surprenait dans un moment de faiblesse. Les mots jaillirent de sa bouche.

— Il m'a coincée dans la bibliothèque de sa propriété. Mon père n'ayant pas besoin de moi ce jour-là, je m'y étais rendue pour lire.

La scène lui revint brusquement en mémoire : Pelham entrant dans la pièce, un rictus mauvais aux lèvres, la façon dont il l'avait clouée au fauteuil, en collant contre elle son corps épais… Elle poursuivit, comme dans un état second :

— Son baiser m'a tellement prise au dépourvu que je n'ai pas réagi tout de suite, mais lorsqu'il… lorsqu'il a plongé les mains dans mon corsage je l'ai giflé.

Ce qui n'avait eu d'autre effet que de le faire ricaner, bien entendu. Là-dessus, il lui avait pressé durement les seins. Mais, cela, elle ne pouvait l'avouer à Ian.

— Les choses en sont restées là.

— La canaille ! Je vais plonger les mains dans son pantalon, moi, et lui arracher les bourses. Ou mieux encore : je vais lui tordre le cou !

— Vous n'y pensez pas ! s'empressa-t-elle de dire. C'était il y a longtemps, Ian. Cela n'a plus d'importance.

— Je vois bien qu'il n'en est rien, objecta-t-il sans la quitter des yeux. Et je sais de quel bois est fait ce Pelham. Une gifle ne l'aurait pas découragé.

Felicity détourna le regard. Comment lui mentir encore ?

— Racontez-moi la suite, *querida*, la pressa-t-il d'une voix douce.

— Il n'y a pas grand-chose d'autre à raconter. Il s'est emparé de ma main et m'a forcée à la poser sur… alors… Alors, j'ai serré de toutes mes forces, et il s'est mis à hurler. Par chance, les cris ont attiré son épouse. Elle a fait irruption dans la pièce à l'instant où il levait le poing pour me frapper.

— Seigneur, dit-il d'une voix rauque. Vous l'avez échappé belle.

Elle n'avait jamais songé à cet aspect des choses, mais il disait vrai. La situation aurait pu tourner plus mal encore. Pelham ne l'avait pas déflorée, il n'avait pas même eu l'occasion de lui faire réellement du mal. Et cependant, des années durant, elle avait entretenu envers ce rustre et son épouse un ressentiment qui avait peu à peu influencé sa perception des choses. Après d'autres incidents, elle avait fini par considérer tous les hommes d'un certain rang avec suspicion. Quelle sottise !

— J'aurais aimé être là pour voir sa femme le rudoyer, ajouta Ian.

— Vous auriez été déçu : c'est *moi* qu'elle a accablée de reproches.

Curieusement, Felicity prononça ces mots sans rancœur. Comme si, en se confiant à lui, elle s'était affranchie de l'emprise douloureuse de ce souvenir.

— Lady Pelham m'a conduite tout droit devant mon père en disant que j'étais une dévergondée, une aguicheuse, et que je méritais une bonne correction.

— Quelle garce !

— On peut dire que vous ne mâchez pas vos mots, vous ! s'esclaffa-t-elle.

— Pourquoi le ferais-je ? répondit-il en la serrant contre lui. Je n'écris pas de tribune. Si c'était moi qui signais votre chronique, je me serais montré nettement moins magnanime envers cette mégère.

Sa chronique. Elle lui était complètement sortie de la tête.

— Je n'aurais pas dû glisser ces remarques, alors que je me sens… indisposée. Vous avez vu juste : c'est un sujet personnel. En règle générale, je suis d'humeur moins belliqueuse, même lorsque j'évoque les anciens clients de mon père, mais là j'étais à fleur de peau.

— Et je n'ai sans doute rien arrangé en me comportant comme un « crétin arrogant ».

Felicity gémit. Il lui en voulait, c'était certain.

— Je n'aurais pas dû vous insulter ainsi.

— C'était justifié, répondit-il. Je me suis aussi mal conduit que Pelham.

— Ne dites pas des choses pareilles !

— Mais si. Je vous ai embrassée contre votre volonté, chez les Worthing…

— Vous n'avez rien fait de la sorte ! se récria-t-elle face au remords qu'elle lisait dans ses yeux. Avec vous, la situation était bien différente. J'ai aimé ce que vous m'avez fait. Les actes de Pelham m'ont salie, avilie. Les vôtres m'ont amenée à me sentir désirable. Et en vous retirant, comme tout homme d'honneur qui se respecte, vous m'avez prouvé que tous les hommes de haut rang ne sont pas comme Pelham.

Ian la couva d'un regard éploré.

— Mais je vous ai séduite à peine une semaine plus tard, je…

Elle posa un doigt sur ses lèvres pour le faire taire.

— Je ne vous laisserai pas vous comparer davantage à Pelham. Vous n'avez rien de commun avec ce vaurien. Absolument rien, croyez-moi ! Jamais vous ne m'avez forcée à me donner à vous. Je l'ai fait par choix. Et je ne regrette rien.

La ferveur de ses propos sembla convaincre Ian. Ils eurent même un effet inattendu : Felicity perçut le changement qui s'opérait en lui avant même qu'il ne se penche sur elle.

Et, à sa grande honte, elle accueillit volontiers ce baiser, cet élan spontané d'intimité. Il était son mari. Elle était sa femme. Ils ne faisaient rien de répréhensible. Le baiser qu'il lui donna, à la fois tendre et fougueux, était délicieux. Il lui faisait tout oublier. Tout, sauf leur dernière étreinte.

Ian écarta sa robe de chambre pour lui dénuder les épaules, et elle se tourna pour l'enlacer. Elle le frôla de son sein, mais n'en prit conscience que lorsqu'il glissa une main à l'intérieur de sa chemise pour l'attraper.

— Ma douce *querida*, murmura-t-il tout contre ses lèvres.

Délicatement, il se mit à titiller le mamelon durci, ce qui la fit frémir.

Mon amour. Mon tendre amour.

Il tira sur le tissu pour découvrir un téton, qu'il prit tout entier dans sa bouche, le bout de sa langue faisant naître en elle des sensations inconnues et exquises. Elle serra contre elle la tête de Ian et fit pleuvoir sur ses cheveux des baisers dont la tendresse le fit redoubler d'ardeur.

Puis tout s'accéléra. Il la renversa sur le lit, la couvrant à moitié, et fit remonter ses mains sous la chemise, lui caressant l'intérieur des cuisses. Un brusque accès de panique la saisit. Ses lunes… Il ne pouvait pas… il ne devait pas…

D'un geste fébrile, elle le saisit par le poignet.

— Non, Ian, il ne faut pas…

— Ne m'arrêtez pas encore une fois, *querida*, gronda-t-il en relevant la tête pour poser sur elle des yeux égarés, hantés. Vous ne pouvez pas me faire une chose pareille !

— C'est bien malgré moi, cette fois, je vous l'assure ! Mais…

Elle s'empourpra violemment.

— Mais je… Mes… Oh ! Seigneur, tout ceci est terriblement gênant ! Mes lunes sont arrivées ce matin. C'est ce qui m'a empêchée de me joindre à vous au dîner.

Ian demeura un instant au-dessus d'elle, l'air hagard. Puis il sembla comprendre ce qu'elle venait de lui dire, poussa un grognement et laissa retomber sa tête sur elle.

— Le diable m'emporte ! A-t-on déjà vu un homme maudit à ce point ?

Rongée de remords, Felicity demeura immobile sous son poids.

— Je suis navrée, je… J'aurais dû vous le dire plus tôt… Je vous assure que je voulais… Vous savez…

— Il y aura d'autres nuits.

Ian lui déposa un baiser léger sur la joue, comme si tout autre geste aurait mis sa résistance à l'épreuve. Puis il se releva et lui adressa un regard interrogateur.

— Il y aura bien *d'autres nuits*, n'est-ce pas ?

Elle savait ce qu'il entendait par là, et elle connaissait désormais la réponse à cette question. Il était temps de donner à cette union sa pleine dimension. Ian avait douté de ses véritables intentions. Voilà pourquoi les tentatives qu'elle avait imaginées pour lui forcer la main étaient restées infructueuses. Elle l'avait compris en voyant la colère que son article avait fait naître en lui.

Elle devait donc lui démontrer la pureté de ses intentions. Lui faire savoir qu'elle l'aimait, qu'importe ce qu'il lui disait. C'était *cela*, le moyen de faire de leur mariage une union sincère.

— N'en doutez pas, souffla-t-elle. Nous n'aurons guère à attendre. Dans quelques jours, nous pourrons…

— Assez, *querida*, la coupa-t-il avec un sourire ironique aux lèvres. À moins que vous n'entendiez me tourmenter davantage, ne me dites pas ce que nous pourrons faire dans quelques jours, je vous en conjure. C'est une éternité à mes yeux.

— Pour moi aussi, dit-elle timidement.

Avec un soupir, Ian s'effondra à ses côtés sur le lit, les yeux levés vers le baldaquin. Il garda le silence un long moment, si longtemps qu'elle se demanda ce qu'elle pourrait ajouter pour le rassurer. Puis il reprit la parole :

— J'en déduis donc que vous ne portez pas d'enfant.

— C'est exact. Pour cela aussi, je suis navrée.

Il roula de côté, la tête posée sur le coude.

— Il ne faut pas. C'est là l'un des domaines que la nature se réserve. Mais nous avons tout le temps devant nous.

Pourquoi cette mine déçue, alors ? Pourquoi semblait-il si pressé d'engendrer un héritier ?

— Je ferais mieux de vous laisser, à présent, dit-il

en se redressant pour s'asseoir au bord du lit. Vous avez besoin de repos.

Répugnant à être si tôt privée de sa compagnie, Felicity se redressa à son tour et lui prit la main.

— Vous pourriez dormir ici cette nuit.

Du bout de l'index, elle sillonna les longs doigts minces, la paume large marquée de petites cicatrices qui venaient sûrement du temps où il était soldat.

— Dormir ici sans pouvoir vous toucher ? objecta-t-il dans un souffle. Impossible. Pardonnez-moi, *querida*, mais la dernière fois que nous avons partagé le même lit sans nous étreindre j'ai dû m'enivrer pour le supporter. Et il me faudrait faire de même ce soir, je le crains. Non, mieux vaut que je regagne ma chambre.

Il se leva pour partir.

— Ian ? lança-t-elle tout à coup.

— Oui ?

— J'étais sincère, tout à l'heure. Je ne lutterai pas davantage. Je suis votre épouse, et dorénavant j'entends l'être… à tous les niveaux.

Ian posa la main en coupe sur sa joue.

— Dormez bien. Si vous vous en sentez la force demain matin, nous irons rendre visite à mes métayers afin que je puisse vous présenter à eux.

— Avec plaisir.

— C'est tout ce que j'ai trouvé pour nous divertir d'autres pensées, reconnut-il d'un air contrit.

L'instant d'après, Ian avait disparu. La pièce paraissait si vide, subitement. Felicity se leva et alla à son bureau. Son article était toujours posé là où il l'avait jeté un peu plus tôt. Elle prit place à la table de travail et relut ce qu'elle avait écrit. Elle se fit l'effet d'un enfant tirant la langue à ses persécuteurs. Comme tout cela lui paraissait inepte, à présent !

Pour la première fois depuis des années, son amertume envers Pelham s'était évanouie, pour laisser place à un profond sentiment de pitié. De pitié vis-à-vis du duc, parce qu'il ne connaîtrait jamais les attentions d'une femme autrement que par la contrainte. Et vis-à-vis de l'épouse de ce triste sire, condamnée à vivre à ses côtés. Rien de ce que pouvait dire Lord X ne saurait changer quoi que ce soit à cette situation.

Felicity réfléchit un moment encore. Puis, saisissant son stylo à plume, elle biffa d'un trait le paragraphe consacré aux Pelham.

Chapitre 22

Une fois les mots devenus superflus, seuls importeront les actes.

LORD X, *The Evening Gazette*, 30 décembre 1820.

En quittant la chambre de Felicity, Ian repensa aux dernières paroles qu'elle avait prononcées et qui lui semblaient si douces. « Je ne lutterai pas davantage. Je suis votre épouse, et dorénavant j'entends l'être à tous les niveaux. » Il avait fini par la conquérir sans lui avoir pour autant révélé le moindre de ses secrets.

Cependant, une fois seul dans son lit, il repensa à ses propos avec perplexité. Elle ne lui avait pas dit « Il n'est plus question que je lutte contre vous parce que je vous désire », même s'il pensait que c'était peut-être le cas. Elle n'avait rien évoqué de tel. Elle lui avait tout simplement annoncé ses projets. Comme si, lassée d'avoir à lui résister, elle prenait bonne note des devoirs qui lui incombaient.

Cette perspective lui déplut. Il ne voulait pas qu'elle devienne sa femme parce qu'elle capitulait. Il avait envie qu'elle prenne soin de lui, qu'elle se donne à lui parce qu'elle le désirait et non parce qu'elle se retrouvait piégée dans cette situation. Elle venait de lui donner son consentement, mais à quel prix ?

Il annula leur visite auprès des métayers dès le lendemain matin. Comment soutenir le regard de Felicity ? Les parts d'ombre qu'elle lui avait révélées sur son passé, la veille, jetaient une lumière nouvelle sur la manière dont lui se comportait.

Il passa les trois jours suivants à analyser ses actes — ou plus précisément à méditer sur ses nombreuses fautes. Il n'éprouvait aucunement l'envie d'approcher Felicity alors qu'elle était indisposée. Mon Dieu, que trouverait-il à lui dire pour excuser l'arrogance dont il avait fait preuve ? Le simple fait de penser à son épouse suffisait à le plonger dans les affres du remords. Comment oserait-il la regarder en face ?

C'était la veille du réveillon qui célébrerait la fin de l'année, l'après-midi était déjà bien avancé et il ne savait toujours pas comment affronter ce dilemme. Dès le surlendemain, ils étaient censés retourner à Londres, mais il ignorait encore quelle attitude adopter.

Ian traversait son bureau de long en large depuis un moment quand il aperçut par la fenêtre celle qui occupait toutes ses pensées. Elle était là, dehors, et prenait quelques notes dans un carnet. Qu'avait-elle en tête ? Voulait-elle réorganiser le jardin ? Aplanir le terrain, creuser une mare ? Difficile d'imaginer ce que prévoyait sa charmante épouse.

Néanmoins, cette occupation des plus communes lui fit oublier ses tourments quelques instants. Bien trop brefs, malheureusement.

Il se retourna et regarda la pièce tout autour de lui. Une pièce très masculine, où planait encore l'ombre de son père qui en avait supervisé la décoration. Les meubles en acajou, les lourdes tentures de velours et les bronzes anciens lui donnaient un air sombre, presque sinistre. Il détestait cet endroit.

Combien de fois avait-il dû endurer les coups de canne de son père sur son derrière ? Oh ! ces coups n'étaient pas plus violents que ceux qu'il avait reçus à Eton, mais il s'était senti blessé dans son amour-propre. Il haïssait d'avoir eu à les recevoir de l'homme auquel il désirait tant faire plaisir. À maintes reprises, il avait dû se soumettre et ravaler un horrible sentiment d'humiliation, d'autant plus fort quand il n'arrivait pas à retenir ses larmes.

Ian s'était juré de ne pas pleurer alors que c'était principalement le but que s'était fixé son père. Personne ne comprenait l'hostilité qui les opposait. Sa mère lui enjoignait de faire mine de sangloter pour mettre un terme à ces sévices et Jordan le traitait de fou s'il apprenait qu'il avait retenu ses larmes. Mais, chaque fois qu'il avait tenu bon, il avait considéré que c'était lui qui était sorti vainqueur de la séance d'humiliation.

De cette expérience, il avait appris une chose : employer la force physique n'aboutissait à rien, autant faire preuve d'astuce et manipuler les individus pour parvenir à ses fins. De fait, les corrections infligées par son père n'avaient fait que renforcer sa détermination.

Désormais, c'est Felicity qui lui avait appris que d'autres moyens que la force physique pouvaient s'avérer tout aussi destructeurs. Sans s'en rendre compte, elle le lui avait montré de bien des façons. Ces larmes, apparemment sincères, qu'elle avait versées devant Sara. Son air effrayé lorsqu'il l'avait menacée pour qu'elle l'épouse. Plus encore, il y avait la manière dont elle l'avait repoussé lors de leur nuit de noces. Comment avait-il réagi ? En ignorant ses récriminations des plus légitimes avec arrogance.

Bref, il s'était comporté exactement comme ces soi-disant gentlemen avant lui, ces Pelham, Faringdon, et tous les autres butors. Il ne l'avait pas laissée tranquille. Il avait abusé de sa confiance et l'avait séduite. La liste de ses fautes était telle qu'elle l'étouffait.

Cependant, elle avait fini par dire oui, mais que valait le consentement d'une femme rabaissée plus bas que terre, éreintée d'avoir dû lutter durant des semaines ? Pour sa part, il avait eu le dernier mot sans fournir la moindre information sur son passé.

Une bien triste victoire, à vrai dire.

Felicity finirait bien par apprendre la vérité. Si ce n'était pas de sa bouche, ce serait de celle d'un autre, au détour d'une remarque anodine. À moins que son oncle Edgar ne s'épanche simplement dans l'unique but de lui mettre des bâtons dans les roues. Après de telles révélations, plus rien ne saurait la retenir et le peu de sentiments qu'il aurait réussi à susciter en elle s'évanouiraient. Elle n'aurait plus qu'à partir.

Ian regarda de nouveau par la fenêtre. Felicity était si ravissante et semblait tellement à son aise dans ce jardin. S'il se laissait tenter, il pourrait très vite s'habituer à une telle présence à ses côtés. Soudain, il frémit à l'idée qu'elle pourrait le quitter. À quoi bon gagner la partie contre son oncle si Felicity ne devait plus partager sa vie ? Ou, pire, si elle décidait de rester mais pour afficher chaque jour davantage de mépris à son égard ? Ce serait terrible.

Il allait devoir écouter sa conscience. Il se rendait enfin compte de son erreur. Jamais il n'aurait dû la contraindre à l'épouser. Mais il n'était pas encore trop tard. La destinée n'ayant pas voulu qu'elle tombe déjà enceinte, il pouvait tenter de réparer sa faute.

Oui, il pouvait encore lui rendre ce qu'il lui avait pris. Sa fierté, son indépendance et, bien évidemment, sa liberté. Après tous les outrages que les hommes de son espèce lui avaient infligés, c'était le moins qu'il puisse faire.

Même s'il en ressortait avec le cœur brisé.

— Bonsoir, milady, dit Spencer, le majordome de Ian.

Felicity venait de pénétrer dans la salle à manger pour prendre place à table.

Milady. Elle ne parvenait pas à s'y faire. Elle cherchait encore la personne élégante et raffinée à laquelle on s'adressait.

Spencer lui versa un verre de bourgogne.

— M. le vicomte vous fait savoir qu'il ne dînera pas en votre compagnie ce soir, milady.

— Oh…

Quelle déception. Elle avait porté tant d'attention à sa toilette, impatiente d'apprendre à Ian que ses lunes avaient pris fin.

Le majordome marqua un temps d'hésitation. Elle le regarda, ce qui l'encouragea à poursuivre :

— Si toutefois vous aviez besoin de parler à mon maître, il est dans ses appartements.

— C'est lui qui vous a demandé de me dire cela ? demanda-t-elle soudain d'un ton enjoué.

— Eh bien… non, milady. J'ai simplement pensé que cette information pourrait vous intéresser.

Felicity se retint de baisser la tête.

— Vous avez bien fait, merci, répondit-elle.

Sur un signe du majordome, un domestique servit

l'entrée, un consommé. Elle fixa son regard sur le bol, mais son esprit s'était envolé ailleurs. L'absence de Ian à la table du dîner trois soirs d'affilée avait même attiré l'attention des domestiques. Ils allaient rapidement constater qu'il cherchait à l'éviter. La visite chez les métayers n'avait pas eu lieu. Il lui avait fait savoir qu'il était occupé à d'autres affaires et qu'il n'avait pas le temps de la présenter aux gens du domaine.

Il lui avait fait savoir… Ce qu'elle détestait cette expression ! Encore et encore, Ian lui faisait savoir qu'il ne pourrait l'accompagner au village. Il lui faisait savoir qu'il passerait la journée à inspecter ses terres. Qu'il s'absenterait pour le dîner. Elle aurait bien aimé que ce misérable lui *fasse savoir* quelle erreur elle avait bien pu commettre l'autre soir pour qu'il l'évite de la sorte.

— Milady ? demanda alors Spencer.

Elle leva le nez pour constater que le majordome s'était penché tout près d'elle.

— Oui ?

— Quelque chose ne va pas… avec la soupe ?

Cela faisait plusieurs minutes qu'elle était restée sans bouger.

— Non, c'est parfait, dit-elle en repoussant sa chaise. Je n'ai pas faim, j'en ai bien peur. Je ne dînerai pas ce soir.

— Très bien, milady, murmura-t-il en s'inclinant.

Felicity se leva d'un bond, but une gorgée de vin pour se donner du courage et se dirigea vers la porte. Tout cela était absurde ! Elle avait passé plus de temps avec Ian en une journée à Londres, alors qu'ils n'étaient pas mariés, qu'en trois jours à Chesterley. Il n'était pas du genre à vouloir l'éviter à tout prix pour une simple histoire de mauvaise période du mois. Mais pour quelle raison alors ?

Elle voulait comprendre. Ils étaient mariés, enfin, et s'il refusait de la voir dès qu'il ne pouvait pas coucher avec elle il faisait erreur. Elle devait mettre les points sur les *i* au plus vite.

Lorsqu'elle arriva devant la chambre de Ian, elle fut soulagée de trouver la porte ouverte et de l'apercevoir. Il sortait certainement du bain car ses cheveux semblaient encore mouillés et il portait une robe de chambre en soie, nouée à la taille. Debout au pied du lit, il donnait des instructions à son valet qui…

Qui remplissait une malle.

— Où partez-vous ? demanda-t-elle sur le pas de la porte.

Le domestique leva subitement les yeux. Sur un simple hochement de tête de Ian, il quitta la pièce sans un bruit et disparut dans le couloir.

— À Londres.

Le cœur de Felicity cessa de battre un instant. D'un pas mal assuré, elle s'avança et referma la porte derrière elle.

— Nous ne devions rentrer à Londres qu'après-demain.

Il poursuivit le travail de son valet en déversant le contenu de deux tiroirs dans la malle.

— Notre programme a changé. Vous voudrez sans doute assister au bal du nouvel an de Lord Stratton, n'est-ce pas ? Vous aurez de quoi écrire un article. Cela signifie que nous devons partir dès demain. Je voulais vous en parler ce soir.

— Oh.

Elle aurait apprécié qu'il lui demande d'abord son avis. À ses yeux, le bal ne revêtait pas autant d'importance que le désir de consommer leur mariage. Or il ne resterait plus que ce soir avant de retrouver ses frères.

Bien entendu, une seule nuit pouvait suffire. Légèrement tendue, elle alla s'asseoir sur le bord du lit.

— Je… Je suis venue vous dire que mes lunes ont pris fin.

Il s'immobilisa un instant, la main tendue vers son bureau.

— Je vois.

Elle guettait une réaction, un mot, un regard, un baiser… n'importe quoi. Mais il retourna à ses affaires, ce qui la laissa sans voix. Que lui arrivait-il ? Quelques jours plus tôt, une telle nouvelle l'aurait irrésistiblement poussé vers elle.

— Ian, cela veut dire que nous pouvons…

— Je sais ce que cela veut dire. Nous aurions dû partir pour Londres dès aujourd'hui, dit-il sans la regarder.

Il avait un visage si dur qu'on aurait dit une statue.

Felicity n'en revenait pas. Le regard toujours posé sur lui, elle osa demander :

— Et pour quelle raison ?

— Felicity…

La voix de Ian était mal assurée. Il se redressa comme s'il devait s'atteler à une tâche désagréable. Lorsqu'il se plaça face à elle, il avait la mine sombre.

— Il y a une autre raison à notre départ.

Une autre raison ? Voilà qui n'augurait rien de bon.

— Ah oui ?

— Aujourd'hui même, j'ai fait demander un rendez-vous auprès d'un notaire, que je pense obtenir dès demain. Il est spécialisé dans les annulations.

Elle sursauta, le cœur sur le point d'éclater.

— Qu'entendez-vous par là ?

Ils se regardèrent droit dans les yeux.

— Il est temps d'admettre que c'était une erreur.

Une erreur ? Il voulait annuler leur union ? Mais de quel droit ?

— Pourquoi ? Parce que j'ai attendu trop longtemps avant de vous laisser coucher avec moi ?

— Bien sûr que non ! grogna-t-il. Mais, grâce à notre abstinence, vous n'êtes pas enceinte. Aux yeux de la loi, notre mariage n'a pas été consommé. Nous pouvons tirer profit de cette situation et obtenir une annulation pendant qu'il en est encore temps.

— Je ne veux rien annuler ! s'écria-t-elle.

— Si vous avez peur de manquer d'argent, soupira-t-il, soyez assurée que je vous ferai verser une pension qui vous mettra à l'abri, vous et vos frères.

— Mais bon sang, Ian, oubliez ces questions d'argent ! Je n'ai jamais été intéressée par l'argent, jamais ! C'est vous que je veux, pas l'annulation de notre union. Et vous ne voulez pas une telle chose non plus !

— Mes désirs n'ont ici que peu de valeur.

Les yeux de Ian, d'un noir d'ébène, plongèrent dans les siens.

— Autrefois, je le croyais. Je pensais que la volonté de me marier l'emportait sur toute question morale et même sur la courtoisie la plus élémentaire. Je voulais une femme, alors je me suis efforcé d'en trouver une. Et c'est sur vous que j'ai jeté mon dévolu. Comme vous m'avez repoussé, j'ai fait en sorte de vous séduire. Quand vous vous êtes montrée réticente à m'épouser, je vous ai manipulée pour que vous ne puissiez pas refuser. Simplement parce que je voulais vous avoir à ma merci.

Felicity ouvrit la bouche pour rétorquer qu'elle aussi

avait souhaité l'épouser, mais il leva la main pour l'en empêcher.

— Aujourd'hui, ma conscience est tiraillée. Nous devons faire annuler ce mariage, qui n'est qu'une farce et rien d'autre.

Le désespoir l'accabla. Elle qui avait espéré le séduire ce soir…

— Mon Dieu, Ian, pourquoi avoir choisi précisément ce soir pour vous repentir ?

Alors que maintenant je vous aime tant.

— Mieux vaut tard que jamais, non ?

— Certainement pas ! Je refuse que vous vous décidiez à écouter votre conscience si c'est pour que vous mettiez un terme à notre mariage. Je ne vous ai pas épousé pour votre bonne conscience.

Ian secoua vigoureusement la tête.

— Vous n'avez pas choisi de m'épouser, c'est moi qui vous ai forcé la main !

— Vraiment ? C'est ce que vous croyez ? Vous vous rappelez notre conversation à l'entrée de l'église ? Si j'avais voulu me débarrasser de vous, je serais partie à ce moment-là. Mais ce n'est pas ce que j'ai choisi.

Devait-elle lui avouer maintenant ? Allait-il se renfermer sur lui-même si elle lui disait toute la vérité ? Elle allait devoir en prendre le risque.

— Pour tout vous dire, c'est l'amour qui m'a empêchée de partir. Voilà tout. Avant même d'arriver à l'église, j'étais déjà sûre de moi. J'ai voulu vous épouser parce que je vous aime, Ian !

Même s'il ne lui déclara pas sa flamme en retour, il était visiblement ébranlé. Felicity prit cet étonnement pour un encouragement. Au moins, il n'avait pas affiché un air écœuré, c'était un bon début.

Il détourna le regard et se passa la main dans les cheveux.

— Comment pouvez-vous m'aimer ? finit-il par dire.

— C'est simple, dit-elle en se plaçant devant lui pour qu'il la regarde. Vous êtes généreux et patient avec mes frères. Quand je parle, vous m'écoutez, contrairement aux autres hommes, qui pensent que les femmes sont des imbéciles. Vous vous montrez attentionné envers vos domestiques autant qu'envers moi.

Cet argument ne sembla pas le convaincre.

— Mais vous ne savez pas tout. J'ai plusieurs visages. Vous avez malheureusement pu apercevoir une partie de mes mauvais côtés, quand je vous ai manipulée pour que vous m'épousiez. Mais je vous assure, si vous saviez à quel point je peux être malfaisant, vous ne seriez certainement pas en train de… Vous seriez à genoux pour me supplier de vous rendre votre liberté, dit-il tandis que sa voix se brisait.

Enfin ! Voilà quelle était la véritable raison. La plaie était enfin à nu, mais il refusait obstinément de crever l'abcès.

Eh bien, elle ne le laisserait pas se défiler, cette fois. Après avoir bataillé pour en arriver là, maintenant qu'elle était sûre de l'aimer, elle ne voulait plus partir. S'il ne parvenait pas à se confier aujourd'hui, elle serait patiente et, surtout, elle resterait près de lui au lieu de s'enfuir pour reprendre sa vie à Londres.

— Je vous connais mieux que vous ne le pensez.

— Vous croyez ? dit-il avec un regard noir. Connaissez-vous les véritables raisons pour lesquelles j'ai tenu à vous épouser ?

Felicity s'interdit de réagir. Il voulait l'effrayer, mais elle ne céderait pas.

— Que voulez-vous dire ? se contenta-t-elle de demander.

— Il ne me reste plus que deux ans pour avoir un héritier, sinon je perds Chesterley et la majeure partie de mes revenus. Je n'aurai plus de vicomte que le nom.

— Comment est-ce possible ? dit-elle d'un ton incrédule. Ces biens vous appartiennent.

Ian secoua la tête.

— Non, mon grand-père est mort alors que mon père n'était qu'un enfant. Ces biens lui appartenaient et personne ne pouvait l'obliger à me les transmettre. Étant donné qu'il avait des idées particulières sur comment gérer une succession, il a décidé de ne pas me donner cette propriété tant que je ne serais pas marié. Le jour où j'ai quitté le continent, aucun document ne me garantissait l'héritage. C'est à ce moment-là que mon père a décidé de rajouter certaines conditions. Dans son testament, il est stipulé que j'hériterai si j'ai moi-même un enfant avant la fin de ma trentième année. Faute de quoi, mon oncle disposera de mes biens.

Felicity écarquilla les yeux. Elle commençait à comprendre…

— Votre oncle, laissa-t-elle échapper dans un cri.

— Vous le connaissez, mais vous ne vous doutez pas de ce qu'il serait capable de faire s'il héritait de tout cela. Il aurait tôt fait de réduire Chesterley à néant.

Ian se retourna et prit appui sur le cadre de lit.

— Vous aviez donc raison, Felicity, lorsque vous m'accusiez de vouloir trouver une poulinière pour assurer ma descendance. Je viens d'avoir vingt-neuf ans, il me reste donc à peine deux ans pour devenir père. Voilà la raison pour laquelle je voulais vous épouser.

Elle hocha la tête.

— Je vois. Vous êtes en train de me dire que les raisons de votre acharnement étaient encore plus pressantes que je ne l'imaginais. Ce n'était pas uniquement votre côté autoritaire… Vous étiez désespéré. Et vous voudriez que je vous en veuille, que je vous trouve méprisable ?

— Je suis méprisable parce que je vous ai menti ! tonna-t-il. J'aurais pu tout vous avouer, tout vous raconter depuis le début. Mais je ne pouvais pas courir le risque que vous refusiez de m'offrir un héritier, alors j'ai agi comme à mon habitude, je vous ai séduite et manipulée.

Un silence pesant s'installa. Elle prit le temps de bien choisir ses mots.

— Voilà bien longtemps que je vous ai pardonné, tout comme vous m'avez pardonné mes erreurs de jugement à votre égard. Cela m'est égal que vous ayez pu me mentir et puis ce n'était pas un si gros mensonge. Vous m'aviez bien fait comprendre que vous vouliez m'épouser pour des raisons très concrètes. Aujourd'hui, vous m'apprenez que votre situation était encore plus critique que je ne le pensais, je ne vois là aucune raison d'exiger l'annulation de notre union. Encore moins de cesser de vous aimer.

Ian serra les dents.

— Vous devriez, pourtant.

— Non. Il serait insensé de croire qu'une simple erreur commise par un homme puisse résumer toute sa personne.

— Vous ne me connaissez pas, dit-il en haussant le ton. Toutes ces années que j'ai passées sur le continent, qu'ai-je fait selon vous ? Je vous l'ai déjà dit. J'étais espion, Felicity, un espion ! Ma vie n'était que mensonges et manipulations. J'étais un excellent espion et vous n'avez aucune idée de ce qu'il m'en a coûté.

Surprise par tant d'animosité, elle ne put que hocher la tête.

— J'étais indifférent à ce qui arrivait autour de moi et aux actes que je commettais. Dans cet univers, la moralité n'a plus cours, on vous demande d'exécuter toutes les manœuvres que votre gouvernement jugera nécessaires. À ce moment-là, j'avais le sentiment de ne plus avoir ma place nulle part, alors j'ai tourné le dos à tout le monde, à Chesterley, à tout ce qui m'était cher. J'ai appris à laisser mes sentiments de côté, à m'endurcir, à privilégier ma réflexion, et cela m'a permis d'aller de l'avant. Mes supérieurs ont vite compris que j'accepterais n'importe quelle mission pourvu qu'elle soit suffisamment dangereuse pour me faire oublier…

Il s'arrêta brusquement, le visage torturé.

— Peu importe les louanges de Wellington, j'ai honte de mes agissements. Oui, j'ai su dénicher des informations mieux que quiconque. Oui, mon apparence et mes talents pour les langues étrangères m'ont permis d'intégrer les rangs de l'armée napoléonienne en Espagne. Mais avez-vous idée du nombre d'*amis* français et espagnols que j'ai pu trahir pour y parvenir ? De la quantité de mensonges que j'ai pu proférer ?

— Ils étaient l'ennemi…, fit-elle remarquer.

— C'est avec cette excuse que j'ai tenté de garder bonne conscience. Mais tous n'étaient pas des ennemis. Certains étaient de simples aides de camp ou des civils. L'espionnage n'est pas une partie de plaisir et, rapidement, l'obsession du mensonge déteint sur le reste. Aujourd'hui, il y aurait tellement de choses à regretter…

Le mépris qu'il éprouvait pour lui-même était si palpable qu'elle en eut le cœur déchiré.

— Que vous les regrettiez aujourd'hui est une preuve supplémentaire de votre bonté. C'est l'une des raisons pour lesquelles je vous aime, Ian.

— Arrêtez ! Il est impossible d'aimer un homme tel que moi !

Aucune parole ne parviendrait donc à le convaincre. Alors Felicity s'approcha de lui et dit :

— Si mes paroles restent sans effet sur vous, je suis contrainte de vous montrer que je vous aime par d'autres moyens.

Avant qu'il n'ait pu l'arrêter, elle lui avait passé les bras autour du cou et posé un baiser sur les lèvres.

Chapitre 23

Le réveillon du nouvel an nous annonce bien des réjouissances, parmi lesquelles un feu d'artifice à Vauxhall, un spectacle offert par les Locksley, le bal tant attendu de Lord Stratton, ainsi que le généreux dîner de Sa Majesté dans le pavillon de Frogmore. Aucune frange de la société ne sera laissée pour compte, ce sera une nuit de fête pour tout le monde.

LORD X, *The Evening Gazette*, 30 décembre 1820.

Ian s'immobilisa au moment où leurs lèvres se rencontrèrent. Bon sang, il ne pouvait pas la laisser faire ! S'il couchait avec elle, annuler le mariage deviendrait impossible. Pourquoi diable n'avait-il pas perçu plus tôt le tempérament passionné qui animait Felicity ?

Mais comment aurait-il pu savoir que celle-ci tomberait amoureuse de lui ? Elle se montrait enthousiaste car elle s'imaginait que faire l'amour suffisait pour avoir des sentiments pour quelqu'un, et les révélations qu'il avait pu lui faire n'avaient rien changé. Cependant elle était loin de connaître toute la vérité. Une fois qu'elle en saurait davantage, cet amour aurait tôt fait de se flétrir.

Puisqu'il était de son devoir de tout lui dire, elle finirait par le mépriser et tout serait fini.

Il la saisit par les poignets et tenta de lui faire lâcher prise, mais elle ne desserra pas son étreinte. Il sentait le pouls de Felicity battre vivement sous ses doigts serrés et cela ne fit que s'accentuer lorsqu'elle posa de nouveau les lèvres sur les siennes. Mon Dieu, comme elles étaient douces. Merveilleusement douces. Avec un léger parfum qui le fit penser à une fleur aussi épanouie que la poitrine qu'elle pressait contre son torse.

Seigneur, quelle poitrine ! Il brûlait d'envie de la caresser. S'il gardait la bouche fermée et cessait de respirer quelques instants, il pourrait ignorer la douceur de ces lèvres et l'odeur de cette peau.

Mais il ne parviendrait pas à ignorer ce corps si délicatement appuyé contre le sien, alors qu'il venait de passer une semaine à se convaincre qu'il ne pourrait plus la posséder. Il n'était pas de bois. Une fois de plus, il tenta désespérément de retirer ces mains délicates de son cou.

Elle recula légèrement en fronçant les sourcils.

— Vous ne savez plus m'embrasser, Ian ?

— Ce n'est pas cela, grogna-t-il en tremblant de désir. C'est que je m'y refuse.

Les lèvres tentatrices de Felicity esquissèrent un sourire.

— Bien sûr que non. Vous êtes juste un peu têtu, mais je ne me laisserai pas abattre. Je veux que vous me fassiez encore l'amour.

Ces mots firent naître en lui des images érotiques. Il s'imagina en train de la pousser sur le lit pour faire d'elle ce qu'il voulait.

— Non ! Nous devons parler. J'ai encore des choses à vous avouer.

— Plus tard. Je veux d'abord faire l'amour.

Ian contracta la mâchoire. *Laisse-toi faire !* Voilà ce que tout son corps lui criait. Heureusement, il avait encore la tête sur les épaules, et celle-ci lui intimait de résister… de plus en plus faiblement, cependant.

L'instant d'après, il sentit Felicity se coller encore plus près de son sexe en érection et il eut du mal à se rappeler à quoi il devait dire non.

— Je vous désire, Ian. Maintenant.

Alors, elle lâcha prise et fit un pas en arrière. Elle se passa la main dans les cheveux et commença à en ôter les épingles.

Il la tança aussitôt :

— Je vous l'interdis !

— Vous ne me laissez pas le choix. Si vous vous refusez à moi, je me verrai dans l'obligation d'user des mêmes stratagèmes que le matin même de notre mariage.

Doux Jésus. À ces mots, des images brûlantes se bousculèrent dans sa tête. Il la revit en train de descendre sa culotte en soie, relever une jambe…

Il lui attrapa les mains et les plaqua le long de son corps.

— Je ne vous laisserai pas faire, dit-il.

— Vous ne parviendrez pas à m'arrêter, vous le savez aussi bien que moi.

De nouveau, elle pressa son bassin contre Ian. De quoi décupler aussitôt le désir qui ne cessait de grandir en lui.

— Si vous m'empêchez de me déshabiller, c'est votre propre stratégie que j'emploierai cette fois-ci, Ian. Je vais vous décrire très précisément ce que je ferai.

Le regard de Felicity se fit malicieux et glissa le long de son cou.

— Cette ligne de poils sur votre torse, celle qui

commence juste là, vous voyez ? Je descendrai mes doigts très, très lentement le long de cette ligne.

Dans son regard sensuel, il put suivre le mouvement qu'elle décrivait, le long de sa poitrine jusqu'à sa ceinture. Son sexe était si tendu qu'il menaçait de jaillir de ses sous-vêtements devenus trop étroits. Si elle ne cessait pas immédiatement…

— Je descendrai le long de ce mystérieux chemin jusqu'à votre ventre, je tournerai autour de votre nombril. Il se pourrait même que j'y dépose un baiser ou deux. Oui, je crois même que je continuerai à embrasser votre bas-ventre, quelques baisers chauds et humides, puis ma bouche se posera sur votre membre dur et…

Ian ne la laissa pas finir. Il posa la bouche sur la sienne et la dévora, puis glissa la langue à l'instant même où elle desserra les lèvres. Ce projet d'annulation du mariage ou les cris de sa mauvaise conscience s'évanouirent dans l'instant. Il tenait sa femme entre ses bras et la désirait ardemment.

Mon Dieu, ce corps le rendait fou. Seule Felicity pouvait se montrer capable d'associer la sensualité experte d'une courtisane à l'engouement étonné d'une innocente jeune femme. Un mélange auquel aucun homme n'aurait su résister. Et certainement pas lui.

Il n'avait toujours pas lâché les mains de Felicity, mais n'offrit aucune résistance lorsqu'elle voulut les libérer pour les passer sous sa robe de chambre et lui caresser le torse. Voyant qu'elle tentait maladroitement de lui ôter ses sous-vêtements, il l'aida à défaire les attaches qui résistaient, puis s'en débarrassa avec une rapidité étonnante.

L'ardeur avec laquelle elle s'était employée à le déshabiller l'autorisa à la dévêtir à son tour. Arrachant quelques boutons au passage, tirant sur des rubans emmêlés, il repoussa, écarta, ôta plusieurs épaisseurs de tissus et de dentelles. Il crut voir qu'elle ne portait pas de culotte et cette idée l'excita encore plus.

D'un coup sec, il tira sur les lacets qui fermaient la chemise en soie légère qu'elle portait, compliquant ainsi les nœuds qu'il ne parvenait pas à défaire. Ce qui le fit lâcher quelques jurons. Soudain affolée par son empressement, elle poussa un petit cri.

Évidemment. Elle avait beau tout faire pour l'aguicher, elle n'était encore qu'une jeune femme inexpérimentée. Elle n'avait fait l'amour que deux fois et la véhémence avec laquelle il l'avait dévêtue l'avait choquée.

Ian s'arrêta et inspira profondément pour se retenir de la pousser sur le lit comme il en mourait d'envie. Elle méritait mieux que cela. Puisqu'elle était contrainte d'accepter le passé honteux d'un mari qu'elle ne connaissait pas, il se devait de prendre soin d'elle.

Il lui fallait cependant maîtriser un peu ses ardeurs.

Il lâcha les lacets de la chemise, recula et lui demanda d'une voix maîtrisée :

— Voulez-vous enlever cela, je vous prie ?

Empêchez-moi de la déchirer pour vous prendre trop vite.

Les joues roses, Felicity acquiesça. Elle se pencha sur sa poitrine et entreprit de défaire les nœuds l'un après l'autre, ce qui le calma quelque peu. Il prit le temps d'admirer le corps élancé de sa jeune épouse. Il ne l'avait jamais vue dans cette tenue, un vêtement vaporeux et satiné, si fin qu'il laissait deviner ses formes divines. Une tenue digne d'un voyage de noces, en somme.

Elle laissait apparaître les pointes foncées de ses mamelons tout contre le tissu, mais ne permettait pas de voir la courbure de ses seins ni son ventre légèrement rebondi. Une zone plus sombre apparaissait à la naissance de ses cuisses.

Ian dut fournir un terrible effort pour ne pas se jeter sur elle, lui arracher cette chemise et dévorer son corps délicieusement nu.

Felicity passa un bras en arrière pour faire glisser son habit par-dessus sa tête.

— Non, ordonna-t-il. Laissez-la glisser le long de votre corps, doucement, tout doucement, comme vous l'avez fait le lendemain de notre mariage.

Leurs regards se croisèrent. Elle ne semblait plus effarouchée : au contraire, elle avait le regard brillant d'excitation. Elle lui obéit et, à mesure qu'elle dévoilait son corps, il fut comme transporté. La lumière de la bougie tremblait sur sa peau délicate. Ses seins, aussi magnifiques que dans son souvenir, fermes et galbés, étaient parfaits. Absolument parfaits.

Ensuite apparut son ventre, avec un nombril harmonieux, puis…

— Vous pouvez la laisser tomber au sol, dit-il dans un souffle.

Elle s'exécuta aussitôt, et il poussa un léger grognement. Des poils frisaient tout autour de l'endroit qu'il rêvait d'embrasser, de caresser, de lécher.

Elle était sur le point d'enlever une jarretière, mais il l'interrompit :

— Attendez. Laissez ça.

Il s'approcha, la prit dans ses bras et lui donna un long baiser. Puis il la souleva et la posa debout sur le lit afin qu'elle soit plus haute que lui.

— Ian, que faites-vous ?

— Chut, murmura-t-il.

Il fit glisser ses mains sur les hanches puis sur les cuisses de Felicity. Existait-il une femme plus parfaite ?

— Tenez-vous au cadre du lit, *querida*.

Ensuite, il se glissa sous ses cuisses, offrant ainsi la partie la plus intime de sa femme à son regard, à sa bouche.

— Ian ? souffla-t-elle.

— Vous souvenez-vous de ce que j'avais promis ce matin-là ? Vous souvenez-vous de ce que je voulais faire avec ma langue ? demanda-t-il en posant un baiser sur sa cuisse, juste au-dessus du bas qui la recouvrait.

Elle lâcha un petit soupir lorsqu'il mit sa menace à exécution, en faisant lentement glisser sa langue en haut de sa cuisse, jusqu'au bord des poils.

— Mon Dieu, Ian, murmura-t-elle. Vous n'allez tout de même pas… C'est… C'est… Oh ! Ian…

Elle n'émit plus aucune protestation. Il lui embrassa le sexe avec application, savourant le parfum de son intimité et les murmures langoureux qu'elle laissait échapper. Elle avait lâché le cadre du lit, ses deux mains lui tenaient la tête pour qu'il s'enfonce le plus loin possible. Il aimait que sa femme se jette à corps perdu dans l'acte le plus intime de leur vie de couple.

Il devait cependant garder le contrôle de lui-même. Le parfum musqué de cette peau douce et les ondulations de ce corps merveilleux ne faisaient qu'accroître son érection et il n'était pas sûr de tenir ainsi bien longtemps.

— Oui, Ian, oui…, grogna-t-elle. Oui, comme ça… Oh ! c'est délicieux… Seigneur, oh, Seigneur…

L'orgasme de Felicity fut si intense qu'il dut la tenir serrée contre lui pour éviter que ses soubresauts ne la fassent chavirer. Elle cria son nom. Elle vacilla légèrement, collée à lui. Le temps était suspendu.

Elle se laissa tomber à genoux sur le lit et le regarda intensément, le visage encore transfiguré par le plaisir.

— Je n'avais jamais pris conscience de…

— Moi non plus…

Il ne se doutait pas que l'amour et le plaisir pouvaient être si forts. Il ne se savait pas capable de désirer une femme à ce point, et de vouloir lui donner avant tout du plaisir. Il ne se savait pas non plus capable de tomber amoureux au point de désirer vivre toujours à ses côtés.

Elle posa un regard gourmand sur lui. Et son sexe tendu.

— Et que va-t-on faire de vous… ?

Ian se glaça instantanément. Il pouvait interrompre leur étreinte sur-le-champ et en rester là. Elle avait atteint les cimes du plaisir et ne serait donc pas frustrée s'ils devaient tout arrêter. Elle avait dû lire dans ses pensées car elle murmura : « Hors de question », tout en exigeant un nouveau baiser.

Il n'aurait su expliquer précisément comment elle se retrouva alors allongée sur le lit, les jambes écartées, et lui à genoux entre elles. Il n'eut d'autre choix que de suivre son instinct et il pénétra à l'intérieur de ce sexe qui l'invitait.

— Mon Dieu, *querida*, c'est si chaud.

Pouvait-on mourir de plaisir ? Si cela devait lui arriver, ce serait entre les cuisses de son adorable femme.

Telle une courtisane expérimentée, elle serra les jambes fermement autour de lui et suivit les mouvements du bassin qu'il imprimait. Il s'enfonçait profondément et vigoureusement, c'était plus fort que lui. Il voulait la posséder si pleinement qu'elle ne pourrait jamais l'oublier ni le quitter.

Il désirait que leurs corps s'unissent à la perfection comme les deux parties d'un talisman enfin réunies.

— Vous venez de perdre la possibilité d'annuler notre mariage, gémit-il en allant et venant en elle.

— Notre accord est enfin conclu, répondit-elle en lui donnant un baiser.

Comme pour sceller définitivement leur union. Elle plongea la langue dans la bouche de Ian pour le titiller, et il l'aspira avidement, comme pour profiter d'elle encore un peu plus.

Elle était à lui. Pour toujours. Cette pensée le réjouit tellement qu'il s'enfonça brusquement en elle et explosa au même moment.

— Je vous aime, cria-t-elle tout en l'embrassant.

Car elle venait encore de jouir.

— Je vous aime, je vous aime, je vous aime…

Ian était comme enivré par ces mots. *Je vous aime, moi aussi. Seigneur, comme je vous aime.*

Par amour pour Felicity, il allait devoir tout lui avouer. Impossible de partager sa vie et recevoir son amour sans qu'elle connaisse tout de lui. Elle avait le droit de savoir ce dans quoi elle venait de s'engager.

Mais pas tout de suite. Il attendrait le lendemain, afin qu'ils puissent profiter de cette nuit de passion tous les deux.

Quelque chose titilla l'oreille de Felicity, la tirant des mystères du sommeil. Un murmure. On chuchotait son nom. Elle s'enfonça davantage sous les draps.

— Allez-vous-en, grommela-t-elle.

Une voix masculine laissa échapper un rire.

— Je ne peux pas vous laisser dormir toute la journée, *querida*.

Ian, évidemment.

Elle ouvrit un œil, observa un instant son mari, puis fit mine de se rendormir.

— Et pourquoi pas ?

— Nous partons pour Londres aujourd'hui, vous vous souvenez ?

Il lui fallut une seconde pour assimiler la nouvelle, puis elle ouvrit de grands yeux. Ian était assis au bord du lit, la main posée sur le drap, juste sur sa hanche. Lui s'était déjà habillé, quelle idée ! Il est vrai que la chambre était inondée de lumière.

— Quelle heure est-il ? demanda-t-elle.

— Midi.

— Déjà ? J'ai dormi si tard !

— Rien d'étonnant avec la nuit que vous venez de passer.

Effectivement. Il y avait de quoi rougir. Quelle soirée ! Si Ian n'avait pas un héritier après cela, ce ne serait pas faute d'avoir essayé. Une myriade de pensées sensuelles lui vinrent à l'esprit et elle afficha aussitôt un regard coquin.

— Vous non plus, vous n'avez pas beaucoup dormi, vous devriez peut-être vous recoucher.

Il éclata de rire.

— Comme dirait sagement Lord X : « Une fois les mots devenus superflus, seuls importeront les actes. » Mais vous devez vous lever, *querida*. J'aimerais que nous soyons partis à 13 heures.

Elle le regarda avec de grands yeux inquiets, le cœur battant à vive allure.

— Pourquoi si tôt ?

— Vous ne voulez pas passer un moment avec vos

frères avant le bal ? Et vous aurez besoin d'un peu de temps pour vous habiller.

Felicity laissa échapper un soupir de soulagement.

— Vous ne voulez plus voir ce notaire ?

— Je crains qu'il ne soit trop tard, admit-il en détournant le regard. Notre mariage est consommé, nous ne pouvons pas aller voir un notaire avant d'être sûrs que vous n'êtes pas enceinte. Et, quand ce moment arrivera, personne ne croira que nous n'avons pas eu de relations conjugales, même si vous n'attendez pas d'enfant.

Sentant une pointe de regret dans la voix de Ian, elle releva la tête fièrement et dit avec fermeté :

— Tant mieux.

— Vous changerez peut-être d'avis tout à l'heure.

— Qu'insinuez-vous ? demanda-t-elle d'un ton méfiant.

— Il va falloir que nous parlions. Nous aurions dû le faire hier avant qu'il ne soit trop tard, mais…

— Il n'y a rien à regretter.

La lueur de plaisir qu'elle aperçut dans les yeux de Ian était fort éloquente : il ne regrettait rien lui non plus.

— J'aimerais tant que vous ne puissiez pas changer d'avis malgré la discussion qui nous attend. Nous pourrons parler pendant le voyage jusqu'à Londres. Maintenant, sortez de là et allez vous habiller, paresseuse, ou c'est moi qui vous habille.

Tout en disant cela, il avait tiré sur les draps qui lui montaient jusqu'au menton. Il s'immobilisa aussitôt. Sans doute avait-il oublié qu'elle n'avait pas pris le soin d'enfiler une chemise de nuit, la veille. Il laissa son regard de braise glisser avec envie le long du corps de Felicity.

— Vous voudriez m'habiller ? Je voudrais bien vous voir essayer !

Elle se redressa et l'attrapa par son jabot. Il n'opposa aucune résistance.

— Nous pouvons bien partir un peu plus tard, concéda-t-il en se penchant pour lui mordiller l'oreille. Une heure de plus ne dérangera personne.

— Ni deux ni trois… Lord X a raison de dire qu'il vaut mieux ne pas brusquer la passion.

Ian haussa un sourcil étonné.

— Il n'a jamais dit une telle chose !

— Eh bien, si, à l'instant ! dit-elle.

Sur ces mots, elle noya son rire dans des baisers ardents.

Quatre heures plus tard, ils montaient à bord du fiacre de la famille Saint Clair. Étant donné l'heure tardive, ils avaient abandonné toute idée de faire halte à Taylor Hall. Felicity ne pouvait pas rester ne serait-ce qu'une petite heure auprès de ses frères, puis se sauver pour aller au bal. De toute façon, elle n'était attendue que le lendemain. Par conséquent, elle et Ian se rendraient directement chez lui pour se mettre en tenue.

Elle s'enfonça dans son siège, comblée par un sentiment de plénitude et, enfin, d'amour. Ian ne le lui avait pas encore dit, mais elle sentait qu'il l'aimait, à sa manière de la caresser, de la regarder. Elle en était certaine. Un jour, elle parviendrait à lui faire prononcer ces mots.

Mais ce ne serait pas tout de suite. À en juger par la mine renfrognée qu'il affichait quand il s'assit en face d'elle, il était déterminé à tenir cette fameuse discussion le jour même, et ce ne serait pas une partie de plaisir.

Le fiacre s'ébranla et ils parcoururent un ou deux miles en silence, à regarder par la fenêtre pour repousser le moment fatidique. Même le temps s'en mêlait. Alors que le soleil avait brillé de mille feux lors de leurs ébats, il s'était maintenant caché derrière d'épais nuages blancs qui menaçaient de déverser une neige hostile et glaçante.

Tout à coup, Ian s'éclaircit la voix.

— Il est temps que je vous dise tout.

— À quel sujet ? demanda-t-elle en tournant la tête vers lui, le cœur battant.

Il fallait qu'elle se prépare au pire.

— Au sujet de mon passé. Vous allez enfin obtenir toute la lumière que vous désiriez si ardemment il y a quelques jours encore.

— Pourquoi ces révélations *maintenant* ?

Elle s'aperçut qu'à présent elle craignait la vérité autant qu'elle avait pu la souhaiter auparavant. Ce récit pouvait transformer radicalement leur relation.

— Vous avez le droit de connaître la vérité. Nous ne pouvons plus annuler notre mariage, mais nous pourrions toujours trouver un moyen de le rendre caduc. Divorce, séparation, comme il vous plaira. Mais je ne peux pas vous cacher davantage quel genre d'homme je suis et vous laisser vous bercer d'illusions.

La douleur qui émanait de lui était si palpable que Felicity mit de côté sa réticence à vouloir l'entendre. Il devait crever l'abcès et elle saurait l'accompagner dans cette épreuve.

— Loin d'être illusoire, l'amour que j'éprouve pour vous est bel et bien réel. Vous ne pourrez rien y changer.

Il regarda par la fenêtre, le visage tendu.

— Et si je vous apprenais que j'ai commis un acte qui a anéanti la vie de plusieurs personnes…

— Si vous voulez parler de la tante que vous aviez séduite…

— La vérité est bien pire.

Felicity se raidit. Sous-entendait-il que les accusations les plus sombres portées par son oncle étaient vraies ? Non, impossible !

— Je sais au fond de mon cœur que vous êtes un homme bon et respectable, quoi que vous puissiez me dire.

— En êtes-vous bien certaine ? Très bien. C'est ce que nous allons voir. En fait, je n'ai pas séduit ma tante, comme le prétendait Lady Brumley, ni tenté de la violer, comme l'insinuait mon oncle.

Ian se tourna de nouveau vers Felicity, le visage marqué par le chagrin, la culpabilité et la haine envers lui-même.

— La vérité, c'est que je l'ai tuée.

Chapitre 24

Le soir du réveillon, prenez le soin de vous pencher sur l'année écoulée en attendant le lendemain. L'homme incapable d'apprendre de ses erreurs passées a peu de chances d'éviter celles à venir.

LORD X, *The Evening Gazette*, 31 décembre 1820.

Felicity resta pétrifiée. Avait-elle bien compris ce que Ian venait de lui apprendre ?

— Vous voulez dire qu'elle s'est tuée par amour pour vous ?

— Non, elle ne m'a jamais aimé, et elle ne s'est pas suicidée, ni pour un amour déçu ni pour quoi que ce soit d'autre. C'est moi qui l'ai tuée.

Les mains de Felicity se mirent à trembler si fort qu'elle dut les maintenir serrées entre ses jambes.

— Je… Je ne vous crois pas. C'est impossible.

Il poussa un soupir à fendre l'âme.

— Je devrais tout reprendre du début. L'année de mes dix-neuf ans, j'ai passé l'été avec mon père à Chesterley. Nous nous disputions à propos de tout et n'importe quoi. Mon oncle et ma tante n'étaient jamais loin dans ces moments-là, et si mon oncle Edgar prenait toujours le parti de mon père, ce qui ne faisait qu'envenimer les choses, ma tante, elle…

Sa voix s'adoucit et il poursuivit :

— Ma tante a toujours essayé d'arrondir les angles. Elle prenait le temps de m'écouter et se montrait compréhensive malgré mes récriminations. Cela faisait déjà trois ans qu'elle endurait les humeurs de mon oncle. Elle n'était pas beaucoup plus âgée que moi, mais elle n'avait rien d'une écervelée et était de bon conseil, et je me suis souvent tourné vers elle pour chercher des solutions. Nous passions beaucoup de temps ensemble et elle était si aimable que j'éprouvais un fort attachement à son égard.

La voiture roula dans une ornière, et les ballotta de droite et de gauche un moment. Ian n'y prêta pas attention.

— Je suppose que je me suis épris d'elle, je l'ai même désirée, certainement, même si à cet âge les jeunes gens éprouvent du désir pour tout ce qui porte un jupon. Elle n'a jamais su mes sentiments. Malgré les ragots que vous avez pu entendre, ma tante Cynthia s'est toujours montrée fidèle à son mari.

Même s'il avait le visage tourné vers elle, Felicity sentait qu'il ne la voyait plus : il contemplait son passé, le visage défait. Elle, le cœur déchiré, aurait aimé s'asseoir à son côté pour écouter la suite de ce récit, mais il n'était pas du genre à vouloir se faire cajoler dans une telle situation. De plus, elle craignait qu'il ne s'arrête de parler.

— Un soir, je parcourais la propriété de mon oncle quand j'ai entendu des bruits en provenance d'un cottage. Le bruit de coups violents. Une femme pleurait. Un homme criait. C'était la voix de mon oncle.

Felicity se mordit la lèvre. Ses mains posées sur ses cuisses se crispèrent.

— J'avais déjà remarqué quelques bleus sur ma tante, sans comprendre que les explications qu'elle m'apportait étaient une pure invention. Mais ce que j'ai entendu ce soir-là ne faisait aucun doute. Alors je me suis arrêté devant la porte.

Felicity reconnaissait bien là son mari ! Porter secours à une femme en détresse, le cœur vaillant, c'était tout lui. Comme il avait dû souffrir en entendant sa tante se faire brutaliser !

— Si j'avais pris quelques minutes pour réfléchir, j'aurais vite deviné qu'en intervenant je risquais d'énerver davantage mon oncle. J'aurais pu aller chercher mon père, le supplier de venir, ou bien frapper innocemment à la porte et trouver un prétexte pour faire sortir mon oncle.

Il s'arrêta. *Pourvu qu'il continue*, songea Felicity. Il regarda par la fenêtre.

— Malheureusement, j'ai agi sur un coup de tête, j'ai fait exactement ce que m'a toujours reproché mon père. J'ai enfoncé la porte.

Ian resta sans rien dire pendant un long moment, si bien qu'elle finit par chuchoter :

— Il l'avait… ?

— Il l'avait frappée. Elle avait des marques de coups sur les joues, un œil déjà noir. Elle s'était réfugiée dans un coin de la pièce et sanglotait tandis que son mari était au-dessus d'elle, les poings serrés. *Les poings serrés*, répéta-t-il, la voix rauque. Elle faisait la moitié de sa taille, elle était si menue, et ce salaud lui envoyait des coups de poing dans la figure !

Felicity était horrifiée par ce qu'elle venait d'entendre.

Horrifiée d'imaginer son tendre mari devant cette scène horrible.

— Oh ! Ian, dit-elle dans un souffle.

Mais il ne l'entendait plus.

— Je suis devenu fou. Je lui ai sauté dessus, il a riposté, mais il ne faisait pas le poids à côté d'un jeune homme déchaîné. Je l'ai rapidement mis à terre et je l'ai frappé au visage, encore et encore… J'étais tellement furieux que je n'avais qu'une envie, le voir en sang.

Ian inspira profondément.

— Ma tante est arrivée par-derrière et s'est accrochée à mon bras pour m'empêcher de commettre l'irréparable, je l'ai rejetée si violemment qu'elle…

Sa voix s'était éteinte. Soudain, il se redressa et la regarda en face :

— Elle a perdu l'équilibre et s'est cognée contre le manteau de la cheminée en marbre. Le médecin a déclaré qu'elle était morte sur le coup.

— Mon Dieu, pauvre femme, murmura-t-elle.

En réalité, Felicity était surtout émue par ce que Ian avait dû endurer. Durant toutes ces années, il avait dû garder ces atrocités enfouies en lui. Elle aurait aimé pouvoir le délivrer plus tôt de ce calvaire.

— Oui, pauvre femme. Prisonnière entre deux hommes violents tels que mon oncle et moi, elle n'avait aucune chance de vivre heureuse, dit-il avec amertume.

Il se cacha le visage entre les mains. Comment le réconforter ? Elle se pencha vers lui et posa la main sur son épaule. Ils restèrent un long moment silencieux, on n'entendait que les grincements du fiacre, les sabots des chevaux et la respiration douloureuse de Ian. N'y tenant plus, Felicity finit par dire :

— Mon amour, je comprends votre douleur, mais ce n'était pas votre faute.

— Bien sûr que si ! s'écria-t-il en relevant brusquement la tête. C'est ma faute car je n'aurais pas dû me mêler de ce qui ne me regardait pas ! J'étais tellement hors de moi que j'ai balayé cette femme fragile d'un revers de la main et ça l'a tuée.

Le cœur gros, elle tenta de trouver les mots qui pourraient atténuer cette culpabilité.

— Elle aurait pu se cogner dans d'autres circonstances. C'était un accident, et c'est tragique, je vous l'accorde, mais vous ne pouvez pas endosser toute la responsabilité dans cette histoire. D'ailleurs, si vous n'étiez pas intervenu, c'est peut-être votre oncle qui aurait fini par la tuer.

La colère se lisait dans le regard de Ian.

— Mais ce n'est pas *lui* qui l'a tuée, vous comprenez ? C'est moi !

— Vous vouliez la protéger, personne ne peut vous en vouloir ! insista-t-elle.

— Ma famille m'en veut.

Elle sentit son cœur se glacer.

— Votre oncle ?

— Non, pas mon oncle. Même s'il a rejeté la responsabilité sur moi, il est piégé. Il sait bien qu'il ne peut rien dire. S'il m'avait accusé ouvertement de meurtre, je n'aurais eu qu'à raconter qu'il frappait son épouse, et il n'en avait aucune envie. Pas même devant mon père.

— Votre père n'a jamais su la vérité ?

Ian serra les poings nerveusement.

— Quand mon père a été appelé sur les lieux, il l'a trouvé à terre, en train de me maudire, ma tante inerte dans les bras. Mon oncle avait retrouvé ses esprits et a été en mesure de présenter sa propre version des faits. Bien entendu, il n'a pas mentionné les coups qu'il avait portés sur sa femme. Il a raconté qu'il m'avait surpris en train d'abuser de ma tante Cynthia et que, dans la lutte, elle était tombée.

— Quelle ordure !

Felicity était folle furieuse contre cet individu. Oser faire une chose pareille, quel monstre ! Il s'était permis d'accabler son propre neveu.

— Sauf pour la chute, votre oncle m'a servi la même version des faits. On peut dire qu'il est constant dans ses déclarations mensongères ! dit-elle sèchement. Il n'a pas non plus évoqué le fait qu'il battait sa femme, évidemment. Mais pourquoi ne vous a-t-il pas directement accusé de l'avoir tuée ?

— Il devait craindre que je ne l'accuse de meurtre à mon tour, et ma version aurait été bien plus plausible. Je n'avais que dix-neuf ans, j'étais jeune, lui avait déjà un certain âge, elle était sa femme. Je peux d'ailleurs prouver qu'il la battait, j'ai un témoin qui serait ravi de témoigner contre lui. Miss Greenaway.

Felicity hocha la tête. Voilà qui expliquait pourquoi Ian continuait à entretenir une relation avec cette femme. Comme d'habitude, tout était calculé chez lui. Il gardait Miss Greenaway sous la main au cas où il aurait besoin d'elle un jour. Et dire qu'elle avait imaginé le pire !

— En prétendant que j'avais séduit et violé sa femme, mon oncle estimait prendre moins de risques qu'en m'accusant de meurtre. Cette histoire collait avec les rumeurs à mon sujet et me dépeignait une fois de plus comme un pervers. Et lui pouvait se donner le rôle du mari floué. Malgré tout, il ne l'a pas crié sur tous les toits, il devait se douter que je pourrais prendre des mesures plus radicales s'il venait à en parler à chacune des femmes que je fréquentais. Et j'en aurais été capable, si je n'avais pas réussi à me marier à temps.

Elle hocha la tête. Mais quelque chose lui échappait.

— Dans ce cas, pourquoi votre père a-t-il rédigé un testament aussi indigne ? Lui avez-vous dit ce qui s'était réellement passé ce jour-là ?

— Bien sûr. Mais il a choisi de ne pas me croire.

Elle eut du mal à en croire ses oreilles.

— Son propre fils ? Il a préféré croire son frère ? Quel genre de père oserait faire cela ?

Dire que Ian avait dû endurer un tel tourment, un tel sentiment de culpabilité, et par la faute de ceux qui étaient les plus proches de lui ! Elle posa la main sur la jambe de son mari et la serra fortement. Elle se sentait tellement peinée qu'elle avait du mal à imaginer combien il avait souffert durant toutes ces années.

Ian haussa les épaules, comme si tout cela n'avait plus d'importance. Et pourtant…

— Mon père m'avait déjà rendu responsable de la mort de ma mère. Pour lui, je n'étais qu'un jeune homme irréfléchi et inconséquent, ce qui était sans doute le cas. Il n'était pas difficile de croire que j'avais séduit ma tante. Je n'avais jamais caché l'admiration que je lui portais.

Felicity resta sans voix. Quel réconfort pouvait-on procurer à quelqu'un qui avait été trahi par les siens ? Si le père de Ian n'avait pas déjà été mort, elle aurait été tentée de le tuer elle-même !

— Cette même nuit, je suis parti pour le continent, je les ai laissés avec toutes les questions, les rumeurs et les tracas. Si j'avais su, à cette époque, que Miss Greenaway et une grande partie des domestiques de mon oncle Edgar étaient au courant qu'il battait ma tante, j'aurais pu rester et essayer de convaincre mon père. Mais je l'ignorais et il m'était impossible de continuer à vivre avec mon oncle, avec mon père qui m'en voulait, et avec cet horrible secret. Je l'avais tuée, je voulais m'enfuir.

La voix brisée, Ian se tut. Elle s'assit près de lui, lui prit la main et la pressa de toutes ses forces.

— Mon père a considéré que ma fuite était une preuve supplémentaire de ma culpabilité. C'était stupide de ma part, mais je n'avais que dix-neuf ans, je n'avais pas encore appris à réfléchir avant d'agir. Sinon, ma tante serait encore en vie aujourd'hui.

— Cessez de vous accabler, mon amour. Tout ce que vous avez fait s'explique très simplement.

Il resta imperturbable, le regard dans le vide.

— Quoi qu'il en soit, deux enfants se sont retrouvés orphelins par ma faute. Mon cousin et ma cousine se moquent éperdument de savoir comment cela s'est passé, dit-il en retirant sa main. Pour eux, j'aurais tout aussi bien pu mettre un pistolet sur sa tempe, cela n'aurait rien changé.

Sur le point de protester de nouveau, Felicity se ravisa et décida de changer de tactique.

— Vous êtes en train de me dire qu'une mort accidentelle revient au même qu'un meurtre ?

— Le résultat est le même, non ?

— Si c'est ce que vous croyez, vous avez encore d'autres crimes sur la conscience.

Ian écarquilla les yeux.

— Que dites-vous ?

— Eh bien, on pourrait dire que vous m'avez violée.

— Comment cela ? fit-il en la dévisageant. Vous m'avez dit vous-même que vous…

— Peu importe si j'étais consentante. Le résultat est le même. C'est bien ce que vous prétendez ? Je ne suis plus vierge, c'est donc que vous m'avez violée, parce que le viol, la séduction et l'acte sexuel ont les mêmes conséquences. N'est-ce pas ce que vous disiez ?

Le visage tendu, il resta longtemps sans dire un mot.

— Je vois bien ce que vous essayez de faire, mais c'est inutile. Vous ne parviendrez pas à laver ma faute à coups de rhétorique.

— J'essaye simplement de l'adoucir. Si de simples mots pouvaient vous ôter toute culpabilité, alors, oui, je mettrais votre moralité sérieusement en doute. Je vous demande uniquement de me laisser partager votre peine.

Il frissonna quand elle posa de nouveau la main sur sa jambe.

— Je ne peux pas vous demander une chose pareille. En m'épousant, vous ne pouviez pas savoir à quel point mon passé était sombre, vous n'étiez donc pas en mesure de le rejeter. Personne ne vous en tiendrait rigueur si vous vouliez partir maintenant.

— Pourquoi voudrais-je quitter l'homme que j'aime ? s'offusqua-t-elle.

— L'homme que vous pensiez aimer n'est pas celui que vous avez épousé ! s'écria-t-il en repoussant sa main. Je ne suis peut-être pas un don Juan, mais je suis malhonnête et j'agis sans scrupule. Je ne vous mérite pas, ni vous ni aucune autre femme respectable !

Aveuglé par la colère, Ian tourna la tête vers la fenêtre.

— Je n'aurais jamais dû me marier. Si je n'avais pas été convaincu que mon oncle Edgar pourrait anéantir

Chesterley, je n'aurais jamais cherché à me trouver une épouse. C'est pourquoi j'ai essayé de choisir une femme qui m'épouserait pour autre chose que l'amour, pour qu'elle ne s'effondre pas en apprenant qui je suis réellement, expliqua-t-il en étouffant une plainte. Et puis je vous ai rencontrée, et je vous ai trouvée si ravissante… Pour me justifier, je me suis convaincu que, sans moi, vous étiez perdue…

— Et c'est vrai !

Il secoua la tête.

— Non, j'aurais pu vous aider autrement qu'en devenant votre époux. Il y avait Masefield…

— Il ne m'aurait jamais épousée, lui, vous le savez aussi bien que moi, répliqua-t-elle vivement. Et moi, je ne l'aurais épousé pour rien au monde. Surtout pas quand je pouvais vous avoir, vous. Ne comprenez-vous pas qu'en choisissant votre épouse aussi soigneusement vous avez fait preuve de générosité ? Un homme sans scrupule aurait épousé la première venue. Vous, non, malgré votre détresse. Vous vouliez apporter une protection à l'heureuse élue.

— Une protection ? Vous ne pouvez pas penser une chose pareille après ce que je vous ai fait ! Je vous ai manipulée et menti, je vous ai obligée à m'épouser.

Le plus patiemment du monde, Felicity répondit :

— Mon cher, si nous devons comparer nos délits, je risque de ne pas valoir mieux que vous. Vous vouliez garder ce terrible secret et j'ai tout fait pour vous faire avouer. Je me suis laissé gouverner par des émotions aussi affligeantes et insensées que les vôtres. La seule différence, c'est que je ne suis pas aussi jeune que vous l'étiez à cette époque, je n'ai aucune circonstance atténuante pour amoindrir ma faute. Cela ne m'empêche pas de vous demander pardon. Pourquoi de votre côté en êtes-vous incapable ?

Il la regarda dans les yeux avec une lueur d'hésitation.

— Ce que j'ai fait est bien pire. Une fois que vous aurez compris tout ce que cela implique...

— Je continuerai à vous aimer, affirma-t-elle. J'en ai décidé ainsi il y a longtemps et mon cœur ne changera pas.

Il reprit sa main, les yeux baissés.

— Vous oubliez que rien n'est encore terminé. Si pour quelque raison que ce soit nous n'avons pas un fils dans le temps qui nous est imparti, nous perdons Chesterley.

Felicity sentit son cœur bondir en l'entendant prononcer ce *nous*.

— Quand je vous ai rencontré, j'étais démunie. Cela ne pourra pas être pire.

Il esquissa un sourire.

— Votre regard sur le monde est incroyable.

— C'est pour cela que vous m'aimez.

Elle regretta ces mots à la seconde où elle les avait prononcés. Il ne lui avait jamais dit qu'il l'aimait.

C'est alors qu'il releva la tête pour plonger les yeux au fond des siens.

— Je vous aime, c'est certain, plus que je n'ai jamais aimé. Je ne devrais pas vous le dire, et continuer à vous laisser libre de partir, mais c'est un fait, je vous aime. L'idée de vous perdre m'est insupportable.

— Oh ! Ian, dit-elle au bord des larmes, vous ne me perdrez jamais !

Leurs doigts s'enlacèrent.

— Écoutez-moi, Felicity. Le conflit qui m'oppose à mon oncle présente d'autres inconvénients. Si nous échouons à avoir un fils dans les deux années à venir, j'entends tout de même me battre pour conserver Chesterley. Pas question qu'il démantèle notre domaine comme il l'a déjà fait avec le sien. Il faudra aller au tribunal, et cette malheureuse histoire risque de refaire surface.

— Nous affronterons ce problème le moment venu.

— Ce n'est pas tout. Même si nous avons un fils, il se peut que mon oncle se venge. Avant aujourd'hui, je n'avais pas saisi qu'il pouvait manœuvrer dans l'ombre pour m'empêcher de remplir les termes du contrat. C'est un lâche, comme tous les rustres de son espèce, et c'est pour ça qu'il a raconté toutes ces histoires aux femmes que je courtisais. Une fois qu'il n'aura plus rien à perdre, il sera capable de tout. Tout le monde finira par nous tourner le dos, on me traînera en justice pour diffamation, on plaindra nos enfants et vos frères… Je vous aime trop pour souhaiter qu'un tel malheur vous arrive.

— Je vous aime trop pour vous laisser affronter seul ces épreuves.

Felicity serra les mains de Ian encore plus fort. Ils restèrent un long moment les yeux dans les yeux.

— Vous me paraissez bien obstinée. Alors voici ce que je vous propose. Ce soir, au bal, tout un tas de supputations sur notre mariage remonteront à nos oreilles. La plupart seront haïssables. De vieilles rumeurs se mettront à circuler de nouveau. Si vous parvenez à supporter ces commérages — et ce ne sera que le début ce soir —, je ne vous parlerai plus jamais de séparation ni de divorce.

— Je n'ai pas besoin de cette épreuve pour être certaine que je veux rester votre épouse.

— Ceci n'est pas une épreuve, précisa-t-il. C'est votre dernière porte de sortie. Imaginer que vous puissiez vous en aller me déchire le cœur, mais si cela peut assurer votre bonheur je suis prêt à renoncer à vous. Par contre, si après cette soirée vous décidez de partager ma vie, je ne vous laisserai plus jamais partir, vous m'entendez ? Nous serons liés l'un à l'autre, quoi que mon oncle puisse tenter contre nous. Réfléchissez bien.

Felicity eut un sourire et répondit sans hésiter :

— Comptez sur moi. Maintenant, c'est à vous de m'écouter, Lord Saint Clair. Lorsque je vous aurai donné ma décision, il faudra la respecter. Je ne voudrai plus jamais entendre « Je sais ce qui est bon pour vous », ou encore « Vous le regretterez ». Nous repartirons sur de nouvelles bases, comme deux personnes qui s'aiment et qui se sont mariées pour cette raison uniquement.

Ian hésita puis dit :

— Comme toujours, vous êtes dure en affaires.

— Alors marché conclu ?

Il se pencha et lui déposa un fervent baiser sur les mains.

— Oui, mon amour, marché conclu !

Chapitre 25

À l'aube d'une nouvelle année, les colporteurs de ragots veulent se surpasser, les rumeurs sont prêtes à circuler.

LORD X, *The Evening Gazette*, 31 décembre 1820.

Felicity jeta un coup d'œil en direction de Ian. Désormais changés pour le bal, ils se dirigeaient vers l'hôtel particulier de Lord Stratton. Ian s'était tu depuis leur discussion et on sentait de l'inquiétude sur son visage. Il devait craindre qu'elle ne l'aime plus après cette soirée et elle aurait préféré passer outre, mais il serait incapable d'accepter son amour tant qu'il ne se serait pas pardonné. Et elle avait bien l'intention de l'aider.

Malgré cela, ils étaient dorénavant mari et femme. Elle brûlait d'envie d'aller retrouver Mrs Box pour lui faire part de son bonheur. Et quel bonheur ! Une vie entière aux côtés de Ian, délivrée des secrets et des cachotteries. Toutes les femmes en rêvaient !

— Qu'est-ce qui te fait sourire ? lui demanda-t-il.

— Je vais participer à mon premier bal en tant que vicomtesse Saint Clair. Si Miss Taylor était capable de recueillir les confidences d'un grand nombre de personnes, imagine tout ce que la nouvelle lady va pouvoir raconter à Lord X !

— Alors tu peux remercier le ciel que le nom écrit en bas de ta chronique soit bien Lord X, marmonna-t-il avec un sourire. Sans quoi, on me défierait en duel toutes les semaines.

Ravie qu'il évoque leur future vie de couple, elle se permit de le railler :

— En fait, je pense utiliser mon vrai nom à partir d'aujourd'hui. Quand j'ai annoncé notre mariage à Mr Pilkington, il m'a suggéré une nouvelle idée de rubrique : « Les secrets de Mme la vicomtesse Saint Clair ». Cela sonne plutôt bien, non ?

Il haussa un sourcil circonspect :

— Vous voulez me faire mourir jeune ?

— Si vous mourez, je deviendrai la vicomtesse *douairière*, cela sonne bien aussi.

Elle le vit prendre un air renfrogné et ajouta aussitôt :

— C'était pour rire, Ian. Dois-je toujours vous expliquer mes plaisanteries ?

— Oui, quand elles ne sont pas drôles, dit-il, l'air sombre.

Felicity s'en voulut. Il avait encore besoin de temps pour se sentir tout à fait confiant, mais aussi longtemps qu'il l'aimerait elle saurait attendre.

— Ne vous tourmentez pas, je n'ai pas du tout l'intention d'écrire sous mon vrai nom. J'ai bien dit à Mr Pilkington que vous ne seriez pas d'accord. Il était déçu, mais c'était ça ou renoncer à écrire pour lui.

Ian esquissa enfin un sourire.

— Cela ne m'étonne pas, il n'est pas fou. Il a tout intérêt à ne pas vous provoquer, mon amour.

Mon amour. Voilà qui sonne encore mieux.

Le fiacre s'arrêta pour les laisser descendre. Ian lui offrit son bras, qu'elle prit avec une grande joie. Il était désormais son mari, au vrai sens du terme ! Ils commençaient à gravir les marches quand Jordan accourut à leur rencontre.

— Ian, je vous attendais.

Elle sentit son bras se crisper.

— Que se passe-t-il ?

— C'est votre oncle. Il est là.

Elle frissonna et Jordan poursuivit :

— Il a eu vent de votre mariage et s'est mis à raconter tout un tas d'histoires. Sur Felicity et vous.

— Quel genre d'histoires ? demanda-t-elle.

— Il a découvert que vous étiez Lord X et s'est empressé de répandre la nouvelle.

— Apparemment, Mr Pilkington avait besoin d'un peu de publicité pour la *Gazette* et votre oncle a dû se faire un plaisir de l'aider, répondit-elle.

— Seulement Lennard s'est permis d'ajouter quelques éléments qu'il jugeait à son goût, continua Jordan. Il est allé raconter que Lord X avait découvert des secrets ignobles au sujet de Ian. Et que c'est pour cette raison qu'il vous a obligée à l'épouser : pour vous empêcher de tout révéler. Voilà qui expliquerait pourquoi le mariage a été prononcé à la hâte et pourquoi vous avez ensuite écrit que Ian était honnête envers son épouse.

Felicity fit la grimace. Toutes ses chroniques devaient-elles se retourner contre elle ? Ian s'était tendu. Elle savait qu'il haïssait cette situation dont il se sentait responsable.

— Ce n'est pas tout, mon ami, poursuivit Jordan. Votre oncle fait des révélations à votre endroit.

— Je suppose qu'il a encore changé de registre. Qu'a-t-il trouvé cette fois ?

— Mensonges, ragots, foutaises. Mais je préférais vous en parler.

— Quels mensonges, Jordan ? demanda Ian sans cacher son agacement.

— Nous devrions peut-être parler seul à seul, suggéra son ami en jetant un regard vers Felicity.

— Je n'ai aucun secret pour elle. Dites-moi tout.

Jordan prit une grande inspiration et répondit :

— Comme vous voudrez. Il prétend que vous avez violé sa femme. À la suite de quoi, vous avez quitté l'Angleterre pour éviter d'avoir à essuyer le scandale de son suicide. Il dit aussi que vous avez abusé de Felicity et de votre amie Miss Greenaway. Il fait de vous le pire cavaleur de tous les temps.

Ian frappa la rampe d'escalier d'un coup de poing rageur. Felicity sentait la colère monter en elle. L'oncle de Ian, cette canaille, n'avait même pas eu la décence d'attendre que son neveu ait un fils avant de lancer les hostilités. Quel personnage ignoble et méprisable ! Colporter ces histoires d'une manière aussi abjecte !

— Et pourquoi n'irait-il pas raconter que Ian boit le sang de jeunes filles vierges et soumet à la torture les femmes qu'il retient prisonnières dans son donjon ? s'écria-t-elle d'un ton sarcastique.

Ian choisit alors ce moment pour lui souffler tout bas :

— Je vous avais avertie. Mais je ne pensais pas que cela viendrait si rapidement.

— Il ne s'en sortira pas indemne, lui assura-t-elle. Je ne le laisserai pas faire.

— Si vous tentez de nier ses accusations, se permit d'intervenir Jordan, cela ne fera qu'aggraver votre cas. Tout le monde pensera que Ian vous oblige à prendre sa défense. Comme il a toujours été secret sur son passé, les gens croiront son oncle sans difficulté. Votre mariage précipité en a surpris plus d'un. La meilleure tactique, à mon sens, c'est de ne pas vous en cacher, mais d'éviter d'en parler. Emily et moi resterons à vos côtés, tout comme Sara et Gideon.

— Certainement pas ! Ces accusations me visent personnellement et je refuse de vous impliquer dans ces histoires, tous autant que vous êtes. Restez loin de moi jusqu'à ce que tout cela soit derrière nous. Felicity, vous allez rentrer chez nous.

Elle fronça les sourcils. Ah non, pas ça !

— Hors de question ! Fuir devant les allégations de ce mufle ? Jamais !

— Je suis d'accord avec vous, Lady Saint Clair. Je reste solidaire.

Les bras croisés, Jordan mettait Ian au défi de s'opposer à lui. Ce dernier lui lança un regard noir.

— Nous en reparlerons plus tard, je dois d'abord parler à ma femme en tête à tête.

— Comme il vous plaira, répondit son ami en remontant quelques marches.

Ian se retourna vers Felicity.

— Je ne veux pas vous mêler à cela, je ne veux pas que mon oncle puisse vous blesser.

— Et moi je ne veux pas qu'il vous blesse, vous, répondit-elle. Ces rumeurs me concernent autant que vous, ce qui me donne le droit de me défendre. De plus, j'ai une idée très précise de la façon dont je peux contrer ce genre de vermine. Vous m'avez promis que je pourrai vous prouver mon amour pour vous ce soir. À vous de tenir votre promesse.

— Bon sang, *querida*, on voit que vous n'avez jamais été la cible de rumeurs perfides. Moi si, et je ne vous laisserai pas vous mettre en danger de la sorte. Les gens peuvent se montrer cruels à un point que vous n'imaginez même pas.

Felicity ne put s'empêcher de s'esclaffer.

— Moi ? Avez-vous déjà oublié à qui vous vous adressez, milord ? La meilleure arme contre les ragots, ce sont les ragots, et vous n'êtes pas sans savoir que c'est mon point fort. Laissez-moi une chance de me confronter à lui, Ian. J'en suis capable.

En tout cas, elle l'espérait. Elle avait réfléchi tout l'après-midi à ce qu'elle ferait si les craintes de Ian devaient se concrétiser. Tant et si bien qu'elle avait ébauché un plan. Elle pouvait échouer, mais c'était un risque à prendre.

— Inutile de sacrifier votre réputation pour me prouver votre amour.

— Peu importe ma réputation. Qui plus est, je n'éprouve nul besoin de vous fournir des preuves d'amour, je veux seulement vous montrer que vous pouvez me faire confiance. En toutes circonstances. Croyez-moi, Ian, je ne vous trahirai pas.

— Je le sais déjà ! dit-il en se passant la main dans les cheveux. Mais je ne veux pas vous plonger dans cette histoire. Je n'aurais jamais dû vous épouser…

Elle leva la main pour le couper.

— Assez ! Vous pensez avoir commis un crime,

mériter un châtiment et, pour cela, vous vous refusez à recevoir mon amour. Sachez que je me suis engagée dans ce mariage avec vous, et qu'en vous punissant vous me condamnez par la même occasion. Vous ne sauverez pas votre conscience en me forçant à refuser notre union et à vivre seule dans le dénuement. Je vous préviens, je serai intransigeante.

Stupéfié par tant de véhémence, Ian la regarda d'un air pensif.

— Je ne permettrai pas que vous viviez dans le dénuement, mon amour, dit-il en lui déposant une caresse sur la joue. Très bien. Puisque vous voyez les choses ainsi, vous ne me laissez guère le choix.

Le cœur soudain plus léger, Felicity lui embrassa la paume de la main, puis regarda en direction de Jordan qui s'impatientait.

Elle reprit :

— Il en est de même pour vos amis, Ian. Ils croient en vous autant que moi, ils ne veulent pas perdre votre amitié, mais ils aimeraient vous soutenir. Et vous avez grand besoin de leur soutien, quand bien même cela vous ennuie. Aux yeux d'Edgar Lennard, c'est une chose que de vouloir coller une étiquette sur son neveu, mais c'en est une autre s'il s'agit de ternir la réputation du vicomte Saint Clair, du comte et de la comtesse de Blackmore, ainsi que du comte et de la comtesse de Worthing. Si vous leur permettez d'être à vos côtés, cela servira votre cause.

Cet argument ne sembla pas le convaincre.

— Vous me demandez de les faire souffrir délibérément. Vous, au moins, vous connaissez les tenants et les aboutissants de cette affaire, mais eux non. Je n'ai pas le droit de leur demander leur aide dans ces conditions.

— Alors dites-leur la vérité, répondit-elle. Vous pouvez leur faire confiance, ce sont vos amis et des gens de valeur. Votre honnêteté ne pourra que renforcer votre amitié et je suis sûre qu'ils ne vous décevront pas. Et moi non plus, déclara-t-elle en caressant le revers de sa veste.

La lumière vacillante des réverbères éclairait le visage de Ian. On pouvait y lire son inquiétude. Il déposa une caresse sur la joue de Felicity.

— Même si vous rentriez dans cette salle de bal à moitié nue en tirant la langue à tout le monde, je serais fier de vous.

Cette remarque eut le don de la faire sourire. Peut-être son mari réussirait-il finalement à laisser ses réticences de côté ?

— Voilà qui pourrait marcher, admit-elle, mais il fait si froid ce soir… Je préfère essayer ma tactique en premier, si cela ne vous fait rien.

Il leva les yeux au ciel.

— Mon Dieu ! Qu'ai-je fait pour mériter une telle femme ?

— Exactement comme moi : vous n'avez rien fait. Vous étiez vous-même et ça a suffi.

Sans crier gare, il l'attira à lui et l'embrassa langoureusement. Quand il eut fini, elle le regarda d'un air stupéfait.

— Que me vaut ce long baiser ?

— C'est pour vous porter chance.

— Oh ! je suis bien assez chanceuse comme ça. Permettez-moi de vous apprendre que je suis la vicomtesse Saint Clair, et bientôt la spécialiste des ragots la plus célèbre de tout Londres. Si, moi, je n'arrive pas à tourner les rumeurs à mon avantage, qui le pourra ?

— Pardonnez-moi, loin de moi l'idée de mettre en doute

vos capacités, dit-il en lui offrant son bras. Je crois qu'il est grand temps d'aller affronter les langues de vipère…

Felicity posa la main sur le bras de Ian et regarda fièrement devant elle.

— Mais certainement, milord.

Jordan les attendait en haut des marches. Ils pénétrèrent ensemble dans la maison de Lord Stratton, où on les accompagna jusqu'à la salle de bal. Lorsque le valet annonça leur arrivée, un grand murmure se fit entendre.

Felicity inspira profondément. La dernière fois qu'elle avait traversé une salle de bal, elle venait y chercher un baiser de Ian. Là, c'était différent. Les rumeurs pouvaient les détruire tous les deux. Si ce plan venait à échouer, la situation de son mari serait pire encore. Elle regarda Ian à la dérobée et puisa du courage dans cette attitude pleine d'aplomb. S'il était capable d'affronter l'assemblée avec cet air de défi, alors elle aussi pouvait y arriver.

Emilie et Sara se joignirent à eux, l'air inquiet, mais elle ne pouvait rien dire pour les rassurer. Quand Lady Brumley se dirigea droit sur elle, elle sentit ses mains devenir moites.

Puis elle murmura à Ian :

— Allez donc bavarder un peu plus loin avec Jordan. Vous ne me facilitez pas la tâche avec votre air renfrogné, tout le monde est convaincu que vous êtes le diable en personne.

— J'ai l'air renfrogné, moi ? s'étonna-t-il avec un sourire aux lèvres.

— Je dirais même que vous essayez de tous les foudroyer du regard. Allez, prenez le large, allez discuter avec vos amis, vous vous sentirez mieux. Ne vous en faites pas pour moi.

— Je vous aime, souffla-t-il en la regardant dans les yeux.

Felicity lui rendit son sourire.

— Tant mieux. Gardez-le en tête, vous en aurez besoin.

Après ce qui risquait de se passer, il aurait peut-être envie de l'étrangler. Surtout si ce plan virait au fiasco.

Jordan et Ian venaient tout juste de se retirer dans une salle réservée aux joueurs de cartes quand Lady Brumley et sa cour se retrouvèrent autour d'elle. C'était le moment de faire ses preuves.

— Ma chère enfant ! s'écria la marquise avec des yeux brillants de joie. Je suis si heureuse de vous voir, et déjà mariée ! Quel choc. Nous avons entendu de drôles d'histoires à votre sujet, mais j'ai dit à tout le monde que ce n'était que des balivernes.

— Des histoires ? À mon sujet ? feignit-elle de s'étonner.

Sara et Emilie secouèrent la tête pour la dissuader de se laisser entraîner sur ce registre, mais qu'importe. Il fallait qu'elle tente sa chance. C'était le seul moyen d'éviter à Ian de souffrir éternellement des vieilles rumeurs.

— On vous veut du mal, quelqu'un insiste pour dire que vous êtes Lord X, dit Lady Brumley. Je leur ai affirmé que cela était tout bonnement impossible.

Felicity prit une grande inspiration. Courage.

— C'est pourtant vrai, ma chère, répliqua-t-elle. Maintenant que je suis mariée, je n'ai plus aucune raison de garder un tel secret.

L'assemblée fut prise de court. Parce que la rumeur était confirmée ? Non, parce qu'elle ne semblait pas déranger l'intéressée.

— Est-ce que Lord Saint Clair vous oblige à mettre un terme à l'écriture de votre rubrique ? demanda quelqu'un.

— Non, bien au contraire, répondit-elle avec un large sourire. Mon mari est fier de mes écrits. En fait, en venant ici, nous en avons discuté et j'aimerais changer de signature, je songe aux « Secrets de la vicomtesse ». Ian pense que ce serait mentir puisqu'il ne s'agit pas de *mes* secrets, mais je trouve que cette formule sonne plutôt bien. Qu'en pensez-vous ?

Lord Jameson, qui l'avait toujours considérée comme sa fille, s'avança, l'air hésitant :

— Votre mari ne désapprouve pas votre activité ?

— Seigneur, mais pour quelle raison ?

— Vous admettrez que vous avez été très critique à son encontre par le passé, expliqua le vieil homme sans cacher sa gêne.

Felicity hocha la tête.

— En effet, mais il m'a déjà pardonné. Après tout, sans mes écrits, nous ne nous serions jamais rencontrés et nous ne serions pas amoureux.

Un silence embarrassant tomba sur l'assemblée. Lady Brumley vint à son secours :

— Ces imbéciles pensent que l'amour n'a rien à voir dans cette histoire. Ils sont convaincus que Saint Clair vous a fait chanter et qu'il vous a obligée à l'épouser.

Elle ouvrit de grands yeux étonnés et répéta :

— Il m'aurait fait chanter ?

— Oui, renchérit la marquise, je leur ai bien dit que ce n'était que des balivernes, encore une fois, mais certains ont entendu dire que vous avez découvert tous les secrets de votre mari et qu'il vous a épousée pour vous faire garder le silence. Il y a même un âne qui prétend que Saint Clair vous a menacée de vous ruiner si vous ne l'épousiez pas.

L'oncle de Ian n'était pas loin de la vérité… Mais elle ne le laisserait pas gagner cette manche. Felicity regarda Lord Jameson droit dans les yeux, ainsi que les autres qui cherchaient à éviter son regard. Sur quoi, elle éclata de rire.

— Mais tout cela est vrai, bien entendu.

Ils étaient tous suspendus à ses lèvres, complètement abasourdis. Lady Brumley, Emily et Sara la dévisagèrent comme si elle était devenue folle.

Felicity sentait ses genoux trembler. Elle enchaîna alors sur un ton théâtral :

— Lord Saint Clair a découvert que j'étais Lord X, il s'est rendu chez moi et a exigé que je cesse immédiatement d'écrire sur lui. Bien sûr, j'ai refusé. Il m'a alors lancé un ultimatum : « Épousez-moi ou je fais en sorte que vous soyez ruinée. » Cette décision me fut particulièrement difficile. Quelle femme pourrait avoir envie d'épouser un riche vicomte alors qu'elle peut rester une pauvre inconnue écrivant sa petite rubrique dans un journal ?

Sara commença à sourire, suivie par Emily. Felicity se tapota le menton en faisant mine de réfléchir.

— Il m'a fallu, je dirais, au moins… trente secondes pour me décider. Même si le fait d'être ruinée à cause d'un homme qui avait tant de qualités aurait pu être assez drôle, j'ai préféré devenir une riche vicomtesse, je l'avoue. De cette façon, je peux tirer parti de toutes les qualités de M. le vicomte — si vous voyez où je veux en venir.

Pendant quelques instants, elle pensa avoir commis la plus grande erreur de sa vie. Tout le monde la dévisageait en silence. *Seigneur, mais où est passé le sens de l'humour de ces gens ?*

Tout à coup, Lady Brumley se mit à glousser, et d'autres l'imitèrent.

C'est là que Felicity lâcha un soupir sonore.

— Me voilà aujourd'hui prisonnière d'un mariage avec un homme riche, jeune, séduisant et vicomte par-dessus tout. C'est affreux, vous ne trouvez pas ? Maintenant, je ne peux plus épouser un vieux coureur de jupons ou un avocat sans le sou ! Je commence tout juste à me faire une raison.

Progressivement, les rires gagnèrent en intensité, jusqu'à ce que tout le monde se laisse aller.

— Qu'il est ennuyeux, si vous saviez, enchaîna-t-elle maintenant qu'elle tenait son auditoire. Mon mari insiste pour que j'achète tout un tas de choses, il sait pourtant que je déteste faire les boutiques. Sérieusement, qui aurait envie de retrouver sa chambre remplie de bijoux, de soieries et de fourrures ? C'est d'un ennui ! Et je ne vous ai pas encore dit ce qu'il a osé faire à mes frères. Je n'arrête pas de lui dire qu'il les gâte trop, mais il ne m'écoute pas. Il a envoyé le plus âgé dans une école hors de prix et il n'arrête pas de couvrir les trois autres de cadeaux. Je vous assure, je ne vais plus rien pouvoir faire d'eux.

L'assemblée s'était agrandie autour d'elle, la plupart des gens riaient ou demandaient à leurs voisins de leur raconter ce qui s'était dit.

— Et dans l'intimité ? demanda éhontément l'une des sœurs March. Votre mari s'est-il montré ennuyeux, là aussi ?

Felicity n'eut pas à faire semblant de rougir.

— J'ose à peine vous en parler. Voudriez-vous avoir un homme comme lui dans votre lit ? Si grand, viril et bien fait ? Moi qui cherchais un petit chauve avec de la bedaine, je me suis retrouvée avec ça… Laissez-moi vous avouer une chose : lorsque arrive l'heure d'accomplir notre devoir conjugal, il me demande de faire des choses… très indécentes…, ajouta-t-elle avec un clin d'œil.

Tout le monde avait le sourire aux lèvres, certains riaient même. Lady Brumley s'esclaffait tant et si bien qu'elle en eut les larmes aux yeux. Sara et Emily semblaient ravies de l'adresse avec laquelle elle s'en sortait.

Felicity entendait déjà quelques voix étouffées dire : « Je le savais, ces deux-là forment un couple adorable, vous ne trouvez pas ? »

Soudain, toute conversation cessa. La foule attentive s'écarta pour laisser passer une femme à l'air hautain.

La duchesse de Pelham en personne.

Elle s'arrêta devant Felicity en affichant le regard méprisant qu'on lui connaissait si bien.

— Voilà qui est fort amusant, Lady Saint Clair. Mais vous n'arriverez pas à me convaincre que votre mari est un homme exemplaire. Il traîne une fâcheuse histoire derrière lui, car il aurait abusé d'une femme sans défense. D'ailleurs, il me semble que vous en aviez parlé dans votre chronique. Son oncle prétend même que le vicomte a fui l'Angleterre après avoir violenté sa propre tante. Je suis certaine que vous voyez de quoi je parle.

Devant tant de cruauté, un silence pesant tomba sur la salle. Qui fallait-il être pour oser porter une telle accusation et en faire part à une jeune épouse ?

Pendant un instant, Felicity se retrouva transportée au beau milieu de la bibliothèque des Pelham, le jour où la duchesse l'avait accusée et humiliée. Cette vieille sorcière détestait toutes les femmes que son mari avait pu désirer, que celles-ci aient répondu à ses avances ou non. À présent, elle se servait de Ian pour la traîner dans la boue en public.

Felicity prit un air placide.

— L'oncle de Ian ? Vous voulez dire Mr Lennard ?

— Vous savez parfaitement de qui je parle.

— Le pauvre homme. Malgré toutes ces années, il continue à ressasser cette histoire. Comme c'est triste. Il ne s'est jamais remis de la mort de sa femme. Je pense qu'il s'en veut encore alors qu'il s'agit d'un accident. Elle est tombée et s'est cogné la tête dans sa chambre. Ils étaient en train de se disputer, enfin c'est ce que sa maîtresse m'a raconté.

— Sa maîtresse ? s'exclama la duchesse.

— Oui, bien sûr, répondit Felicity avec aplomb.

Pourvu que Miss Greenaway lui pardonne cette révélation, du moins tant que son nom serait tu.

— La femme dont j'ai parlé dans un article, celle de Waltham Street ? Je m'étais trompée à son sujet. En fait, elle s'était retrouvée dans une situation intenable et mon mari avait accepté de lui venir en aide. Elle était alors la maîtresse de Mr Lennard, mais avait décidé de le quitter, faute de supporter son deuil plus longtemps. J'en ai même parlé avec elle.

— Vous… vous lui avez parlé ? bégaya la duchesse.

Aucune femme n'ayant jamais tenté de parler à ladite maîtresse, Felicity espérait que cette information donnerait plus de crédit à ses affirmations. Elle continua :

— J'espérais qu'elle me donnerait quelques idées pour alléger la tristesse de Mr Lennard. Après tout, il fait partie de notre famille. Ian et moi sommes très inquiets pour lui. J'ai bien peur que le pauvre homme ait perdu la raison.

Tout en s'inclinant légèrement comme pour faire une confidence, elle poursuivit :

— Il est persuadé qu'il doit hériter de Chesterley à la place de mon mari. Vous rendez-vous compte, ma chère ?

On commença à chuchoter. Une telle théorie allait contre les traditions en matière de droit d'aînesse. Qui plus est, tout le monde étant persuadé que le domaine était destiné aux héritiers de Ian, les croyances farfelues d'Edgar Lennard ne firent que confirmer son égarement. Le plan semblait fonctionner !

— Cela n'explique pas pourquoi votre mari a quitté précipitamment l'Angleterre, insista la duchesse.

Cette fois-ci, c'est Lady Brumley qui répondit aussitôt :

— Il est parti faire la guerre, cela ne fait aucun doute, personne ne l'ignore. Son père, en homme sensé qu'il était, s'est opposé à son départ, mais on ne changera pas les garçons et Lord Saint Clair tenait à défendre son pays.

— Lady Brumley, espérez-vous vraiment nous faire croire que l'héritier d'un vicomte…

— Demandez donc à Wellington, intervint Sara. L'autre jour encore, il parlait de Lord Saint Clair à mon époux. Selon lui, l'Angleterre n'aurait pas gagné la guerre sans le vicomte.

La duchesse de Pelham restait sceptique mais, comme elle se sentait en position d'infériorité, elle préféra lancer un regard plein de fiel avant de quitter le cercle, l'air méprisant.

Felicity se sentait au bord de l'évanouissement. Mon Dieu, pourvu qu'elle n'ait jamais plus affaire à cette femme ! Lady Brumley, qui s'en était rendu compte, la prit par le bras et l'entraîna plus loin.

— Venez me parler un peu plus en détail de votre charmant mari, je veux tout savoir sur lui.

Grandement soulagée, Felicity se laissa guider le long

de la piste de bal. Une fois hors de portée, elle demanda à voix basse :

— Ai-je été crédible ?

— Ceux qui ne vous auront pas crue n'oseront pas mettre votre parole en doute publiquement, répondit-elle en lui tapotant le bras. Vous avez été formidable, ma chère. Laissez maintenant la rumeur faire son œuvre. Votre attachement à Lord Saint Clair crève les yeux, il suffira à convaincre les plus réticents que votre version des faits est plus plausible que celle d'Edgar. Détendez-vous, vous avez gagné la partie.

Du fond du cœur, elle espérait que son amie avait raison. Ian avait déjà assez souffert. Elle fit une brève prière. *Seigneur, je vous en supplie, faites que mon plan ait fonctionné. Jamais plus je ne me plaindrai si vous exaucez mon vœu. Pour moi et pour lui.*

— Maintenant, ma chère, dites-moi tout sur cette histoire à dormir debout.

— Vous ne m'avez pas crue ?

Felicity ouvrit de grands yeux et Lady Brumley se mit à rire.

— Pas un mot, à part bien sûr les parties qui faisaient mention des qualités de votre cher et tendre. J'ai le sentiment que vous êtes plutôt satisfaite de votre « ennuyeux mari ».

— Très satisfaite, avoua-t-elle avec un sourire timide.

— Je suis ravie de l'entendre. Certaines jeunes femmes sont incapables de reconnaître un homme bon, même lorsqu'il leur tombe entre les bras.

Felicity repensa aux propos de Ian sur son oncle et Lady Brumley.

— C'est parce que les hommes, les bons comme les mauvais, sont très doués pour dissimuler leur véritable personnalité. Par exemple, certaines femmes sont persuadées qu'Edgar Lennard est un homme d'honneur. Et pourtant elles devraient mesurer leur chance d'avoir échappé à un mariage avec cet individu. D'après ce que j'ai pu comprendre, il était du genre à perdre patience, et à se défouler sur les femmes.

Lady Brumley la regarda avec bienveillance. Une forte complicité s'installait entre elles.

— Je crois que je le savais déjà, finit par dire la marquise. J'espère que son neveu ne suivra pas la même voie.

— Ce n'est pas du tout son genre, mais je crois que vous le saviez déjà, n'est-ce pas ? Merci.

— Pourquoi me dire merci ?

— Merci d'avoir cru en lui quand tout le monde le mettait en cause, moi la première.

Lady Brumley haussa les épaules, ce qui fit tinter les petites clochettes ornant sa nouvelle coiffe.

— De rien, Lord X. Sachez que je suis à votre disposition si vous avez besoin d'aide pour écrire votre chronique.

— Ne vous inquiétez pas, vous êtes la première personne à laquelle je penserai, s'esclaffa Felicity.

Indifférents à la musique et au bruit des danseurs, Ian et Jordan étaient assis seuls dans la salle réservée aux joueurs de cartes. Ian venait de terminer son récit, étonné lui-même de la facilité avec laquelle il avait finalement tout avoué. Encouragé par l'attitude compréhensive de son épouse quelques heures plus tôt, il n'avait rien caché à son ami. Étant donné la détermination avec laquelle son oncle s'évertuait à ruiner sa vie, il était évident que la vérité finirait par sortir tôt ou tard, et il préférait que

Jordan l'entende de sa bouche plutôt que de celle d'Edgar Lennard.

Jordan continua de le regarder. À plusieurs reprises, il lui avait posé des questions, mais n'avait émis aucun commentaire susceptible de révéler le fond de sa pensée. Ce qui était pour le moins inquiétant. Mais il finit par soupirer et dire :

— Seigneur, vous auriez dû tout me raconter il y a longtemps. Vous avez dû tellement souffrir !

Ian fut surpris par cette réaction. Lui qui pensait que son ami serait choqué et qu'il le rejetterait ! Non, c'était sa femme qui avait eu raison, une fois de plus. Ses amis s'inquiétaient sincèrement pour lui et étaient capables de comprendre que ce triste événement n'était qu'un accident.

— Si j'avais su, j'aurais pu vous aider, Ian.

— J'ai bien peur qu'il n'y ait rien eu à faire.

— Mais vous auriez pu me le dire, je suis votre plus vieil ami. Pourquoi vous être tu ?

Ian haussa les épaules.

— Je ne sais pas. La honte, la culpabilité. Je me haïssais et je n'avais aucune raison de croire qu'il en serait autrement pour mon entourage.

— Pourquoi changer d'avis aujourd'hui ?

— Ma femme, dit-il en souriant. Elle m'a aidé à comprendre que nous pouvons tous faire des erreurs, qu'il faut apprendre à vivre avec sans se tourmenter éternellement, et qu'on peut partager nos fardeaux.

Jordan posa la main sur le bras de Ian et le serra brièvement en signe de sympathie.

— Votre épouse est une femme remarquable. Presque autant que la mienne.

— Je le sais.

À vrai dire, Ian trouvait Felicity encore plus remarquable, mais Jordan ne serait sûrement pas de cet avis.

— Quant à votre oncle, continua Jordan d'une voix dure, vous ne pouvez pas le laisser vous faire du mal. Même sans connaître la véritable histoire, j'aurais trouvé abominable qu'il récupère Chesterley. Je me demande si votre père avait bien pris conscience de cela.

À l'évocation de son père, Ian sentit son estomac se tordre. Ce tourment n'était pas près de cesser.

— Il devait penser que mon oncle serait plus à même de gérer la situation.

— Je ne crois pas, répondit son ami avec scepticisme. Si cela avait été le cas, il vous aurait totalement déshérité. Peut-être a-t-il mis en scène sa succession afin que vous preniez vos responsabilités. À sa mort, il ne savait pas où vous étiez, ni même si vous reviendriez un jour. Peut-être votre père craignait-il que vous ne rentriez pas de vous-même. Et il se doutait que la menace de votre oncle planant sur Chesterley serait une raison suffisante pour vous décider à revenir.

Ian n'avait jamais vu les choses sous cet angle, mais l'idée était plausible. Cela ressemblait tout à fait au genre d'épreuves que son père aurait été capable de lui faire subir. Auquel cas, cela signifiait qu'il avait cru en lui. Voilà qui était réconfortant.

- - Il se peut que vous ayez raison, mon ami, mais nous n'en aurons jamais la certitude. Pour l'instant, je suis surtout préoccupé par Felicity, je veux m'assurer qu'elle n'aura pas à souffrir des rumeurs que j'ai dû endurer ces dernières années. Il est temps de rejoindre les autres dans la salle de bal.

— Allons-y, dit Jordan en ouvrant la porte.

Lorsqu'ils pénétrèrent dans la salle, Ian nota immédiatement un changement dans le regard de l'assemblée. La raideur qu'ils avaient sentie plus tôt semblait avoir disparu et certaines invitées lui souriaient même avec malice.

Cependant, il ne désirait plus qu'une seule femme. Il se dirigea vers Gideon, qui se tenait à la table où l'on servait du punch. Il aperçut alors Felicity en compagnie de Lady Brumley au beau milieu d'un groupe de matrones. L'une d'entre elles remarqua la présence de Ian puis adressa un commentaire à Felicity, lequel la fit rire. Elles échangèrent alors un sourire. Que diable se passait-il ?

Il finit bien vite par avoir une réponse. Emily et Sara se précipitèrent vers eux, essoufflées et excitées.

— Mais où étiez-vous passés ? demanda Sara. Vous avez tout manqué !

— Votre épouse est incroyable, Ian ! renchérit Emily.

— J'en suis bien conscient, fit-il remarquer, mais qu'a-t-elle bien pu faire pour vous mettre dans cet état ?

— Inutile de vous inquiéter pour les rumeurs que votre oncle a tenté de colporter.

Il fallut plusieurs minutes à Emily et Sara pour tout leur raconter. À mesure qu'elles détaillaient chacune des parades imaginées par Felicity pour contrecarrer les attaques d'Edgar, Ian était plus impressionné. Quelle femme incroyable, en effet ! Il n'aurait jamais imaginé employer une telle stratégie lui-même. Elle était parvenue à transformer les mensonges de son oncle en compliments, sans pour autant insinuer qu'Edgar Lennard était un menteur. C'était remarquable.

Les yeux pleins de malice, Sara conclut son propos en disant :

— J'imagine qu'elle est toujours en train de raconter

combien son mari est ennuyeux, combien elle est malheureuse de se retrouver mariée à un homme qui subvient aux besoins de ses frères, qui la soutient dans sa profession d'écrivain, et qui la force à se conduire de façon tout à fait inconvenante. Elle les fait tous rire en parlant de ce pauvre oncle qui prétend que vous l'avez forcée à se marier. Et en le plaignant pour tout le reste.

Débordant d'amour et de fierté, Ian en eut les larmes aux yeux. Felicity lui avait promis de ne pas le décevoir, mais elle avait dépassé tous ses espoirs. Il se sentait le plus chanceux des hommes, car il était marié à la plus merveilleuse femme de tout Londres. Lui qui n'avait cherché qu'à procréer pour assurer son héritage ! Dorénavant, tout lui était égal du moment qu'il pouvait passer sa vie auprès d'elle.

Il leva les yeux vers Felicity. Elle était en grande conversation avec Lord Jameson, un autre colporteur de ragots notoire. Elle s'évertuait manifestement à semer d'autres doutes sur ce terreau fertile.

Comme si elle avait perçu son regard, elle lui adressa un sourire timide. Sans doute se demandait-elle s'il approuvait la méthode radicale qu'elle venait d'employer. Ian répondit par un sourire des plus amoureux. Il sentit d'autres yeux posés sur eux, mais il n'y prêta pas attention. Il avait tellement envie de rentrer chez eux et de faire des « choses inconvenantes » avec elle.

Soudain, Ian remarqua un individu qui s'approchait d'elle. Il perdit son sourire. C'était son oncle Edgar, cette canaille !

— Excusez-moi un instant, murmura-t-il à ses amis en se précipitant vers Felicity.

Ian vit son oncle lui glisser un mot puis s'éloigner avec

elle. Ils quittèrent la salle et empruntèrent un couloir qui menait à des salons privés. Tant mieux, ce qu'il aurait à lui dire ne regardait pas les autres. Quand ils entrèrent dans une pièce, il se rua à leur suite. Mais, une fois devant la porte entrouverte, il s'arrêta.

— Vous n'avez pas voulu m'écouter, disait son oncle. Il a fallu que vous vous mêliez de ce qui ne vous regardait pas, que vous le défendiez et que vous me fassiez passer pour un imbécile. J'espère que vous vous êtes bien amusée, Lady Saint Clair. Vous n'êtes qu'une petite sotte, et naïve avec ça. Quand vous saurez la vérité…

— Je connais déjà toute la vérité. Ian m'a tout dit. Et, si j'avais voulu tout révéler ce soir, j'aurais fait en sorte que tout le monde comprenne bien que vous n'êtes qu'une sale vermine.

Ian écoutait toujours. Elle continua :

— Je n'en dirai pas plus, je ne veux plus voir souffrir mon mari. Mais, si vous parlez de ce qui s'est passé au cottage, je n'hésiterai pas à faire savoir que vous battiez votre pauvre épouse !

— Cela n'empêchera pas mon neveu de se retrouver en prison pour le meurtre de ma femme !

— Détrompez-vous, rétorqua-t-elle, je suis certaine que votre ancienne maîtresse — qui vous déteste, je peux vous l'assurer — serait ravie de faire une déclaration pour attester que c'est vous qui avez poussé votre femme. Et je suis également certaine que nombre de vos domestiques seraient prêts à confirmer vos habitudes sordides. Alors allez-y, ne vous dérangez pas, accusez Ian de meurtre et vous n'aurez pas besoin d'attendre longtemps avant qu'avec Miss Greenaway nous vous envoyions derrière les barreaux de Newgate. Je ne vous laisserai pas nous causer davantage de tort !

— J'ai d'autres cordes à mon arc, ma chère. Je me demande quelle serait la réaction de mon neveu s'il nous découvrait allongés tous les deux sur ce divan ?

Sans perdre une seconde, Ian surgit dans la pièce, en poussant si violemment la porte qu'elle cogna le mur. Son oncle fit volte-face alors qu'il allait se jeter sur Felicity. Il était moins une !

— Posez un seul doigt sur elle et je vous réduis en miettes !

Jamais Felicity ne s'était sentie plus heureuse de voir son mari accourir. Elle aurait pu mettre un bon coup de genou à ce vieux pervers, mais elle préférait que Ian s'en charge.

— Vous voilà, mon amour ! J'expliquais justement à votre oncle combien je suis ravie de faire partie de la famille Lennard. Cependant, pour une raison que j'ignore, il ne daigne pas nous féliciter.

— Venez, lui ordonna-t-il sans quitter son oncle des yeux. On nous attend au bal. Nos amis doivent être en train de nous chercher.

— Vous devez avoir raison, dit-elle en feignant d'être guillerette.

Ayant réussi à dire le fond de sa pensée à cet oncle si malveillant, elle pressentait qu'il hésiterait dorénavant à les ennuyer.

Lorsqu'elle posa la main sur le bras de Ian, celui-ci lui caressa les doigts et lui demanda :

— Tout va bien ?

— Oui, merci.

Là-dessus, il ajouta à l'intention d'Edgar Lennard :

— Méfiez-vous, oncle Edgar, je protège ce qui m'appartient. Si vous approchez encore une seule fois de mon épouse, je ne donne pas cher de votre peau. Si vous avez quelque chose à dire, c'est à moi que vous vous adresserez, suis-je assez clair ?

— Nous n'en avons pas terminé, vous et moi, répondit l'intéressé avec un regard noir. Chesterley n'est pas encore à vous ! Vous n'avez toujours pas d'héritier.

— Croyez-moi, j'ai bien l'intention d'y remédier. Et au plus vite, n'est-ce pas, mon amour ?

— Avec grand plaisir, répondit-elle sans cacher sa joie.

C'est ainsi qu'ils abandonnèrent Edgar Lennard, tandis qu'il les agonissait d'injures. Avant d'atteindre la salle de bal, Ian attira Felicity dans un bureau, dont il referma la porte à clé.

— Que faites-vous ? s'étonna-t-elle en remarquant son regard courroucé.

— Promettez-moi de ne plus jamais le laisser vous approcher quand vous êtes seule. S'il venait à vous faire du mal, je vous jure…

— Il ne m'a rien fait.

— Promettez-le-moi ! insista-t-il. Je vous retiens ici prisonnière tant que vous ne me l'aurez pas promis. Les Stratton pourraient bien se poser des questions en nous trouvant là demain matin.

— Je vous le promets.

Étant donné qu'elle avait pu s'expliquer avec ce misérable personnage, elle n'avait plus besoin de le revoir. Ian se détendit.

— N'avez-vous pas dit que nos amis nous attendent ? Nous devrions aller les retrouver.

— C'était un mensonge. Qui plus est, je dois vous parler d'autre chose.

— Quoi donc ?

Le visage de Ian sembla soudain hostile. Il passa une main sur sa joue.

— On me dit que je suis un mari ennuyeux.

Felicity retint sa respiration. Oh non, qu'avaient rapporté Sara et Emily ? Ian désapprouvait-il ses méthodes ? Après tout, il avait toujours été très secret. Elle décida de garder un air désinvolte.

— Qui vous a dit une chose pareille ?

— Tout le monde en parle. Il semblerait que vous ayez été très occupée à colporter des ragots à mon sujet, ce soir.

Pendant ce temps, Ian glissa les doigts sous les bretelles de sa robe et les fit glisser lentement. Le cœur battant à tout rompre, elle vit dans les yeux de son mari des idées bien peu convenables.

— On dit que j'ai la fâcheuse habitude de vous faire éprouver des sentiments inappropriés.

Elle savait bien que Ian ne se gênerait pas pour retourner ses arguments contre elle.

— C'est vrai. C'est exactement ce que vous êtes en train de faire, vous voyez ? Voilà ce qui vous arrive lorsque vous vous abandonnez au mariage avec un vicomte grand, viril et bien bâti.

Quand il passa les doigts sous son corsage et caressa délicatement le bout d'un sein, elle inspira profondément.

— Alors que vous auriez pu vous contenter d'un avocat sans le sou à qui vous aviez déjà donné votre cœur.

Elle ne put s'empêcher de rougir.

— Vous ont-elles donc répété chacune de mes paroles ?

— Sara a une mémoire étonnante.

Ian avait visiblement feint la colère. À moins qu'il n'ait une curieuse façon de se fâcher… Il l'effeuilla petit à petit, fit glisser sa robe, puis sa chemise, offrant ainsi ses épaules puis sa poitrine à son regard gourmand.

— J'ai beaucoup aimé apprendre que vous êtes contrainte de vous conduire de façon inconvenante quand je suis auprès de vous.

Le souffle court, Felicity commença à dire :

— Vous voulez dire… comme ça ?

Elle dénoua sa cravate.

— Exactement, dit-il en cherchant les épingles dans ses cheveux.

— Ian, je vous en prie, pas les cheveux, je n'arriverai jamais à les remettre comme il faut, tout le monde devinera ce que nous avons fait !

Il continua à retirer les épingles, le regard mutin.

— C'est parfait. Je dois maintenant me montrer à la hauteur de ma réputation. Je ne supporterais pas qu'on traite ma femme de menteuse, souffla-t-il en l'embrassant dans le cou. D'autant plus quand elle s'est évertuée à énumérer tous mes défauts devant la bonne société londonienne au grand complet.

— J'en ai omis quelques-uns. J'ai oublié de parler de votre obstination, de votre arrogance, de votre tendance à choisir le moment et les lieux les plus inappropriés pour me séduire. Dois-je poursuivre ?

— Pas tout de suite, ma chère vicomtesse, répondit-il en l'embrassant entre les seins. Conservez quelques détails pour votre chronique, car à présent j'aimerais illustrer l'un de mes défauts en faisant ce que vous trouvez le plus gênant.

Felicity haussa un sourcil intéressé.

— Et de quoi s'agit-il, je vous prie ?

— Si j'en crois la rumeur, vous appelez ça « l'accomplissement du devoir conjugal ».

Et, pour son plus grand plaisir, son mari s'attela à la tâche sans plus tarder.

Épilogue

Nos lecteurs seront enchantés d'apprendre que Lady Saint Clair a mis au monde un fils, baptisé Algernon Jordan Lennard, héritier du vicomte. La mère et l'enfant se portent à merveille et il ne fait aucun doute que la vicomtesse s'empressera de reprendre son activité d'écrivain. Le très vénérable Mr Edgar Lennard, oncle du vicomte, aurait quitté l'Angleterre pour aller vivre dans une plantation dans les Amériques. Nous lui souhaitons ainsi qu'à son fils et sa fille bonheur et prospérité dans leur nouvelle demeure.

LADY BRUMLEY, *The Evening Gazette*, 11 novembre 1821.

Trois petites têtes blondes en tout point identiques étaient penchées sur Felicity, confortablement installée dans le grand lit de Chesterley et occupée à bercer son fils âgé de seulement trois jours.

— Laissez respirer le pauvre petit Algernon, les garçons, gronda-t-elle à l'intention des triplés. Vous aurez encore d'autres occasions de l'admirer, je vous le promets.

— Pourquoi il est tout fripé ? demanda Ansel. On dirait un vieux monsieur.

— Tu étais comme ça, toi aussi, lorsque tu es né. C'est pareil pour tous les bébés.

— Est-ce qu'il sait qu'on est ses oncles ? s'enquit William.

— Pas encore, mais ça viendra. Imaginez comme il sera heureux d'avoir quatre oncles autour de lui dans la même maison.

— Il fait beaucoup dodo, dit Georgie en s'approchant davantage.

— Il *dort* beaucoup, corrigea la seconde présence féminine de la pièce.

— Il *dort*, répéta Georgie en jetant un coup d'œil à celle qui l'avait repris.

Felicity sourit à Miss Greenaway.

— Je vois que les choses progressent.

— C'est exact. Je ne le reprends plus que dix fois par jour, au lieu de vingt.

— Je suis pas… Je *ne* suis pas si mauvais, marmonna Georgie.

Felicity et Miss Greenaway s'esclaffèrent joyeusement. Le bébé se réveilla et poussa aussitôt de petits braillements.

D'un air solennel, la gouvernante rassembla les triplés.

— Allez, vous trois, nous devons finir notre leçon de latin et votre sœur a besoin de repos.

Les protestations des garçons ne dissuadèrent pas la jeune femme, qui les fit sortir de la pièce en quelques secondes, comme de bons petits soldats. Felicity n'en revenait pas. Proposer à Miss Greenaway de devenir la gouvernante de ses jeunes frères était la meilleure décision qu'elle avait pu prendre. La jeune femme s'occupait d'eux avec une grande facilité, ce qui n'était pas peu dire, vu les garnements auxquels elle avait affaire. Elle n'avait pas réfléchi longtemps avant d'accepter cette proposition : une mère célibataire avait toujours du mal à trouver un emploi convenable.

Plus récemment, Felicity avait remarqué que le comptable de Ian semblait porter de l'intérêt à la jeune femme, qui avait repoussé ses avances. « Un homme de son intelligence mérite une femme à la réputation sans tache », avait-elle prétendu. Mais il aurait sûrement le dernier mot. Il n'y avait qu'un seul obstacle à leur union, et c'était le passé sombre de Miss Greenaway, mais l'amour triompherait, comme toujours. Felicity était prête à parier qu'un second mariage serait bientôt célébré à Chesterley.

Le petit Algernon ouvrait et fermait la bouche comme un poisson. Elle abaissa son corsage et laissa son fils attraper goulûment son sein. Quel petit être parfait. Ce nez minuscule, ces oreilles, ces yeux bleus qui ne tarderaient pas à devenir aussi noirs que le duvet sombre qui lui recouvrait le crâne…

Il ressemblait tellement à son père. Beau comme un sultan. Si elle avait son mot à dire, elle empêcherait que monsieur ait son harem autour de lui, plus tard. Il faudrait lui trouver une jolie demoiselle de bonne famille, la fille d'un comte ou même d'un duc…

Elle grommela. Elle ferait mieux de se surveiller si elle ne voulait pas finir comme les femmes qu'elle avait toujours critiquées dans sa rubrique.

Le bébé avait désormais fini de téter et s'était rendormi tout contre elle. Délicatement, elle remonta son corsage.

— Inutile de vous cacher pour moi, lança une voix depuis la porte.

Une voix très familière. Elle leva les yeux.

— Ian, vous êtes de retour !

— Oui, me voilà. J'aurais dû me dépêcher et revenir quelques minutes plus tôt, dit-il en la regardant d'un air déçu.

— Ne me provoquez pas, nous devons encore attendre six semaines avant de céder à notre désir.

Ian grogna sans cacher son mécontentement.

— Je n'en suis que trop conscient, mon amour. Cet enfant est magnifique, déclara-t-il en s'asseyant auprès d'elle pour déposer une caresse sur la joue de leur fils. Et il est à présent l'héritier officiel d'un grand domaine.

— Vraiment ? Tout est arrangé ?

— Mon oncle ne pourra plus nous atteindre. Il avait dû s'en rendre compte déjà au bal des Stratton.

Au même moment, Mrs Box surgit dans la chambre.

— M. le vicomte est de retour. Oh ! mais vous êtes déjà là, milord ! Vous avez été plus rapide que moi à ce que je vois, fit-elle remarquer en s'approchant du lit avec un grand sourire. Dois-je vous prendre le petit, ma chère ? Il semblerait qu'il se soit rendormi.

Felicity tendit l'enfant à Mrs Box, une excellente nurse, qui continuerait sans doute à faire des merveilles auprès de nombreux autres petits Lennard.

Dès qu'elle fut partie, Ian s'allongea auprès de sa femme, sortit une feuille et commença :

— J'ai découvert quelque chose d'intéressant à Londres, chez notre notaire. Apparemment, mon père avait laissé des instructions au cas où je parviendrais à avoir un héritier dans le temps imparti.

Elle observa Ian pour tâcher de deviner si cela était de bon augure, mais il restait impénétrable. Elle saisit la feuille en tremblant, la déplia et en parcourut le contenu :

« Mon fils,

» Si vous êtes en train de lire ceci, cela signifie que vous vous êtes montré à la hauteur de mes attentes. Vous pensez certainement que j'ai agi avec dureté, comme toujours. Mais je devais m'assurer que vous vous occuperiez comme il faut de Chesterley après mon départ, et il m'a semblé que c'était le seul moyen de vous obliger à prendre vos responsabilités. Pardonnez-moi. »

Felicity jeta la feuille sur le lit.

— C'est tout ? Il ne s'excuse même pas de vous avoir forcé à partir en exil ? Il ne dit pas qu'il croit en votre innocence ?

— C'était sa manière à lui de s'excuser. Il n'a jamais su faire autrement. Quand j'ai tout avoué à Jordan, il a suggéré que mon père n'aurait pas fait cette mise en scène s'il ne m'avait pas cru capable de relever le défi et d'être son digne héritier. Il aurait tout simplement pu céder le domaine à mon oncle. Mais ce n'est pas ce qu'il a fait, parce qu'il voulait m'obliger à assumer mes responsabilités.

Constatant la résignation dans la voix de Ian, Felicity lui attrapa la main.

— Et vous ne ressentez pas de colère ? Toutes ces années de souffrance, à croire qu'il vous méprisait…

— Je suis surtout en colère contre moi-même. Si j'étais resté, nous aurions pu essayer de parler, lui et moi, mais j'ai laissé ma fierté prendre le dessus. D'un autre côté, si les choses s'étaient arrêtées là, je ne vous aurais pas rencontrée.

— Je suis sûre du contraire ! Vous vous attirez sans arrêt des ennuis, vous auriez bien fini par faire quelque chose pour attirer l'attention de Lord X. Vous auriez débarqué dans mon bureau et vous m'auriez menacée…

— Je vous aurais séduite et j'aurais mis au point une stratégie infaillible pour que vous m'épousiez, compléta-t-il en lui pressant la main. Vous avez raison, *querida*, cela n'aurait rien changé entre nous. Il aurait suffi que je vous croise une seule fois pour avoir envie de vous conquérir. C'est un peu ce qui s'est produit, en fait.

— Que voulez-vous dire ? La première fois qu'on s'est vus, vous vous êtes comporté comme une brute.

Ian haussa un sourcil.

— Oui, et j'ai eu tort, car vous avez tout bonnement continué à écrire ce qu'il vous plaisait sur mon compte.

Felicity hocha la tête. Et à propos d'écriture, justement…

— D'ailleurs, il serait temps que je me remette à mes articles. Quel sujet devrais-je choisir après cet heureux événement ? Comment le vicomte Saint Clair a tiré un pauvre médecin du lit dès les premières contractions de sa chère épouse ? Ou encore la façon dont il s'est emporté lorsque ledit médecin lui a conseillé d'aller se reposer car cela pouvait durer plusieurs heures encore ? Je pourrais aussi décrire les conseils avisés que vous avez prodigués à l'arrivée de votre fils, vous qui n'avez aucune notion de médecine…

— J'ai une meilleure idée, dit Ian avec un sourire espiègle sur les lèvres. Vous pourriez raconter en détail les différentes tortures que M. le vicomte a l'intention d'infliger à sa pauvre femme dès que le médecin autorisera l'exercice du devoir conjugal.

Felicity feignit d'être horrifiée.

— Oh non, ce serait impossible.

— Cela serait-il trop scandaleux, même pour vous, très chère ?

— Aucunement, mon bon ami… Mais ce serait trop long et il me faudrait plusieurs semaines pour tout publier !

Vous avez aimé ce roman ?
Retrouvez les deux premiers tomes de
« La trilogie des lords » :

1) *La captive du galion*
2) *Le secret de Lady Emma*

disponible dès à présent sur harlequin.fr

Retrouvez en novembre,
dans votre collection

Victoria

Julia London
L'audacieuse des Highlands
Série : Les mariés écossais

Sur le bateau qui l'éloigne des Highlands, Lottie Livingstone prend conscience à quel point son clan risque de tout perdre – sa réputation, ses revenus, sa liberté – si elle ne parvient pas à vendre au Danemark la cargaison de whisky qui lui a été confiée. Alors quand son convoi, attaqué, se retrouve en perdition, elle est prête à tout pour ne pas voir sa mission échouer. Déterminée, elle décide d'organiser le siège d'un navire rival croisé sur sa route. À cet instant, elle est encore loin de se douter à quel point sa rencontre avec le capitaine Auslay Mackenzie, un Écossais aussi séduisant que redoutable, risque de bouleverser ses plans…

Penny Watson Webb
Le serment brisé
Série : Héritiers des larmes

« Il te faudra du temps pour l'accepter… mais Wandrille a disparu. »

À ces mots, Aelig manque de s'effondrer. Trois ans plus tôt, alors qu'il s'apprêtait à partir en guerre en Italie, Wandrille lui avait juré de revenir et de l'épouser. C'était cette promesse, simple et évidente, qui avait permis à Aelig de tenir durant ces longs mois d'attente et de solitude. Et elle n'avait jusqu'alors jamais douté, et aujourd'hui encore elle refuse de croire à sa disparition. Si Wandrille était mort, elle le saurait. Hélas, cette certitude ne suffit pas à convaincre son demi-frère, Conan de Ker Glenn, qui souhaite pousser Aelig à faire une union qui servirait ses intérêts. Si elle veut échapper à ce cruel destin, Aelig doit donc retrouver Wandrille… au plus vite.

Retrouvez en novembre,
dans votre collection

Victoria

Lorraine Heath
Les secrets d'un gentleman
Série : Scandaleux Gentlemen

Après avoir provoqué un scandaleux incident au sein de la haute société londonienne, Tillie ne se fait aucune illusion : sa réputation est définitivement ternie. Pour autant, elle est déterminée à garder la tête haute tandis qu'elle se voit contrainte de servir de chaperon à sa jeune sœur, courtisée par le célibataire le plus en vue du moment, le marquis de Rexton, Alistair Mabry. Et ce n'est certainement pas cet homme arrogant et hautain qui la fera changer d'avis ! D'autant que, Tillie en est persuadée, Alistair cache de sombres secrets, qu'elle se jure de découvrir. Même si, pour cela, elle devra se rapprocher dangereusement du ténébreux gentleman…

Brenda Joyce
La maîtresse de Clarewood

Après le décès de sa mère, Alexandra Bolton a dû renoncer à ses rêves de jeune fille pour se consacrer à l'éducation de ses sœurs. Une tâche d'autant plus ardue que leur père a préféré noyer son chagrin dans l'alcool et dilapider dans les salles de jeu le peu d'argent qu'il leur restait. Pour Alexandra, le seul moyen de sauver les siens de la ruine est d'accepter la demande en mariage d'un vieil aristocrate fortuné. Un sacrifice auquel elle consent sans ciller... jusqu'à sa rencontre avec Stephen Mowbray, le très scandaleux duc de Clarewood. Dès le premier instant, celui-ci ne cache pas son désir de faire d'elle sa maîtresse - une parmi tant d'autres. Une tentation affolante à laquelle Alexandra, partagée entre devoir et désir, va devoir résister. Car si la jeune femme ne peut nier la passion que le duc éveille en elle, elle refuse de céder à ses avances : l'honneur de sa famille passe avant tout. Mais Stephen, n'est pas homme à renoncer aussi aisément.

La romance historique n'a jamais été aussi moderne.

Composé et édité par HarperCollins France.

Achevé d'imprimer en août 2018.

CPi
BLACK PRINT

Barcelone

Dépôt légal : septembre 2018.

Pour limiter l'empreinte environnementale de ses livres, HarperCollins France s'engage à n'utiliser que du papier fabriqué à partir de bois provenant de forêts gérées durablement et de manière responsable.

Imprimé en Espagne.